La desconocida

La desconocida

Camilla Grebe

Traducción de Ana Guelbenzu

Rocaeditorial

Título original: *Älskaren från huvudkontoret*

© 2015, Camilla Grebe

Publicado en acuerdo con Ahlander Agency.

Primera edición: febrero de 2019

© de la traducción: 2019, Ana Guelbenzu
© de esta edición: 2019, Roca Editorial de Libros, S. L.
Av. Marquès de l'Argentera 17, pral.
08003 Barcelona
actualidad@rocaeditorial.com
www.rocalibros.com

Impreso por LIBERDÚPLEX, S. L. U.
Sant Llorenç d'Hortons (Barcelona)

ISBN: 978-84-17092-79-5
Depósito legal: B. 276-2019
Código IBIC: FF; FH

RE92795

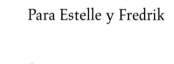

Para Estelle y Fredrik

Nunca distingues a un amigo de un enemigo
hasta que el hielo se abre bajo tus pies.

PROVERBIO INUIT

Peter

Estoy de pie, en la nieve, junto a la lápida de mi madre, cuando recibo la llamada. Es una lápida sencilla, apenas llega a la altura de las rodillas, de granito labrado. Llevamos un rato hablando, mi madre y yo, sobre lo duro que es ser agente de policía en esta ciudad donde a nadie le importa un pimiento nada que no sean ellos mismos. Además, y tal vez sea más importante, de lo duro que es vivir en este tipo de ciudad en los tiempos que corren.

Me sacudo la nieve húmeda de los pantalones y le doy la espalda a la lápida. No me parece bien hablar por teléfono en su tumba. Las colinas onduladas del cementerio de Woodland se extienden ante mí. La niebla se cierne entre las copas de los altos pinos y, debajo, los oscuros troncos salen disparados de la nieve como signos de exclamación, como si hicieran hincapié en la transitoriedad de la vida. Caen gotas de las copas de los árboles y de las lápidas. El agua del deshielo lo cubre todo. Se abre paso también a través de mis finos zapatos y se acumula alrededor de los dedos de los pies como un recordatorio húmedo de que me compre las botas que aún tengo que permitirme. En algún punto en la distancia vislumbro unas figuras oscuras que se desvanecen en el pinar. Tal vez han venido a encender velas votivas o a colocar ramas de pino.

Pronto llegará la Navidad.

Avanzo unos pasos hacia el sendero que ha abierto limpiamente la máquina quitanieves y lanzo una mirada a la pantalla del teléfono, aunque ya sé quién es. Es una sensación inconfundible. Una fuerte desazón que conozco demasiado bien.

Antes de contestar, me vuelvo por última vez hacia la lápida. Me despido con un gesto torpe y murmuro que volveré pronto. No es necesario, por supuesto, ella sabe que siempre vuelvo.

La carretera se extiende negra y brillante mientras conduzco hacia la ciudad. Las luces de freno de los demás coches brillan delante de mí e iluminan el camino. Gruesos montones de nieve sucia marrón y edificios bajos, deprimentes y anodinos, flanquean la carretera hacia Estocolmo. Las ocasionales estrellas de Navidad encendidas iluminan una ventana, como una antorcha en la noche. Ha empezado a nevar de nuevo. La nieve medio derretida se asienta en el parabrisas, desdibuja los bordes y suaviza el paisaje. El único sonido es el rítmico silbido de los parabrisas, acompañado del leve ronroneo del motor.

Un asesinato.

Otro asesinato.

Hace muchos años, cuando aún era un inspector novel, que me llamaran para acudir al escenario de un asesinato siempre me provocaba cierto alborozo. La muerte era sinónimo de misterio por resolver, como una madeja que desenredar. Por aquel entonces pensaba que todo se podía desenredar y explicar, siempre y cuando tuvieras energía, aguante y supieras de qué hilos tirar y en qué orden. La realidad no era más que una compleja red de hilos.

En pocas palabras, pensaba que se podía dominar.

Ahora ya no lo sé. Quizás haya perdido el interés en la red, o la intuición para saber de qué hilo tirar. Con el tiempo, la muerte ha adquirido un nuevo significado. Mamá, descansando en la tierra mojada del cementerio de Woodland. Annika, mi hermana, reposando en el mismo cementerio, no muy lejos. Y papá, que está empeñado en beber hasta morir en la Costa del Sol, pronto estará aquí. Ya no me parecen tan importantes los crímenes que se cruzan en mi camino. Por supuesto, puedo ayudar a saber qué ocurrió, a poner palabras a lo inconcebible, a explicar que alguien les quitó la vida y a describir los hechos que lo precedieron. Tal vez ayude a encontrar al culpable y, en el mejor de los casos, a juzgarlo. Pero los muertos siguen estando muertos, ¿no? Últimamente me cuesta encontrarle sentido a lo que hago.

Cuando llego a Roslagstull cae la noche y se me ocurre que en realidad hoy en ningún momento se ha hecho de día del todo. El día ha pasado desapercibido con la misma niebla incolora de diciembre que ayer y anteayer. Cuando entro en la autopista E18 hacia el norte hay más tráfico. Paso por obras en la carretera, los baches sacuden el coche y el arbolito que cuelga del retrovisor salta de forma alarmante.

Manfred vuelve a llamar cuando paso por delante de la universidad. Me dice que es un lío, que hay implicado algún pez gordo y que sería genial que no tardara tanto y apareciera de una maldita vez. Lanzo una mirada al anochecer gris cemento, le digo que frene un poco, que la carretera tiene más agujeros que un queso suizo y que me voy a hacer un morado en las pelotas si conduzco más rápido.

Manfred suelta su habitual carcajada que parece un gruñido, como el de un cerdo. O a lo mejor estoy siendo injusto: Manfred está gordo, tal vez eso influya en mi visión de su risa y me haga pensar en un gruñido voluptuoso. Quizá su risa suena igual que la mía.

A lo mejor todas suenan igual.

Llevamos más de diez años trabajando juntos, Manfred y yo. Año tras año hemos estado uno al lado del otro en la mesa de autopsias, en interrogatorios a testigos y reuniones con familiares desconsolados. Año tras año, hemos perseguido a los malos y hemos intentado hacer del mundo un lugar más seguro. Pero ¿lo hemos conseguido? Todas esas personas hibernando en las neveras del Instituto de Medicina Forense de Solna siguen muertas y nada va a cambiar eso. Para siempre. No somos más que la brigada de limpieza de la sociedad que une los cabos sueltos cuando la tela ya está deshilachada y lo impensable ya ha sucedido.

Janet dice que estoy deprimido, pero no me fío de ella. Además, no creo en la depresión. Es así: no creo en ella. En mi caso, simplemente me he percatado del verdadero estado de nuestra existencia, y por primera vez contemplo la vida con sobriedad. Janet dice que esa es una respuesta de manual, que

13

la persona que está deprimida no es capaz de ver más allá de su propia supuesta desgracia. Yo le respondo que la depresión es uno de los inventos más rentables de la industria farmacéutica, y no tengo ni tiempo ni ganas de enriquecer aún más a las farmacéuticas, que ya son obscenamente ricas. Si Janet quiere seguir hablando sobre cómo me siento, cuelgo. Al fin y al cabo, cortamos hace más de quince años, no tengo por qué hablar de esas cosas con ella. El hecho de que sea la madre de mi único hijo no lo cambia.

Albin, por cierto, es el hijo que jamás deberíamos haber tenido. No porque tenga nada de malo, es un adolescente bastante normal: lleno de granos, obsesionado con el sexo y con un interés patológico por los juegos de ordenador. Yo no estaba preparado para ser padre. En mis momentos más oscuros (que con los años son cada vez más frecuentes), creo que Janet lo hizo a propósito. Tiró las pastillas anticonceptivas y se quedó embarazada para vengarse por lo de la boda. Tal vez sea eso. Nunca lo sabré, y ahora ya no importa. Albin existe y vive cómodamente con su madre. Nos vemos de vez en cuando, no muy a menudo: en Navidad, por el Midsommar y en su cumpleaños. Creo que lo mejor para él es que no tengamos mucho contacto. De lo contrario probablemente también acabaría decepcionado conmigo.

A veces pienso que debería llevar una foto suya en la cartera, como los padres de verdad. Una burda fotografía de colegio con un fondo color sepia en un gimnasio, hecha por un fotógrafo cuyos sueños no lo han llevado más allá del instituto de Farsta. Luego me di cuenta de que no iba a engañar a nadie, y mucho menos a mí mismo. Creo que la paternidad es algo que uno se gana. Un derecho derivado de sufrir noches sin dormir, cambiar pañales y todo lo que hay que hacer. Tiene poco que ver con la genética, el esperma que doné sin saberlo hace más de quince años para que Janet pudiera cumplir su sueño de ser madre.

Veo la casa de lejos. No porque el edificio blanco y chato destaque de alguna manera en aquel barrio exclusivo, sino porque está rodeada de coches patrulla. Las luces azules brillan en la nieve y la inconfundible camioneta blanca de los técnicos forenses está aparcada no muy lejos. Dejo mi coche en la falda de la colina y recorro a pie el último tramo hacia la casa. Saludo a los agentes, enseño la placa y me meto por debajo de la cinta azul y blanca que ondea suavemente con la brisa.

Manfred Olsson está de pie junto a la entrada principal. Su enorme cuerpo tapa la mayor parte del umbral cuando levanta una mano para saludar. Lleva una chaqueta de tweed y del bolsillo del pecho asoma la punta de un pañuelo de seda rosa. Sus generosos pantalones de lana están bien metidos en los plásticos azules que cubren los zapatos.

—Dios santo, Lindgren. Pensaba que no aparecerías nunca.

Lo miro a los ojos. Son pequeños y traviesos como granos de pimienta hundidos en el rostro rubicundo. Lleva el pelo fino del color del jengibre bien peinado, con un estilo que recuerda a un actor de cine de los años cincuenta. Parece más un vendedor de antigüedades, un historiador o un sumiller que un agente de policía. De hecho, lo último que parece es un detective, y sin duda es consciente de ello. Tal vez sea solo un ardid y en realidad le encanta exagerar su excéntrico estilo para provocar a agentes más rígidos.

—Como te he dicho...

—Sí, sí. La culpa es del tráfico —dice Manfred—. Ya sé lo que es quedarse enganchado a un buen porno. Cuesta dejarlo.

El lenguaje soez de Manfred contrasta con su estilo elaborado y conservador en el vestir. Ma da un par de plásticos para cubrir los zapatos y unos guantes y me dice en un tono más bajo:

—Escucha. Esto es una mierda de verdad... entra, lo verás tú mismo.

Me cubro los zapatos, me pongo los guantes y piso los caminos de plástico transparente que los técnicos han colocado de forma aparentemente aleatoria en la sala. El olor a sangre es tan intenso y nauseabundo que estoy a punto de retirarme pese a conocerlo muy bien. Los palpitaciones en el estómago se vuelven cada vez más fuertes. Con todos los escenarios del crimen en los que he estado, los cadáveres que he visto, hay algo en la cercanía de un cuerpo frío y desnudo que aún me pone los pelos de punta. Tal vez sea la constatación de lo rápido que puede pasar. Con qué rapidez se puede extinguir una vida. Sin embargo, a veces es lo contrario: la manera en que el escenario de un crimen o un cuerpo es testimonio de una agonía prolongada e insoportable.

Les hago un gesto con la cabeza a los técnicos forenses vestidos con monos blancos y echo un vistazo a la sala. Destaca por ser muy anodina, rayando la austeridad. ¿O solo es muy masculina? Casi significa lo mismo en diseño de interiores. Paredes blancas, suelo gris. Ni rastro de los enseres personales que suele haber en los vestíbulos: abrigos, bolsos o zapatos. Paso al siguiente cuadrado de plástico y me asomo a la cocina. Los armarios están lacados en negro, muy brillantes. Veo una mesa elíptica con sillas alrededor que reconozco de alguna revista de decoración. Hay cuchillos desfilando por la pared. Advierto que no falta ninguno.

16   Manfred posa la mano en mi brazo.

—Aquí, por aquí.

Sigo recorriendo el pasillo sobre los plásticos. Paso junto a un técnico forense equipado con una cámara y una libreta. Bajo el plástico se extiende una gran mancha de sangre. No, no es una mancha de sangre, es un mar. Un mar rojo y pegajoso de sangre fresca que parece cubrir toda la sección del pasillo, de pared a pared y bajando por la escalera hasta el sótano. De ese mar salen toneladas de huellas de diferentes tamaños que conducen a la puerta principal.

—Eso es mucha sangre, joder —murmura Manfred, que da un paso adelante con una agilidad sorprendente, pese a que los pedazos de plástico ceden por el peso. Hay una señal con un número junto a un montón de ropa ensangrentada. Veo de reojo una pierna y una bota negra de tacón, y luego la parte inferior del cuerpo de una mujer tumbada boca arriba. Tardo unos segundos en percatarme de que ha sido decapitada y que lo que al principio he confundido con un montón de ropa en realidad es una cabeza que está en el suelo. Más bien está ahí plantada, como si creciera del suelo.

Como una seta.

Manfred suelta un gemido y se sienta de rodillas. Me inclino hacia delante mientras asimilo la macabra escena. Es importante asimilarlo. La reacción natural es retroceder de un respingo, apartar la vista del horror, pero como inspector detective hace tiempo que he aprendido a reprimir ese reflejo.

El rostro de la mujer y el cabello castaño están llenos de coágulos de sangre. Si tuviera que especular, lo que es un poco difícil dado el estado del cuerpo, diría que tiene unos veinticinco años. Tiene el cuerpo también empapado en sangre, y veo de reojo lo que parecen heridas profundas en los antebrazos. Lleva una camisa negra, medias negras y un jersey gris. Debajo, bañado en sangre, veo un abrigo de invierno.

—Qué puto infierno.

Manfred asiente y se acaricia la barba incipiente.

—La han decapitado.

Asiento. No hay nada que añadir a esa frase. Es obvio que es exactamente lo que pasó. Requiere una fuerza considerable, o como mínimo un gran esfuerzo, separar una cabeza del cuerpo. Dice algo del asesino. Aún no sé qué exactamente, pero el que lo hizo no era un tullido. El asesino tenía una fuerza notable. O estaba muy motivado.

—¿Sabemos quién es ella?

Manfred lo niega con la cabeza.

—No, pero sabemos quién vive aquí.

—¿Quién?

—Jesper Orre.

El nombre me suena, como a atleta retirado o expolítico. Me suena de algo, pero no recuerdo dónde lo he oído antes.

—¿Jesper Orre?

—Sí, Jesper Orre. El CEO de Clothes&More.

Entonces lo recuerdo. El controvertido director de la cadena de ropa escandinava que ha crecido más rápido. El hombre al que los medios adoran odiar. Por sus prácticas empresariales, por sus numerosas aventuras amorosas y por sus frecuentes declaraciones políticamente incorrectas a los medios.

Manfred suelta un profundo suspiro y se levanta. Le sigo.

17

—¿El arma homicida? —pregunto.

Él señala en silencio un punto más allá en el pasillo. Al fondo del todo, junto a una escalera que parece conducir a un sótano, yace un cuchillo grande, tal vez un machete. No lo veo bien. Al lado hay una pequeña señal colocada con cuidado con el número cinco.

—¿Y Jesper Orre, le hemos detenido?

—No. Nadie sabe dónde está.

—¿Qué más sabemos?

—El cuerpo lo encontró una vecina que pasaba por aquí y advirtió que la puerta principal estaba abierta. Hemos hablado con ella. Está en el hospital, por lo visto tiene problemas cardiacos a causa de la impresión. De todos modos, no ha visto nada destacable. Por desgracia, estuvo dando varias vueltas por el pasillo, así que ya veremos si los técnicos pueden obtener alguna huella útil. También hay sangre en la nieve de fuera. Parece que el asesino intentó limpiarla después del asesinato.

Miro alrededor. El suelo junto a la entrada principal está cubierto de un revoltijo de rastros rojos. Junto a las paredes hay salpicaduras y huellas de manos ensangrentadas. La escena parece un cuadro de Jackson Pollock: es como si alguien hubiera vertido pintura roja en el suelo, se hubiera revolcado en ella y luego se hubiera puesto a salpicar pintura por todas partes.

—El asesinato seguramente fue precedido por una pelea bastante seria —continuó Manfred—. La víctima tiene heridas de defensa en los antebrazos y las manos. La valoración preliminar del forense es que murió entre las tres y las seis de la tarde de ayer. Es una mujer de unos veinticinco años, y la causa de la muerte probablemente sea la multitud de heridas de la garganta cuando la cabeza… bueno, ya lo ves tú mismo.

Manfred se quedó callado.

—Y la cabeza. ¿Cómo acabó así, bien colocada en el suelo? ¿Puede ser casualidad?

—El forense y los técnicos dicen que probablemente el asesino la colocó así.

—Puto enfermo.

Manfred asiente y me sostiene la mirada con sus pequeños

ojos marrones. Luego baja el tono, como si no quisiera que nadie más en la sala oyese lo que dice por algún motivo. Los únicos que quedan son los técnicos.

—Escucha, se parece de forma escalofriante a...

—Pero fue hace diez años.

—Ya.

Asiento. No puedo negar que existen semejanzas con un asesinato que investigamos en Södermalm hace diez años y que no pudimos resolver pese a ser una de las investigaciones más amplias de la historia criminal de Suecia.

—Como te he dicho, eso fue hace diez años. No hay razón para creer que...

Manfred hizo un gesto de desdén.

—No, ya lo sé. Probablemente tengas razón.

—Y ese tío, Orre, el que vive aquí, ¿qué sabemos de él?

—Aún no mucho, más allá de lo que se puede leer en la prensa. Pero Sánchez está trabajando en ello. Me prometió que tendría algo esta noche.

—¿Y qué dice la prensa?

—Bueno, los cotilleos de siempre. Lo llaman negrero. El sindicato le odia y ha presentado varias demandas contra la empresa. Por lo visto también es conocido por ser un mujeriego. Montones de señoras.

—¿No tiene esposa? ¿Hijos?

—No, vive solo.

Miro alrededor del pasillo y deslizo la mirada por la gran cocina.

—¿De verdad necesitas una mansión para vivir solo?

Manfred se encoge de hombros.

—«Necesitar» es un término relativo. La vecina, la mujer que se han llevado al hospital, dijo que de vez en cuando vivían distintas mujeres aquí, pero que había perdido la cuenta.

Salimos fuera y nos quitamos los plásticos de los zapatos y los guantes. A unos nueve metros, cerca de la entrada lateral, parece que hay un cobertizo quemado, medio tapado por la nieve.

Manfred enciende un cigarrillo, tose y se vuelve hacia mí.

—Se me ha olvidado decírtelo: hubo un incendio en su

19

garaje hace tres semanas. Su compañía de seguros lo está investigando.

Observo los restos carbonizados de vigas que sobresalen de la nieve y me recuerdan a los pinos del cementerio de Woodland. Las mismas siluetas silenciosas y oscuras con la nieve de fondo, que evocan la misma inquietante sensación de transitoriedad, además de muerte.

Durante el trayecto en coche hacia la ciudad, vuelvo a pensar en Janet. Hay algo en los crímenes más atroces, los peores horrores, que siempre me hace pensar en ella. Tal vez, en un nivel primitivo y subconsciente, a veces deseo que estuviera muerta, como la mujer del edificio blanco. Es evidente que no quiero matarla de verdad, al fin y al cabo es la madre de Albin, pero la sensación está ahí.

Mi vida era infinitamente más sencilla antes de conocernos.

Janet trabajaba en una cafetería cerca de la comisaría central de Kungsholmen. Siempre nos saludábamos cuando yo entraba. A veces, si no había muchos clientes, se sentaba conmigo un rato, me invitaba a un café y charlábamos. Llevaba el pelo corto, rubio y de punta y tenía una mella entre los dientes que a veces era encantadora y otras no. Era algo en lo que centrar la mirada, un punto fijo como el dibujo de una mosca en un orinal. Además, tenía unas tetas increíbles. Había estado con otras mujeres, claro, en realidad bastantes, pero no había tenido relaciones serias. Iban y venían sin dejar mucha huella. Dudo que yo tampoco dejara mucha huella en sus vidas.

Sin embargo, Janet era distinta. Era terca, increíblemente terca. Creo que habíamos salido a cenar unas tres o cuatro veces, acabamos en la cama más o menos las mismas veces cuando empezó a atosigarme con vivir juntos. Le dije que no, por supuesto. No quería vivir con ella. El parloteo incesante de Janet ya había empezado a ponerme de los nervios. Me vi deseando cada vez con más frecuencia que se callara. Sin embargo, a veces, cuando estaba dormida, dormida en mi estrecha cama, la encontraba de una belleza indescriptible. La quietud y el silencio le sentaban mucho mejor que ser un incordio. Deseaba que siempre estuviera así, pero era absurdo. No le puedes pedir a tu novia que esté callada y desnuda.

Por lo menos no todo el tiempo.

Al principio casi siempre incordiaba con minucias, como viajar juntos. Llegaba a casa con una bolsa llena de folletos de viaje y dedicaba toda una tarde a juzgar qué destinos eran mejores. Mallorca o Ibiza. Las islas Canarias o Gambia. Rodas o Chipre. Podía basarse en dónde hacía mejor tiempo, o dónde era más rica la comida, o dónde se compraban los trastos más emocionantes.

Al final, por supuesto, hicimos un viaje, y no estuvo tan mal. No había mucho que hacer en ese pueblecito de la costa oriental de Mallorca, y Janet se pasó casi toda la semana en bikini leyendo *El clan del oso cavernario*, lo que significaba que por lo menos estaba callada. Y casi desnuda.

Luego estaba el sexo.

El sexo fue increíble, no puedo negarlo. Seguramente tanto vino y sangría con el calor ayudó. Ella era como un animal, desinhibida y vulnerable al mismo tiempo. A veces me sorprendía pensando que había algo casi masculino en su comportamiento en la cama. Ese deseo exigente, impaciente, que quería ser satisfecho de inmediato con un egoísmo sorprendente. Cogía lo que quería, y en ese momento era yo, mi cuerpo. Tal vez fuera que, en el calor del momento, me planteé en serio una vida con ella. Quizás incluso lo dije. No me acuerdo.

Hay tantas cosas que uno no recuerda.

Apenas habíamos regresado a casa cuando empezó a hablar de comprarnos un piso juntos. Le expliqué con toda la claridad que pude que no estaba preparado para mudarme con ella, pero era como si no quisiera oír lo que le estaba diciendo. Como de costumbre, tenía la vista puesta en un objetivo, un piso y una familia y, a fin de cuentas, ¿no debería sentir lo mismo con treinta y tres años?

Se tatuó mi nombre en la zona lumbar, «Peter» en un estandarte llevado por dos palomas. Me incomodó, aunque no sabía del todo por qué. Supongo que un tatuaje es para siempre y la mera idea de pasarme la eternidad con Janet me ponía los pelos de punta.

Todo coincidió con mi nuevo puesto de detective, así que estaba ocupado en el trabajo, claro. Por aquel entonces me tomaba muy en serio todos y cada uno de los casos, creía de verdad que estaba ayudando a crear un mundo mejor. Incluso pensaba que era posible imaginar cómo sería ese mundo.

¿Un mundo mejor?

Ahora, quince años después, sé que nada cambia. Me he dado cuenta de que el tiempo no es lineal, sino circular. Tal vez suene pretencioso, pero en realidad es bastante banal. El tiempo es un círculo, como un anillo de salchicha. No es algo en lo que haya que invertir mucho tiempo en consideraciones. Es como es. Nuevos asesinatos y nuevos agentes de policía con una idea romántica de la profesión que se vuelcan en su trabajo. Nuevos criminales que, en cuanto ponen un pie en la cárcel, son sustituidos por otros más nuevos aún.

No acaba nunca.

La eternidad es un anillo de salchicha. Y Janet quería compartirlo conmigo.

22 Tiendo a pensar que al principio de nuestra relación fui más contundente. De hecho, por aquel entonces me oponía a sus locuras, pero con el tiempo consiguió quebrantar mi resistencia, o tal vez yo renuncié a mi estrategia de defensa. Me volví más evasivo. Contestaba que «tal vez nos mudaríamos al año siguiente» cuando sacaba el tema. Luego encontraba defectos a todos los pisos que me presentaba: estaban demasiado bajos en el edificio, demasiado altos (¡es un peligro para los incendios!), demasiado lejos de la ciudad, demasiado céntricos (¡cuánto ruido!), o lo que se me ocurriera.

Siempre se quedaba destrozada cuando volvíamos de esas visitas. Con la mirada fija en el pavimento sin decir una palabra y el largo flequillo rubio como una cortina delante de los ojos. Sujetaba el bolso delante contra el pecho, como un escudo. Con los labios apretados formando una línea fina y blanca.

Janet sabía todos los trucos. Sabía que la culpa que provocaba en mí me hacía aún más débil y maleable. A veces me preguntaba dónde había aprendido todo eso, cómo alguien tan joven podía ser tan hábil en la manipulación.

Tal vez fuera mi experiencia con Janet lo que hacía que me

fascinara tanto Manfred cuando empezamos a trabajar juntos al cabo de unos años. Pese a que por fuera resultaba casi cómico, en parte debido al contraste entre su aspecto y su basto lenguaje, también contaba con una fuerza interior que admiré de inmediato. Después de unos días me llevó aparte y me explicó que se estaba divorciando, y que probablemente era mejor que lo supiera, ya que podría afectar a su trabajo.

En aquella época Manfred estaba casado con Sara y tenían tres hijos adolescentes. Recuerdo que le pregunté qué pensaba Sara del divorcio, y Manfred me contestó: «No importa, porque estoy decidido». Algo en esa frase me hizo pensar. Había tomado la decisión solo, y se iba a divorciar pensara lo que pensara Sara.

No lo entendía del todo.

Al mismo tiempo, me preocupaba. Existía el riesgo de que Manfred, tan perspicaz y fuerte, me viera como soy. Con mi debilidad, mi indecisión y mi poca voluntad de comprometerme. Era consciente de que cualidades tan feas era mejor esconderlas. Olían mal, como hojas podridas que flotan en un río.

Al cabo de unos años le conté a Manfred lo de la boda. Al principio se quedó perplejo, como si no comprendiera lo que le estaba diciendo; luego se echó a reír. No paró de reír hasta que le cayeron lágrimas por esas mejillas redondas y rubicundas y la papada se le balanceaba. Se rio hasta que casi tuvo que tumbarse en el suelo.

Se pueden decir muchas cosas de Manfred, pero sin duda siempre ve el lado positivo de la vida.

Cuando llego a la comisaría es de noche en Kungsholmen. También parece que hace más frío porque, en vez de aguanieve, caen unos grandes copos mullidos sobre Polhemsgatan. Si la comisaría no fuera tan increíblemente fea, la escena hubiera sido hasta bonita, pero dominan los gigantescos edificios, un recordatorio del estilo arquitectónico brutalista postindustrial, tan en boga en los años sesenta. Las siluetas de las pantallas de luz contra la fachada indican que mis colegas están trabajando mucho dentro: la lucha contra el crimen no distingue el día de la noche. Ni siquiera un viernes por la tarde justo antes de

23

Navidad, y sobre todo cuando una mujer joven ha sido brutalmente asesinada.

En la escalera a la segunda planta, me encuentro con Sánchez.

—Pareces cansado —me dice.

Lleva una blusa de seda de color crema y unos elegantes pantalones negros que la hacen parecer la funcionaria de planta que es. Lleva el pelo moreno recogido en una cola de caballo, y le veo el tatuaje del cuello. Parece una serpiente que sube por la espalda hacia la oreja izquierda, como si quisiera mordisquearle el lóbulo.

—Tú tampoco tienes muy buena pinta —contesto.

Ella sonríe con falsa amabilidad y sé que tendré que pagar por ese comentario más tarde.

—He recabado cierta información sobre Jesper Orre. Le he dado el material a Manfred.

—Gracias —digo, y sigo subiendo la escalera.

24

Manfred está tomando té delante del ordenador y me invita a pasar con un gesto. En el escritorio tiene fotos de Afsaneh, su joven esposa, y su hija Nadja, que pronto cumplirá un año.

—¿Has comido? —me pregunta.

—No tengo hambre, gracias.

—No. Esa visita no ha sido como para abrir el apetito.

Pienso en la cabeza en medio de un charco de sangre. La gente hace cosas extrañas, a veces por ningún motivo y otras por contiendas que duran generaciones. Recuerdo un programa de televisión que vi hace unos meses en el que intentaban contestar la pregunta: ¿El hombre es un animal pacífico o asesino? Pensé que la pregunta en sí era rara. No hay duda de que el ser humano es el animal más peligroso del planeta: no paramos de cazar y matar, no solo otras especies, sino la nuestra. La membrana de la civilización es tan fina y superficial como el pintaúñas chillón que le encanta llevar a Janet.

—¿Tienes algo sobre Jesper Orre?

Manfred asiente y recorre con el dedo grueso el texto que tiene delante.

—Jesper Andreas Orre. Cuarenta y cinco años. Nacido y criado en Bromma.

Manfred hace una pausa y estira el brazo para alcanzar las gafas de lectura, mientras yo reflexiono. Cuarenta y cinco años, cuatro años más joven que yo, y posiblemente culpable de un brutal asesinato. O tal vez sea también una víctima, es demasiado pronto para saberlo, aunque estadísticamente es probable que esté implicado en el crimen. La explicación más sencilla suele ser la correcta al final.

Manfred se aclara la garganta. Continúa:

—Desde hace dos años es CEO de la cadena de ropa Clothes&More. Es… diríamos que controvertido. No es muy popular, está considerado un hueso duro de roer. Por lo visto ha despedido a gente por quedarse en casa con sus hijos enfermos, ese tipo de cosas. Según el sindicato, de todos modos. Han presentado varias demandas civiles contra la empresa. El año pasado ganó 4.378.000 coronas de base imponible de ingresos. Sin antecedentes, nunca se ha casado. Sale a menudo en los medios de comunicación, sobre todo en los diarios sensacionalistas, y casi siempre por su vida amorosa. Sánchez ha hablado con sus padres y su secretaria y nadie ha sabido nada de él durante las últimas horas. Se fue a trabajar como siempre el viernes y todo parecía completamente «normal».

Manfred hace la señal de comillas cuando dice la palabra «normal» y me mira a los ojos por encima de las gafas.

—¿Tiene alguna relación?

—Según los padres, no. La secretaria comentó que era muy celoso de su vida privada desde que los medios empezaron a escribir sobre él. También hemos conseguido los datos de algunos amigos. Sánchez se está poniendo en contacto con ellos.

—¿Y qué pasa con el incendio?

—Exacto, el fuego. —Manfred vuelve a hojear el montón de papeles—. Jesper Orre estaba en proceso de construir un garaje, pero hace tres semanas se quemó, junto con sus dos coches. Por lo visto eran coches bastante caros. Un… déjame ver… un MG y un Porsche. La compañía de seguros está investigando si el incendio fue provocado. Sánchez también va a hablar con ellos.

Miro por la ventana. La nieve cae con más intensidad y tapa las vistas. Manfred ve mi expresión.

—Enseguida —dice—. Tengo que ir a casa. Nadja tiene una infección de oído.

—¿Otra vez?

—Ya sabes cómo es a esa edad.

Asiento, mientras pienso que en realidad no lo sé. Ha pasado mucho tiempo desde que Albin era pequeño y entonces casi nunca lo veía. Las infecciones de oído, las gastroenteritis… todo eso me lo perdí.

—Peter —dice Manfred—. No te iría mal revisar un poco esa vieja investigación. El método es demasiado parecido para no tenerlo en cuenta. Yo podría hablar con los implicados. Tal vez desenterrar a esa bruja. ¿Cómo se llamaba? ¿Hanne?

Me volví hacia Manfred despacio. Con cuidado de no revelar el efecto que tiene ese nombre en mí, cómo me asaltan los recuerdos y se extienden por todas las células de mi cuerpo.

Hanne.

26 —No —digo, tal vez demasiado irritado, no estoy seguro. Ya no controlo mi voz—. No, no hace falta ponernos en contacto con ella.

Emma

Dos meses antes

—**M**ierda, esa roca es enorme.

Los dedos huesudos de Olga agarran el anillo y lo sujetan contra la luz, como si intentara asegurarse de que es real.

—Muy bonito —dice, y me lo devuelve—. ¿Cuánto costó?

—Fue un regalo. No podía preguntar eso.

—¿Por qué no?

—No puedes.

Se hizo el silencio un momento.

—Entonces, dinos, ¿quién es el príncipe? —dice Mahnoor.

—No puedo…

—Oh, vamos. —Mahnoor suelta una risita—. Estás prometida. ¿Hasta qué punto puede ser eso un secreto?

Una gruesa trenza negra le cuelga por el hombro. Tiene alrededor de los ojos una línea negra del delineador.

—Es complicado —empiezo.

—Mi tía se casó con su primo. No se lo dijeron a nadie durante diez años —comenta Olga para ayudar—. Tienen dos hijos. Eso sí que es complicado. De verdad.

—Lo prometo. No es un pariente. No hay nada de incesto. Es solo que es… complicado.

—¿Como en Facebook? «Es complicado.»

Olga suelta una risa astuta.

—Tal vez.

Se hace el silencio en la diminuta cocina americana y la nevera se enciende con un suspiro. Entiendo la curiosidad de mis colegas. Yo habría reaccionado igual, pero esto es distinto. Es una situación excepcional. Estaría mal y sería una irresponsabilidad por mi parte contárselo a alguien, sobre todo a Olga y a Mahnoor. Podría causar problemas a Jesper, y en última instancia a mí.

Además, lo prometí.

Olga hace un montoncito con las migas de la mesa y se pone a dibujar patrones con las uñas largas y blancas acrílicas.

—No entiendo por qué tanto secretismo —se queja—. Una cosa es que estuviera casado, pero es evidente que no, porque estás prometida con él.

Mahnoor levanta la mano.

—No quiere contarlo. Respétalo.

Le doy las gracias en silencio a Mahnoor, que me devuelve la sonrisa y se coloca la trenza en la espalda.

Olga aprieta los labios finos y hace una mueca de desesperación.

—Lo que digáis.

Silencio de nuevo. Mahnoor se aclara la garganta.

—¿Cómo fue el funeral de tu madre, Emma? ¿Fue bien?

Mahnoor. Siempre tan amable y considerada. Tiene la voz suave y una manera de hablar lenta y cautelosa. Las palabras son como pequeñas caricias dulces. Me pongo el anillo en su sitio. Respiro.

—Fue bien. No hubo mucha gente, solo los más cercanos.

De hecho, solo había cinco personas en la pequeña capilla. Había unas cuantas coronas funerarias solitarias en el sencillo féretro. El organista tocó algunos himnos, aunque yo sabía que mi madre odiaba los himnos y las oraciones. Muerta, como en vida, tienes que rendirte a la tradición, eso es lo que creo.

—¿Cómo te sientes ahora? ¿Estás bien? —Mahnoor parece preocupada.

—Estoy bien.

Lo cierto es que en realidad no sé cómo me siento, pero, sea lo que sea, es difícil de explicar. La situación es surrealista. No me entra en la cabeza que mi madre esté muerta, que realmente su cuerpo grande y gordo estuviera dentro de ese ataúd. Que alguien la vistiera, le peinara el cabello rubio y áspero y la metiera ahí. Que hubieran cerrado y atornillado la tapa, o lo que sea que hagan.

¿Qué debería sentir?

¿Desesperación, tristeza? ¿Alivio? Mi relación con mi madre era complicada, por decirlo con suavidad, y durante los últimos años, desde que empezó a beber «a jornada completa», como decía una tía mía, no nos veíamos mucho.

Y ahora esto de Jesper. En medio de todo este misterio, me da el anillo y me dice que quiere compartir su vida conmigo. Yo miro el diamante que brilla en mi dedo y pienso que, pase lo que pase, nadie me lo quitará. Lo valgo. Me lo he ganado.

La puerta se abre de un golpe.

—¿Cuántas veces tengo que deciros que no me dejéis sola en la tienda? Os quedáis por ahí fumando mientras…

—Nadie está fumando —le interrumpe Olga con aspereza, y se acaricia el pelo largo y fino con la mano.

Su comentario me sorprende. Las discusiones con Björne no suelen acabar bien. Él se pone tenso, estira el cuerpo largo y flaco y se mete las manos en los bolsillos de los tejanos perfectamente gastados que le caen perfectamente bajos en el trasero. Balancea el peso adelante y atrás sobre las botas de vaquero, mira a Olga y levanta la barbilla, lo que hace que la papada parezca aún más pronunciada de lo habitual. «Parece un pez —pienso—. Un pez malvado que acecha en agua turbia esperando a su presa.» El pelo oscuro y mate le cuelga largo sobre el cuello cuando lanza la cabeza hacia atrás.

—¿Te he pedido tu opinión, Olga?

—No, pero…

—Muy bien. Te sugiero que cierres la boca y me ayudes a etiquetar tejanos, en vez de quedarte ahí sentada admirando tus nuevas uñas rusas.

Se da la vuelta y cierra de un portazo.

—Pene —dice Olga que, pese a llevar diez años en Suecia, aún tiene dificultades para encontrar las palabras adecuadas.

—Supongo que será mejor que salgamos de aquí —dice Mahnoor, se levanta, estira un poco la blusa para alisarla y abre la puerta.

De camino a casa compro algo de comida. A Jesper le gusta la carne y esta noche estamos de celebración, así que compro un poco de solomillo, del caro, el orgánico, aunque en realidad no puedo permitírmelo. Compro lechuga, tomate cherry y queso de cabra para asarlo sobre tostadas. Paso mucho tiempo frente a los estantes de la tienda de licores. Paso la mano por las abultadas botellas que tengo delante para llamar mi atención. El vino no es mi especialidad, pero solemos beber tinto. A Jesper le gustan los vinos sudafricanos, así que me decido por un pinotage de cien coronas.

Es de noche cuando camino por Valhallavägen hacia casa. Sopla un viento gélido del norte y unas gotitas duras de lluvia me azotan la cara. Contemplo el pavimento negro y húmedo y acelero en el último tramo hasta la puerta.

El edificio de pisos se construyó en 1925 y está justo al lado del centro comercial de Fältöversten, en una zona pija de Estocolmo. Una tía mía vivió allí hasta que murió hace tres años. Por algún motivo incomprensible heredé el piso, lo que provocó cierta controversia entre mis parientes. ¿Por qué yo, Emma, que ni siquiera tenía una relación estrecha con Agneta, heredaba el piso en el centro de la ciudad? ¿Cómo la había engañado para que me lo dejara?

No era del todo ilógico. La tía Agneta no tenía hijos y nos veíamos de vez en cuando. Todas mis tías se reunían a veces, decididas a mantener vivo su matriarcado disfuncional, y a veces yo las acompañaba.

Abro la puerta y presiono el pomo de latón. Me sorprende el olor familiar a tostada y detergente. Y algo más, algo un poco correoso que no podía identificar del todo. Algo orgánico y conocido. Dejo las bolsas en el suelo con cuidado, enciendo la luz del pasillo y me quito los zapatos mojados. Dejo el abrigo en un colgador, agarro una toalla y me seco las gotas con suavidad.

Hay dos sobres en el suelo. Facturas. Los recojo y los llevo a la cocina. Los dejo en el montón con los demás y los recordatorios. La montaña de papeles tiene un grueso alarmante y recuerdo que tengo que hablar con Jesper de eso. Tal vez no esta noche, pero pronto. No puedo seguir dejando las facturas en un montón. Un día habrá que pagarlas.

Llamo a Sigge y saco un poco de comida de gato del armario. En cuanto oye el crujido está aquí, acariciándose contra mis pantorrillas. Me inclino hacia delante, le acaricio el pelaje negro, le hablo un poco y luego salgo al salón.

Mi piso apenas está amueblado. También heredé las sillas de Carl Malmsten de la tía Agneta. La mesa y las sillas del salón los compré en Internet y la cama es de IKEA. También tengo un escritorio, que encontré en el Ejército de Salvación. Está cubierto de libros y libretas rojas. Además de trabajar en la tienda, estoy estudiando el bachillerato internacional. Dejé el colegio. Me sucedieron ciertas cosas que me quitaron la capacidad y las ganas de continuar, pero siempre se me dieron bien los estudios. Sobre todo las matemáticas. El mundo de los números tiene algo liberador. No hay zonas grises, ni subjetividad, ni espacio para la interpretación: o calculas bien o mal.

Ojalá el resto de cosas en la vida fueran tan sencillas.

Por un momento pienso en Woody. Con el pelo largo y moreno recogido en una cola de caballo en la nuca. El hábito de ponerse la mano en la mejilla cuando escuchaba, siempre con una intensidad asombrosa. Como si todos tuviéramos algo verdaderamente importante que decir. Quizá fuera cierto. Siento un escalofrío y salgo al salón.

Algún día dejaré de pensar en Woody, me dije. Un día su recuerdo se desvanecerá como una vieja Polaroid y seguiré adelante como si no hubiera existido.

En mi casa hay un objeto que tiene auténtico valor: un cuadro de Ragnar Sandberg colgado en el dormitorio. Una composición naíf de jugadores de fútbol de amarillo y azul. Me gusta mucho. Mi madre me insinuaba a menudo que lo vendiera para repartirnos el dinero y que ella se pudiera beber su parte, pero yo me negaba. Me gustaba tenerlo ahí, en la pared, donde siempre había estado colgado.

La tía Agneta también me dejó algo de dinero. Cien mil coronas, para ser exactos. Fajos de billetes de cien coronas envueltos con cuidado que encontré en el armario de la ropa de cama. Nunca se lo dije a mi madre, sabía perfectamente lo que habría hecho.

Me acerco a la ventana y miro fuera.

Cinco plantas por debajo se extiende la calle Valhallavägen como una negra arteria gigantesca que alimenta de tráfico Li-

31

dingövägen y el centro de la ciudad, parte del monumental sistema circulatorio de vías que entrecruzan Estocolmo. La lluvia ha arreciado. Azota la ventana y deja regueros aceitosos. Fuera debe de hacer frío, casi bajo cero, y siento un escalofrío.

Desempaqueto la comida, corto el queso de oveja en trozos y lo pongo sobre unas tostaditas. Enciendo el horno y preparo la ensalada. Luego me doy una ducha. Siento cómo el agua caliente se desliza sobre mi cuerpo. Inspiro el vapor caliente. Lavo con cuidado cada centímetro de mi cuerpo con el jabón que sé que le encanta. Noto los pechos blandos e inflados cuando los masajeo. Agarró el champú y me lavo el pelo antes de salir de la antigua bañera con asiento.

El baño está lleno de vapor. Abro un poco la puerta, limpio el espejo con una toalla y me inclino hacia delante. Tengo la cara hinchada y con un leve rubor. Las pecas destacan con claridad sobre la piel pálida, como cientos de pequeñas islas esparcidas de manera caprichosa en un mar. Unas son más grandes y otras más pequeñas. Algunas se funden en conglomerados y forman continentes irregulares de piel rojiza sobre el mar pálido.

Empiezo a alisarme con suavidad el pelo largo, de color caoba, con un peine de púas anchas. Examino los pechos. Son grandes, demasiado para mi cuerpo, con los pezones anchos y de color rosa claro. Siempre los he odiado, desde que esas horrorosas protuberancias pequeñas empezaron a hacerse visibles, como forúnculos en la piel clara. Hice todo lo posible por ocultarlas: llevar camisas holgadas o caminar con la espalda encorvada. Comía demasiado.

Jesper dice que le encantan mis pechos, y le creo. Se tumba entre mis piernas, los acaricia como si fueran dos cachorros y habla con uno y luego con el otro, con amor. Se me ocurre que el amor no es solo lo que uno siente por otro ser humano, sino verse una misma a través de los ojos de tu amante. Ver la belleza donde antes solo veías defectos.

Me maquillo a conciencia. A Jesper no le gusta que lleve demasiado maquillaje, pero no significa que le guste que no lleve nada, solo que parezca que no llevo maquillaje. Se tarda mucho más cuando intentas conseguir ese aspecto natural.

Cuando termino, me pongo un poco de perfume en todos los puntos estratégicos: las muñecas, entre los pechos, el cuello. Me pongo un poco cerca de la ingle. Luego me pongo el vestido negro, sin nada debajo, me seco los pies con cuidado en la alfombra del baño y salgo.

Jesper suele ser puntual. Me siento tentada de poner las tostadas en el horno a las siete, pero solo tardan unos minutos en hacerse, así que es mejor esperar a que llegue. La lluvia sigue golpeando contra el cristal oscuro de la ventana con la misma intensidad. Fuera, el sonido de las sirenas se disipa. Enciendo velas en la mesa. La corriente de las ventanas viejas y agujereadas hace que las llamas se agiten, y las sombras en la estancia cobran vida, empiezan a moverse. Ondean por las puertas y la mesa avejentadas de la cocina. Por un momento parece que toda la habitación se balancee, y que sea contagioso, porque de pronto siento una leve náusea.

Cierro los ojos y me agarro a una silla. Pienso en él.

33

Jesper Orre. Por supuesto, había oído hablar de él, había visto imágenes en televisión y en la prensa rosa. También hablábamos de él de vez en cuando en la tienda, claro. Sabíamos que nuestro CEO era controvertido, tanto en los negocios como en otros aspectos. Básicamente era el chico malo de la industria de la moda, con reputación de ser duro y carecer de escrúpulos. Cuando llegó a ser CEO, despidió a todo el equipo de dirección en un mes y se llevó a su propia gente. Enseguida se sucedieron más cambios. Se despidió al veinte por ciento de los empleados. Enviaron a nuevos directivos para ver cómo tratar a los clientes. Se introdujeron normas de etiqueta más estrictas para la plantilla. Almuerzos más cortos, pausas más breves.

Cuando entró en la tienda aquel día de mayo, al principio no lo reconocí. Había algo un poco confuso en su aspecto. Se quedó en medio de la sección masculina y se puso a dar vueltas despacio, como un niño de pie en medio de un circo mirando al público con los ojos desorbitados.

Me acerqué y le pregunté si podía ayudarle en algo. Es mi trabajo, y la empresa tiene manuales con fórmulas hechas para que las utilicen los empleados, otra de las ideas de Jesper que no gustó al sindicato.

Se volvió hacia mí, aún con esa expresión confusa, se pasó la mano por el pecho, cohibido, y señaló una gran mancha naranja que tenía en la pechera de la camisa.

—Tengo una reunión de dirección en media hora —dijo, mientras seguía evitando mi mirada y escudriñando la tienda con los ojos—. Necesito una camisa nueva.

—¿Espagueti boloñesa?

Se quedó helado y un amago de sonrisa se reflejó en su tez bronceada. Luego me miró a los ojos y en ese momento lo reconocí. Por suerte, apartó de nuevo la mirada, porque de pronto su presencia resultaba tan abrumadora, tan palpable, que no sabía qué hacer. Me dejó sola en ese silencio, incapaz de manejar la situación.

Tardé unos instantes. Al final recobré la compostura.

—¿De qué talla?

Me miró de nuevo y entonces me percaté de su cara de cansancio.

Lucía ojeras, unas anchas mechas grises en las sienes y una triste arruga que bajaba de la comisura de los labios daba un aire casi amargo a su rostro. Parecía mayor que en las fotografías. Mayor y más cansado.

—¿La talla?

—Sí, vaya, su talla de camisa.

—Perdone, claro —me dijo.

—¿De qué color le gustaría?

—No lo sé. Tal vez blanca. Algo neutro. Algo apropiado para una reunión de dirección.

Me dio la espalda y escudriñó la tienda. Escogí tres camisas que me parecieron adecuadas. Cuando volví, seguía ahí.

—¿Cree que podría ayudarme a decidir? —preguntó.

—Por supuesto.

La pregunta no tenía nada de raro, formaba parte del trabajo ayudar a los clientes a encontrar prendas que quedaran bien. Esperé fuera del probador hasta que salió con la primera camisa, la blanca.

—¿Queda bien?

—Absolutamente. Queda perfecta, pero pruébese también las otras.

La cortina volvió a cerrarse sin hacer ruido. Dos minutos después salió con la siguiente camisa: era de rayas azules y blancas con el cuello abotonado.

—Eh…

—¿No le gusta?

Parecía tan preocupado que estuve a punto de echarme a reír.

—No, no, solo que no es apropiada para una reunión de ejecutivos. Probablemente debería llevar algo un poco más… formal.

Asintió como si estuviera dispuesto a obedecer a todos mis caprichos y volvió a entrar en el probador.

—¿Me pruebo también la tercera? —dijo desde dentro.

—Creo que sí, sin duda.

Todo aquello empezaba a divertirme. Era como un jueguecito gracioso con nuestro CEO, que se había colado en la tienda de incógnito. Como un rey en un cuento de hadas que se viste de mendigo para mezclarse con sus súbditos.

Se abrió la puerta del probador y salió con una camisa de color azul claro.

—Es perfecta. Debería ponerse esa —afirmé—. Es seria, pero no tan aburrida como la blanca.

—Entonces… ¿en esta tienda vendemos cosas aburridas?

Tenía un brillo nuevo en los ojos y me miraba de una forma totalmente distinta.

—Bueno, a veces los clientes necesitan prendas aburridas.

—*Touché*.

Sonrió y se detuvo cuando entraba en el probador.

—Me gusta tu estilo, ¿cómo te llamas?

—Emma. Emma Bohman.

Él asintió y desapareció tras la cortina sin decir más.

Mientras marcaba la camisa ocurrió algo que me cambió la vida para siempre. Jesper se puso a buscar la cartera, frenético. Era evidente que cada vez se sentía más avergonzado.

35

—No lo entiendo. Tendría que… —Buscó en los bolsillos y luego hizo un gesto de resignación—. Maldita sea —masculló entre dientes.

—Oiga, puede volver más tarde con el dinero. Sé quién es.

—De ninguna manera, la caja quedaría descuadrada. No quiero causarle problemas.

—Bueno, si intenta engañarme, le enviaré a la policía.

No captó la broma. Vi que se le formaban gotas de sudor en el nacimiento del pelo. Brillaban como cristales bajo la potente luz artificial.

—Maldita sea —repitió, y de algún modo sonó a pregunta, como si me pidiera consejo sobre aquella situación incómoda.

Me incliné hacia delante y le toqué el brazo con suavidad.

—Oiga, le presto el dinero. Le apunto mi número. Ya me lo pagará cuando pueda.

Y así ocurrió.

Se llevó mi número de teléfono, aliviado. Al salir de la tienda agitó la nota en el aire, como si le hubiera dado una especie de diploma, y me sonrió.

36

Miro el reloj que estaba colgado encima de la televisión. Las siete y veinte. ¿Dónde está? A lo mejor entendió mal la hora. Tal vez pensó que tenía que venir a las ocho en vez de a las siete. Algo me da mala espina. Nunca había conocido a nadie tan puntual como Jesper. Siempre llega a tiempo, y siempre con flores frescas en la mano. En pocas palabras, es el caballero perfecto. Puede parecer rudo y arrogante, casi brutal al principio, pero en realidad es sensible, empático y juguetón como un niño.

Y puntual.

Me sirvo otra copa de vino y pongo las noticias. Los agricultores franceses han volcado toneladas de patatas en la circunvalación de París para protestar por un cambio en los subsidios de la Unión Europea. Un tornado había afectado a Sala por la tarde y había provocado daños graves en un colegio nuevo. Unos científicos chinos han encontrado un gen que, si es defectuoso, causa cáncer de próstata.

Apago de nuevo el televisor. Jugueteo con impaciencia con el móvil. No me gusta molestar a Jesper, pero me preocupa que haya entendido mal algo: ¿la hora, el sitio, la fecha?

Le envío un mensaje de texto breve preguntándole si está de camino. Espero no parecer demasiado insistente.

Jesper Orre. Si lo supieran Olga y Mahnoor.

Si lo hubiera sabido mamá.

Siento un retortijón en el estómago. No pienses en mamá.

Demasiado tarde. Ya noto su presencia en mi pequeño salón. Huelo la mezcla de cerveza y sudor. Veo la carne pálida esparcida sobre el sofá donde está desplomada, roncando a todo volumen delante del televisor, con una lata de cerveza medio vacía plantada con firmeza entre las rodillas.

Mamá siempre alardeaba de que nunca bebía nada más fuerte que la cerveza. Lena, una de mis tías, solía comentar que el alcohólico que solo bebía cerveza era el más trágico, el adicto más bajo de todos, con un pie en la tumba y otro de camino a la tienda para llenar la nevera.

Sin embargo, la parte más triste era que mamá no siempre había sido así. En algún momento hace mucho tiempo fue distinta. Aún lo recuerdo con claridad, y a veces me pregunto si lamento la pérdida de la persona que fue más que su muerte.

Un recuerdo temprano. Estoy sentada con mi madre en mi cama estrecha. Las paredes de la habitación están sucias, llenas de huellas de dedos y de manos, incluso de pies. «¿Cómo consigues subirte por las paredes como un mono?», solía decirme mamá, para luego soltar un suspiro dramático mientras intentaba frotar las huellas con un paño húmedo.

Fuera era de noche. Alguien estaba quitando nieve con una pala en el patio. Oía los golpes duros cuando la pala penetraba en la nieve y chocaba con los adoquines de debajo. Dentro hacía frío, y mamá y yo llevábamos pijamas de manga larga y calcetines. Mamá tenía en el regazo el cuento de los tres ositos.

—¡Sigue! —dije.

—De acuerdo, pero solo un poco más —dijo mamá con un bostezo, y giró una página arreglada con cinta adhesiva en una esquina. Miró el texto con una expresión seria.

—«¿Quién ha dormido en mi cama?» —leí yo, siguiendo las palabras con el dedo índice.

Tenía siete años y estaba en segundo de primaria. Había aprendido a leer antes de empezar el colegio.

En realidad, no recuerdo cómo aprendí. Supongo que hay niños que lo captan sin más, lo descodifican solos. En todo caso, mi profesora se puso muy contenta cuando llamó a mi madre para decirle que iba muy por delante de mis compañeros en lectura y, comentó ella, dado que «la lectura es la base del resto del aprendizaje», eso significaba que las cosas me irían bien en el futuro.

—¿Y la línea siguiente?

—«El osito miró al oso mayor y neg... negó con la cabeza» —leí.

Mamá asintió, concentrada. Parecía que estuviera meditando sobre un complejo problema matemático. En ese preciso instante se oyó que llamaban con suavidad a la puerta del dormitorio. Papá asomó la cabeza. Llevaba un libro y un paquete de tabaco en la mano. El pelo largo le caía sobre la cara formando una suave onda. Siempre pensé que papá parecía una estrella de rock, con el pelo fino y el estilo desenfadado. Era moderno de una manera que no era ninguno de los demás padres o madres, y normalmente prefería que me llevara él al colegio en vez de mamá.

—Solo quería daros las buenas noches —dijo, y entró en la habitación. Se acercó a la cama, se inclinó y me dio un beso en la mejilla. La barba incipiente rascaba contra la mejilla, y el olor a tabaco apestaba en las fosas nasales.

—Buenas noches —dije, y lo seguí con la mirada mientras salía. La espalda delgada, junto con el peinado, o la falta de él, y esa peculiar manera de mover los brazos al caminar hacían que pareciera un adolescente.

Miré a mamá de nuevo. Era lo contrario de papá. Tenía el cuerpo grande y en forma de bobina, como un animal que vive en el mar, tal vez un león marino o una ballena. Su pelo decolorado salía disparado en todas direcciones y los pechos amenazaban con estallar a través del pijama de franela cada vez que respiraba hondo.

—Te toca —dije yo.

Mamá dudó un segundo, luego movió el dedo índice despacio por el texto.

—No h…

—No he —completé. Mamá asintió y lo intentó de nuevo.

—«No he dormido… en tu cama», dijo el os… os… os…

—Osito —dije. Mamá me apretó con la mano.

—Vaya, osito es una palabra difícil.

—Pronto te parecerá fácil —dije, muy seria. Mamá me miró. De pronto le brillaban los ojos y me apretó la mano.

—¿De verdad lo crees?

—Claro. Todo el mundo en mi clase sabe leer.

No le dije que todas las madres y padres también sabían leer. Pese a tener solo siete años, sabía que la entristecería. Era la única que lo sabía. Ni siquiera los colegas de mamá o papá conocían su vergonzoso secreto.

—Podemos seguir practicando por la mañana —dijo mamá, y me dio un beso en la mejilla—. Y no le digas nada a papá de…

—Te lo prometo.

Apagó la luz y salió de la habitación. Yo me quedé tumbada en la cama, con una cálida sensación en mi interior. Era sentirse necesitada, además de querida.

¿Y si mamá siguiera viva, si hubiera tenido la oportunidad de verme con Jesper? ¿Qué habría pensado? Algo me dice que no le habría gustado la atención que probablemente despertaría nuestra relación. Habría fruncido los labios y me habría lanzado una mirada autocompasiva y de decepción, y mascullaría algo sobre que no me importaba ella, pero qué iba a esperar, ya que nunca la había ayudado con nada. Luego se pondría a hablar de la arpía de la hija de Löfberg, que aún vivía en casa, aunque tenía treinta años y cuidaba de su madre mayor.

Miro el reloj. Las nueve y media. Empiezo a notar un leve

desasosiego en el pecho y, antes de poder definirlo con palabras, sé lo que es: miedo. ¿Y si realmente le ha pasado algo a Jesper? Es de noche, sopla viento y seguro que las carreteras están cubiertas de una gruesa capa de lluvia helada. Lo pienso unos segundos, luego cojo el teléfono de la mesa. Dudo. Es raro lo mucho que me cuesta llamarlo. Es como si mi valía dependiera en cierto modo de que él me deseara más de lo que yo lo deseo a él, o por lo menos igual. Solo las mujeres desesperadas te incordian, creo, y las mujeres desesperadas son difíciles de querer.

Al final, llamo.

La llamada pasa directamente al buzón de voz y me pregunto si ha apagado el móvil y por qué. Vacío la copa de vino, me pongo la manta encima y cierro los ojos.

Jesper tardó una semana en llamarme por el préstamo y en invitarme a comer.

Quedamos un sábado cerca de su pequeña segunda vivienda en Södermalm. El restaurante estaba abarrotado y había mucho ruido. Al principio casi no lo reconocí. Llevaba tejanos y una camiseta y parecía bastante más joven que aquel día en la tienda, vestido con traje. Toda su actitud era distinta. La expresión un tanto incómoda, confusa, se había desvanecido. Tenía la espalda recta. Sonreía y me miraba con seguridad.

—Emma —dijo, y me dio un beso en la mejilla.

Me dio vergüenza. Nadie me besaba en la mejilla, ni siquiera mi madre.

Sobre todo mi madre.

—Hola —dije.

Se reclinó sobre la silla y me observó en silencio, se quedó así sentado hasta que me dio vergüenza y sentí el impulso de decir algo, aunque solo fuera para romper ese agobiante silencio.

—¿Cómo fue la reunión de dirección?

—Bien.

Sonrió. Sus ojos tenían un brillo de avidez, casi de hambre, como si viera algo comestible al mirarme. De pronto me sentí incómoda con la situación.

—¿Por qué me has invitado a comer?

La pregunta me salió de forma espontánea. Su conducta me confundía tanto que la única manera que se me ocurría de manejarla era la sinceridad brutal.

—Porque siento curiosidad por ti —contestó sin dudar y sin apartar la mirada de mí.

Bajé la mirada hacia mi regazo y estudié mis tejanos nuevos, que había comprado especialmente para aquella comida. Qué estupidez. Como si a Jesper Orre le importara lo que llevara yo, una dependienta.

—Siento curiosidad porque me trataste como a un igual —aclaró.

Le miré a los ojos. Por un instante me pareció vislumbrar algo oculto en ellos, tal vez dolor, o enfado, como si hubiera mordido algo amargo.

—¿Un igual?

Él asintió despacio. Desde la barra llegaba un rugido colectivo. Me di la vuelta: en la pantalla colgada en la pared el Arsenal acababa de marcar contra el Manchester United.

Jesper se inclinó hacia delante sobre la mesa y acercó su cara a la mía, tanto que olí la loción de afeitado y el aliento a cerveza. De nuevo sentí una incomodidad que se apoderaba de mí.

—Cuando eres… cuando tienes mi trabajo —se corrigió—, poca gente alrededor se comporta con normalidad. La mayoría te trata con un respeto exagerado. Algunos ni siquiera osan hablar conmigo. Pocos dicen lo que realmente piensan y sienten. Es agotador. Y provoca cierta soledad, ya me entiendes. Pero tú dijiste lo que pensabas. Me trataste como una persona normal.

Me encogí de hombros.

—¿Y no lo eres?

Soltó una carcajada y bebió un sorbo de cerveza. Tenía los brazos bronceados y cubiertos de vello dorado.

—Será una locura, pero siento una especie de conexión contigo. Si eres sincera…

—¿Sí?

—¿No eres también de esas personas que se sienten solas? ¿Rara? ¿Distinta de la gente que te rodea? ¿Una… observadora?

Asentí despacio. Tenía razón. Siempre me había sentido diferente, desde pequeña. Siempre tenía la extraña sensación de

41

estar interpretando un papel secundario en mi propia vida. De estar sentada en una burbuja, observándome desde fuera. La pregunta era cómo demonios lo había visto Jesper Orre en los diez minutos que pasó en la tienda conmigo.

Se oyeron suspiros de abatimiento desde la barra.

—El balón ha ido al poste —dijo Jesper.

—¿Cómo… cómo lo sabes?

—¿El qué?

Él miró confundido hacia la pantalla, como si le preguntara sobre el partido.

—Lo mío. Me compraste una camisa y ahora afirmas que somos iguales. Y que somos unos solitarios. No sabes nada de mí. Ni quién soy, de dónde vengo o qué quiero de mi vida. Y aun así dices… todo eso. Como si creyeras que puedes leerme como un libro.

Él levantó la cerveza para brindar y me guiñó el ojo.

—Como te he dicho, me gusta que me trates como a un igual. Y eres valiente. Como yo.

42

Salí del restaurante con las piernas temblorosas. Tenía las mejillas calientes y las manos sudorosas. No sé qué sentía con más intensidad: irritación por su precisa descripción de mí después de pasar tan poco tiempo en mi compañía o la atracción que ya existía. Además, no podía dejar de pensar si tenía razón. ¿Éramos parecidos? ¿Había una conexión, una sensación instantánea de pertenencia que derribaba todas las barreras de clase, edad y profesión?

Eran poco más de las cuatro cuando fui corriendo hacia Slussen. Era una tarde cálida, solo llevaba una camiseta sin mangas y aun así me caía sudor entre los pechos, así que cuando iba por la mitad de Götgatan tuve que parar y recuperar el aliento. La gente pasaba: peatones y gente de compras, mendigos y mujeres con velo de camino a la mezquita. Me sentía como si estuviera en medio de un río desbordado, como si hubiera perdido la habilidad de gobernar un barco que iba a la deriva en un mar de gente.

Cuando llegué a la entrada del metro, vi una silueta conocida en la entrada: Jesper Orre. De alguna manera había adivinado adónde iba y había llegado antes que yo.

Me agarró de la mano.

—Ven —fue lo único que me dijo.

Me llevó con él y yo no pude protestar, ni discutir. La sensación de impotencia me aturdía, pero también me causaba una rara liberación. Un alivio de la responsabilidad y la culpa que van asociadas. Lo seguí. Cerré los ojos y dejé que me guiara a través del mar de gente.

Cuando me despierto son las tres de la mañana y estoy en una posición extraña, medio inclinada en la butaca. Tengo el cuello rígido y me duele cuando me levanto. La oscuridad ha levantado un muro negro al otro lado de la ventana y el viento ha arreciado. Silba a través de las grietas y noto el aire frío en los tobillos.

Por algún motivo, me recuerda a mi padre y el insecto que encontré. Debía de tener unos diez u once años.

43

La oruga, que era sorprendentemente regordeta y de color verde claro, me recordaba un poco a un oso de goma con pelo. Tenía la misma forma redonda y la barriga semitransparente. Del estómago le salían un montón de patitas y en la cola tenía una pequeña lengüeta. Me hacía cosquillas cuando subía por la mano pecosa hasta el brazo.

—¿Muerde? —pregunté.

Papá lo negó con la cabeza.

—No, el pinchito que tiene en el lomo es el probóscide anal. Es completamente inofensivo.

La oruga siguió trepando y yo puse la parte inferior del brazo hacia arriba para que el polvoriento rayo de sol que entraba por la ventana iluminara su cuerpecito verde. De pronto era casi transparente. Como una piedra preciosa brillante y perfectamente pulida que descansara sobre la muñeca.

—¿Dónde la has encontrado? —preguntó papá.

—En el arbusto que hay junto al columpio.

Él asintió, y luego dijo:

—Come hojas. Vamos a buscarle algo de comer.

Pasamos de puntillas por el pasillo para no despertar a mamá. Papá me indicó que le siguiera con un gesto y la puerta principal se cerró con un clic. Los edificios que rodeaban el pequeño patio abrazaban la escasa vegetación con sus elevados cuerpos de cemento. El sol no había conseguido alzarse sobre las azoteas y el patio estaba en sombra. También estaba desierto. Los columpios colgaban abandonados de las barras metálicas y el cajón de arena estaba vacío, esperando a los niños que pronto saldrían a jugar. Había unas cuantas palas de plástico rotas esparcidas en el camino de grava que había al lado. A lo lejos se oía música de Oriente Medio y un niño gritaba. El aroma a café pendía en el aire de principios de verano.

—Aquí —dije, al tiempo que señalaba el arbusto con las ramas dentadas.

Papá rompió algunas ramitas mojadas por el rocío en silencio, luego me miró muy serio.

—Ahora vamos a construirle un nidito.

Pusimos las ramas del arbusto en un bote de cristal y volvimos al edificio con el mismo sigilo que antes. El pasillo estaba oscuro y olía ligeramente al tabaco de mamá. La oí roncar en el dormitorio de al lado. Papá buscaba en un armario y se oyó la caja de herramientas. Cuando volvimos al salón, tenía un pequeño objeto afilado en la mano.

—Esto es un punzón —susurró, y lo empujó a través de la tapa metálica varias veces para hacer agujeros para que el habitante verde del bote pudiera respirar. La oruga parecía aceptar su nueva casa. En apariencia no le pedía mucho a la vida, una rama y algunas hojas, porque enseguida se acomodó en una de las ramas espinosas.

—¿Ahora qué pasa?

—Algo increíble —dijo papá, y se limpió unas gotas de sudor de la frente bronceada—. Algo absolutamente increíble. Pero debes tener paciencia. ¿Tienes paciencia?

Busco el móvil. No hay llamadas perdidas, ni mensajes de texto. Jesper se ha saltado nuestra cita para cenar sin dar explicaciones. ¿Debería estar furiosa o preocupada? Decido que, a menos que esté en urgencias con las dos piernas enyesadas, merece un par de gritos.

Con una manta sobre los hombros, me arrastro hasta la cocina. Pongo la ensalada, los canapés y el vino en la nevera. Luego llamo a Sigge y me acuesto.

La luz matutina gris azulada se filtra a través de las finas cortinas. Hace frío en la habitación y me meto más en el edredón en busca de calor. Sigge, que está hecho un ovillo a mis pies, se despierta y se lame las patas. Por unos segundos mi mente está vacía de todo lo que no sea ese agradable calor y el suave sonido de las gotas de lluvia que golpean contra la ventana.

Entonces lo recuerdo.

Jesper ayer no apareció. Por algún motivo no acudió a su propia cita para cenar y acabé sola en la cocina, con una bandeja llena de canapés y sin nada más que un vestido negro y escotado.

Mi móvil está en el suelo. Sin llamadas perdidas, ni mensajes de texto.

Me siento en la cama. La habitación está fría y entra una ráfaga de viento. Pese a envolverme bien con el edredón cuando me acerco a la ventana, noto que el aire frío se cuela por las rendijas.

Observo cómo el tráfico matutino avanza despacio por Valhallavägen. Personas diminutas, apenas más grandes que arañas, se abren paso hacia el metro. Salgo al salón para ver las noticias. Si ha ocurrido algo, un accidente, un crimen, tal vez lo mencionen. Cuando me hundo en una de las butacas verdes, siento náuseas. ¿Cuánto bebí ayer? Debería comer algo.

Voy a la cocina y abro la nevera.

Los canapés están bien colocados en la bandeja. Cojo dos, vuelvo al salón y enciendo el televisor, pero la pantalla se mantiene en negro y aparece un breve texto en amarillo diciendo que no hay señal. Me meto uno de los canapés en la boca y vuelvo a la cocina, bastante convencida de saber qué ha ocurri-

45

do. Traslado con cuidado la columna de facturas a la mesa, me meto el segundo canapé en la boca y empiezo a abrir sobres. Saco un recordatorio tras otro de compañías de suministros, mi proveedor del móvil y tarjetas de crédito.

En cierto modo, todo esto es culpa de Jesper. Hace un mes le dejé un dinero y desde entonces voy poniendo las facturas en un montón en vez de pagarlas. Mi sueldo no es suficiente, nunca lo ha sido, pero antes siempre tenía un pequeño rincón al que acudir.

Abro el último sobre: es de la compañía de la televisión por cable. Miro la carta en la que amenazan con cortarme la televisión y las suscripciones de banda ancha si no pago la factura en diez días.

La carta tiene fecha de hace dos semanas.

Dejo el sobre a un lado y recojo el montón de facturas. Dudo un momento, sin saber muy bien qué hacer con ellas. Luego las dejo en la panera, que chirría cuando cierro la tapa.

En el metro, leo las noticias en el teléfono. Un apuñalamiento en Rinkeby, disturbios en Malmö, pero nada sobre Jesper Orre. Tampoco dicen nada de accidentes de tráfico que pudieran haber ocurrido durante la noche.

El vagón de metro está a rebosar y el calor y el olor de tanto cuerpo junto vuelven a provocarme náuseas. Tengo que bajar en la estación de Östermalmstorg, donde me quito la chaqueta y me siento un momento en un banco. Me tapo la cara con las manos. Por el rabillo del ojo veo que la gente me mira desconcertada, incluso angustiada, pero nadie se para a preguntar si me encuentro bien, y lo agradezco.

Lo único en lo que puedo pensar, lo único que quiero saber es dónde está Jesper y por qué no se presentó anoche.

Hanne

Los defensores de que la infelicidad es fruto de unas expectativas demasiado altas en la vida se equivocan. Yo nunca he tenido ninguna expectativa en concreto, no esperaba felicidad, dinero o éxito. Aun así, aquí estoy, sintiendo una decepción que apenas puedo explicar, que no puedo definir y que va más allá de lo que pueden expresar las palabras. Tal vez sea mayor que yo. Quizás viva dentro de la decepción en vez de al revés.

Como si fuera una casa en la que estoy encerrada.

En parte se debe, por supuesto, a que ya no puedo fiarme de mi propio cuerpo. Mi intelecto, mi memoria, se está desintegrando, se fragmenta en pequeñas migajas que se escurren y ya no se unen para formar un todo con sentido.

Miro el pastillero que hay en la encimera. Todas esas pastillitas blancas y amarillas guardadas en compartimentos marcados con los días de la semana. Me pregunto si alguna de esas pastillas surte efecto. En mi última visita, el médico me dijo que era imposible saber algo definitivo sobre la evolución de la enfermedad. Podría ir rápida o lenta, y yo podría tardar meses o años en caer en el olvido y la confusión. Los medicamentos podían funcionar o no, eso también era impredecible, pero el hecho de que la enfermedad me afectara a una edad relativamente temprana, con solo cincuenta y nueve años, indicaba que podía volverse agresiva.

Cuando dijo esto último, lo de que la enfermedad se volvería agresiva, dejé la libreta de preguntas que había preparado. No quería oír más.

A veces es mejor no saber.

Saco la comida de perro del armario y acto seguido oigo los pasos que se acercan desde el dormitorio. Ahí está, delante de mí, mirándome con sus ojos oscuros. Tiene la cabeza un poco inclinada hacia delante y la mirada atenta, suplicante. «Estás intentando congraciarte —pienso—. ¿Por qué? ¿Alguna vez he dejado de ponerte comida?»

Entonces me doy cuenta de que en realidad es posible que haya olvidado alimentar a Frida. Se me olvidan cosas todo el tiempo sin ni siquiera saberlo. Echo un vistazo a la acogedora cocina. Los armarios están cubiertos de notitas amarillas que uso para acordarme de las cosas. Owe odia esas notas. Tal vez porque odia mi enfermedad y lo que me está haciendo, pero intuyo que odia más lo que la enfermedad le está haciendo a él. Amenaza la imagen que tiene de sí mismo y la obra de su vida: la casa perfecta, la esposa guapa e intelectual, cenas con amigos que se alargan hasta bien entrada la noche. Ha insinuado que preferiría no invitar a nadie con la cocina así, y en el fondo sé que le da vergüenza. Porque es vergonzoso, perder el control de uno mismo así es vergonzoso.

Salgo al salón y examino mi vida bien ordenada: cojines blandos y tentadores, candeleros antiguos tallados en marfil, estanterías que se extienden del suelo al techo. Máscaras y estatuillas de todo el mundo esparcidas entre los libros, testigos del viaje que nunca fue: *Este cielo frío: siete temporadas en Groenlandia*, *Arte inuit* y *Ensayos esquimales: relatos desde la cima de la Tierra*.

Owe no comparte mi fascinación por Groenlandia y el pueblo inuit. No entiende qué tiene de interesante ese continente ártico, inhóspito y primitivo. No se puede jugar al golf, la comida sabe a mierda (en palabras de Owe) y, para colmo, cuesta una fortuna llegar hasta ahí.

Supongo que he desistido de ver Groenlandia algún día. No sé si me atrevería a hacer ese viaje sola. No ahora que la enfermedad me acecha allí adonde vaya. Esperando a devorarme, como el mar devoró el Sedna, según la leyenda.

La bella pero superficial diosa inuit Sedna huyó de su padre con un koel del Pacífico para convertirse en su esposa. El pájaro le prometió a Sedna llevarla a un país fantástico donde jamás pasaría hambre, las tiendas estarían hechas con las mejores pieles y ella dormiría sobre las pieles de oso más suaves.

Sin embargo, cuando la chica llegó, la tienda estaba hecha con viejas pieles de peces por las que se colaban el viento y el frío, y no tenía más que unas pieles viejas y duras de morsa sobre las que dormir y nada más que sobras de pescado crudo para comer.

Cuando llegó la primavera, el padre fue a visitar a su hija y la encontró abatida y exhausta en el país del ave. Mató a su marido y llevó a Sedna de regreso a casa en canoa.

Las aves tomaron represalias. Levantaron una potente tormenta y el padre se vio obligado a sacrificar a su hija en el mar para apaciguar a las aves. La lanzó por la borda al agua helada y, cuando ella se resistió a abandonar la barca, le cortó los dedos uno a uno. Cada dedo fue cayendo al mar y se fue convirtiendo en una ballena o una foca. Finalmente, el mar engulló a Sedna, que se convirtió en su amante, la diosa del mar.

Por supuesto, la antigua leyenda de Sedna es una advertencia para las chicas jóvenes inuit sobre los peligros de la vanidad y la desobediencia al padre, pero también trata de los elementos implacables, que no podemos controlar pero debemos aplacar para no perecer.

Yo tengo comida caliente sobre la mesa y una cama cálida a la que volver todas las noches, pero la enfermedad siempre está ahí, esperando a devorarme. Para convertirme en su amante en el vacío, en la vida de la ausencia de memoria que me espera.

Owe cree que no deberíamos contar a nuestros amigos lo de mi enfermedad. Aún no. Lo repite con una frecuencia irritante, pero siempre añade que él estará ahí para cuidarme. «Como siempre», pienso, pero no digo nada. Pero es exactamente así: Owe siempre ha cuidado de mí. Desde que nos conocimos cuando yo tenía diecinueve años y él veintinueve ha cuidado de mí. Me recogía en la carretera cuando el coche se averiaba, pagaba mis facturas, me llevaba a casa cuando bebía demasiado en una fiesta. Incluso me sacó con suavidad de camas ajenas cuando intentaba sublevarme en serio mediante el engaño. Después siempre se ha mostrado comprensivo. Comprensivo, pero condescendiente. Me ha dado pastillas que me aturden y me calman. Me ha explicado que sabe que me siento mal, pero que lanzarse a los brazos de un colega o un conocido no hará que desaparezcan mis problemas. No entiendo lo que me conviene pero me quiere de todas formas.

Tantos años de cariño empalagoso me han hecho sentir asfixia. Es como si no pudiera respirar de verdad en su presencia, como si él ocupara demasiado espacio y no quedara oxígeno para mí en la habitación. A veces se lo digo, y él me dice que si yo no hubiera sido tan inmadura e irresponsable, no se habría visto obligado a actuar como lo hizo. Yo lo he convertido en lo que es.

Es culpa mía. Otra vez.

Tiendo a pensar que debe de haber algo de verdad, pero que no es toda la verdad. Su necesidad de control es patológica e impregna todos los aspectos de mi vida: lo que como, con quién me relaciono y, sí, incluso lo que pienso.

Hace diez años estuve a punto de dejarlo. Si ese día no se hubiera ido todo al cuerno, ahora no estaría viviendo con Owe. Pero no se puede pensar así, nos volveríamos locos. Hay muchas cosas en la vida que no salen como uno espera, pero eso no es excusa para la amargura. Así que lucho contra la desilusión como si fuera un montón de malas hierbas que se niegan a permitir que tome las riendas en serio. Intento aferrarme a todo lo positivo: mi trabajo, la investigación a la que he dedicado los últimos diez años, mis amigos, los que se han convertido en mi familia en lugar de los hijos que nunca llegaron.

Dejo el cuenco en el suelo y observo cómo Frida engulle su comida. Me pregunto si la vida de un perro no será mejor a fin de cuentas. Luego recojo mis cosas, cojo mi libreta y escribo: «Cafetería de IKEA, 14:00, ayudar a Gunilla a escoger el mobiliario». Un sencillo recordatorio por si olvido adónde voy. No es que esté en ese punto ya, recuerdo adónde voy y aún puedo conducir, pero me da pavor el día en que tenga que pedir ayuda a Owe con eso.

La temperatura ha caído a varios grados bajo cero durante el fin de semana, así que me pongo el abrigo largo y las botas abrigadas. Cierro las dos cerraduras de la puerta (sí, aún me acuerdo de eso) y bajo al coche, que está aparcado en Skeppargatan, en la colina que lleva a Strandvägen. Todo está cubierto por diez centímetros de nieve y tardo un rato en sacar la nieve suficiente del parabrisas para poder conducir.

Unas nubes alarmantemente oscuras y pesadas penden sobre Nybroviken, y la superficie suavemente ondulada del agua parece casi negra. La predicción del tiempo anuncia más nieve, así que decido que será mejor que me vaya lo antes posible, arranco el coche y me dirijo al norte. Tengo que estar de vuelta a las cinco. Owe y yo vamos a un concierto de Navidad en la iglesia Hedvig Eleonora.

Para Owe es muy importante ser culto. La música, el teatro y los libros no son solo aficiones, constituyen el tema de la mayoría de conversaciones que mantenemos con nuestros amigos. Si no estás al día de la vida cultural, acabas avergonzado y en silencio en tus propias cenas.

Una prueba más del exceso de control de Owe: su necesidad de dominar lo que se comenta cuando la gente se reúne. A veces me invade un deseo casi irrefrenable de ponerme a hablar de algo completamente distinto, de frivolidades que avergüencen a Owe y hagan que me grite cuando todo el mundo se haya ido. Mencionar que he conseguido una increíble crema facial con aceites esenciales o ponerme a hablar de ropa, joyas o vacaciones en la playa. O, lo más impensable de todo, insistir con falsa seriedad en que he leído y disfrutado con *Cincuenta sombras de Grey*.

Cuando salgo cerca de Barkarby, resumo todas las razones por las que odio a Owe: es un mojigato, egocéntrico, narcisista, dominante, huele mal.

Gunilla ya está sentada en una mesa de la cafetería. Ha colgado la chaquetita de piel en el respaldo de la silla y parece que se está estudiando las uñas. La media melena de color rubio rojizo está perfectamente peinada con secador y el polo hace que su figura esbelta destaque en forma de T.

A Owe no le gusta Gunilla por varios motivos. En primer lugar, es una de esas personas superficiales a las que tanto desprecia: de las que se pintan las uñas, se maquillan y compran ropa cara. Además, su risa es demasiado escandalosa y

51

prolongada cuando nos visita, y por los motivos equivocados. Sin embargo, lo más importante es que dejó a su marido tras veinticinco años de matrimonio. Así, sin más, porque estaba cansada de él. Eso no se hace, por lo menos no en el mundo de Owe.

No si eres mujer.

Gunilla me da un abrazo largo y cariñoso, y huele a perfume caro.

—Siéntate aquí, voy a pedir algo —dice.

Asiento y me desplomo en la silla que tiene enfrente. Me quito el pesado abrigo de invierno y miro alrededor. Sorprende la cantidad de gente que abarrota la cafetería en IKEA. Huele a lana mojada, a bollos de azafrán, a sudor y a comida. Se oyen risas esporádicas y el suave zumbido de una conversación llega de las mesas vecinas.

Gunilla vuelve con una bandeja de plástico roja, unos cuantos bollos de azafrán y dos tazas. El aroma especiado es inconfundible.

52

—¿Vino caliente? ¿Es sin alcohol?

Ella se ríe con benevolencia y ladea el bonito rostro.

—No, he pensado que hoy podíamos darnos un capricho. Celebrar que he comprado un piso.

—Pero yo conduzco.

—Bueno, solo es una tacita. Y supongo que nos quedaremos un rato aquí, ¿no?

Negué con la cabeza.

—Qué rara eres. ¿Celebrar algo en IKEA?

—¿Por qué no?

—¿Hay algo más trágico que celebrar algo en la cafetería de IKEA?

Gunilla bebe un sorbo de su bebida caliente y mira alrededor, observa a la gente que está sentada en las mesas contiguas. Posa sus ojos brillantes en una pareja de ancianos que están sentados en silencio, cada uno comiendo su respectiva ración infantil de albóndigas.

—Se me ocurren cosas peores. ¿Cómo te encuentras?

Gunilla es la única que lo sabe además de Owe. De hecho, le hablé de la enfermedad antes de decirle nada a Owe. Tal vez signifique que en realidad me siento más cerca de ella que de mi propio marido. Supongo que sí.

—Me encuentro bien.

—¿Qué te ha dicho el médico?

—Lo de siempre.

Ella asiente y de pronto se pone muy seria. Me coge de la mano y la aprieta con suavidad. Noto cómo su calor me invade.

—Me lo dirás si necesitas ayuda, ¿verdad?

—No quiero ayuda.

—Precisamente por eso.

Tiene el semblante tan serio que no puedo evitar reír.

—¿Y tú? —pregunto—. ¿Cómo va tu aventura amorosa?

Gunilla sonríe y se estira como un gato. Deja la taza de vino caliente en la mesa, se inclina y susurra, como si estuviera a punto de revelar un secreto.

—Absolutamente fantástica. Y sentimos una atracción… increíble entre nosotros. Cachondos, para decirlo de forma vulgar. ¿Está permitido, a nuestra edad?

—Ay, por favor. No sabes lo que daría por estar un poco cachonda.

Owe y yo ya no tenemos relaciones sexuales, pero no quiero decírselo a Gunilla. No porque vaya a opinar, sino porque me parece patético vivir con alguien a quien no deseas. Solo los débiles permanecen en malas relaciones, y yo no quiero ser débil, ni siquiera a ojos de Gunilla.

Oigo el zumbido de mi móvil en el bolso. Lo cojo y miro la pantalla: no reconozco el número.

—Tranquila, contesta —dice Gunilla—. De todas formas, tengo que ir al lavabo.

Contesto mientras Gunilla se levanta y se aleja, con una leve cojera. Sufre ciática y sospecho que le duele más de lo que quiere admitir.

El hombre que llama tiene una voz suave y profunda. Se presenta como Manfred Olsson y me explica que es detective de la policía nacional. Hacía mucho que no sabía nada de ellos. Dejé de trabajar para ellos hace cinco o seis años, cuando decidí concentrarme a tiempo completo en mi investigación y dejar mi trabajo de consultora para la policía. De hecho, Owe lo decidió por mí. Pensó que estaba trabajando demasiado, decía que me hacía estar arisca y gruñona.

Además, no necesitábamos el dinero.

—Trabajamos juntos hace unos diez años —dice Manfred Olsson—. Pero a lo mejor no se acuerda.

No recuerdo a ningún Manfred Olsson, pero lo último que quiero es hablar de lo que recuerdo o no recuerdo, así que no digo nada.

—Fue en relación a la investigación de un asesinato en Södermalm, aquí, en Estocolmo —continúa—. Un joven fue decapitado. La cabeza…

—Ya me acuerdo —digo—. Nunca detuvieron a nadie, ¿verdad?

Tuviera demencia o no, tengo grabada en la memoria la imagen de la cabeza de ese chico colocada en el suelo. Tal vez porque el asesinato fue brutal, o a lo mejor porque todos trabajamos mucho para encontrar a un sospechoso. Para cuando me llamaron, la investigación ya llevaba unos meses en curso. Por aquel entonces la policía nacional no contaba con ningún especialista en perfiles criminales, así que me contrataron como consultora para ayudar al equipo de investigación a crear un perfil psicológico del asesino.

Soy conductista, pero con los años mi investigación se ha ido centrando cada vez más en modelos psicológicos para crímenes concretos. Me sumergí en el trabajo policial y luego trabajé para ellos con regularidad durante muchos años.

—No, es cierto. Nunca lo atrapamos. Y ahora ha habido un asesinato parecido. De un parecido espeluznante. Me preguntaba si estaría dispuesta a tomarse un café conmigo. Recuerdo que sus ideas sobre el tema me parecieron muy interesantes.

Gunilla ha vuelto. Se sienta enfrente y se bebe de un trago el resto del vino caliente.

—Ya no trabajo con la policía —digo.

—Lo sé. Esto no sería una consulta, solo me gustaría saber su opinión sobre el tema. Con un café. Si tiene tiempo, claro.

Se produce un silencio y Gunilla levanta las cejas.

—Lo pensaré —digo.

—Ya tiene mi número —contesta él.

Υ

Al llegar a casa, Owe está de pie en el salón como si me estuviera esperando. Lleva el pelo ralo y gris peinado a un lado, en un intento de ocultar la calva. La barriga le estira la camisa, tiene la cara muy roja y le brilla la piel del sudor, como si acabara de llegar a casa de correr. Lanza una mirada elocuente al reloj (caro pero sin ser ostentoso, para trasmitir el mensaje adecuado a sus conocidos).

—Tenemos diez minutos —digo.

Owe se da la vuelta sin decir nada y se dirige al dormitorio. En un momento volverá con esa chaqueta de punto puesta. Dejo la bolsa de velitas y servilletas de IKEA en el suelo y saludo a Frida, que salta alrededor de mis piernas intentando llamar la atención. Le acaricio el pelo negro y rizado, parece lana de oveja.

Owe regresa al salón con la chaqueta color mostaza. La fea. Se pone el abrigo y las botas y me mira a los ojos.

—Tenemos que salir ya si no queremos llegar tarde.

La máquina quitanieves no ha llegado a Kaptensgatan. Intento en vano evitar que me entre nieve en las botas caminando por un sendero ya pisado mientras avanzamos en la oscuridad hacia Artillerigatan.

—Hoy me han llamado de la policía nacional —digo.

—De acuerdo —dice Owe, en un tono neutro que no deja traslucir su reacción. Así es con Owe: es como un motor de vapor, reprime las emociones hasta que la presión aumenta. Luego explota.

—Quieren verme.

—De acuerdo.

Empezamos a subir la colina hacia la iglesia y pasamos junto al restaurante del Museo del Ejército, donde a veces almorzamos.

—Ha habido un asesinato parecido a una investigación en la que participé hace diez años.

—Estarás de broma, Hanne. Dime que es broma.

—¿A qué te refieres? —pregunto, inocente.

Se para de repente, sin mirarme aún a los ojos.

Tiene la mirada fija en la iglesia bien iluminada que se erige ante nosotros en la nieve. El campanario señala hacia el negro cielo nocturno, hacia la eternidad. Veo que Owe tiene las manos cerradas en un puño y sé perfectamente hasta qué punto está enfadado. De un modo extraño me excita, me llena de una alegría primitiva y ruin. Como una adolescente que por fin ha conseguido provocar una reacción en un padre contenido.

Se da la vuelta, posa con suavidad la mano en mi brazo, y algo en ese gesto sutil, que indica tanto condescendencia como propiedad, me enfurece.

—¿Qué? —digo—. ¿Qué pasa?

—¿De verdad te parece apropiado?

Ha bajado el tono de voz y sé que intenta recuperar el control. Owe detesta perder el control, casi tanto como que yo pierda el control.

—¿El qué no es apropiado?

—Aceptar mucho trabajo en tu… estado.

—¿Mi estado? Haces que suene a que estoy embarazada.

—Ojalá fuera el caso.

—¿Y quién dice que voy a trabajar para ellos?

—Por Dios. Ya sabes cómo acaba siempre que te llaman.

—¿Y por qué no iba a ser capaz de trabajar?

Él levanta la barbilla cuando me mira, de esa manera que detesto, y respira hondo.

—Porque lo digo yo. No estás lo bastante sana para aceptar algo así y, como tu familiar más cercano, tengo que ser yo quien te lo diga.

Sé que debería soltar una respuesta mordaz o tal vez darle una bofetada, o como mínimo dar media vuelta y largarme a casa con Frida. Encender la chimenea y servirme una copa de vino. Pero no digo nada y seguimos caminando en silencio y a oscuras hacia la iglesia.

Emma

Dos meses antes

—*B*ueno, ¿cómo fue anoche?

La mirada de Olga es de intriga, pero amable. Tiene los ojos grises clavados en mí mientras dobla los tejanos que están sobre la larga mesa que hay junto a la caja.

No sé qué contestarle. Una parte de mí quiere decir que fue bien, que la comida estaba buena y tuvimos un sexo increíble toda la noche. Otra parte de mí quiere contar la verdad, pero a lo mejor no puedo.

—No se presentó.

—¿No se presentó?

Olga deja unos tejanos sin doblarlos y me mira con más atención.

—No, no se presentó. Y tampoco pude localizarle, así que no sé qué pasó.

—¿No te ha llamado?

—No.

El silencio que sigue se vuelve incómodo. Veo que a Olga le cuesta entender la situación y en realidad no sabe qué decir.

—Pero ¿normalmente te llama si llega tarde o no va a llegar?

Dudo un momento.

—Nunca llega tarde. Y nunca ha pasado que no pueda quedar conmigo.

De pronto el espacio me parece insuficiente, aunque acabamos de abrir y apenas han entrado clientes todavía. La brillante luz artificial me hace daño en los ojos y noto un pálpito en la nuca.

Me apoyo en la mesa de los tejanos y siento que me arden las lágrimas detrás de los párpados.

—¿Y si ha pasado algo?

Olga habla con calma, casi en un susurro. Entre las cejas pintadas ha aparecido una pequeña arruga. No puedo hablar, así que asiento.

—¿Has intentado llamarle hoy?

—Sí, ahora mismo. Justo antes de abrir.

No dice nada más y se pone a doblar tejanos de nuevo mientras echa un vistazo alrededor.

—¡Ahí viene! —susurra sin mirarme.

Agarro los tejanos que me quedan más cerca y me pongo a doblarlos. Los dejo encima del montón, pero ya es demasiado tarde.

—¿Ya estáis de cháchara otra vez? ¡Emma, ponte en la caja!

Björne se ha cortado el pelo. Los mechones de cabello oscuro sobre el cuello han desaparecido. Se ha peinado una larga onda sobre un ojo. Su imagen de patizambo, junto con el nuevo peinado y el chaleco, me recuerda al Llanero Solitario. Un Llanero Solitario arrogante y avejentado.

Me doy la vuelta y voy a la caja sin contestarle. Pienso en mi madre. En mi madre, en mis tías y en todo lo que ya no existe. En lo terrible que es que esos recuerdos, bellos y frágiles, se hayan disipado como el humo en la niebla para ser reemplazados por Björne y pilas de tejanos y tangas.

Me pongo a rememorar un sábado en concreto y el sonido de risas que borbotean y flotan por todo el pequeño piso de la tía Agneta en Värtavägen.

El olor a café recién hecho pendía en el aire, junto con el humo del tabaco de mi madre. La tía Christina, que acababa de dejar de fumar, suspiró y comentó que mamá no estaba ayudando mucho. Me pregunté si estaba enfadada, pero luego soltó su risa ronca y pensé que era una especie de broma.

Mis tías y mi madre siempre comían juntas el primer sábado del mes. Era un acontecimiento ruidoso y rico en calorías al que solo estábamos invitadas las hermanas y yo.

Las voces se redujeron a un murmullo, interrumpido de vez en cuando por una risita. No me hacía falta escuchar para saber de qué hablaban: el nuevo amante de Lena, el estúpido marido de Christina y la espalda enferma de mamá.

Mi madre era la hermana menor. Era la niña pequeña salvaje, maleducada pero querida por la familia que horrorizó a la abuela y al abuelo al quedarse embarazada de mí con solo dieciocho años. Se oyeron más risas en las estancias, una ola de gozo y placer primitivos. Agneta soltó un bufido que sonó como si estuviera a punto de empezar a toser, pero luego oí el repiqueteo de algunos platos.

Me quedé sentada, inmóvil en el suelo de madera del dormitorio, con las piernas cruzadas. Tenía el bote de cristal con la oruga dentro en el regazo. Las hojas hacía tiempo que se habían marchitado y habían caído al fondo del bote, una a una, y las ramas desnudas ahora parecían una bola de alambre de espino. Ya no se veía la oruga de color verde claro. Papá me había contado lo que había ocurrido. Dentro del capullo, pequeño y suave, que colgaba de una de las ramas, estaba sucediendo algo increíble. La oruga se estaba transformando en un animal completamente distinto, y si tenía suerte y era paciente, podría verlo salir de su capullo.

Eso me preocupaba un poco. Estaba desesperada por estar ahí cuando apareciera el nuevo animal transformado, pero no sabía cuándo ocurriría. Así que me aseguré de tener siempre el bote encima. Lo primero que hacía al despertar y lo último que hacía antes de dormir era investigar con cuidado el capullo para ver si detectaba algún cambio.

Le había preguntado a papá por qué la oruga no podía quedarse como estaba, olvidarse de meterse dentro de una cáscara de color marrón verdoso, pero papá lo negó con la cabeza, triste.

—No tiene elección, cariño. Tiene que cambiar o morir. Así funciona la naturaleza.

Pensé mucho tiempo en lo que dijo, intenté imaginar cómo sería enfrentarse a una elección así: cambiar o morir. Sin embargo, por mucho que lo intentara, no era capaz de ponerme en el lugar de la oruga.

Cuando alcé la vista del bote, vi directamente la estrecha

cama de la tía Agneta. Hacía mucho tiempo que no la compartía con nadie, le había susurrado la tía Lena a mamá al subir por la escalera. Los adultos siempre pensaban que los niños no los oían o que si los oíamos no los entendíamos. Por supuesto, ninguna de las dos cosas era cierta. Tenía que esforzarme mucho para mantener la expresión de desinterés y de incomprensión infantil cada vez que oía los secretos de mis tías.

Encima de la cama había colgado un pequeño cuadro de jugadores de fútbol. No entendía qué tenía de especial, qué hacía que las tías hablaran de él con voz impaciente y baja, cuando se colocaban formando un semicírculo fumando para admirarlo. No lo decía por miedo a entristecerlas, pero en realidad el cuadro era bastante feo. Las figuras no tenían el contorno definido, parecían fluir unas en otras: el artista no había logrado reproducirlas de forma realista. Probablemente yo lo habría hecho mejor. Pero no lo dije porque, pese a todo, era demasiado educada.

—Cariño, ¿qué haces sentada en el suelo?

La tía Agneta apareció a mi lado en el umbral y se puso de cuclillas. Sus piernas gruesas parecían aún más gruesas de cerca, y los calcetines por la rodilla se le clavaban en las pantorrillas de una manera poco favorecedora.

—¿No prefieres sentarte en el sillón? ¿O en mi cama?

Negué con la cabeza sin contestar y la tía Agneta suspiró con discreción.

—Bueno, haz lo que quieras. ¿Qué tienes en ese bote, por cierto?

—Es un capullo. Es lo que construye una oruga para transformarse.

—Ah. ¿Dónde está exactamente el capullo?

Se lo señalé. Ella agarró el bote con cuidado, lo levantó hacia la luz y aguzó la mirada hasta que los ojitos azules desaparecieron bajo los pesados párpados.

—Apenas se ve.

—De eso se trata, si no se lo comerían los pájaros. Les gustan las orugas.

Me miró muy seria y asintió.

—Eso tiene sentido. Nunca lo había pensado.

De cerca, la tía Agneta parecía mayor de lo que era. Tenía las mejillas hundidas hacia el cuello y los pechos descansaban pesados sobre las rodillas cuando se puso en cuclillas.

—En la naturaleza, todos se comen entre sí lo más rápido que pueden.

Agneta me acarició el pelo con la mano callosa.

—Mi pequeña Emma —dijo en un tono tan dulce como el chocolate. Sonó como una interrogación, como si de alguna manera yo pudiera contestar a su pregunta implícita. Me devolvió el bote y lo dejó con suavidad en el suelo.

—¿Cómo van las cosas en casa, Emma?

De pronto la tía Agneta sonaba preocupada, había cierta tensión en la voz que no reconocí del todo.

—¿A qué te refieres?

Hizo una pausa y miró al otro lado de la habitación. Se oía un suave murmullo desde la cocina. La ausencia de risas era una señal inequívoca de que hablaban del marido de alguien. Todos los maridos de las hermanas eran unos canallas o unos tontos, así que en realidad Agneta era la más afortunada por haberse saltado el matrimonio.

—¿Tu mamá y tu papá beben mucho vino y cerveza, Emma?

En realidad, no sabía cómo contestar a la pregunta. Naturalmente, entendía las palabras, pero no sabía lo que significaba «mucho». ¿Me estaba preguntando si mis padres bebían demasiado? Siempre había latas de cerveza en el fregadero y en el salón por la mañana, pero ¿eso era mucho? ¿Era demasiado? ¿Cuántas cervezas y botellas de vino bebían los otros padres y madres por la noche? No lo sabía, así que contesté con sinceridad.

—No lo sé.

La tía Agneta suspiró de nuevo, se levantó con dificultad y las rodillas le crujieron como si estuvieran hechas de abedul seco en vez de tendones y carne y huesos y sangre.

—Madre mía —dijo, al tiempo que reprimía un pequeño eructo—. ¿No quieres salir y comer bollos de canela, Emma?

—A lo mejor más tarde.

Cuando Agneta volvió a la cocina, el murmullo se convirtió en un susurro. Eso normalmente significaba que hablaban de

61

algo interesante, así que cogí mi bote y salí al pasillo a tumbarme en el suelo y escuchar. Solo captaba fragmentos de lo que decían. Oí la voz áspera de Agneta:

—La niña es diferente.

Y luego oí a mamá, ahora en un tono un poco más fuerte:

—Diferente no tiene por qué ser algo malo.

Ninguna de mis tías dijo nada.

Cuando estaba a punto de volver a rastras al dormitorio de Agneta, algo me llamó la atención en el bote. El capullo colgaba de la rama, igual que antes, pero algo había pasado. Era como si la cáscara hubiera empezado a volverse traslúcida, como cristal arañado o hielo sucio. Dentro de la cáscara brillante noté un temblor.

Había empezado la metamorfosis.

Un hombre me tiende la mano junto a la caja y esboza una gran sonrisa.

—Anders Jönsson. Soy periodista.

Dudo, le doy la mano y sonrío con cautela.

—Soy Emma.

Tiene los ojos de color azul claro y el pelo ralo del color del pis de perro sobre la nieve. Lleva una parca militar de color verde y tejanos, parece que tiene treinta y tantos años.

—¿En qué puedo ayudarle? —pregunto cuando me doy cuenta de que no me suelta la mano. Continúa con su amplia sonrisa.

—Estoy escribiendo un reportaje sobre las condiciones laborales aquí. Dicen que tenéis prohibido hablar con periodistas, ¿es cierto?

—¿Prohibido? No, en realidad no sé…

—Y apenas os dejan ir al baño —suelta cuando nota que dudo.

Hay algo de cierto en lo que dice, por supuesto. Es evidente, la empresa ha pasado algunos momentos difíciles desde que Jesper asumió la dirección, como destacan ansiosos los medios, pero no puedo hablar de eso, sobre todo por mi relación con Jesper.

—No quiero hablar de eso —digo, y noto que el rubor me sube a las mejillas.

—Podemos quedar en otro sitio si se siente más cómoda —dice, mientras se inclina hacia delante. Tiene los ojos acuosos clavados en mí—. Puede permanecer en el anonimato, nadie lo sabrá.

—Preferiría no hacerlo.

Veo de reojo una figura que se acerca por un lado.

—Te ha dicho que no quiere hablar contigo, ¿qué es lo que no entiendes?

El periodista se incorpora.

Björne está a mi lado. Veo que está enfadado. Tiene las manos cerradas en un puño y las mandíbulas apretadas. Se coloca bien el flequillo detrás de la oreja con un gesto hábil, saca la mandíbula hacia delante y dice, despacio:

—Es la segunda que vez que vienes a acosar a mi plantilla. Si no te vas ahora mismo, llamaré a la policía. ¿Entiendes lo que te digo?

—Tengo todo el derecho…

—Eh, ¿has oído lo que ha dicho la chica? ¿Tengo que deletreártelo? No quiere hablar contigo.

A Björne le salen gotitas de saliva de la boca mientras escupe las palabras. Luego se da la vuelta y se aleja. Antes de desaparecer, me grita por encima del hombro:

—Buen trabajo, Emma.

Vuelvo a mirar al periodista. La amplia sonrisa ha desaparecido y tiene el rostro completamente inexpresivo. Hurga en el bolsillo de la chaqueta buscando algo, lo deja en el mostrador y lo empuja despacio hacia mí con el dedo índice. Es una tarjeta de visita. Me vuelve a mirar con sus ojos claros.

—Aquí tienes. Llámame si cambias de opinión. —Y se va.

Me inclino hacia delante y cojo la tarjeta con cuidado, la examino antes de metérmela en el bolsillo.

63

Jesper Orre. Esas manos grandes y cálidas. Ese rostro blando, ligeramente arrugado. La barba incipiente, una mezcla de marrón y gris, que se extiende sobre un mentón fuerte. La manera de mirarme, como un hombre hambriento que observa los bollos al otro lado del escaparate de una panadería.

¿Qué ve en mí? Solo soy una persona normal y corriente con un trabajo aburrido y una vida sin incidentes. ¿Por qué pasa tanto tiempo conmigo? ¿Qué hace que sea capaz de estar entre mis brazos durante horas, acariciándome el cuerpo? Encontrando el camino hasta partes de mí que nunca había tenido mucho en cuenta.

Recuerdo nuestra cita de hace unas semanas en mi piso.

—Somos muy parecidos, Emma —murmuró—. A veces casi siento que te puedo leer la mente. ¿Sabes a lo que me refiero?

Pensé que no, que en realidad no lo sabía. No siento una afinidad telepática con él, no tengo ni idea de en qué está pensando. Le quiero, pero no entiendo qué quiere decir cuando se pone a parlotear sobre nuestra conexión.

Pero no se lo dije.

—Qué suerte tengo —susurró, mientras colocaba su cuerpo pesado encima del mío. Me separó las piernas con las rodillas y fue presionando cada vez más.

—Soy el hombre más afortunado del mundo.

Me penetró antes de que yo estuviera lista. Me besó en el cuello y me recorrió un pecho con un dedo.

—Te quiero, Emma. Nunca había conocido a nadie como tú.

Seguí sin decir nada, no quería echar a perder el momento mágico, quería permanecer dentro de esa sensación el máximo tiempo posible. Escocía. Él estaba siendo brusco y no era placentero, pero en cierto modo seguía siendo mágico.

Ser amada. Deseada. Como un bollo de frambuesa en el escaparate de una panadería.

Se movió con más ímpetu dentro de mí. Me agarró el brazo con más fuerza. Me cayeron sobre la mejilla gotas de sudor como lágrimas. Gimió, y sonó como si le doliera algo.

—¿Emma?

Sonó a pregunta, o tal vez a petición.

—¿Sí? —dije.

Paró, sin aliento, y me besó.

—Emma, ¿harías cualquier cosa por mí?

—Sí —dije.

Y

¿Haría cualquier cosa por Jesper Orre? Era una pregunta teórica. Nunca me ha pedido nada, salvo cuando me pidió dinero para pagar a sus proveedores. De hecho, fui yo la que insistí. Fui yo la que quise que se quedara conmigo en vez de ir al banco.

Recuerdo que me besó los párpados.

—Cariño, sabes que me quiero quedar, pero prometí pagar hoy a los proveedores. En efectivo. Y no llevo cien mil coronas encima, así que lo siento, pero tengo que ir al banco.

Un polvo de mediodía.

La expresión era de Olga. Soltó una carcajada cuando le dije que iba a comer con mi chico. En mi casa. Olga era directa, franca, provocadora. Siempre decía lo que pensaba y no le daba apuro.

Jesper se apoyó en un codo.

—Tengo que irme, Emma.

—Puedo prestarte el dinero —le propuse.

—¿Tú?

Parecía sorprendido, pero no hizo caso de mi propuesta porque se levantó, se acercó a la ventana y estuvo un rato mirando hacia fuera mientras se rascaba la entrepierna.

—Tengo el dinero en casa.

Se volvió hacia mí, divertido.

—Tienes cien mil coronas en casa. ¿Aquí, en el piso?

Hizo un gesto que recorrió toda la estancia.

Asentí.

—Tengo dinero en el armario de la ropa de cama —dije, salí de la cama y solté una risita. Luego me puse una camiseta, no porque me importara que Jesper me viera sin ropa, sino por costumbre. No me sentía cómoda enseñando los pechos a plena luz del día. A nadie.

Ni siquiera a Jesper.

Me siguió hasta el armario, observó en silencio mientras yo bajaba una cesta de manteles y desplegaba con cuidado un tapiz navideño rojo para destapar un montón de billetes. Estaba bordado en punto de cruz: «Feliz Navidad».

—¿Estás completamente loca? ¿Tienes cien mil coronas en casa, en el armario de la ropa de cama?

—Sí, ¿y?

—¿Por qué no tienes el dinero en el banco? Como una persona normal.

—¿Por qué?

—¿Y si te robaran o algo así? Solo las viejas guardan el dinero debajo del cochón y en los armarios de la ropa de cama.

Le recordé que heredé el piso exactamente de una de esas viejas. Él se rio y se encogió de hombros.

—De acuerdo. Te lo devolveré. Pronto.

Luego me besó en el cuello, me abrazó por detrás y recorrió despacio mis pechos con las manos.

—Quiero volver a follar contigo, zorrita rica.

Peter

Manfred se inclina sobre el cuerpo, en apariencia impasible. Desliza la mirada de la incisión cosida con pulcritud en el pecho y el abdomen a las heridas profundas de los antebrazos.

—Entonces ¿la chica peleó bastante?

El forense asiente. Fatima Ali tiene cuarenta y tantos años, es originaria de Pakistán y educada en Estados Unidos. He trabajado con ella en varias ocasiones. Como la mayoría de médicos forenses, es precisa casi hasta llegar al absurdo y le aterroriza hablar en términos demasiado fuertes. Pero confío en ella, nunca se le escapa nada. Parece que sus enormes ojos negros y sus manos delicadas no se detengan ante nada.

—Tiene heridas de golpes en la nuca y en la cara, y un total de dieciocho cortes en los antebrazos y las palmas de las manos. La mayoría en el lado derecho, lo que indica que fue atacada por la derecha.

Fatima se inclina hacia delante, estira los bordes de uno de los cortes más profundos en los brazos y queda al descubierto la carne roja y los puntos.

—Mira aquí —dice—. Las heridas son más profundas en esta dirección, así que probablemente el asesino es diestro y la apuñaló así.

Levanta la mano, enfundada en un guante de goma azul, y hace un movimiento de barrido hacia Manfred, que retrocede por instinto.

—¿Puedes decirme algo sobre cuánto duró la pelea? —pregunto. Fatima lo niega con un gesto firme de la cabeza.

—No lo sé con certeza, pero ninguna de esas heridas son la causa de la muerte. Falleció por las heridas del cuello.

Me inclino hacia delante y observo la cabeza de la mujer,

que descansa sobre la encimera de acero inoxidable. El cabello castaño está pegajoso por la sangre seca. Las cejas tienen una forma bonita, y debajo hay una masa informe de carne y tejido.

—¿Y las heridas del cuello? —pregunto.

Fatima asiente y se limpia la frente con el dorso del brazo. Parpadea bajo la luz clara como si le estuviera irritando los ojos.

—Recibió numerosas puñaladas y cortes en la garganta. Habría bastado con uno para matarla, pero el autor estaba decidido a separar la cabeza del cuerpo. La médula espinal ha sido cortada entre la tercera y la cuarta vértebra. Se necesita una fuerza considerable para hacerlo. O cabezonería.

—¿Cuánta fuerza? —pregunta Manfred, que también se inclina sobre la cabeza.

—Es difícil de decir.

—¿Una mujer o una persona más débil podría hacerlo?

Fatima levanta las cejas y se cruza de brazos por encima del delantal de plástico.

—¿Quién dice que las mujeres son débiles?

Manfred no está quieto.

—No lo decía en ese sentido.

—Ya sé a qué te refieres —dice Fatima, y lanza un suspiro expresivo—. Sí, una mujer podría hacerlo. O una persona mayor. O un hombre joven y fuerte. Tu trabajo es averiguarlo.

—¿Algo más? —pregunto.

Fatima asiente y contempla el cuerpo lívido.

—Diría que tiene entre veinticinco y treinta años. Mide uno setenta y dos y pesa sesenta kilos. Una constitución normal, en otras palabras. Sana, en forma.

El olor de la sala empieza a marearme. Me gustaría pensar que estoy inmunizado después de tantos años, pero hay algo en ese olor a lo que uno nunca se acostumbra. No es exactamente malo, es más bien una mezcla de flores de hace semanas y carne cruda, pero siento la necesidad de salir de allí. Es un súbito deseo de respirar el aire frío de fuera.

—Hay algo más —murmura Fatima—. Ha dado a luz o como mínimo ha estado embarazada.

68

—¿Un hijo? —pregunta Manfred.

—Eso no se puede determinar —dice Fatima, y se quita los guantes con un chasquido—. ¿Hemos terminado?

Manfred nos lleva de vuelta a Kungsholmen. Sobre el denso tráfico cae nieve en polvo. Pese a que solo son las tres de la tarde, empieza a anochecer.

—Es una mujer atractiva —dice Manfred, y enciende la radio.

—¿Fatima?

—No, la que no tiene cabeza.

—Eres un puto perturbado.

—¿Yo? No te has visto. Tenía que ser guapa. Es decir, qué cuerpo. Esos pechos...

Valoro sus comentarios mientras miro por la ventana.

—¿Sabemos algo más de quién es? —pregunto.

—No.

—¿Y no hemos podido localizar a Orre?

—No. Por lo visto ayer no se presentó en el trabajo.

—¿Y hoy?

—Aún no lo sé. Sánchez iba a comprobarlo. Pero a estas alturas media Suecia lo está buscando, así que no podrá evitarnos durante mucho tiempo.

—¿Y el informe forense preliminar?

—En tu mesa. No hay señales de robo, así que o alguien dejó entrar al asesino voluntariamente o vivía en casa. En otras palabras, fue Orre. Encontraron orina en el suelo, y una serie de huellas de manos y pies, pero esa vecina deambuló tanto por allí que es difícil saber qué conseguirán de ellas. También había una tonelada de fibras de varios tipos, pero nada destacable. El arma asesina era un machete, por cierto. Lo han enviado al laboratorio nacional, ya veremos qué encuentran. Y han traído a ese tipo de las salpicaduras, Linbladh, que trabaja con las manchas de sangre. Parece que podrá ayudarnos a reconstruir la sucesión de los hechos.

Se hace el silencio un momento. Manfred tamborilea con los dedos en el volante al ritmo de la música, me da la sensación de que está estresado. Lleva la barba más larga de lo habitual y tiene la mirada cansada.

—¿Nadja se encuentra mejor? —pregunto.

Me mira y pasa la mano por el abrigo de piel de camello.

—Se ha pasado toda la puta noche llorando. Afsaneh se iba a volver loca. Tenía que levantarse pronto porque uno de sus alumnos presentaba su tesis. En medio de toda esa debacle, se pone a hablar de casarnos. ¿Por qué hacen eso las mujeres?

No tengo respuesta a eso. Recuerdo demasiado bien lo que ocurrió con mi propia boda.

Llevaba con Janet tal vez un año cuando su insistencia con el matrimonio se volvió casi insoportable, a decir verdad en realidad no sé cómo ocurrió, pero de algún modo entendió que yo había dicho que deberíamos casarnos. Debería haberle corregido desde el principio en vez de mostrarme tan indeciso y esquivo. Supongo que no quería o no me atrevía a decepcionarla.

Así que la dejé seguir por su camino.

Durante los meses siguientes se obsesionó con decoraciones de flores, menús y listas de invitados. Llevaba pasteles a casa para probarlos, organizaba asientos en grandes hojas de papel y ponía música nupcial en su radiocasete de barrio.

Y se puso a dieta.

Casi llegué a preocuparme por ella. Comía como un pajarito para entrar dentro de un vestido especial, que yo no podía ver hasta la boda. Por lo visto era muy importante.

Entretanto, me refugié en mi trabajo. Estábamos investigando el asesinato de un empleado de un aparcamiento de Tensta y, como me acababan de promocionar, era muy importante para mí demostrar mi valía. No puedo decir que Janet se mostrara muy comprensiva, al contrario, cada vez me exigía más tiempo y dedicación. Teníamos que ver iglesias, reservar viajes de luna de miel y practicar nuestros votos (que ella había escrito).

Una tarde me vino con un montón de sobres. Recuerdo que parecía emocionada, de esa manera que solo le ocurría cuando compraba algo demasiado caro o encontraba unas vacaciones en uno de los catálogos que arrastraba hasta casa. Le brillaban los ojos y el pelo corto y desteñido de punta.

Me explicó que las invitaciones estaban listas, me entregó las cartas y me preguntó si podía enviarlas. No recuerdo exactamente qué le dije, probablemente algo parecido a que ya hablaríamos de eso más tarde, pero, como siempre, no me escuchó.

Lo que sí recuerdo es estar sentado en el sillón en casa más tarde esa noche con las invitaciones en el regazo, preguntándome qué demonios hacer con ellas. Sabía que tenía que enviarlas. Era lo más fácil del mundo, bajar al cruce y meterlas en el buzón amarillo, y luego no tendría que pensar en esa mierda durante varias semanas más. Pero no pude. No estaba preparado para hacer algo tan definitivo, dar un paso tan decisivo hacia una pareja que no había elegido. Por un segundo sentí el impulso de hablar con Janet, decírselo tal cual: que todo eso de la boda me daba un miedo de muerte y que en realidad quería aplazarla. Pero cuando fui al dormitorio a hablar con ella ya estaba dormida. Así que dejé las invitaciones en el cajón de mi mesa y decidí tener esa conversación más tarde.

Luego ocurrió. No puedo decir que se me olvidaran las invitaciones en el cajón, fue más bien que no tenía energía para abordar el tema. Cada vez que decidía hablar con Janet, algo se interponía en mi camino: estaba demasiado enfadada, o estresada, o no quería hablar. Podía ser así, seca y gruñona. A menudo por motivos que yo no comprendía del todo.

Cuando recuerdo aquella época noto que intento justificar mi comportamiento, incluso ante mí mismo. En realidad no hay excusa: lo que hice fue estúpido e inmaduro, e hirió a Janet de una manera que jamás imaginé y en realidad nunca quise.

No quería hacer daño a Janet. Solo quería que me dejara en paz.

Sea como fuere, cuando se acercaba la boda, creo que quedaban tres o cuatro semanas, una noche entró y se sentó a mi lado en la cama. El pelo, que se estaba dejando largo para poder hacerse un recogido alto, caía en mechones sobre el rostro triste y los pechos le caían de una forma alarmante sobre el torso esquelético.

—Nadie ha dado una respuesta todavía —dijo, y se volvió hacia mí—. ¿No es raro?

Yo estaba leyendo el acta de una investigación preliminar que había prometido hacer llegar al fiscal al día siguiente por la mañana, así que en ese momento no tenía tiempo de comentarlo con ella, pero recuerdo que me alteró. Incluso me hizo sentir vergüenza.

—¿Crees que pueden haberlas perdido en correos? —preguntó con calma.

Algo en su postura decaída y el tono neutro tan poco habitual en ella me afectó profundamente. Me di cuenta del alcance de mi traición.

Me sentía realmente mal.

Sin embargo, aún no era capaz de decírselo. No en ese momento. Decidí arreglarlo con ella al día siguiente por la mañana. Pero no fue lo que ocurrió, y sé que me comporté mal, pero las cosas vistas a toro pasado se ven a la perfección.

Esa noche, mientras dormía, Janet se puso a registrar el piso. Fue como si percibiera lo que había ocurrido, como si tuviera una especie de maldito sexto sentido. Me despertó un grito horrible, como nunca había oído ni he vuelto a oír. Al principio pensé que le estaban dando una paliza, que alguien había entrado y la estaba violando. Salí de la cama de un salto, me tropecé con una silla, me caí sobre la mesita de centro y me hice un corte profundo en la barbilla. Con la sangre cayendo por la cara, seguí corriendo por el piso. Finalmente la encontré delante del escritorio. Los sobres estaban esparcidos como hojas muertas por el suelo, como si los hubiera lanzado al aire. No paraba de gritar. Gritaba y gritaba, yo la estreché entre mis brazos y la mecí como a una niña. Cuando le tapé la boca con la mano en un intento de acallarla, me mordió.

Recuerdo sentir un gran alivio, pese al dolor. Con la mano tapándole la boca, por lo menos ya no podía gritar.

Manfred, Sánchez y yo estamos sentados en la pequeña sala de reuniones de la segunda planta, a la derecha de la cocina americana. Es como todas las demás salas de reuniones del edificio: paredes blancas, sillas de madera clara con los asientos azules y una mesa blanca. Hay un candelabro en la ventana, Gunnar se lo llevó de casa en un intento de dar a la sala un aire festivo. De la pared cuelga un cartel descolorido sobre cómo hacer un masaje cardiaco.

Tenemos que preparar la reunión de mañana con el equipo de investigación y el jefe de la investigación preliminar, uno de los nuevos fiscales, Björn Hansson. No lo he conocido en persona, pero según Sánchez «es listo, pero es un capullo y tiene una opinión demasiado elevada de sí mismo».

Manfred ha traído la cafetera y Sánchez está cortando unos bollos de azafrán con un cuchillo de mantequilla. Hay imágenes del escenario del crimen repartidas por toda la mesa. Intento no mirar hacia la cabeza cercenada cuando voy a coger un bollo.

Han pasado dos días desde que encontraron a la mujer asesinada en casa de Jesper Orre en Djursholm, y aún no sabemos quién es. En algún lugar sus seres queridos siguen adelante con sus vidas sin saber que su hija, su hermana o su madre ha sido asesinada.

En algún lugar hay un asesino suelto. Sánchez resume la situación:

—Jesper Orre fue visto por última vez en el trabajo el viernes. Según sus colegas, parecía bastante normal y no pasó nada fuera de lo común. Salió de la oficina a las cuatro y media y luego, según sus declaraciones, se fue a casa. No le contó a nadie sus planes para el fin de semana, pero se había tomado días libres hasta el miércoles, así que puede ser que tuviera planeado un viaje. El teléfono y la cartera fueron hallados en su casa. No se había retirado dinero de sus cuentas desde la semana pasada. Los técnicos han levantado una huella ensangrentada del vestíbulo y de la nieve de fuera que corresponde a un cuarenta y tres, lo que podría indicar que se fue de casa después del asesinato. También encontraron huellas de la vecina y nuestra víctima desconocida, además de muchas otras, aún sin identificar. El análisis de las huellas en el machete aún no ha concluido, pero en el laboratorio nacional dicen que hay algún tipo de inscripción en el arma.

—¿Cómo es como persona, ese Orre? —pregunta Manfred, y acto seguido da un ruidoso sorbo al café.

—Parece que es bastante popular entre sus colegas en el equipo de dirección, pero los demás empleados de la oficina de la empresa piensan que es bastante duro, y de hecho muchos le tienen miedo —contesta Sánchez—. Sin embargo, en el resto de la empresa, las bases, por así decirlo, es despreciado por su dureza. Y el sindicato lo odia. Pero eso ya lo sabes. Sus padres son ambos profesores jubilados y viven en Bromma, en la misma casa donde se crio Jesper Orre. Describen a Jesper como un hombre enérgico, deportista y feliz. No tiene problemas psicológicos, que ellos sepan. Sus padres también confirman que lleva muchos años soltero, pero tiene lo que llaman «una vida amorosa activa».

—¿Qué demonios significa eso? —pregunta Manfred.

Sánchez se inclina sobre la mesa y mira a Manfred a los ojos. Se mete el último trozo de bollo en la boca.

—Significa que se lo pasa mucho mejor en la cama que tú, Manfred.

—Eso es fácil —intervengo yo, lo que hace que Sánchez empiece a reírse hasta que se le caen trocitos de bollo de la boca en la camisa negra corta.

Manfred no parece muy divertido con la conversación. Se quita la chaqueta de cuadros, la cuelga con un gesto dramático en el respaldo de la silla y da un leve puñetazo en la mesa para llamar nuestra atención.

—Si nos calmamos un poco, a lo mejor saldremos hoy de aquí. Sánchez, ¿cuál es tu teoría?

Es lógico que se lo pregunte primero a Sánchez, la agente más nueva de la mesa. Así funciona. Los investigadores mayores y con más experiencia enseñan a los más jóvenes. Forma parte del ciclo. Sánchez se sienta recta y de pronto se pone seria. Junta las manos delante de ella sobre la mesa.

—Es bastante evidente, ¿no? Jesper Orre está en casa con una de sus chicas y algo sale mal. Estalla una pelea y él termina matándola. Tras el asesinato, huye del escenario.

—¿Por qué no se lleva el móvil o la cartera? —pregunta Manfred, al tiempo que se expulsa unas migas invisibles de la camisa rosa.

—Porque estaban en el salón y no quería dar muchas vueltas por el escenario del crimen —sugiere Sánchez—. O se olvidó. Tenía muchas otras cosas en que pensar.

—Yo estoy pensando en el asesinato en sí —digo, al tiempo que señalo la fotografía de la cabeza, que parece brotar del suelo—. ¿Por qué semejante brutalidad? ¿No bastaba con matarla? ¿Por qué tenía que decapitarla?

Sánchez frunce el entrecejo.

—Debía de estar enfadado de verdad, a lo mejor la odiaba. También me pregunto si la posición de la cabeza significa algo especial. Parece que mira a la puerta, hacia quien pudiera entrar. ¿Lo habéis pensado? Me pregunto si quería decir algo con eso.

—¿Como qué? —pregunta Manfred.

Observamos la fotografía de nuevo. La mujer tiene los ojos cerrados y el cabello ensangrentado le cae en mechones sobre la cara.

Sánchez se encoge de hombros.

—No lo sé. ¡Mira! Esto es lo que pasa si me engañas, o me mientes, o lo que sea que pensara que le había hecho ella.

Suena el móvil de Manfred y él contesta. Escucha y luego dice:

—Estamos en la pequeña sala de reuniones de la segunda planta. ¿La puedes traer aquí? Bien. Claro. De acuerdo.

Luego recoge las fotografías del escenario del crimen, les da la vuelta y las deja a su lado en un montón bien ordenado. Respira hondo y se reclina en la silla.

—Tenemos visita —dice—. ¿Os acordáis que hablamos de ese asesinato de hace diez años tan parecido a este caso? Me he tomado la libertad de invitar a una de las personas que participó en aquella investigación a hablar con nosotros. No porque exista necesariamente una conexión, sino porque creo que podría ayudarnos a comprender un poco mejor a nuestro asesino.

Llaman a la puerta y siento el frío, todo el calor abandona mi cuerpo de repente para ser sustituido por una sensación gélida y un fuerte latido en el pecho. La sala se contrae y el techo empieza a inclinarse como si fuera a desplomarse encima de mí.

75

La puerta se abre y ahí está ella, con un abrigo negro acampanado que le queda grande y unas botas con el grosor suficiente para ir de expedición al Polo Norte. La ropa nunca fue su fuerte. Ahora hay unas franjas grises en su abundante cabello castaño claro y lleva unas gafas que le dan un aire un poco severo. Por lo demás, está igual. Exactamente igual que hace diez años. Aún más guapa, si puede ser. Algo en la fina red de arrugas alrededor de los ojos y el rostro un poco más enjuto le da un aire vulnerable. Como si el tiempo solo la hubiera vuelto un poco más frágil y delgada.

—Os presento a Hanne Lagerlind-Schön —dice Manfred.

Emma

Dos meses antes

*E*xiste un agotamiento concreto que te asalta cuando trabajas en la venta al por menor. La luz brillante artificial y la omnipresente música de fondo tienen un extraño efecto hipnótico. De hecho, juraría que a veces estoy durmiendo mientras recorro la tienda con cara de estar muy ocupada. A veces desaparecen horas enteras, como si las borraran de la memoria. Puedo volver del almuerzo, recoger algunas prendas y darme cuenta de que es la hora de cerrar sin saber adónde ha ido a parar el día.

Fuera, la gente pasa con los abrigos mojados y paraguas en las manos. Mahnoor está poniendo etiquetas a camisas de la colección de verano. Se mueve despacio, al ritmo de la música. El cabello largo y oscuro cae sobre los hombros y la espalda, como un río negro que cruza su túnica roja. Las piernas delgadas, vestidas de tejano, ejecutan sutiles pasos de baile. No hay rastro de Olga por ninguna parte. A lo mejor está fuera, fumando, o tal vez se haya ido a comer pronto.

No sé nada de Jesper.

Sigue desaparecido, y sigue siendo un misterio qué ha ocurrido. Supongo que habría oído algo en las noticias si hubiera tenido un accidente grave. Y si algo le hubiera impedido acudir a la cena me lo habría dicho, ¿no?

Nunca me había dejado plantada.

La tienda está vacía. Tengo los ojos secos cuando miro la luz blanca. Los altavoces trasmiten la misma música que hace una hora, la lista de reproducción que el departamento de marketing actualiza una vez al mes y suena en bucle todos los días.

«¿No te vuelve loca?», me preguntó mamá una vez. La

verdad es que al final te acostumbras. Al final ni siquiera oyes la música. Entonces empiezas a poder dormir y trabajar al mismo tiempo, a moverte por la tienda sin pensar. Flotar por encima de las notas sin que te arrastre la melodía, con las funciones intelectuales más exigentes apagadas, como una hoja que flota en el agua.

—¿Te gusta trabajar en la tienda? —me preguntó Jesper la primera vez que salimos a cenar.

Dudé un poco, no sabía qué decir. Acabábamos de sentarnos en un restaurante de Stureplan, había pasado muchas veces por delante sin entrar. Decidí que probablemente era mejor mentir. Por aquel entonces apenas lo conocía, y no tenía sentido hacer confidencias a alguien que básicamente era mi jefe.

—Claro —dije—. Me gusta.

—No suenas del todo convencida.

Una camarera con unas sandalias de infarto se acercó con las cartas. Se agachó a nuestro lado y apuntó las bebidas. Llevaba una falda tan corta que le vi las bragas a través de las medias transparentes. Agradecí la distracción, pues no me sentía cómoda con el tema de conversación.

—¿Qué quieres?

—Tomaré lo mismo que tú.

Él levantó las cejas, me miró un momento, luego se volvió hacia la camarera y pidió dos bebidas. Luego se soltó la corbata y se hundió más en la silla con un suspiro.

—A veces odio mi trabajo de verdad —dijo con empatía, al tiempo que miraba por la ventana. El sol bajo de principios de verano pintaba unas franjas doradas en el pavimento mojado.

—¿En serio? Jamás lo habría imaginado.

—¿Por qué no? Solo porque tengo un… puesto de prestigio. Un trabajo importante. Por lo menos en la superficie.

De pronto parecía cansado. Cansado y cínico, en absoluto un ejecutivo de nivel.

—No… no lo sé.

—Porque eso es lo que piensa la gente. Que mi trabajo es increíble, interesante. ¿Sabes? Es un mito. No es en absoluto así.

—Entonces ¿cómo es en realidad?

Llegaron las bebidas. Yo estaba nerviosa, noté que me temblaba la mano cuando me llevé la copa a la boca. Tuve que sujetarla con ambas manos, pero aun así el líquido se derramó. Me mojé los dedos. Quedaron pegajosos. Se pegaban al vaso de cóctel. Intenté limpiármelos con la servilleta, pero solo conseguí que me quedaran trocitos de papel pegados en las manos. Jesper no notó nada. Sonreía de un modo introspectivo, casi sin interés.

—¿Sinceramente?

—Sinceramente.

Bebió un sorbo del cóctel y se inclinó hacia mí. Tenía un brillo extraño en la mirada, algo que no reconocí. Aparecieron unas arrugas diminutas alrededor de los ojos. ¿Cuántos años me llevaba? Calculé que tendría cuarenta y tantos años. Entonces ¿quince, veinte?

—Es solitario —dijo.

—Solitario.

—No me crees, ¿verdad? Te lo prometo. No hay nada más solitario que el foco, que salir en televisión o en la prensa. Ser el jefe. Todo el mundo sabe quién eres, pero tú no conoces a nadie. Todo el mundo quiere ser tu amigo, pero no te puedes fiar de nadie. No de verdad. ¿Lo entiendes?

—Entiendo.

Esbozó una sonrisa triste que sacó a la luz sus dientes, de un blanco poco natural. ¿Qué hacía con ellos? ¿Se los blanqueaba?

—Sabía que lo entenderías. Somos iguales, Emma. Sentimos lo mismo.

Tuve de nuevo esa espeluznante sensación de que algo no iba bien, que veía cosas, cualidades en mí que no existían. Había decidido que yo era algo que tal vez no fuera. Otro sentimiento empezaba a extenderse en mi interior: el miedo. ¿Se llevaría una decepción cuando descubriera quién era en realidad, si llegaba a conocer mi verdadero yo? ¿Acaso solo era un divertimento para ese hombre poderoso? ¿Me abandonaría después, como a un juguete viejo?

—¿Y tu vida personal? ¿No tienes familia? —pregunté. La pregunta era retórica, por lo menos en parte. Sabía perfectamente que Jesper no tenía esposa ni hijos. Las novias iban y venían.

Cualquiera que supiera leer lo sabía. De hecho, ni siquiera hacía falta leer. Bastaba con ver las imágenes de portada de la prensa amarilla.

Jesper distorsionó la sonrisa una fracción de centímetro.

—Nunca ha funcionado —dijo con sequedad—. ¿Vemos la carta?

Pedimos.

Al otro lado de la ventana una pareja se besaba bajo el sol vespertino. Estaba cohibida, no sabía adónde mirar. Intenté en vano quitarme los trocitos de papel de las manos pegajosas.

—¿Y tú? —preguntó—. ¿Tienes familia?

—¿Yo?

Sonrió.

—Sí. Tú, Emma.

Noté que me sonrojaba y me maldije por no recomponerme más rápido.

80

—Si me estás preguntando si tengo novio, la respuesta es no. En cuanto a la familia… tengo a mi madre.

—Ah. ¿La ves mucho? ¿Tenéis buena relación?

—Nos vemos unas cuantas veces al año, así que supongo que no puedo decir que tengamos una relación especialmente buena.

—Ya.

Sentí el impulso repentino, el deseo de hacerle confidencias. No solía hablar de mi madre, pero por algún motivo me pareció apropiado en ese momento, con Jesper.

—Mi madre es alcohólica —dije.

Posó su mirada oscura en mí, se inclinó hacia delante y me apretó la mano pegajosa.

—Vaya, lo siento. No lo sabía.

Asentí y bajé la mirada hacia la mesa, de pronto no podía hablar, ni mirarle a los ojos.

—¿Hace mucho tiempo que tiene problemas con el alcohol?

Hubo una pausa mientras sopesaba hasta qué punto me atrevía a ser sincera.

—Desde que tengo uso de razón.

Me puse a recordar. ¿Hubo alguna época en que mamá no bebiera? No la recordaba. Pero era feliz y estaba llena de energía cuando yo era pequeña. Salíamos a hurtadillas de noche, mucho después de acostarnos, y nos perseguíamos la una a la otra, descalzas sobre la nieve. Una vez fuimos a la tienda de animales y compramos un cachorro cuando mamá estaba borracha. Se tambaleaba tanto de camino que tuve que sujetarla. También hubo un día en que nos quedamos sin dinero y fuimos a robar juntas al supermercado.

Eran buenos recuerdos, pese a todo.

—¿Y tu padre? —preguntó Jesper.

—Murió cuando yo tenía catorce años.

—¿Piensas mucho a él?

—A veces. Sueño con él.

Él asintió como si me entendiera perfectamente.

—¿Hay un padrastro?

Apareció una imagen de Kent en la cabeza y sentí un escalofrío de inmediato.

Mamá estuvo con él varios años. Nunca entendí qué tenían en común, aparte de la bebida.

—Debe de ser duro criarse con una madre alcohólica.

Jesper puso una mano sobre la mía. Emanaba calor como la luz del sol.

—Era… solitario.

—¿Ves? —dijo en tono triunfal, y apretó aún más la mano.

—¿Qué?

—Tú también estás sola. Como te acabo de decir. Lo sabía.

De camino a casa desde el trabajo, bajo en la parada de metro de Slussen. Sopla un viento frío que empuja las hojas y las colillas por Götgatan. En el suelo húmedo se han formado unos pequeños cristales de hielo que brillan bajo las farolas. Resbala y estoy a punto de perder el equilibrio cuando giro a la izquierda por Högbergsgatan. Los restaurantes y cafeterías baratos despiden un leve olor a comida. Dos tipos comparten un cigarrillo junto al hueco de una escalera. Me miran como si los molestara, como si interrumpiera algo íntimo. Su mirada es casi una amenaza. Me ciño un poco más la chaqueta de piel y paso por al lado lo más rápido posible con la mirada fija en el suelo helado.

Luego estoy delante del edificio de pisos de Kapellgränd.

Lo reconozco enseguida. El rosal mustio de la entrada, los paneles de cristal de colores de la puerta. Cuando estoy a punto de entrar, sale un señor mayor con un perro. Me saluda y me aguanta la puerta abierta. Yo le devuelvo el saludo.

No lo reconozco.

No hay ningún nombre en la puerta, solo un pequeño letrero que dice «Nada de correo basura» que escribió Jesper y que me dice que he llegado al lugar adecuado. Siempre pensé que era raro que no quisiera que su nombre apareciera en la puerta, pero me dijo que prefería el anonimato. Para evitar a vecinos y periodistas cotillas. Llamo al timbre. No pasa nada. Espero un poco y vuelvo a llamar, tal vez aprieto el botón demasiado tiempo. El timbre suena rabioso al otro lado de la puerta. Dentro oigo pasos y la puerta se abre de un golpe.

—¿Sí?

El hombre lleva un chaleco sin mangas y pantalón de chándal, una lata de cerveza en la mano y los brazos cubiertos de tatuajes. Hay algo más que me sorprende: los muebles del salón son completamente distintos de los que tenía Jesper. Las sillas rojas y el pequeño aparador han desaparecido. En cambio, hay cuadros apoyados en la pared y un montón de abrigos en el rincón. La alfombra, tejida por la madre de Jesper, también ha desaparecido.

—Perdone, ¿está Jesper?

—¿Jesper? ¿Qué Jesper?

El hombre abre la lata de cerveza, que emite un chasquido y luego un silbido. Se la lleva a la boca y le da un trago largo con los ojos clavados en mí.

—El hombre que vive aquí, Jesper Orre.

—Nunca he oído hablar de él. Soy el único que vive aquí. Seguramente te has equivocado de dirección.

Empieza a empujar la puerta para cerrarla, pero yo soy más rápida y pongo un pie en el hueco.

—Espere, ¿este es el único piso de la planta baja?

—Sí.

—¿Sabe si aquí vivía un Jesper antes de mudarse usted?

—Ni idea. Solo llevo un mes viviendo aquí y me voy pronto. Van a demoler el edificio. Hay alguna mierda en las paredes. Si me perdonas, tengo cosas que hacer.

Retrocedo, me disculpo. El hombre cierra la puerta sin decir nada más.

Me voy a casa y me pongo a andar por mi piso. Camino de un lado a otro sobre el destartalado suelo de madera. La oscuridad fuera es densa. Desde dentro parece que alguien haya tapiado las ventanas. El viento aúlla por toda la casa, casi hace que se balancee, y las ventanas se agitan con cada ráfaga en protesta por el trato brusco.

Mi piso es de los que te permite dar vueltas, y me sorprende ver que me comporto como cuando estoy en el trabajo. Doy vueltas sin rumbo, como si fuera a ayudarme a ordenar las ideas.

No tengo llamadas, ni mensajes de texto.

83

He estado vigilando el correo, pero solo es correo basura y facturas. No tengo la energía para abrir las cartas, así que las amontono en la vieja panera.

Me desplomo en una de las butacas verdes. Le doy vueltas a mi anillo de compromiso. Es grande y rasca un poco. Me lo quito con cuidado y lo sujeto contra la luz. No hay ninguna inscripción. Acordamos hacerlo más tarde.

La piedra es tan grande que roza el ridículo.

De hecho, nunca había visto un diamante tan grande en la vida real. Pienso en Olga, que me preguntó cuánto costaba. Es una pregunta legítima, aunque los buenos modales la prohíben. ¿Cuánto cuesta un anillo como este? Jesper se aseguró de que no viera el precio, y yo pensé que era romántico, me sentía como Julia Roberts en *Pretty Woman*, ahí sentada en los sofás de terciopelo desgastados de la joyería.

«Como mínimo cincuenta mil —pienso—. Teniendo en cuenta los precios de los demás anillos de la tienda con piedras más pequeñas, debe de haber costado como mínimo cincuenta mil». La idea es abrumadora. Nunca he tenido tanto dinero para gastar en algo tan absolutamente innecesario, y no creo que nadie de mi familia lo haya tenido. Salvo mi tía, claro.

Voy por ahí con una fortuna en el dedo, pero el hombre que me la regaló se ha esfumado. ¿Por qué ibas a decirle a alguien que le quieres, le regalas un anillo caro y luego desapareces? ¿Hay alguna explicación, aparte de un accidente, una enfermedad repentina, un viaje urgente por trabajo o extraviar el teléfono? ¿Podría haberlo hecho intencionadamente? ¿Le produce algún tipo de placer perverso saber que estoy preocupada, que estoy esperando en casa sin tener ni idea de qué ha ocurrido?

Descarto la idea.

Por supuesto que volverá, solo que no sé cuándo.

Me lavo los dientes y me acuesto, siento las sábanas frescas contra la piel. Pese a que las ideas se agolpan en mi cabeza, esa discusión que tengo conmigo misma, me quedo dormida casi en el acto.

84 Sueño que está de pie junto a mi cama, quieto, mirándome sin decir nada. La luna brilla al otro lado de la ventana, pero, aunque aguzo la vista, no le veo la cara. Solo es una silueta negra con la luz blanca plateada de fondo, el contorno de un hombre que ya no conozco. Al que tal vez nunca he conocido. Quiero hablar con él, pedirle explicaciones, pero cuando intento abrir la boca descubro que tengo el cuerpo paralizado. Y cuando intento gritar no me sale ningún sonido de entre los labios.

Luego ya no está.

La luz gris matutina se filtra por la ventana. Estoy incorporada en la cama, con la mano sobre el papel de pared descolorido. Intento ordenar las ideas y extraerles algún sentido.

Falta el cuadro de Ragnar Sandberg.

Hay un rectángulo claro en la pared donde estaba colgado. El clavo sigue ahí. Pese a que sé que es un lugar poco probable, arrastro la cama y miro detrás. Ahí no hay nada, solo bolas de pelusa y un recibo antiguo de la tienda de licores.

Vuelvo a mirar al suelo y me planteo despacio la pregunta: ¿alguien ha entrado y se ha llevado el cuadro mientras dormía, o ya no estaba cuando llegué ayer a casa? Intento recordar si pasó algo extraño la noche antes, pero no puedo. Fue una noche como otra cualquiera. Una noche solitaria en casa, en el piso con Sigge como única compañía, con una tormenta otoñal desatada al otro lado de las ventanas negras.

El cuadro era lo único verdaderamente valioso que tenía, y todo el dinero que tenía se lo he dejado a Jesper. ¿Qué voy a hacer ahora? Las facturas se amontonan en la panera oxidada, como pedazos de pan enmohecidos. Es verdad que solo queda una semana para el día de pago, pero ese dinero no durará mucho.

¿Y si alguien entró en el piso y robó el cuadro? ¿Y si alguien entró de noche, se inclinó sobre mi cuerpo dormido y descolgó el cuadro de la pared? Escucho mi respiración mientras estoy ahí tumbada, sin saber lo que está ocurriendo.

De pronto recuerdo el sueño. La silueta contra el claro de luna. El pavor paralizador al darme cuenta de que no podía moverme ni gritar.

Una náusea me estalla en el estómago. Me tambaleo hasta el baño, me arrodillo y vomito un líquido amargo y amarillo. En cuanto intento levantarme, hay más. Me tumbo en el frío suelo del baño y ruedo sobre la espalda con brazos y piernas estirados como una estrella de mar.

El polvo cuelga formando largos hilos del techo. Ondean con la leve ráfaga de aire procedente de la rejilla de ventilación. En algún lugar del edificio alguien tira de la cadena y se oyen borboteos y susurros por las cañerías que atraviesan la pared, como si me hablaran en un idioma extranjero.

Sigge se me acerca, parece sorprendido. Probablemente se pregunta qué hago en el suelo. Luego da media vuelta y sale con la cola en alto.

«Ojalá pudieras hablar —pienso—. Así podrías explicarme qué pasó mientras dormía.»

Hanne

*E*s culpa de Owe que esté aquí, en la entrada de la comisaría. Anoche, tras el concierto en la iglesia Hedvig Eleonora, tuvimos una discusión horrible, de esas que son como una explosión de locura. No, él enloqueció. Me dijo lo irresponsable e infantil que era incluso plantearse reunirse con la policía para hablar de trabajo, con la cocina llena de notas, cuando ni siquiera recuerdo qué pan le gusta a él de la tienda (ese con espelta y semillas de calabazas, sí lo recordaba, solo compraba otro para fastidiarle).

Quería decirle que se comprara él su maldito pan, pero no lo hice, claro. Cogí a Frida y me fui a dormir a la estrecha cama del cuarto de invitados. Intenté pensar por qué me costaba tanto decirle que no a Owe, por qué le dejaba tratarme de esta manera.

No encontré una buena respuesta.

Al día siguiente por la mañana, cuando Owe se fue a trabajar, llamé al detective y le dije que estaría encantada de ir a hablar un rato con ellos, ¿le iba bien mañana?

Me dijo que era perfecto.

La chica joven que me acompaña a la sala de reuniones de la segunda planta charla sobre el tiempo. Pregunta si he tenido problemas para llegar con tanta nieve. Le respondo con educación que el metro funcionaba bien y que iba tan abrigada que podría dormir al aire libre.

Me sonríe con pena mientras mira mi abrigo holgado.

Llegamos a la puerta. La mujer llama y, al cabo de unos segundos, se abre. No sé qué esperaba, pero no esto.

En el centro de la sala, junto a la ventana, esta él sentado.

Peter.

Es como si de pronto toda la sangre me bajara a las piernas. Como si el aire fuera succionado de un modo misterioso por las grietas de la ventana y en la sala se hiciera el vacío. Siento un hormigueo en la punta de los dedos y me da un vuelco el corazón, como si quisiera salir, como si quisiera huir de ese hombre de mediana edad, en apariencia inocente, que está sentado en la silla azul.

Está tal y como lo recuerdo. Quizás más cansado y un poco más redondeado en la barriga. El pelo claro, canoso y corto y los ojos verdes y profundos. La nariz aguileña y afilada, recuerda a las películas de la mafia de los años sesenta. Las manos finas, tan delicadas que podrían ser de una mujer.

Sé exactamente de lo que son capaces esas manos.

La imagen surge de la nada y me pone enferma. De nuevo tengo que reprimir el impulso de dar media vuelta y huir de la sala. Sin embargo, me fuerzo a quedarme quieta, aunque mi cuerpo quiere hacer algo completamente distinto.

—Hola —digo.

—Bienvenida —dice un hombre enérgico y sonrojado, ataviado con una camisa rosa y un pañuelo amarillo.

Tiene un aspecto gracioso, fuera de lugar dentro del gris institucional propio de la comisaría. Como si fuera un viejo amigo de una de las cacerías de Owe que, por algún motivo inexplicable, hubiera acabado allí.

Una mujer de unos treinta y tantos años, morena, se acerca y se presenta. Sonrío, le doy la mano, pero no oigo lo que dice. Luego se queda delante de mí. El cuerpo de Peter sigue teniendo algo juvenil, la manera de moverse. Unos andares de banda juvenil que nunca eliminó del todo. Me tiende la mano y veo con claridad que le incomoda la situación.

Le doy la mano, pero evito mirarlo a los ojos verdes. Aun así, mi reacción es tan palpable, tan física, que me asusto. Es como si alguien me hubiera dado una fuerte patada en el estómago. Luego pasa el momento y nos separamos. Me quito el abrigo, lo dejo en una silla y digo que no cuando la mujer me ofrece un café. No me fío de que mis manos sean capaces de sujetar la taza con firmeza.

Observo la mesa blanca. Unos pequeños rasguños atraviesan la brillante superficie. Veo a Peter por el rabillo del ojo. Está mirando por la ventana.

—Como he dicho, le agradezco mucho que haya venido —dice el hombre corpulento—. Nos conocimos brevemente hace diez años por la investigación del asesinato de Miguel Calderón.

Asiento y lo miro a los ojos. Él abre una gruesa carpeta y se pone a sacar informes y fotografías. El papel está amarillento y las fotografías manoseadas. Las deja sobre la mesa.

Me inclino hacia delante y estudio las imágenes en blanco y negro. Los recuerdos brotan de forma desenfrenada: el olor de la morgue, la cabeza del joven, colocada a varios centímetros de su cuerpo, el cuello plantado en el suelo intencionadamente y hacia la puerta. Los ojos de la víctima, que se mantenían abiertos con cinta, me persiguieron en sueños durante meses.

—Miguel Calderón, veinticinco años, empleado temporal con todo tipo de trabajos —continúa el agente corpulento en tono suave, ahora recuerdo que se llama Manfred—. Su hermana, Lucía, lo encontró muerto en su piso de Hornsbruksgatan cerca de Zinkensdamm el quince de agosto de hace diez años. Llevaba una semana intentando localizarlo y estaba preocupada. Tenía una llave de su piso, así que entró y lo encontró muerto en el suelo del salón. La causa de la muerte fueron las numerosas puñaladas en el cuello con un objeto parecido a una espada que nunca se encontró. La cabeza había sido separada del cuello y colocada al lado, en el suelo, con los párpados abiertos, sujetos con cinta aislante, como si el asesino quisiera que todo el que entrara en la habitación se viera obligado a mirar a los ojos de la víctima.

Asiento, concentrada en las imágenes, y noto cómo el corazón se va calmando poco a poco. Siento que vuelve el oxígeno. Pienso en lo extraño que resulta que un asesinato brutal de hace diez años funcione tan bien como distracción. Tal vez pueda fingir que en realidad él no está sentado a unos centímetros de mí. Quizás pueda imaginar que se ha ido si me esfuerzo lo suficiente.

Concentrarme en la muerte.

Manfred Olsson deja los gruesos montones de papel en la mesa de un golpe y continúa:

—La investigación fue una de las más extensas de la historia de Suecia, tal vez la de mayor envergadura, aparte de la del asesinato de Olof Palme, claro. Entrevistamos a cientos de testigos y conocidos, estudiamos y tomamos muestras de un montón de gente. Sí, encontramos una colilla junto a la puerta, así que teníamos el ADN de quien podría ser el asesino. El caso fue objeto de una gran cobertura televisiva. Incluso hubo un periodista que escribió un libro sobre él en el que argumentaba que Calderón fue víctima de un asesino chileno que perseguía a refugiados políticos en Suecia con el permiso de la agencia de inteligencia sueca. Seguro que lo recuerdas todo, ¿verdad, Hanne?

Asiento.

—Y ahora esto —Manfred Olsson continúa y añade despacio señalando lo que parecen ser fotografías nuevas encima de la mesa—. El domingo por la noche una mujer joven fue encontrada muerta en el barrio de Djursholm. La causa de la muerte fueron las numerosas puñaladas en el cuello, como en el caso de Calderón. La cabeza estaba separada del cuerpo, colocada erguida en el suelo, de cara a la puerta.

—¿Los párpados estaban sujetos con cinta para que se mantuviesen abiertos?

Casi me sorprende que me haya atrevido a plantear la pregunta, que sea capaz de hablar.

La mujer morena lo niega con la cabeza.

—No, no había cinta. Y en este caso también encontramos el arma homicida. Un machete. Lo hemos enviado al laboratorio nacional para que lo analicen.

No puedo evitar mirar a Peter. Está pálido y tiene los brazos cruzados en el pecho. Está visiblemente alterado, y en cierto modo lo siento como un triunfo: una victoria pequeña, sucia, pero disfrutable.

Manfred Olsson continúa:

—Recuerdo que por aquel entonces tenía usted muchas teorías interesantes sobre el asesino. Me gustaría preguntarle si cree que podría ser la misma persona.

Observo las fotografías de muerte y caos esparcidas delante de mí. Como de costumbre, siento una especie de tristeza, pero también fascinación por el deseo irrefrenable de los seres humanos de matarse entre sí. Y algo más: un hormigueo, tal vez un anhelo de sumergirme en el caso, de darle vueltas y más vueltas desde todos los ángulos. Ir construyendo poco a poco una imagen del asesino hasta convertirlo en un ser humano de carne y hueso.

Me encanta la investigación, pero el trabajo policial tiene algo que proporciona un tipo de satisfacción totalmente distinta. Me paso el día trabajando en teorías, así que es increíblemente emocionante aplicar ese conocimiento.

De pronto me doy cuenta de lo mucho que he echado de menos esa vertiente práctica de las cosas.

—Como se imaginarán, en realidad no puedo decir nada definitivo sin estudiar más a fondo la investigación —digo—. Pero mi primera impresión es que… es obvio que las víctimas son distintas, un hombre y una mujer, igual que los escenarios del crimen. Además, en este nuevo caso el arma homicida apareció en el escenario del crimen, algo distinto del caso Calderón. Sin embargo, diría que las semejanzas en el enfoque son demasiado claras como para pasarlas por alto. Sin duda, deberían estudiarlo bien. Pero eso ya lo sabían, si no, no me habrían pedido que viniera.

El policía corpulento asiente.

—¿Quién haría algo así? —pregunta la mujer morena—. ¿Un lunático?

Esbozo una leve sonrisa. Con demasiada frecuencia se utiliza mal la palabra «lunático» en nuestra sociedad.

—Depende de lo que entienda por «lunático». Por supuesto, podría decirse que una persona tiene que estar loca de algún modo para cometer este tipo de crimen. Sin embargo, si nos enfrentáramos a un asesino con una enfermedad mental grave, sería incapaz de cuidar de sí mismo, y tampoco habría podido borrar su rastro o esconderlo. Lo más probable es que ya lo hubieran detenido.

—¿Se refiere a un hombre? —La agente de policía se inclina hacia delante y me mira a los ojos.

—Sí, la gran mayoría de los asesinos son hombres. Sobre todo en este tipo de… crimen violento. Por supuesto, no se puede descartar la posibilidad de que sea una mujer. Aquí hablamos de probabilidades, no es una ciencia exacta.

—Y lo de cortarle la cabeza y colocarla en el suelo… ¿qué significa? —pregunta.

Yo me encojo de hombros y luego digo:

—Bueno, recuerdo que especulamos con que podía ser una manera de menospreciar a la víctima, probablemente el asesino conocía a Calderón y albergaba un profundo odio hacia él. Lo bastante fuerte para querer demostrárselo al mundo. La acción en sí, la decapitación, es un indicador de… rabia. Históricamente, la decapitación se ha usado en todo el mundo durante miles de años como castigo de los crímenes más serios. De hecho, el término «pena capital» procede del latín *caput*, que significa «cabeza». Hoy en día se sigue usando en algunos lugares, como Arabia Saudí, por ejemplo. La última decapitación en Suecia fue en 1900, pero en muchos países europeos prosiguieron hasta bien entrado el siglo XX. Se estima, por ejemplo, que más de quince mil personas fueron decapitadas en Alemania y Austria entre 1933 y 1945. En muchos países europeos la decapitación se consideraba más honrosa que, por ejemplo, la horca o la hoguera, y era el método de ejecución reservado a nobles y soldados. Sin embargo, en algunas culturas como la china se consideraba una desgracia. Los celtas decapitaban a sus enemigos y colgaban las cabezas de sus caballos. Tras la batalla, esas cabezas se embalsamaban, se guardaban para mostrarlas después, algo que enfurecía a los romanos, que pensaban que los celtas eran unos bárbaros. Sin embargo, para los celtas era natural decapitar a sus enemigos porque la cabeza simbolizaba la vida, el alma.

La sala está en silencio y me doy cuenta de que mi discurso ha impresionado a esos duros agentes de policía.

—¿Existe alguna relación entre las víctimas? —pregunto.

—No que sepamos, pero estamos trabajando en ello —dice Manfred Olsson—. En realidad tenemos un sospechoso por el asesinato del domingo pasado, así que estamos investigando si está vinculado o no a Calderón.

Vuelvo a mirar la fotografía de la cabeza de mujer degollada. Intento imaginar qué puede hacer que alguien le haga eso a otro ser humano. Qué mecanismos hay que activar para que una persona cometa semejante crimen.

—¿Quién era la chica? —pregunto, al tiempo que deslizo el dedo con suavidad por la imagen.

La sala está en silencio. Al otro lado de la ventana, la nieve continúa cayendo. Unos copos grandes y suaves pasan agitados por el fuerte viento, que lo oscurece todo fuera.

—No lo sabemos —dice Peter, que de pronto me mira a los ojos por primera vez.

Siento el dolor en su mirada antes de que la baje. Por lo visto los demás no han notado la tensión que hay entre nosotros, pues el policía fornido se apresura a añadir:

—Me gustaría saber si le interesa ayudarnos un poco con el caso. Como consultora, claro. No sería un trabajo a tiempo completo, solo unas horas. Si tiene el tiempo y las ganas, claro.

Estocolmo está envuelto en una niebla blanca cuando camino por Hantverkargatan hacia el ayuntamiento. Los copos de nieve me azotan la cara y todo está tranquilo. Habría sido más rápido ir en metro, pero necesitaba aclarar las ideas, deshacerme de Peter, que había entrado en mi vida de nuevo. El tráfico avanza despacio entre la densa nevada y los pasos crujen mientras regreso a la ciudad.

Peter Lindgren.

En realidad, lo raro es que no me lo haya encontrado antes. Seguí trabajando un tiempo para la policía después de aquello. A veces pensaba que él estaba en algún lugar de la comisaría, trabajando en un caso como si no hubiera pasado nada. Por aquel entonces, me alteraba tanto que me costaba respirar. Pero la vida es así. La gente se traiciona todo el tiempo, y la vida continúa, te guste o no. A la vida no le importa lo que queremos.

La torre rojiza del Ayuntamiento desaparece en la niebla, como si continuara hacia el cielo y más allá en la negritud del espacio y hacia la eternidad. Tal vez un día tendré la memoria tan afectada que él también desaparecerá, creo. Borrado como la ciudad con esta bruma de nieve.

Eso espero.

En el peor de los casos, ocurrirá lo contrario: todo lo demás desaparecerá y lo único que quedará será su recuerdo, su cuerpo, sus palabras.

Nos conocimos cuando trabajaba de consultora en una investigación sobre el asesinato de dos prostitutas en Märsta, al norte de Estocolmo. Recuerdo que al principio no me impresionó especialmente. Era uno de los muchos agentes de policía que se cruzaban en mi camino. Tal vez pensara que era un poco débil. Tenía un punto casi de inseguridad, no en el sentido físico, algo en su manera de expresarse era indeciso, como un tiovivo. Recuerdo pensar que era un agente de policía raro, porque los policías tendían a ser directos, claros y seguros.

Luego se produjo el incidente en el ascensor.

Estaban reformando la comisaría y cortaron un cable de alimentación mientras Peter y yo estábamos en el ascensor, entre la planta baja y la primera. En un instante se hizo la oscuridad y el ascensor se paró. Pasados unos segundos, apareció una luz débil y azulada a los pies, presuntamente una luz de emergencia. Pasamos mucho tiempo hablando con un guardia confuso por el pequeño interfono incorporado, hasta que nos dijeron que lo único que podíamos hacer era sentarnos a esperar ayuda, que podía tardar un rato.

Al final tuvimos que esperar más de tres horas hasta que la brigada de bomberos llegó al rescate. Fue durante esas tres horas cuando conocí a Peter.

Al principio hablamos de esto y aquello. En realidad, sobre todo hablamos de trabajo, del caso que estábamos investigando y cómo podía ser que dos adolescentes normales y corrientes acabaran de prostitutas cuando desde fuera parecía que tuvieran todo lo necesario. Pronto derivamos a un terreno más personal. Le hablé de mi relación con Owe, recuerdo que me sorprendió mi sinceridad con Peter: le conté cosas de Owe que ni siquiera explicaría a mis amigos. Sin embargo, había algo en su actitud, la manera suave pero insistente de hurgar en los asuntos importantes de la vida, que me llevó a dejarle entrar en los ámbitos más privados de la mía.

93

Tal vez fuera porque él también se atrevió a compartir sus pensamientos más oscuros y prohibidos.

Me habló de su hermana, que murió de adolescente, y de la relación amorosa que terminó. De su hijo de cinco años, al que casi nunca veía, y de su tristeza por convertirse en una persona que no le gustaba. En cómo le hacía sentir darse cuenta de una forma cruel de que no era un hombre especialmente bueno. Esas fueron las palabras exactas que utilizó para describirse: «No soy un hombre muy bueno». Lo dijo con naturalidad, como si hablara de un coche o un piso. Parecía creer en serio que Albin, su hijo, estaba mejor sin él.

Intenté explicarle que todo el mundo tiene sus defectos pero que los niños, sobre todo los pequeños, necesitan un padre, aunque no sea perfecto. La sociedad nos hace creer que la paternidad va de perfección, cuando en realidad el mero hecho de estar es mucho más importante.

Pero ¿qué sabía yo? No tenía hijos.

Dijo que lo único que sabía con certeza era que creía ser buen agente de policía, así que estaba decidido a aferrarse a eso. Tal vez debería habérmelo tomado como una advertencia, pero en cambio despertó mi curiosidad. Como siempre que conocía a alguien un poco roto, sentí la urgencia de intentar curarlo.

Como si yo pudiera arreglar a Peter.

Dos semanas más tarde fui a su casa después del trabajo. No sé muy bien cómo, pero pasó. Dormí en su pequeño piso de una habitación en Farsta y nos pasamos toda la noche haciendo el amor. Recuerdo pensar que fue mágico, despertó algo en mí que llevaba muchos años dormido. La sensación de conexión absoluta: física, emocional y, sí, casi espiritual.

Me estremezco al pensarlo. Ahora me parece de una banalidad horrible, en medio de una tormenta de nieve, diez años después. ¿Qué teníamos en común, aparte de una especie de amargura porque la vida no había salido como esperábamos? Una soledad que nos empujó a uno en brazos del otro. ¿Cómo íbamos a poder construir una vida juntos? Él era diez años más joven y yo estaba casada. Muy casada. No teníamos el mismo bagaje, ni los mismos intereses ni marcos de referencia.

Aun así.

Toda la noche, todo el día. Sus brazos toqueteaban con avaricia mi cuerpo. Hicimos el amor en su cama, en su coche patrulla y en el lavabo del trabajo. Como si fuéramos adolescentes. Apenas podíamos estar sentados en la misma sala sin mirarnos, sonrojarnos y soltar una risita. Nuestros colegas intercambiaban miradas elocuentes y hacían gestos de incredulidad.

Me paro en el parque Berzelii. Intento discernir el contorno del Teatro Real entre la tormenta de nieve. Muevo la cabeza hacia atrás, abro la boca y dejo que los copos de nieve aterricen en la lengua. Saboreo el cielo mientras cae sobre mí.

Owe se dio cuenta de que estaba enamorada, claro. Esas cosas se ven, aunque tú no lo creas. Pero no comentó nada, no en ese momento.

Al cabo de un año aproximadamente, Peter y yo empezamos a hablar de ser una pareja de verdad, de vivir juntos. De hecho, era yo la que tenía dudas, por los motivos equivocados, lo admito. Pensaba demasiado en lo que opinaría la gente si dejaba a mi marido por un agente de policía diez años más joven y me instalaba en las afueras. Yo, que lo tenía todo: una casa bonita, una carrera brillante y un hombre al que todo el mundo admiraba.

Salvo yo, claro.

Peter era obstinado. Me quería, me dijo. Aunque nunca pudiéramos tener hijos y tuviéramos que pagar un precio alto por nuestro amor. Quería estar conmigo porque me quería y no podía vivir sin mí.

Bla, bla, bla.

Palabras, solo palabras. O tal vez en ese momento era cierto que se sentía así. Sí, tuvo que ser así.

Sea como fuere, al final logró convencerme y decidí dejar a Owe. Fui a casa a recoger lo que necesitaba y Peter prometió recogerme en la puerta a las cinco de la tarde.

Recuerdo estar emocionada y sentirme culpable mientras hacía la maleta, como una niña que roba dulces. Justo cuando salía del piso llegó Owe a casa, lo que no formaba parte del plan, pues normalmente no llegaba antes de las seis. Se lo conté tal cual, que había conocido a alguien y le dejaba. Que no le quería y que nuestro matrimonio era como una cárcel. Se enfadó, empezó a gritar que me arrepentiría de aquello, que solo era cuestión de tiempo que regresara a rastras a casa a suplicarle volver. No contesté, me fui sin ni siquiera cerrar la puerta. Durante todo el camino hasta la entrada lo oí gritar desde arriba. Mucho después de que se distinguieran las palabras, su voz airada seguía causando eco en la escalera.

Fuera estaba oscuro y una leve llovizna caía sobre el asfalto. Dejé la maleta en los escalones y me senté al lado, de pronto superada por una fatiga soporífera. Me sentía como si alguien tirara de mí hacia el suelo y las piernas ya no me aguantaran más, así de cansada estaba.

Ahí me quedé, sentada.

El reloj marcó las cinco y luego las cinco y media. A las seis menos cuarto llamé a Peter para preguntarle dónde estaba, pero no contestó. A las seis y media empecé a darme cuenta de que no iba a llegar, pero no tenía fuerzas para moverme, era incapaz de abandonar esos escalones de piedra. Dejó de llover y se levantó un viento frío que olía a mar y a agotamiento. Se coló por debajo de mi chaqueta fina y se acomodó en mi corazón. Me congeló desde dentro.

Cuando Owe bajó a recogerme a las nueve y yo no protesté, me dolió cuando me agarró con furia por el brazo. Lo seguí hasta el piso sin decir nada.

Al cabo de una semana me llegó una carta. Peter me explicaba que no podía vivir conmigo, que solo me haría daño, que así era él, que él «hería a las personas», y que era lo mejor para todos los implicados, yo incluida, que no nos viéramos más.

Llego a la tienda Sveskt Tenn de Strandvägen, apoyo la cara contra el escaparate nevado y miro dentro. Es casi igual que nuestro piso. Esa elegancia colorida y burguesa con toques étnicos. Exclusivo sin ser ostentoso. Con gusto sin trasmitir ansia. Pasa un tranvía y cierro los ojos, intentando expulsar a Peter de mi conciencia. Intento permanecer en el aquí y ahora, en medio de una tormenta de nieve. De camino a casa con el hombre que sigo sin amar. Mi única salvación era el olvido.

Peter

*L*a investigación de un asesinato es como una vida: tiene un principio, un nudo y un desenlace. Como en la vida, uno nunca sabe en qué punto está hasta que ha terminado. A veces acaba cuando apenas ha empezado, y otras parece prolongarse para siempre, hasta que le llega una muerte natural o el abandono.

La única diferencia es que una investigación, a diferencia de la vida, consiste en llegar al final de la mierda y saber que has llegado. A veces me pregunto si la vida no será también así.

Antes pensaba que formaba parte del atractivo del trabajo: lo impredecible, el elemento azaroso que no se podía controlar. Sin embargo, ahora también se ha convertido en una rutina, como todo lo demás.

La mujer que está sentada delante de nosotros en la sala de interrogatorios se llama Anja Staaf. No sé si nos ayudará a averiguar qué ocurrió en casa de Jesper Orre el domingo, pero sin duda es una de las mujeres con la que más tiempo ha pasado durante el año pasado, según sus amigos.

Tiene el pelo oscuro, casi negro, con un peinado que recuerda a una antigua chica de calendario. Tiene la piel pálida y mucho maquillaje: lápiz de ojos grueso y labios de color rojo oscuro. Lleva un vestido de topos que acentúa los pechos, una chaquetita y botas negras. Parece tranquila, aparenta una calma inusual para estar en una sala de interrogatorios de una comisaría.

Manfred le sirve agua y enciende la grabadora, explica que la interrogamos en relación con el asesinato que tuvo lugar en casa de Jesper Orre el domingo pasado. Ella asiente muy seria y toquetea uno de los brillantes botoncitos de perla de la chaqueta.

—Bonita chaqueta —dice ella, y señala con la cabeza el blazer de lana de color mostaza de Manfred. Él mantiene la compostura, pero acaricia con suavidad la solapa derecha.

—Gracias. Se hace lo que se puede —balbucea—. ¿Puede decirnos cuándo y cómo conoció a Jesper Orre?

Ella alza la vista hacia el techo, como si se esforzara por recordar.

—Fue en el club —dice—. En Vertigo, donde trabajo. Iba de vez en cuando y, bueno, empezamos a hablar. Luego empezamos a salir de vez en cuando. A veces cenábamos, otras solo venía a mi casa a pasar la noche.

—¿Cuándo fue eso?

La chica hace una pausa.

—Hace más o menos un año. Aunque hace meses que no lo veo.

—Y el club, Vertigo, ¿qué tipo de sitio es?

—Bueno, es un club normal, aunque la mayoría de los habituales sienten interés por varios fetiches o culturas raras y les gusta la fiesta. Pero no todo el mundo es excéntrico. Hay que ir bien vestido para entrar. Si llevas pantalones de abuela y sandalias, no hace falta ni que te acerques.

Arruga un poco la nariz al decir lo último, como si los pantalones de abuela fueran lo más repugnante que pueda imaginar, en cierto modo obsceno.

—¿Y Jesper es uno de esos… excéntricos?

No puedo evitar sonreír a Manfred, que está descolocado pese a su dilatada experiencia interrogando a todo tipo de personas. No obstante, no es tanto la charla sobre fetiches lo que lo incomoda, sino el hecho de que la chica sea joven, guapa y, para colmo, haya elogiado su querida chaqueta.

—Jesper no es tan excéntrico. Creo que le da curiosidad probar un poco los límites. Busca emociones, por así decirlo. Aunque en general es un tipo muy dulce y amable.

—«Dulce y amable» no son las palabras exactas que usan sus colegas para describirlo.

La chica suspira.

—Bueno… yo no sé cómo es en el trabajo, solo cómo actuaba cuando nos veíamos.

—¿Y cómo era entonces?

De nuevo levanta la vista hacia el techo.

—Bueno, pues feliz, majo. A veces parecía un poco estresado, miraba el móvil de forma compulsiva todo el tiempo y esas cosas. Pero suponía que formaba parte de su trabajo estar disponible en todo momento. Recuerdo que me daba pena. Por supuesto, no quería que lo vieran por la ciudad conmigo, probablemente porque la prensa amarilla siempre lo estaba persiguiendo. Sí, me daba pena.

Se queda callada. Clava sus intensos ojos azules en mí.

—¿Dónde quedabais? —pregunta Manfred.

—Como he dicho, en el club o en mi piso de Midsommarkransen.

—¿Y cuánto tiempo estuvisteis juntos? Has dicho que os conocisteis hace un año y que hace meses que no lo ves.

La chica suelta una risa floja.

—Madre mía, no estábamos «juntos». Solo quedábamos. Follábamos. Sexo. Ya sabes. —Manfred la mira como si no lo supiera—. ¿Sexo sin ataduras? Es lo mejor, ¿no crees?

Manfred asiente, dudoso.

—¿Alguna vez se puso violento durante las relaciones sexuales? ¿Pasó algo que la asustara?

—¿Asustarme? —Se ríe—. No. Era dulce, como he dicho. Un poco brusco. Le gustaba hacerlo con brusquedad, pero a mí también, así que no era un problema.

—¿Brusco? ¿Como en el sadomasoquismo?

—Para nada. Solo era… bueno, ya sabe. Le gustaba agarrarme con fuerza y esas cosas.

Ahora parece comprometida, como si fuera importante para ella explicar cómo de brusco se mostraba Jesper Orre. Como si quisiera evitar malentendidos en su testimonio a toda costa.

—¿Alguna vez quedaron en su casa?

Ella lo negó con la cabeza.

—Nunca. Vive en las afueras.

—¿Y de qué hablaban cuando no tenían relaciones sexuales?

—De todo. Política, deporte. Estaba muy metido en el deporte. Creo que también entrenaba mucho, porque estaba muy en forma para su edad. Era evidente que se cuidaba. Nunca comía frutos secos ni patatas fritas ni ese tipo de cosas en el club. Casi siempre bebía agua con hielo y limón.

—De acuerdo. Entonces era un tipo realmente sano.

Ella frunce el entrecejo y se reclina en la silla. Cruza los brazos y noto que no le gusta la deriva que toma la conversación.

—En realidad, sí —dice.

Cuando Manfred está a punto de mostrar a Anja la salida, ella se vuelve y me mira a los ojos.

—Bueno, hay una cosa más.

—¿Sí? —digo.

—A veces me robaba la ropa interior.

—¿Le robaba la ropa interior?

—Sí. Supuse que le gustaba la lencería. No me importaba mucho, salvo que era bastante cara, así que como mínimo hubiera podido reemplazarla por otra, teniendo en cuenta lo que gana, ¿no cree?

Cuando la amiga de Jesper Orre se ha ido, Manfred y yo volvemos a la segunda planta. Manfred jadea un poco. Supongo que es por la escalera, pero hemos dejado de incordiarle con lo de perder peso. Es adulto y supongo que sabe lo perjudiciales que son esos kilos de más.

—Bueno, apuesto lo que quieras a que es un pervertido —dice.

—No es ilegal tirarse a tías forrado de látex o ser brusco en la cama.

—Pero robar lencería sí.

—¡Una idea genial! Vamos a detenerlo por robo.

Manfred sonríe. Se quita la chaqueta y se limpia el sudor de la frente.

—Medio cuerpo de policía está buscando a Orre. No necesitamos una excusa para detenerlo. —Parece que Manfred va a cambiar de tema, luego dice—: Nunca deja de sorprenderme lo distinta que es la gente bajo la superficie pulida.

Asiento, pero también pienso que hay cosas peores que ocultar el hecho de tener una vida sexual excitante. Por ejemplo, que no haya nada en absoluto bajo la superficie. Estar hueco por dentro, como una botella de leche vacía.

Como yo.

—Por fuera es un CEO respetado y trabajador, pero en realidad es un mirón vestido de látex incapaz de mantener una relación auténtica. Le da miedo la responsabilidad. Le da miedo la vida —dice Manfred, como si fuera un médico con la autoridad para dar un diagnóstico fatal.

Mucho después de que Manfred se vaya, sigo sentado en mi escritorio. Observo cómo oscurece el cielo sobre Estocolmo. Va cambiando de un gris sucio al negro profundo. Unos cuantos copos de nieve solitarios se mueven en remolinos en una ráfaga de viento. Las ventanas del piso del edificio de enfrente están iluminadas por un amarillo cálido y revelan que toda la gente normal y responsable, signifique lo que signifique eso, está en casa preparando la cena o echada delante del televisor.

Me viene a la cabeza la imagen de Hanne, cómo me ha estrechado la mano en la sala de reuniones sin mirarme a los ojos. Ha sido como si mirara a la pared que había al lado de mi cabeza. Por supuesto, he sentido algo cuando nos hemos tocado: un tipo de pena por lo que nunca fue, tal vez. O un absurdo deseo de explicarme, de aclarar por qué actué como actué. Decir todo lo que no me atreví a decir entonces.

Como si así pudiera mejorar algo.

Luego pienso en lo que ha dicho Manfred, que a Jesper Orre le daba miedo la responsabilidad. Si mi madre estuviera viva, sentada aquí enfrente de mí, probablemente diría que a mí me daba miedo la responsabilidad. Cualquier responsabilidad. La responsabilidad en las relaciones, en el dinero. Sí, en todo en este maldito planeta.

Imagino a mi madre sentada en la silla enfrente de mí. Con el cabello largo recogido en una gruesa trenza en la espalda. Su cuerpo delicado con el trasero un poco ancho. Con esas gafas al estilo de los años ochenta demasiado grandes para su rostro, enjuto y bronceado.

—Ulla Margareta Lindgren, te he pedido que vengas para prestar declaración sobre tu hijo, Peter Ernst Lindgren. Sí, yo, el mismo.

—¿De verdad es necesario?

—No será mucho tiempo.

—Bueno, en ese caso, sí. Pero ¿podemos acelerar un poco? No tengo todo el día. —Pausa. Mamá se toquetea el pelo y me dedica una mirada seria que no puede evitar.

—¿Me considerarías una persona responsable?

Se oye un profundo suspiro.

—Ya sabes que siempre te he querido, Peter. Tienes un corazón de oro, de verdad, nadie puede negarlo. Pero nunca has asumido responsabilidades. Mira cómo vives. Tan descuidado. Ingieres comida de paquetes de plástico que son perjudiciales para el medio ambiente. Tampoco reciclas. Nunca ves a tu hijo. La pobre Janet ha tenido que soportar la carga sola. Bueno, no digo que tengáis que vivir juntos, los adultos deben decidir esas cosas solos. Y, para ser completamente sincera, nunca pensé que fuerais compatibles. Pero, por el amor de Dios, podrías haber ayudado. Albin es carne de tu carne. Y no muestras interés por el mundo que te rodea, pese a ser policía. Apenas lees el periódico. En Siria y Gaza los niños se mueren como moscas, y lo único que te importa es ver películas malas y trabajar. Es tan… negligente, Peter. Es lo único que digo. Cuando era joven, era activista. Trabajaba por mis convicciones, pese a tener un trabajo y dos hijos. Tú me acompañabas a los mítines. No tenía nada de raro. No entiendo por qué no puedes hacerlo tú también. Aprovecha la oportunidad, tú que estás a medio camino de la vida. Antes de que te des cuenta, se acaba.

Me levanto, me acerco a la ventana, apoyo la frente contra el frío marco de la ventana, negro. Cierro los ojos y dejo que me asalten los recuerdos.

Mi madre participó en el movimiento contrario a la guerra de Vietnam. Era diseñadora gráfica y ayudó en la maquetación del *Vietnam Bulletin*, así como de varios carteles y folletos. A veces mi hermana Annika y yo la ayudábamos a pintar pan-

cartas o a recoger periódicos en la casita del parque Krono-
bergs donde quedaba el grupo. Recuerdo que mi padre odiaba
que la acompañáramos porque pensaba que éramos demasiado pequeños para entender el tema de Vietnam, o cualquier
asunto político. Pero nosotros le suplicábamos y al final papá
cedía, le daba un beso a mamá en la mejilla y le advertía que
cuidara bien de nosotros, que nos protegiera de la peor propa-
ganda antiimperialista.

Me encantaban esas reuniones.

Siempre había otros niños y el ambiente era alegre y per-
misivo. Pese a que todo el mundo trabajaba mucho, nadie tenía
prisa. Los niños corríamos por allí, pero nunca nos interponía-
mos en el camino de nadie.

Como yo era tan pequeño, me encargaban lo más fácil: colorear las letras de pancartas como «EE.UU. fuera de Indochina» con rojo sobre fondo blanco. Annika, que era mayor, podía
pintar los cohetes americanos, y eso me ponía celoso.

Cuando terminábamos de trabajar, los adultos bebían vino
y tocaban la guitarra, o comentaban la situación en Indochina.
Yo jugaba con los demás niños. A veces me quedaba dormido
en el suelo, delante de las piernas de mi madre.

A veces los Freedom Singers cantaban para nosotros, y lo
que había empezado como una tarde rutinaria de trabajo culminaba en, o tal vez degeneraba en, una escandalosa fiesta.

A veces uno de los chicos delgados con chaqueta de pana
y patillas se sentaba muy cerca de mi madre, le ofrecía tabaco
y se empujaba hacia arriba las gafas de concha con indignación mientras hablaban sobre el comité sueco por Vietnam o
sobre los pacifistas radicales, tan simpáticos pero, madre mía,
qué ingenuos. A veces uno de esos hombres rodeaba a mi
madre con el brazo y le tocaba el cabello largo y moreno. Ella
siempre sonreía y se apartaba un poco. De algún modo, pese
a mi edad, sabía que ese movimiento significaba seguridad y
estabilidad. Mi madre pertenecía a mi padre, aunque ella lo
llamara «reaccionario» de vez en cuando y yo entendiera que
era una palabra fea.

Entonces, un día, terminó la guerra. Los luchadores por la
libertad habían ganado y los imperialistas habían regresado a

Estados Unidos a comer hamburguesas y beber Coca-Cola. Ya no caían bombas sobre la jungla y los arrozales, sobre niños desprotegidos. El napalm ya no laceraba la carne y el hueso como si fuera un cuchillo candente cortando mantequilla.

Recuerdo que de algún modo sabía que aquello debía hacerme feliz, mamá decía que era bueno, y que debería estar orgulloso de haber asumido la responsabilidad y ayudado a parar la guerra, pero yo me sentía triste. Vacío.

No habría más mítines. Ni más manifestaciones. No habría más pancartas que colorear.

Recé a Dios para que trajera otra guerra pronto, pero no albergaba grandes esperanzas porque mi madre me había dicho hacía mucho tiempo que Dios era un producto capitalista creado para mantener a los pobres en su lugar.

Me doy la vuelta. Mi madre no está. En un instante se ha trasladado de la silla que tengo enfrente al frío suelo del cementerio de Woodland. En el pasillo oigo a mis colegas que salen de la oficina. Conversaciones salpicadas de risas que se desvanecen y mueren.

Hora de irse a casa.

De encender el televisor y pasar otra noche de mi vida sin rumbo fijo.

Emma

Dos meses antes

—Ah, ¿estás enferma?

Olga suena poco interesada. De fondo, oigo la penosa lista de reproducción y de pronto el no tener que ir a trabajar hoy me hace sentir alivio.

—Nada grave, creo que solo me sentó algo mal. Probablemente iré mañana. ¿Puedes hablar con Björne?

Pausa.

—Claro.

La veo delante de mí, con el teléfono apoyado entre el hombro y la barbilla mientras centra toda su atención en las uñas, observándolas a contraluz para comprobar que no haya grietas ni rasguños, que los relucientes diamantes falsos sigan fijos en la pintura.

—Entonces nos vemos mañana —digo, pero ya ha colgado.

Intento de nuevo llamar a Jesper, aunque ya no espero que conteste. Sobre todo quiero oír su voz, pero no llego a oír el mensaje grabado, sino una voz que explica que el número ya no está en uso.

Decido intentar otro método. Busco el número de teléfono de la oficina. Con los dedos temblorosos, lo marco. La mujer que contesta me pasa sin preguntar cuando le digo que quiero hablar con Jesper Orre, lo que me sorprende un poco. ¿De verdad es tan fácil ponerse en contacto con el director general de una empresa? ¿Puede llamar cualquiera a recepción y que le pasen con él?

La asistente de Jesper se pone al teléfono, se presenta y

pregunta con un acento no identificable en qué puede ayudarme. Le explico que estoy buscando a Jesper por un asunto personal. Me pregunta mi nombre y número de teléfono para que pueda llamarme. Dudo. Por eso Jesper me pidió que no le llamara a la oficina: ¿para que ninguna secretaria ni recepcionista apuntara mi nombre?

Le pregunto si puede pasarme directamente con él y ella responde con educación que está reunido.

—Entonces ¿está bien?

Se produce una pausa.

—¿Qué quiere decir? —pregunta, y me parece oír un deje de suspicacia en la voz.

—Es que prometió llamarme… hace varios días, y al no poder localizarlo me preocupa que le haya pasado algo.

—Está bien. Si me da su nombre y número de teléfono, puedo decirle que la llame cuando salga de la reunión —dice en ese tono agradable, profesional.

Le digo que volveré a llamar más tarde y ella dice que le parece bien. Luego colgamos y me quedo ahí sentada en la mesa de la cocina, oyendo el tictac del reloj que tengo encima tan fuerte que parece que tengo las manecillas en mi cabeza.

¿Por qué me está evitando Jesper? ¿Se ha echado atrás, se arrepiente del compromiso? ¿O solo es un maldito imbécil, un sádico que disfruta haciéndome sufrir?

¿Puede haber otra explicación? ¿Puede haber ocurrido algo que le obligue a retirarse, como una muerte en la familia, una crisis en el trabajo? Sí, pero ¿qué hay tan grave para no poder hacer una llamada o enviar un mensaje de texto?

Tres semanas antes, estábamos tumbados desnudos en el suelo de mi salón. La luz de color sepia se colaba entre las persianas y dibujaba una suave cuadrícula de luces y sombras en nuestros cuerpos. La ventana estaba entreabierta y la cortina se inflaba un poco con el aire helado.

Jesper estaba fumando. No ocurría a menudo, solo después de unas cuantas copas de vino, o a veces después de hacer el amor. Alzó la vista al techo, con la mano grande descansando en mi barriga. Con los dedos dibujaba pequeños círculos en mi piel sudorosa.

—¿Qué pasó? —preguntó.

—Enfermó y murió.

Jesper respiró hondo.

—Sí, lo he entendido. Pero ¿de qué murió?

—Inflamación del páncreas. Dijeron que era de beber tanto.

—Pobre.

—Sí y no. A veces no puedo evitar pensar que fue solo culpa suya. Nadie tenía la culpa de que bebiera.

Jesper se volvió hacia mí y me miró a los ojos.

—No me refería a ella, sino a ti.

—¿A mí?

Se rio y negó con la cabeza como si hubiera dicho una tontería.

—Sí, tú.

—No me pasa nada.

Se hizo el silencio un momento. Se oyeron unas sirenas a lo lejos. En la cocina, la nevera revivió con un estremecimiento.

—Siento no poder acompañarte al funeral —dijo pasado un instante, como si se lo hubiera planteado.

—Estaré bien.

—Nadie debería ir al funeral de su madre solo.

No contesté. ¿Qué iba a decir? Tenía razón, claro. Para entonces llevábamos meses viéndonos, y cada vez era más difícil mantener en secreto la relación.

—¿Siempre será así?

Apagó el cigarrillo en la copa de vino y se volvió hacia mí. Se apoyó en el codo y me besó con ternura. Un beso que sabía a ceniza y a vino. Aparté la cara y él lo interpretó como una protesta contra nuestra situación, en vez de por su aliento.

—Por supuesto, no siempre será así.

—Entonces ¿hasta cuándo?

Se tumbó de nuevo. Soltó un profundo suspiro de evidente frustración.

—Hemos hablado de esto mil veces. Ya sabes cómo me persigue la prensa amarilla. Ayer mismo dos periodistas utiliza-

107

ron el término «contratos de esclavo» al escribir sobre las condiciones de nuestros empleados. Si los medios lo descubren… sabes perfectamente qué ocurriría. Me despedirían. Tenemos que esperar a que las cosas se calmen.

—¿Y cuándo se calmarán exactamente?

—¿Cómo demonios voy a saberlo? Cuando las hienas encuentren a otra presa en la que centrarse. Por cierto, deberías empezar a buscar otro trabajo. Sería de gran ayuda que no trabajaras en la empresa.

Se inclinó hacia delante, agarró la manta y nos tapó con ella.

—Hace frío —dijo—. ¿Cierro la ventana?

—Es que es muy duro. Todo el mundo se pregunta quién eres, y no puedo decir nada. Es un poco… adolescente.

Se volvió hacia mí. La ráfaga se había extinguido. Una sonrisa asomó en la comisura de los labios de Jesper.

—¿Adolescente?

—Sí, parezco una maldita adolescente. Con un novio secreto.

Él se echó a reír. Me besó en el cuello y siguió bajando hacia la barriga.

—¿Soy tu novio secreto?

—Supongo que sí.

—Entonces ¿tú qué eres? ¿Mi chuletita de cordero?

Solté una risita. Él recorrió mi torso con la lengua, hurgó en mi ombligo y la movió en círculos, como si estuviera comiendo un plato invisible de mi cuerpo. Me quedé helada, consciente de mi cuerpo de una forma incómoda, de todas las cavidades, olores y sonidos. Debió de notar que me ponía tensa, pues levantó la cabeza un poco y me miró a los ojos.

—Relájate, Emma. Tienes que aprender a relajarte.

Siempre me decía que me relajara, y no solo en la cama. Yo lo intentaba, de verdad, pero algo en él me hacía estar en guardia. Algo de nuestra relación en general. Era demasiado bueno para ser cierto. Jesper Orre y yo. La pobre dependienta que conoce a un hombre mayor, rico y de éxito.

¿Qué ve en mí? ¿Por qué decide iniciar una relación con una empleada veinte años menor?

Tal vez tuviera razón. Quizás solo se tratara de mi baja autoestima. ¿Por qué no le iba a interesar? ¿Por qué me costaba tanto aceptar nuestra relación? ¿Por qué me costaba tanto creer en su amor?

—Relájate, Emma —repitió—. Quiero estar contigo y mereces ser amada. ¿Cómo puedo hacértelo entender? ¿Qué tengo que hacer para que me creas?

Aquella noche nos quedamos dormidos en el suelo.

Cuando desperté estaba oscuro y me dolía la cabeza. Tanteé a mi lado en la alfombra, pero Jesper no estaba. Me levanté, despacio. Tenía el cuerpo rígido y torpe cuando me arrastré hasta el dormitorio. El suelo estaba frío, la ventana seguía abierta.

Entonces lo vi.

Estaba de pie, perfectamente quieto, a oscuras. Tenía la mirada fija en el cuadro de Ragnar Sandberg que estaba colgado encima de la cama. Llevaba el pelo desmelenado y le caía sobre la frente, como si acabara de levantarse. Llevaba una manta sobre los hombros.

—Creo que te quiero, Emma —murmuró.

Estoy sentada en la cama, intentando hacer que funcione el portátil, pero algo pasa con la conexión a Internet. Tardo un rato en darme cuenta de que probablemente es por no haber pagado una factura. Ahora no funcionan ni la televisión ni Internet, y es culpa de Jesper.

Decido bajar a una cafetería en Karlavägen, ahí me puedo conectar a la red. Las náuseas han remitido un poco y por primera vez hoy noto una especie de hambre vaga.

Cuando me pongo los tejanos, me doy cuenta de que llevo algo en el bolsillo. Es una tarjeta de visita. La miro y recuerdo al periodista que estuvo de visita en la tienda. Dudo unos segundos, luego voy a la cocina, abro la panera y dejo la tarjeta encima del montón de facturas sin pagar.

Me siento en un rincón con un café con leche semidesnatada. No muy lejos está sentado un chico joven con rastas y un MacBook en el regazo. Dos señoras cuchichean entre sí en otro rincón, como si comentaran secretos de Estado. La cafetería está en penumbra, casi a oscuras. Contemplo cómo cae la lluvia otoñal al otro lado de los ventanales. Los árboles arden en sombras de amarillo, naranja y marrón. De vez en cuando una hoja solitaria baja flotando de los árboles para aterrizar con suavidad en la hierba.

Leo por encima artículos sobre Jesper. Lo llaman al mismo tiempo «el rey de la moda» y «el esclavista». Luego encuentro un artículo en una revista de negocios: «¿Quién es el verdadero Jesper Orre?». Sigo leyendo. Jesper es de Bromma y sus dos progenitores eran profesores. Estudió empresariales en la Universidad de Uppsala, pero lo dejó al cabo de dos años. Según el autor, lo que sucedió después es una sucesión de incógnitas. Largos períodos que no podrían considerarse «satisfactorios». Años de agujeros inexplicables en su currículum.

Sigo leyendo. El periodista se ha entretenido realizando un mapa de todas las relaciones sociales de Jesper, y afirma que tiene tratos con delincuentes. Dos de sus mejores amigos fueron condenados por delitos económicos, otro por posesión de drogas. No reconozco a ninguno, Jesper no me ha hablado de eso.

Me pongo a buscar imágenes.

Jesper de traje. Jesper con ropa deportiva. Jesper con esmoquin. Jesper sobre un escenario, con la camisa arremangada, señalando unos números en una pantalla.

Otra imagen: un primer plano de Jesper, con una sonrisa que le ocupa toda la cara. Pero ahora veo la profunda arruga que tiene en la frente y sé que está incómodo. No le gusta que le hagan fotografías: hemos hablado en numerosas ocasiones de que odia ver su imagen en la prensa y la televisión.

También hay otras imágenes: Jesper con una mujer rubia del brazo. Ella está inclinada hacia atrás y se ríe. Lleva un vestido muy escotado. Él parece cansado. Lleva la camisa arrugada y desabrochada en el cuello. En la pernera del pantalón hay una gran mancha, como si alguien le hubiera tirado una copa de vino encima. Continúo. Hay más imágenes de Jesper con mujeres, siempre distintas. Ni una sola vez veo a la misma mujer a su lado.

Cierro los ojos y me hundo en el sofá, intentando pensar

con claridad. ¿Hubo alguna señal la última vez que estuvimos juntos? ¿Algo que pudiera indicar que se estaba cansando de mí? No se me ocurre nada. Todo fue como siempre, se mostró tan cariñoso como siempre. Quedamos, cenamos bien, tuvimos relaciones. Nos reímos durante horas en mi cama estrecha. Hablamos del futuro, de lo que haríamos cuando estuviéramos juntos de verdad.

Cuando ya no tuviéramos que escondernos.

Luego recordé uno de nuestros últimos encuentros. Estábamos en su piso de Kapellgränd. Yo estaba tumbada en mi lado de la cama, de cara a la pared, y él salió de la ducha con una toalla en la cadera, se sentó a mi lado y se puso a acariciarme el pelo.

—¿Me quieres?

Era una pregunta extraña. Nunca me había preguntado si le quería. De hecho, no usábamos esa palabra con mucha frecuencia, tal vez porque sonaba muy vinculante, muy grande, casi terrorífica.

—Sí —dije.

—Entiendo que todo esto tiene que ser muy difícil para ti, lo de esconderse todo el tiempo.

Subió a la cama, se arrimó a mí y me abrazó por detrás. Sentí el calor de su cuerpo húmedo, recién duchado, e inspiré el aroma a jabón y a loción para el afeitado. Cerré los ojos.

—Prométeme que me esperarás. Que no te rendirás.

—Lo prometo.

—Prométeme que no encontrarás a nadie más.

—Qué tonto eres. Ya sabes que no hay nadie más.

Me abrazó con más fuerza.

—¿Y antes que yo?

Me quedé confundida.

—¿A qué te refieres?

—Antes de conocernos. ¿Hubo alguien más?

Antes de Jesper.

Pensé en mi vida antes de conocernos: noches solitarias delante del televisor con mi gato, días interminables en la tienda. Cenas congeladas para uno. No había absolutamente nada que contar. Nada de lo que avergonzarse o esconder.

—Tuvo que haber alguien antes que yo —dijo.

Al principio no contesté. Había habido alguien, pero no quería hablar de él.

—Claro.

—¿Quién era?

—Ya sabes, el chico del que te hablé. Woody.

—¿Tu profesor de diseño y tecnología?

Asentí y cerré los ojos. En cuanto lo hice lo recordé todo, después de tantos años. Los pasillos largos y fríos, el alboroto de la cafetería, el olor a serrín quemado en el taller de carpintería. Estoy tumbada en el banco. Woody está de pie delante de mí con una camisa de franela y los tejanos por las rodillas. Hace una mueca cuando me penetra.

Estaba loca por él. Además, en casa todo era un caos. Era muy vulnerable. Ahora me doy cuenta de hasta qué punto. Se aprovechó de eso. Era una chica de diecinueve años perdida y me sedujo.

—Me enfurece pensar en eso —masculla Jesper.

—Para, fue hace mucho tiempo.

—Tuvisteis relaciones en el aula.

—Sí, pero…

De pronto casi me hacía daño de la fuerza con la que me abrazaba, hasta que me costó respirar.

—Suéltame, me haces daño.

—¿Te gustaba?

—¿El qué?

—Follar con él en el serrín, ¿te gustaba?

Jesper me tenía presa como un tornillo. No me podía mover, pero noté que se le ponía dura.

—Estás enfermo —dije.

Se quitó la toalla y se arrimó más. Entonces le sonó el móvil y me soltó un momento, pero yo me quedé ahí, helada. No me podía mover.

—Te gustaba —susurró—. ¿Verdad?

No contesté.

Salgo de la cafetería y camino hacia casa bajo la lluvia. El viento ha empezado a soplar, las hojas ya no caen con calma al suelo, sino que bailan con la brisa hasta que se posan en la hierba en medio de la avenida. ¿Por qué estaba Jesper tan celoso de mi pasado? Además, apenas había tenido relaciones de las que pudiera estar celoso. Era yo quien tenía motivos para estar celosa, y él me acusaba a mí.

¿Y por qué se excitó cuando hablamos de Woody? Era como si le pusiera hablar de él.

Vuelven las náuseas. No lo entiendo. Hay muchas cosas que no entiendo.

Cruzo Karlaplan. La fuente está vacía. Las hojas y la basura se han acumulado en montones en el rincón más lejano. La zona está desierta.

Al llegar a casa, me sorprende que algo huele distinto. Noto un leve aroma a lana mojada y a jabón en el ambiente, como si acabara de pasar alguien de camino a otro sitio. Recorro todas las habitaciones, observo cada detalle, pero no hay nada raro. Todo está donde lo he dejado. No falta nada.

Entro en el dormitorio y me quedo mirando el rectángulo claro que hay encima de la cama, donde estaba colgado el cuadro. Parece casi iluminado, vibrante, como si se hubiera elevado por un instante del papel de pared amarillo sucio y se me acercara, intentado decirme algo. En la cocina oigo el crujido de Sigge que come su ración diaria de triste comida para gatos seca que constituye toda su dieta.

Todo parece normal. Lo único que me inquieta es el olor.

Pienso que mañana tengo que ir a trabajar y me siento en la cama. Por mal que me encuentre, tengo que trabajar. Ya he faltado cinco días este mes, y sé que Björne se pondrá furioso si me tomo alguno más. Las ausencias se marcan con unas rabiosas pegatinas rojas en el calendario de la cocina. Todos los empleados ven cuántos días han estado sus compañeros enfermos o en casa con un hijo enfermo, otra de esas estrategias que pone los pelos de punta al sindicato y hace que la prensa invierta tantas líneas en los métodos «esclavistas» de Jesper.

Paso la mano por la pared. El papel amarillento, raído, me recuerda a otra pared, en otra vida.

113

Y

Era de noche y yo estaba tumbada en la cama mirando una pared que antes era blanca, pero ahora estaba teñida de una rica pátina de humo de tabaco, grasa y polvo. Se podrían grabar letras en esa superficie amarilla sucia con un objeto afilado, como un palillo o una ramita.

Por mucho que lo intentara, no podía dormir. En parte se debía a la luz de color azul claro de principios de verano que se filtraba por la ventana, que penetraba incluso en mis párpados cerrados, y en parte a las voces exaltadas de mi madre y mi padre desde la cocina.

No tenía ni idea de cuál era el motivo esta vez, tampoco importaba. A fin de cuentas, discutían casi todas las noches. El truco era intentar conciliar el sueño antes de que empezaran, así podía dormir hasta la mañana siguiente. Por la mañana siempre volvían a ser simpáticos, aunque estuvieran cansados por la falta de sueño.

Finalmente, las voces fueron bajando hasta que al final se apagaron. Contuve la respiración. Al cabo de unos segundos oí un tono claro, como si alguien cantara. El tono subía y bajaba hasta convertirse en un aullido prolongado.

114

Mamá estaba llorando.

Siempre era mamá la que lloraba, no papá. Ni siquiera sabía si papá era capaz de llorar. ¿A lo mejor los padres no lloraban?

Se oyó un golpe seco y luego un chillido agudo, y de pronto me preocupé de verdad. ¿Se había caído alguno de los dos y se había hecho daño? ¿Se había volcado algún mueble? Bajé de la cama de un salto, agarré el bote con el capullo dentro y empecé a caminar hacia la puerta. El suelo de linóleo resbalaba y lo notaba frío bajo los pies. Los únicos sonidos que oí al entrar en el salón fueron los leves sollozos de mi madre y el tictac indiferente del reloj de la cocina.

Papá estaba en el suelo, con la cara hundida en las manos, y mamá sentada en una silla, llorando. Por algún motivo me preocupó mucho más el silencio de papá y su extraña postura encorvada que las lágrimas de mi madre. Los padres no se sientan así: encogidos y resignados, en silencio, tapándose la cara con las manos.

Entonces se movió. Fue solo un pequeño giro, unos centímetros hacia mí, como si me hubiera visto a través de las manos. Su voz sonó neutra al hablar.

—Emma, cariño, ve a dormir. Deberías estar durmiendo.

Mamá se levantó de la silla de un respingo. Tenía esa mirada salvaje que solo tenía después de que ella y papá llevaran mucho tiempo sentados en la cocina. Me recordaba a una especie de animal. Un animal salvaje e infeliz atrapado en una jaula, y por tanto muy peligroso.

—Mierda de niña —gritó—. ¿Ya has estado escuchando, bicho raro?

Papá se levantó y se interpuso entre mi madre y yo.

—Para —masculló—. No es culpa suya.

—Sé que estabas escuchando a escondidas —farfulló mi madre—. ¿Qué vas a hacer? ¿Llamar a la tía Agneta y chivarte? ¿Eh?

—No —contesté, pero mamá no me oyó. Agarró la mesa para apoyarse y se inclinó hacia mí, con las manos bien agarradas a la superficie de la mesa. Su cuerpo presentaba una torpeza extraña y volcó la silla cuanto intentaba pasar junto a mi padre.

—Déjala en paz —dijo papá.

—Tengo que enseñarle a no escuchar a escondidas —dijo mi madre arrastrando las palabras.

Se abrió paso y estiró el brazo hacia mí, pero yo fui más rápida y me hice a un lado. Cuando mamá no pudo agarrarme como pretendía, se cayó de cabeza al suelo.

—Mierda —murmuró, y se puso a gatas. Le caía un pequeño hilo de sangre de la nariz a la boca—. ¿Ves lo que has hecho, Emma? ¿Lo ves? —Se levantó despacio.

—Pero yo no he…

La bofetada fue como un fogonazo, y esta vez no me atreví a moverme por miedo a que mamá volviera a caerse y a que el hilo de sangre se convirtiera en un torrente, o tal vez un mar.

—Cierra la boca.

Mamá se tambaleó un poco y el pelo se le quedó en punta como cuando se despertaba por la mañana. Papá estaba hundido de nuevo, se tapaba la cara con las manos como si intentara anular toda la escena. Yo deseaba que se levantara y le dijera a mamá que parara, que le explicara que no era culpa mía. Deseé que ya fuera por la mañana y estuvieran cansados y simpáticos de nuevo. Que me dieran dinero para ir a comprar el desayuno porque les dolía la cabeza. Deseé ser otra persona, estar en otro sitio. No ser Emma. No estar aquí. No ahora.

Mamá agarró el bote con el capullo.

—Dame ese estúpido bote —gruñó—. Lo llevas contigo a todas partes, supongo que debe de ser importante para ti. A lo mejor más importante que tu madre, ¿verdad?

No contesté.

—Yo te voy a enseñar lo que es importante —dijo mamá, luego se tambaleó hacia la ventana de la cocina, la abrió y lanzó el bote.

Pasado un segundo, oí que se hacía añicos en el asfalto de abajo.

—¡No! —grité—. ¡No, no, no!

—Sí —dijo mamá—. Sí, tengo que enseñarte lo que es importante de verdad. Eso era un bote de mierda. ¿Lo entiendes? Algo inerte.

Yo ya no escuchaba. Salí corriendo hacia la puerta, la abrí, bajé a toda prisa la escalera y salí al patio. Las esquirlas de vidrio brillaban como estrellas sobre el asfalto negro. Me acerqué de puntillas, intentando no cortarme los pies. Luego hurgué con las manos en el suelo frío y húmedo. Lo único que encontré fueron unas cuantas hojas secas.

—Aquí, Emma.

Me di la vuelta. Mi padre estaba agachado a mi lado con la mano abierta. En la palma tenía unas ramas espinosas. El capullo seguía colgado de su rama. El claro de luna hacía que pareciera casi luminoso.

—Eso suena muy mal.

Olga niega con la cabeza de manera que los pesados pendientes hacen ruido. Estamos de pie junto a la mesa de tejanos, doblando ropa. No hay rastro de Björne, pero ambas sabemos que está en la tienda. Es un poco como estar solo en la sabana: sabes que los depredadores están ahí fuera, en algún sitio.

—¿Qué hago?

Olga niega despacio con la cabeza, como si la situación le pareciera demasiado extraña para comentarla siquiera. Luego se sube los tejanos gastados, que se le han caído hasta la cadera.

—Te propone matrimonio y luego se va. ¿Quién es ese hombre? Ahora puedes decírmelo, ¿no? —Claro que podría contarle a Olga lo de Jesper, pero algo me hace dudar. Si se lo cuento, todo el mundo lo sabrá en seguida. Eso me podría causar problemas a mí, no solo a Jesper. ¿Qué diría Björne si supiera lo de mi amante de la oficina de la empresa?

—Es… no es nadie. Alguien a quien ves de vez en cuando en la prensa rosa. No importa. Aunque quiera cortar, quiero que me devuelva el dinero.

Olga no contesta, se estira para agarrar unos tejanos que están a punto de caer de la mesita al suelo. Los atrapa justo antes de que se caigan.

—¿Qué dinero? —dice en un tono indiferente, y pienso que probablemente no le he contado lo del préstamo.

—Le dejé cien mil coronas para pagar a unos proveedores.

—¿Estás loca? ¿Le diste cien mil? ¿Y?

Me encogí de hombros.

—Ven.

Olga me agarra del brazo y me lleva hacia la sala de empleados.

De pronto vemos a Björne delante de nosotras, con una mirada severa. Tiene los brazos en jarras, está demasiado cerca para estar cómodas. Veo que intenta dejarse barba. Una barba incipiente y rojiza le cubre la barbilla, estrecha y prominente.

—¿Adónde vais?

—Pausa —dice Olga sin dar más explicaciones, luego aprieta los labios.

Justo entonces sale Mahnoor de la sala de empleados. Lleva el cabello largo recogido en un moño en la nuca.

—¿Puedes vigilar la caja? —pregunta Olga a la velocidad de la luz.

—Claro.

117

Nos mira intrigado, pero Björne parece satisfecho con su respuesta, así que da media vuelta y se dirige a la sección masculina. Olga me lleva a la sala de empleados, luego me empuja a una de las sillas blancas de la cocina.

—Qué imbécil —farfullo—. ¿Sabías que despidieron a una chica de la tienda de Ringen por haber librado demasiados días para estar con su hijo enfermo de tres años? Faltó diez días en un mes, pero se excusaron en la escasez de trabajo, así que el sindicato no pudo hacer nada.

Olga no lo escucha. No para de hojear un montón de revistas situadas en la estantería del rincón.

—Entonces ¿has estado intentando localizar a tu chico? —dice en voz baja, mientras levanta un montón de revistas y me las deja en el regazo.

—Le he llamado, he enviado mensajes de texto. Todo. No contesta.

—¿Has intentado ir a verlo a su casa?

Recuerdo la visita a Kapellgränd: el hombre de la cola de caballo, el chasquido y el siseo cuando abrió la lata de cerveza, el mobiliario que no reconocía.

Olga ha terminado de hojear la primera revista. Me mira con auténtica preocupación.

—Fui a su casa una noche…

—¿Y?

—Había otra persona viviendo allí. Sus muebles no estaban.

Olga no dice nada más y vuelve a centrarse en el montón de revistas.

—¿Qué haces?

—Busco algo. ¿Por qué le dejaste dinero, por cierto?

—Porque… no lo sé. Resulta que tenía dinero en casa y él tenía que pagar a sus proveedores.

—¿Tienes cien mil coronas en casa?

—Sí.

—Lo siento, pero es una locura. ¿Te ha robado algo más?

—No —contesto, pero acto seguido pienso en el cuadro de Ragnar Sandberg. Jesper era el único que sabía que lo tenía, aparte de mi madre, claro, pero está muerta.

—Aquí —murmura Olga, mientras hojea una revista donde aparecen más imágenes de famosos que texto—. Aquí está.

Empieza a pasar las páginas más despacio, estudia cada una.

Entonces para, con la mano sobre un artículo: «¿Vives con un psicópata?».

—Mierda. Tu hombre es un psicópata, sin duda —murmura, y desliza el dedo índice por el texto como si estuviera escrito en braille.

—¿Qué dice?

Se aclara un poco la garganta y golpea con las uñas largas la revista.

—«Un psicópata al principio es encantador, pero enseguida se vuelve manipulador y egocéntrico. Carente de empatía, no tiene consideración por tus sentimientos o necesidades. Engaña y embauca sin dudar. Roba y miente sin sentir remordimientos o culpa.»

Me quedo pensando. Para mí Jesper es cálido, cariñoso y empático, pero si realmente me ha abandonado, si él robó el cuadro, si no tiene intención de devolverme el dinero… entonces quizás Olga tenga razón.

—¿Dice qué hacer?

Olga asiente y mueve los labios mientras lee el párrafo siguiente.

—«Deberías alejarte de él lo máximo posible, porque no va a cambiar.» Los psicópatas no cambian, lo dice aquí.

Se inclina hacia mí, me pone una mano en el brazo, sin decir nada, solo me mira preocupada con sus enormes ojos claros. Noto que se me saltan las lágrimas, pero hay algo más, más fuerte que mi desesperación: la necesidad de saber.

—No lo entiendo —murmuro—. Tiene mucho dinero. Y es… famoso. ¿Por qué iba a arriesgarlo todo para estafarme cien mil?

—A lo mejor no es por el dinero —dice Olga, dudosa.

—¿A qué te refieres?

—A lo mejor quiere humillarte. Hacerte daño, ¿sabes?

Υ

En casa me planto delante del espejo del baño. El cabello largo y de color caoba me cuelga en mechones mojados sobre los hombros. Los pechos, esas aborrecibles ubres, están más grandes que nunca y muy blandos.

Me inclino hacia delante, limpio un poco el vapor que lo empaña y estudio mi reflejo. Así las pecas se ven más, sin maquillaje, bajo la fría luz de fluorescente.

Me envuelvo el cuerpo con una toalla verde y salgo al salón. En el suelo, delante de la puerta principal, hay tres cartas más.

Una es de mi banco, otra de la empresa de la tarjeta de crédito y otra no lleva remitente en el sobre. Llevo las cartas a la cocina y las meto en la panera sin abrirlas. Es casi imposible cerrarla de lo llena que está.

Por supuesto, sé que la situación es insostenible, algún día habrá que pagar las facturas. Pero no sé qué hacer. No tengo dinero en el banco, ni acciones ni fondos de inversión que vender. Ninguno de mis amigos tiene dinero para prestarme.

Y ya no tengo familia.

Jesper es mi familia, creo. Suena raro, pero es la persona más cercana a mí.

Recuerdo nuestra última noche. Tuvimos una discusión terrible. Fue por lo de siempre: ¿cuánto tiempo hay que seguir así? Quería salir donde hubiera gente, ir al cine, a un restaurante. Él estaba estresado e irritable, por lo visto había tenido un día horrible en el trabajo. Estábamos hablando bajo la lluvia y recuerdo perfectamente que yo pensaba: «Ahora, ya estoy harta».

Caía una fina llovizna sobre Estocolmo que transformaba Götgatan en un brillante espejo negro sobre el que los reflejos de las farolas y los escaparates brillaban como joyas. Yo llevaba un paraguas, pero no lo compartí con él. A Jesper no pareció importarle. Caminaba a mi lado gesticulando y hablando en tono de indignación.

—... no es culpa mía, ¿no? Te dije hace más de un mes

que te buscaras otro trabajo. ¿Lo has hecho? No. ¿Por qué es tan difícil, joder? ¿Por qué tengo que ser siempre yo el que se haga cargo de todo?

Giramos en Högbergsgatan. En su lenguaje corporal, en todo su ser, se veía que estaba enfadado. Ninguno dijo nada hasta que estuvimos delante de la puerta de su edificio en Kapellgränd.

—Quiero una fecha —dije, al tiempo que ponía la mano en el frío pomo de latón de la puerta—. Es como estar con alguien casado. Quiero una fecha. Quiero saber cuándo me reconocerás en público.

Jesper sacó sus llaves y las metió en la puerta.

—¿Qué quieres decir con «reconocerte»? No eres un maldito país africano que necesita el reconocimiento de la ONU. Y no hay nadie más, ya lo sabes. Todo esto va de cuánto deberíamos esperar a contarle nuestra relación a la gente.

La entrada estaba a oscuras, pero a ninguno de los dos nos importó lo suficiente para encender la luz. Me quité las botas. Lancé la chaqueta al suelo, en un rincón.

—¿Y cuándo piensas hacerlo, entonces? No haces más que evitarlo todo. Mentir y evitar.

—¿Te has vuelto completamente loca, joder? Nunca te he mentido. Nunca.

Ahora gritaba. Lanzó su chaqueta contra la pared. Aterrizó en el pequeño aparador y dio en el jarrón que yo sabía que su madre había hecho en algún momento de los años setenta. Se hizo añicos con gran estruendo.

—Sí, me mientes y te aprovechas de mí.

—¿Que me aprovecho de ti? ¿Cómo?

De pronto sonaba frío y condescendiente.

—Todo es siempre según te conviene. Crees que puedes venir y conseguir lo que quieras de mí, cuando quieras. Mi cuerpo, mis sentimientos. Crees que son tuyos.

Se quedó completamente quieto, con la mirada fija en la ventana. La luz de un cartel de neón en el edificio de enfrente pintó mechas azules y rosas en el cabello oscuro. Vi las gotitas de lluvia que tenía en la frente.

—¿Y no lo son? —dijo en voz baja, como si fuera lo más

121

obvio del mundo. La respuesta me pilló con la guardia baja. Al principio no pude contestar.

—¿Qué quieres decir? —dije finalmente, en voz tan baja que apenas me oía.

Se volvió hacia mí y de pronto su rostro parecía vacío como el de un fantasma. Como si todo él fuera solo una cáscara. Una cáscara inhabitada, sin sentimientos.

—Quiero decir que eres mía, Emma.

Se acercó a mí hasta que estuvimos de frente en la habitación a oscuras. A lo lejos se oían sirenas que se acercaban. Por lo demás, todo estaba en silencio. Me acerqué a él, pero había algo extraño en su abrazo, una proximidad rígida y forzada sin una calidez real. Pensé que estaba marcando su territorio. Eso no iba de amor, iba de otra cosa. Tal vez de poder.

—Lo siento —me murmuró al oído—. Por supuesto que tienes razón. No podemos seguir así. —Noté que me soltaba y hurgaba en el bolsillo—. Te quiero, Emma. Pase lo que pase, nunca lo olvides. ¿Me lo prometes?

De pronto me sentí incómoda.

—¿Qué quieres decir? ¿Qué podría pasar?

No hizo caso a mi pregunta.

—Quiero que tengas esto.

Estiró la mano hasta que vi algo que brillaba en la palma. Estiré el brazo despacio y agarré vacilante el pequeño objeto metálico y frío.

Era un anillo.

Ahora lo sujeto a contraluz. Un anillo fino de oro blanco con una piedra impresionante: un gran diamante. Brilla y reluce con la luz como si no hubiera pasado nada.

Me asaltan las náuseas. Me siento en la cama. La habitación está extrañamente vacía sin el cuadro en la pared. Todo me da vueltas, las proporciones están distorsionadas. La ventana se transforma poco a poco en una mancha alta y estrecha. El techo se inclina peligrosamente.

Sigge parece notar que no me encuentro bien, porque de pronto la tengo frotando su cuerpo pequeño y suave contra mis piernas. Me tapo la cara con las manos, pero me duelen tanto los pechos cuando me inclino hacia delante que acto seguido necesito sentarme.

De repente lo entiendo todo.

Es como ascender a la cima de una montaña muy alta en medio de un bosque espeso después de caminar durante días a oscuras bajo los árboles. De repente la luz es clara y las vistas nítidas. La revelación es como una patada en el estómago y hasta me cuesta respirar.

Con el miedo latiendo en mi interior, saco el móvil, busco el calendario y me pongo a contar días. Los cuento una vez, dos veces. Los vuelvo a contar. Aun así, soy incapaz de asumirlo, es demasiado raro.

Sin embargo, no hay otra explicación.

Estoy embarazada.

Hanne

*M*anfred, el agente de policía gordo y rubicundo, da comienzo a la reunión. Se levanta, camina sin prisa hacia la pizarra blanca y se sube las anticuadas gafas de concha en la nariz con el dedo índice. En la mesa están sentados el jefe de la investigación preliminar, un joven fiscal rubio llamado Björn Hansson, y el jefe del Departamento Nacional de Homicidios, Greger Sävstam. También están Sánchez y Peter, que está sentado detrás de mí. Agradezco que esté sentado ahí y no delante. No sé si habría sido capaz de mirarlo.

En la libretita, apunto con cuidado los nombres de todos los presentes, sus cargos y cómo son. Como precaución adicional. Me cuesta especialmente recordar los nombres.

He aceptado participar en la investigación, siempre y cuando no suponga demasiada carga de trabajo. Tal vez sea ingenuo pensar que puedo trabajar pese a mi enfermedad, pero no paro de repetirme que irá bien. En realidad no estoy tan confusa. Aún no. Lo que no funciona bien sobre todo es la memoria a corto plazo, y algunas palabras tienden a desaparecer (como los nombres del primer ministro y el rey, que me preguntó el médico durante la última visita).

Me gusta imaginar la memoria como una red, y la mía tiene algunos agujeros. Unos agujeros pequeños y feos que se multiplican con el tiempo. Como si alguien usara un cigarrillo para quemar agujeros en mi red aleatoriamente. De momento los puedo compensar, esconderlos a los que me rodean. Pero al final la enfermedad se comerá la red, hasta que solo unos hilos unan los pedazos que queden.

A veces me pregunto qué quedará de mí entonces. Es decir, una persona está formada por sus experiencias, pensamientos y recuerdos acumulados. Si ya no están, ¿quién soy? ¿Otra persona? ¿Otra cosa?

Manfred Olsson se aclara la garganta y se apoya en la pared.

—He pensado empezar por repasar los nuevos datos que han surgido sobre el caso. Hemos interrogado de momento a nueve colegas de Jesper, cinco amigos, a su madre y a su padre, y a dos exnovias. Nadie sabe nada de Jesper Orre desde el viernes. Nadie sabía adónde iba durante sus días libres, ni dónde puede estar ahora mismo. La imagen que surge es la de un hombre extremadamente ambicioso y resuelto con pocos intereses fuera del trabajo, aparte del deporte y las mujeres. En los medios se ha hablado de las relaciones criminales de Orre, pero no hemos hallado pruebas que lo respalden, aunque tiene un conocido lejano que fue condenado por un cargo menor relacionado con las drogas. Luego hablamos con los vecinos. Nadie vio nada destacable la noche en cuestión. Ninguno de los soplos que hemos recibido desde que se hizo pública la desaparición de Orre han dado fruto. También hemos revisado sus mensajes de correo electrónico y de texto y no hemos encontrado nada destacable, pero no significa nada necesariamente. Podría tener un móvil personal que no conozcamos. Estamos investigando esa posibilidad. Está fichado desde ayer, así que no ha podido salir del país desde entonces. Todos los controles fronterizos han sido alertados. Si intenta retirar dinero, lo sabremos enseguida. Por desgracia, es todo lo que tenemos sobre Jesper Orre ahora mismo. Ah, hemos hablado con el laboratorio forense nacional y dicen que el machete que se encontró en el salón de Orre es un panga, una herramienta utilizada en el este africano, con una hoja más ancha y la punta más rectangular que el típico machete.

Manfred cuelga una fotografía del machete en la pizarra blanca, señala el mango y dice:

—El mango está tallado en ébano. Es un objeto poco común, nos dijeron, probablemente bastante antiguo. Se encuentran ejemplares parecidos en subastas especiales. No había huellas en el mango, lo que indica que el asesino las limpió tras el asesinato. No obstante, se ha encontrado una huella de Jesper Orre en la hoja.

Sánchez deja escapar un leve silbido.

125

—Lo tenemos —dice.

—En realidad, no. Solo podemos demostrar que ha tocado el machete, nada más. El laboratorio nacional y los técnicos forenses están trabajando en comparar las puñaladas que recibió nuestra víctima con las que recibió Calderón hace diez años, y nos han prometido un informe para mañana o pasado mañana como muy tarde. La sangre encontrada en la entrada es de la víctima. La orina, en cambio, era de hombre. El laboratorio nacional no ha conseguido obtener aún el perfil completo del ADN, pero están trabajando en ello. Como sabéis, es más difícil obtener el ADN de la orina que de la sangre o de un tejido.

—Así que la orina era de hombre. ¿Qué significa eso? —pregunta Sánchez.

—Que un hombre se meó en la entrada —contesta Manfred.

Se oyen risitas contenidas en la sala.

—Sí, lo entiendo, pero ¿por qué?

—Eso tendremos que descubrirlo —dice Manfred.

—¿Se encontró orina en el escenario del crimen del caso Calderón? —pregunto.

Manfred niega con la cabeza y continúa:

—No. También hablé con los técnicos que registraron el resto de la casa de Orre.

No encontraron nada destacable, salvo una cesta de ropa interior femenina usada escondida en un armario de la lavandería en el sótano. Teniendo en cuenta la conversación que tuvimos Peter y yo con Anja Staaf, que he mencionado antes, podemos concluir que Orre colecciona lencería usada. Supongo que le encanta.

Se oyen risas aisladas. Enmudecen en cuando el jefe del Departamento Nacional de Homicidios, Greger Sävstam, recorre con una mirada severa toda la mesa.

—También encontraron algo más —continúa Manfred—. Unas bragas usadas con sangre, metidas bajo la cama de Orre en la planta de arriba.

—¿Estaba en ese momento del mes? —sugiere Sánchez.

Manfred niega con la cabeza.

—Las manchas de sangre son antiguas y, por su ubicación,

los técnicos creen que alguien usó las bragas para contener la hemorragia de una herida. Por ejemplo, envolviendo un brazo o una mano con ellas. Aún no sabemos si tiene relevancia para nuestra investigación.

Manfred hojea su libreta con tapa de piel y continúa:

—Ah, una cosa más. Peter ha hablado con la compañía de seguros que está investigando el incendio en el garaje de Orre. Me dijeron que con toda probabilidad fue provocado. Se encontraron rastros de pintura en el análisis químico de las cenizas. La policía local también está implicada, y hemos estado en contacto con ellos. De momento no hay sospechosos. La compañía de seguros insinuó que apuestan por Orre.

—¿Cuál es su situación económica? —Greger Sävstam pregunta con un fuerte acento del sur.

—Es buena —contesta Peter por detrás.

No me doy la vuelta, y de nuevo se me ocurre que tal vez no haya sido una idea tan inteligente haber venido. Sin embargo, me digo que soy lo bastante fuerte para aguantar unas cuantas reuniones con el hombre que me destrozó la vida hace diez años. Sería dejarle ganar si renunciara a hacer lo que me apasiona por miedo a enfrentarme a mi pasado. Es importante dar prioridad a mi futuro, porque me queda muy poco.

—Tiene unos ingresos anuales de más de cuatro millones —continúa Peter—. Además, tiene acciones por valor de unos tres millones de coronas. Y no tiene deudas que hayamos encontrado.

Greger Sävstam se remueve en su asiento.

—¿Cómo puede un hombre como Jesper Orre esfumarse sin más?

Manfred se aclara la garganta.

—Todo el cuerpo policial lo está buscando.

—Todo esto me da muy mala espina —dice Greger Sävstam, luego se levanta y se mete las manos en los bolsillos de los pantalones del traje arrugado—. No tenemos una mierda. Un machete antiguo con un mango de ébano y unas bragas ensangrentadas no van a solucionar este caso. Han pasado tres días, los periodistas no paran de llamar y ni siquiera sabemos quién es la víctima, ni dónde está Jesper Orre. No quiero que-

127

dar como un tonto cuando me reúna con el comisario solo porque vosotros no hayáis podido llegar más allá.

—Mañana nos reunimos con el auditor interno de Clothes&More —dice Manfred—. Parece que han iniciado una especie de investigación sobre Orre. Corren rumores de que hizo que la empresa le pagara la fiesta de cumpleaños de los cuarenta. Tal vez eso nos lleve a alguna parte.

Greger Sävstam está serio y cansado. Hace un gesto de desesperación como si la respuesta de Manfred le molestara.

—Aunque estuviera desfalcando el dinero de la empresa, eso no nos ayuda en la investigación del asesinato. ¿Podemos hacer algo más? ¿Algo más radical? ¿Acudir a los medios de comunicación para pedir ayuda?

—Ya es de dominio público que Jesper Orre está desaparecido y que se ha encontrado a una mujer muerta en su casa —empieza Manfred.

Greger Sävstam hace un gesto de irritación.

—Sí, lo sé. No me refería a eso. ¿Podríamos publicar una fotografía de la víctima? Así al menos podríamos identificarla.

—Ha sufrido heridas muy graves… no solemos… —empieza Manfred.

—Me importa una mierda lo que hagamos normalmente. Tenemos que llevar este caso hasta el siguiente nivel ya. No podemos quedarnos aquí sentados jugando con los pulgares, mirándonos el ombligo y preguntándonos por qué le gustaba oler ropa interior sucia.

—Podemos pedir a uno de nuestros ilustradores que haga una reconstrucción, la imagen de la cara —sugiere Sánchez—. No es tan delicado como publicar… una cabeza mutilada, sesgada.

Greger la mira, agotado.

—Es la mejor idea que has tenido en mucho tiempo, Sánchez. ¡Hazlo!

Estoy sentada en el gran sillón de piel delante de la chimenea, leyendo los informes de la investigación preliminar del asesinato de Calderón. El fuego crepita y en la mesita de mármol baja que tengo al lado arde una vela. Es una sensación rara la de ver informes antiguos de los que soy coautora. Pienso que hace muchos años, y aun así han pasado muy pocas cosas. Vivo en el mismo piso con el mismo hombre. Solo el perro es nuevo.

Miro a Frida, que está hecha un ovillo en la alfombra, a mis pies. El cuerpo negro le tiembla y sacude las patas en el aire, como si soñara con una caza violenta.

Vuelvo a la lectura. Recuerdo que en aquel momento apuntamos que la víctima tenía los párpados fijos abiertos con cinta. Cierro los ojos y siento el calor que irradia el fuego a mi cuerpo, y pienso. Por qué fijar los ojos abiertos con cinta de tu víctima que ya está muerta, que es lo que concluyeron los forenses que fue la opción más probable. La cinta se colocó en los ojos post mortem, una vez muerta. La teoría era respaldada por la presencia de manchas de sangre bajo la cinta.

Así, el asesino mantiene abiertos los párpados de la víctima con cinta adhesiva y coloca la cabeza de manera que la siguiente persona que entre en el piso se tope con la mirada del difunto. ¿Por qué? ¿El asesino sabía quién iba a encontrar a Calderón? ¿Cuál era el mensaje para esa persona? ¿O solo quería humillar a la víctima? Como los celtas, que colgaban las cabezas de los enemigos de los caballos y regresaban a casa con ellas como trofeos.

No consigo llegar más allá en mi razonamiento antes de oír una llave en la cerradura. Frida se queda quieta, luego se levanta de un respingo y corre a la entrada meneando la cola. Sé que debería esconder los informes de la investigación, Owe se pondrá furioso si los encuentra, pero no puedo. En cambio me quedo sentada con los papeles en el regazo.

Está de pie en el umbral, con el pelo gris alborotado y las mejillas muy rojas del frío. El jersey de color bermellón se estira sobre la barriga y la pose es de enfado. A veces es así, gruñón nada más llegar a casa. Normalmente es porque ha discutido con alguien en el trabajo. Suele salir a la luz al cabo de un rato, su frustración por algún colega incompetente o un paciente desagradable que lo ha tratado mal.

—Hola —dice.

—Hola.

Se queda en el umbral de la puerta, cambiando el peso de un pie a otro, como si no supiera adónde ir.

—¿Cómo te ha ido el día?

—Bien —digo—. ¿Y a ti?

Se encoge de hombros.

—Bueno, qué te voy a decir. El hospital del condado no atrae precisamente a los más lumbreras. Estoy agotado de enseñar a todos esos médicos extranjeros que no saben la diferencia entre un paciente esquizofrénico y uno bipolar. Y que no saben escribir un informe decente porque su sueco es lamentable.

—Suena duro.

Gruñe algo, pero no le oigo bien. Es uno de esos sonidos guturales que hace a veces. Tal vez a estas alturas debería ser capaz de interpretarlos, después de tantos años, como los padres que entienden por instinto qué quieren sus hijos cuando lloran.

—Por cierto, ¿has comprado vino para mañana? —pregunta.

—No, he… he tenido otras…

Mi voz se apaga. No se me ha olvidado comprar vino, estaba demasiado ocupada en comisaría, pero no puedo decirle eso.

Suspira, empieza a darse la vuelta, pero se detiene a medio camino.

—¿Y qué estás leyendo?

Tapo los papeles con las manos, pero es demasiado tarde. Ya ha notado mi vacilación, ha visto que he intentado esconder por instinto con las manos lo que tengo en el regazo.

—Nada especial —digo, pero ya se está acercando a mí.

Para delante de mí, una enorme silueta oscura con el fuego de fondo. Se inclina sobre mí y me levanta las manos con firmeza.

—¿Qué demonios es esto?

Su olor me abruma, una mezcla rancia de humo, sudor y algo más que no puedo detectar y me recuerda a calabaza hervida.

—Es un… informe de una investigación preliminar.

—Eso ya lo veo —contesta en un tono una octava más agudo de lo normal—. Lo que me pregunto es qué hace aquí, en nuestra casa. Dijiste que no ibas a aceptar más encargos de la policía.

—No, yo no dije eso. Tú lo dijiste.

En un solo movimiento agarra los papeles y los tira por la estancia. Por el rabillo del ojo veo que Frida sale corriendo a la entrada con la cola entre las piernas.

—Maldita sea, Hanne. Ya lo hemos comentado y decidimos que no era lo más adecuado. No estás bien para trabajar. Y ahora vas y lo haces igualmente a mis espaldas.

Mientras lo dice, con toda esa solemnidad paternalista, yo rodeada de su hedor, algo estalla dentro de mí. Se rompe como cuando un muro de carga se derrumba y toda la casa se desmorona. Siento como mil explosiones en mi interior, y brota toda la rabia que he guardado y necesita una salida.

Me levanto de la silla de un salto y empiezo a darle puñetazos en el cuerpo. Los golpes no tienen un efecto real —son aleatorios, surgen de la desesperanza y la desazón que no puedo expresar con palabras—, sobre todo le sorprenden.

—¡Imbécil! —grito—. Nunca hemos decidido nada así. Tú dijiste que no podía trabajar. Tú lo decidiste. Como siempre. Tú, tú, tú. Estoy cansada de que me digas lo que tengo que hacer, joder.

Atrapa mis brazos en el aire y los para agarrándolos con fuerza.

—Cálmate. ¿Te has vuelto completamente loca? Esto forma parte de tu enfermedad, ¿no lo entiendes? La agresividad, la depresión. Es la enfermedad.

No es nuevo que Owe atribuya mis cambios de humor a la depresión. Me ha dicho varias veces que debería tomar antidepresivos, cuya aceptación cordial y prescrita me asusta más que la enfermedad en sí.

—Deja de culpar a la mierda de enfermedad. No se trata de la enfermedad. Se trata de mí. De lo cansada que estoy de tu eterno acoso y necesidad de control.

Me quedo callada y nos quedamos ahí quietos, delante del fuego. Todo está en silencio. El único sonido es el crepitar del fuego y mi respiración acelerada. Me agarra con tanta fuerza que me duele.

131

—¡Suéltame! —digo.

Lo hace cuando se lo digo y se queda ahí quieto, en medio de la sala, mientras recojo los papeles y me voy corriendo al dormitorio.

—Hanne, cariño, ¿qué ha pasado?

—Le he dejado —digo, y dejo la pesada maleta al lado en el suelo de piedra junto a la escalera.

—Oh, cariño. Pasa. —Gunilla me coge la maleta—. Madre mía, ¿qué hay ahí dentro?

—Cuidado con la espalda. Son libros. De Groenlandia. Solo los más importantes.

Gunilla niega con la cabeza en un movimiento lento.

Frida corre por delante de mí hacia el pasillo claro de Gunilla y yo la sigo. Me sacudo la nieve de los zapatos y me quito el abrigo, lo cuelgo en una de las coloridas perchas, entro en el salón y me desplomo en el sofá blanco de Gunilla.

132 —¡Cuéntamelo todo! —dice, y lo hago. Le hablo de la reunión con la policía. De Peter. Del caso de hace diez años que ha vuelto a ser relevante, y mi deseo de hacer algo importante con el tiempo que me queda. Ser capaz de usar todo el conocimiento adquirido a lo largo de mi carrera. Luego le hablo de Owe, le explico que su actitud controladora, su ensimismamiento e incluso su olor me repugnan. Que hace meses que me puede la rabia, hasta que arde como un incendio forestal y me deja vacía y exhausta. Que no puedo más con esa tala y quema emocional.

—Bueno, entonces es el momento de que te mudes —es lo único que dice cuando termino.

La pregunta que estaba esperando no llega hasta más tarde, después de que hayamos tomado varias copas de vino y comido un poco del queso apestoso de Gunilla.

—¿Crees que es sensato dejarle justo ahora que no sabes cómo te encontrarás en un mes o un año?

Se produce una breve pausa hasta que la miro a los ojos y contesto.

—Por eso es tan importante. No quiero pasar el tiempo que me quede con él.

Υ

Cuando me despierto al día siguiente el sol brilla por primera vez en semanas, y unas gotas pesadas de nieve derretida caen en la repisa de la ventana. Es como una señal, y el júbilo y el alivio que siento crecen en mi interior. Es casi sedante, una ola para surfear y dejarse llevar en medio de tanta desgracia.

«A partir de ahora, las cosas solo pueden mejorar», pienso, y cojo mi libro de Louis-Jacques Dorais sobre la lengua y la cultura inuit. Lo hojeo aleatoriamente.

La nieve cae del tejado y aterriza con un ruido sobre la repisa exterior de la ventana.

Lo de que los inuit tengan tantas palabras para la nieve es un mito surgido de la pasión romántica propia de la civilización occidental por los pueblos primitivos y su relación simbólica con los elementos. Es cierto que los inuit tienen más de una palabra para la nieve, pero nosotros también. Además, no existe «una» lengua inuit, sino muchas lenguas y dialectos que se hablan en todo el Ártico, en partes de Alaska, Canadá, Siberia y Groenlandia.

Sin embargo, como siempre, los humanos necesitamos simplificar las cosas para que la realidad sea más manejable. Simplificar, intentar comprender, establecer conexiones y ver patrones en los complejos materiales de investigación. Tal vez cometemos también el mismo error, el de atribuir características a la gente y aplicar modelos para explicar hechos porque encajan en nuestra visión del mundo.

Pienso de nuevo en el asesinato de Calderón. ¿Se nos ha pasado algo por alto? ¿Nuestros prejuicios han condicionado nuestra visión de los hechos?

Gunilla llama con timidez a la puerta y así interrumpe mis pensamientos.

—¿Desayuno? —pregunta.

—Sí, por favor. Me muero de hambre —digo, y me doy cuenta de que lo digo en serio. Por primera vez en meses tengo hambre de verdad.

133

Emma

Un mes antes

Estoy sentada en el metro, de camino al trabajo, intentando comprender lo que ha ocurrido. El hijo de Jesper, nuestro hijo, está creciendo en mi interior. En algún lugar oscuro y secreto hay un pequeño renacuajo con una cola y branquias a punto de adoptar forma humana.

Es inimaginable.

No soy capaz de asumir del todo que estoy embarazada: ya no se trata de mí y de mi relación con Jesper. Ahora tengo que decidir si me quedo con el bebé o no. Ya no tengo la opción de olvidar a Jesper y seguir adelante. La ecuación ha cambiado, y tiene derecho a saber que estoy esperando un hijo suyo, sea o no el capullo del siglo.

Tengo que encontrarlo y contarle lo que ha ocurrido, cara a cara.

Mahnoor y Olga están en la sala de empleados tomando un café cuando llego al trabajo. Faltan veinte minutos para abrir y no hay rastro de Björne, así que podemos aprovechar para tomar un café.

—¿Un café? —pregunta Mahnoor.

—Sí, por favor.

Me quito la chaqueta y me siento en una de las sillas blancas que rodean la mesa. Mahnoor me pone una taza delante con suavidad. Su cabello cae sobre la mesa cuando se inclina hacia delante y veo lo bonito que es, el tipo de pelo que muchas envidian.

—¿Dónde está Björne? —pregunto.

—Ni idea —dice Olga—. A lo mejor llega tarde.

—¿Tarde? Normalmente llega muy pronto. A lo mejor está enfermo —insinúo.

—No creo —dice Mahnoor entre dientes—. No ha tenido ni una sola mancha en seis meses. —Se hace el silencio un momento. Le doy un sorbo al café caliente en un intento de no pensar en las náuseas. Me esfuerzo por no pensar en el polizón que llevo en algún recoveco de mi cuerpo.

—Tú tienes diez puntos este mes —dice Olga, y desvía la mirada hacia mí. No hay tacto ni compasión en su voz, apunta el hecho con la misma objetividad con que le diría el precio de unos pantalones a un cliente.

—Seguro que no será un problema —dice Mahnoor, y me toca la mano con suavidad.

—Claro que es un problema. Si faltas demasiado, te despiden —dice Olga.

—Estaba enferma —digo.

—No importa —continúa Olga, como si explicara lo más obvio del mundo a un niño muy pequeño o muy tonto. Tamborilea con las uñas en la mesa, como si quisieran despegar por su cuenta. Las lleva tan largas que las manos me recuerdan a armas letales.

—Tienes que ir con cuidado con tu trabajo, a veces hay que trabajar aunque estés enferma. Esforzarte más —dice Olga, poniendo énfasis en cada palabra. Continúa—: Tienes que ir con cuidado con todas las relaciones. A veces haces cosas que no quieres hacer por mantener la paz. Por ejemplo, si quiero que Alexéi sea feliz, le hago una mamada cuando llega a casa.

—Venga ya —protesta Mahnoor—. No es lo mismo.

—Sí que lo es. Tienes que hacer el esfuerzo, en casa y en el trabajo.

Es evidente que Mahnoor está enfadada. Se levanta y deja la taza de café en el fregadero de un golpe. Salpica el líquido marrón.

—Estás enferma, ¿sabes? Esto no es Rusia —dice, y sale de la cocina resoplando. El intenso aroma de su perfume permanece en la sala.

—¿Por qué se enfada tanto? —murmura Olga.

135

—No lo sé.

—Tal vez porque es musulmana.

—Quizá sí.

Reflexionamos un momento. Suena el teléfono, pero Mahnoor llega antes. Seguramente lo ha cogido en caja, porque la oigo hablar con alguien en la tienda.

—¿Vas a disculparte con ella? —pregunto.

—¿Disculparme? ¿Por qué? Ella es la que se ha ido dando un golpazo.

—Creo que querías decir «portazo».

—Lo que sea. Se cree especial porque estudia en la universidad. —Olga aprieta los labios y se cruza de brazos.

Se acercan unos pasos desde fuera. Mahnoor aparece de nuevo en la puerta y veo en su postura, incluso antes de que hable, que ha ocurrido algo.

—Es Björne —dice, casi sin aliento—. Lo ha atropellado un autobús. No se va a morir ni nada, pero estará de baja un tiempo. Como mínimo un mes.

136   Ni Olga ni yo decimos nada. A ninguna nos gusta Björne, pero nadie le desea daño físico. La idea de su delgada silueta bajo un gran autobús me marea de nuevo.

—Pobre Björne —susurra Olga.

—Sí, pobre Björne —dice Mahnoor.

—¿Y ahora qué? —pregunto.

—Tenemos que llevar la tienda nosotras solas —dice Mahnoor, y se pone un poco recta—. Me han pedido que me haga cargo hasta nuevo aviso.

Me pregunto si han decidido hacer responsable de la tienda a Mahnoor o si se lo han pedido porque ha contestado ella al teléfono.

—Ah, una cosa más —dice Mahnoor—. Han vuelto a salir algunos artículos sobre nuestro querido CEO. Si algún periodista intenta ponerse en contacto con nosotras, se supone que no debemos hacer comentarios. Hay que derivar todas las preguntas a la oficina central.

—¿Ha sido malo otra vez? —Olga esboza una sonrisa maliciosa. Mahnoor se encoge de hombros.

—Ni idea.

Olga no se rinde.

—Tu amiga, la del departamento de personal, lo está investigando, ¿no?

—No trabaja en el departamento de personal, sino en el de finanzas, pero sí, se rumorea algo sobre que Jesper Orre hizo que la empresa pagara su fiesta de cumpleaños. Pero no sé nada de eso.

Más tarde, mi almuerzo consiste en una ensalada envuelta en plástico. Las gambas están tan insípidas y blandas que me cuesta imaginar que hayan vivido alguna vez en el mar. Más bien parece que estén hechas con harina y caldo de pescado.

Estoy sentada frente al ordenador en el pequeño escritorio de la sala de empleados. A la izquierda tengo la cocina. La mesa está cubierta de revistas y un contenedor de plástico con unas cuantas gambas solitarias sobre la encimera.

Me limpio las manos con una servilleta, arrastro el teclado 137 hacia mí y busco Jesper Orre. Al cabo de unos segundos aparece este artículo: «Jesper Orre acusado de acoso sexual». Hago clic en la página web de la revista y bajo en el texto. Una mujer que «colaboró estrechamente con Jesper durante años» le ha acusado de acoso sexual. No dice quién es ni en qué trabaja, pero deduzco que tiene que ser alguien de la oficina central, porque trabajaron juntos. Tal vez una secretaria o alguien del departamento de marketing. Ni Jesper ni la empresa harán comentarios sobre el asunto, pero «fuentes fiables» afirman que se ha iniciado una investigación interna.

Me quedo pensando. Por algún motivo el artículo no me altera. Jesper me hablaba a menudo de lo vulnerable que era, de cómo la gente alrededor se dividía en dos grupos: los hombres del sí, que se esforzaban por estar cerca de él todo el tiempo, y los que hacían todo lo posible por sabotearlo en cuanto tenían oportunidad. A menudo los hombres del sí se convertían poco a poco en saboteadores cuando no obtenían la respuesta que esperaban.

Supongo que esa mujer es una saboteadora. Jesper ahora

es una presa fácil, ya se ha dado el pistoletazo de salida. Es una manera fácil de llamar la atención y tal vez vengar una vieja injusticia. Jesper tenía razón: es duro estar en la cima. Estás expuesto y no te puedes fiar de nadie.

Aun así, siempre existe la posibilidad de que me equivoque.

¿Hasta qué punto conozco a Jesper, al fin y al cabo?

Vuelvo a leer el artículo y se me van los ojos a la firma. Anders Jönsson. Ese nombre me suena. ¿Dónde lo he oído antes?

Entonces lo recuerdo: el periodista que vino a la tienda y quería hablar conmigo de mi trabajo aquí y me dio su tarjeta. Está en mi desbordada panera, junto con todas las facturas.

Mahnoor entra en la sala y se sienta en la silla que tengo enfrente.

—¿Qué haces?

Me apresuro a apagar el ordenador.

—Nada especial, no me funciona Internet en casa.

Ella asiente despacio.

—¿Estás bien, por cierto? —digo—. Antes parecías un poco alterada.

Mahnoor suspira y pone cara de desesperación.

—Es que Olga tiene unas ideas horribles de lo que es ser mujer. Me molesta. Parece salida del siglo XIX, ¿no?

Me quedo pensando. Olga es distinta. Nunca me he parado a pensar en su actitud hacia las mujeres, sino en su falta de sensibilidad por cómo sus comentarios, probablemente sin querer, duelen como una bofetada.

—No lo había pensado nunca —digo.

—Pues yo sí —afirma Mahnoor.

—Por cierto, ¿te parece bien si me voy un poco antes hoy? —pregunto.

Me escudriña con la mirada y cruza las piernas.

—Claro, no pasa nada. Probablemente debería cerrar yo de todos modos. Ahora que soy... responsable, o lo que sea. —Hace un gesto que resulta molesto y cómico a la vez.

—Gracias —digo—. Tengo que hacer una cosa.

Cuando Mahnoor y yo estamos cerrando la tienda, una

mujer corpulenta de pelo rubio y un abrigo demasiado pequeño pasa por delante y, sin poder evitarlo, me pongo a pensar de nuevo en mi madre. Recuerdo un día que estábamos tumbadas en la cama, solas ella y yo. Fue uno de esos momentos raros y preciosos de intimidad y amor que normalmente surgían cuando mamá y papá llevaban mucho tiempo cansados y enfadados. Mamá me acariciaba el pelo. Tenía el semblante serio.

—Cariño, mi querida Emma.

No contesté, solo cerré los ojos y dejé que me envolvieran el calor de la manta y su afecto.

—Siento que... ser tan gruñona y mala a veces —dijo de pronto.

Abrí los ojos y la miré. Parecía dolorida, como si le doliera el estómago otra vez y necesitara una de esas pastillitas blancas que guardaba en lo alto del armario.

—No importa —contesté.

Ella se relajó.

—Es que... a veces es tan estresante... y estoy muy cansada. Y luego... pierdo los nervios.

Supongo que una persona podría perder el control de la misma manera que se te cae una bolsa o una botella al suelo. Pero si se te ha caído, ¿por qué no la recoges? Eso no se lo dije, no quería echar a perder ese momento, delicado y perfecto. Me di cuenta de que era mi responsabilidad manejarlo.

—No pasa nada.

—No, cariño, en realidad sí que pasa. Solo quiero que lo sepas. Cuando me enfado así es culpa mía. Está mal y es absurdo, y como adulta debería ser capaz de controlar mejor mi temperamento.

Ahora tenía la voz llorosa, pero yo no quería bajo ningún concepto que rompiera a llorar. De pronto me pareció la misión más importante del mundo impedir que se pusiera triste. Porque si empezaba a llorar no podría parar, se arruinaría el día y todo sería culpa mía.

—No creo que estés enfadada. Creo que eres simpática.

139

—Oh, eres la niñita de mamá —murmuró, y me dio un beso en la boca.

Le olía el aliento a café amargo y a leche agria, pero no me aparté. En cambio, procuré quedarme completamente quieta para que me pudiera besar bien. En ese preciso instante sonó el teléfono en el salón.

—Ahora mismo vuelvo —murmuró. Luego se levantó y se ciñó la bata rosa alrededor del gran cuerpo.

Fuera brillaba el sol y los niños de los edificios de alrededor iban de camino a la escuela. Yo hacía varios días que tenía tos y mamá había insistido en que me quedara en casa, lo que enfadó a papá. Según él, no debía «comportarme como un bebé». Y quedarse en casa por tener tos y sin fiebre era sin duda comportarse como un bebé.

Me gustaban esos días en casa, a solas con mamá. Pasaba muy poco tiempo con ella cuando estaba contenta y con energía. Por las tardes siempre se sentaba en la cocina con papá a beber cerveza y por la mañana siempre estaba cansada, agotada, y necesitaba descansar.

140

—No, no tenemos mascotas en casa. ¿Por qué?

Oí a mamá con claridad desde el salón. Hablaba con esa vocecita aguda que indicaba que alguien la estaba molestando. Era el tono que solía emplear por la noche, justo antes de enfadarse de verdad y que las latas de cerveza y los platos empezaran a volar por la cocina hacia papá.

—No lo entiendo. ¿A qué se refiere con que no sabe relacionarse con otros niños? Mi hija no tiene problemas para jugar con otros niños. Tiene muchos amigos en el barrio.

Silencio de nuevo.

—No me lo creo. Se lo preguntaré, pero me da la impresión de que también tiene muchos amigos en el colegio.

Me levanté y cerré la puerta. De pronto sentí una presión en el pecho, aunque no tenía ganas de toser.

—¿Necesidades especiales? Será una broma. ¿Y por qué iba a ser mejor que pasara tiempo con animales? A mí me parece una solemne tontería. ¿Por qué cepillar a un caballo o acariciar a un cachorro te vuelve menos tímido? Y sí, creo que es timidez, nada más, porque…

Cerré la puerta y volví a la cama.

Al otro lado de la ventana había estallado el verano. Los árboles y los matorrales resplandecían en sombras de verde. Las plantas perennes del parterre florecían elegantes y altas, los rosales junto a los columpios estaban salpicados de flores rosas que pronto se convertirían en un fruto duro lleno de polvos pica-pica de primera.

Me tumbé en la cama, con la esperanza de que mamá dejara de hablar pronto. Que volviera, se metiera en la cama y fuera tierna y amable.

Estaba deseosa de que volviera a mimarme.

Aún sentía una opresión extraña en el pecho, como si alguien me hubiera enrollado una cuerda de saltar alrededor del cuerpo.

Entonces vi algo, un movimiento en el suelo, junto a la cama. Levanté con cuidado el bote de cristal. En una de esas ramas desnudas, dentadas, había posada una gran mariposa azul. El cuerpo era negro y redondo, y un poco velludo. Tenía las alas de un intenso azul cobalto con marcas negras en los bordes. Movió con elegancia las alas arriba y abajo, como si aprendiera a moverlas de nuevo después de tanto tiempo en su pequeño capullo.

141

Está oscuro cuando camino desde la plaza de Sergels Torg hacia Hamngatan. El paraguas solo me cubre parcialmente, las ráfagas de viento siguen barriendo la lluvia por debajo. Las calles están extrañamente vacías y solo peatones ocasionales pasan a toda prisa en la oscuridad. Cuando llego a Regeringsgatan son las cinco. La gran tienda de C&M está iluminada como un crucero, lanza a gritos su mensaje y promete una vida mejor, más emocionante, al otro lado del escaparate. Unas cuantas mujeres con el pelo mojado caminan sin rumbo entre las estanterías, buscando entre las prendas.

Giro a la izquierda en Norrlandsgatan y continúo otros cien metros. Veo la entrada a la oficina central de Clothes&More al otro lado de la calle. La puerta de madera está iluminada por una luz tenue. Casi parece que brille en la oscuridad.

A mi lado hay una entrada. Me deslizo en la oscuridad,

contenta de poder guarecerme de la lluvia. Aquí puedo esperar sin que me vean. La pregunta es si seré capaz de determinar quién entra y sale por esa puerta al otro lado de la calle. No está tan cerca, y está oscuro.

Me pongo los guantes y me dispongo a esperar. Al cabo de unos cinco minutos se abre la puerta y salen dos mujeres de aproximadamente mi edad. Se ríen a mandíbula batiente y cruzan la calle mientras abren sus respectivos paraguas. El viento se apodera de uno y le da la vuelta. Se ríen aún con más ganas. Estoy bastante segura de que no me ven aquí, escondida en la oscuridad.

Me sorprendo varias veces pensando si me estoy volviendo loca.

Aquí estoy, bajo la lluvia, espiando a Jesper. Como una acosadora. Si alguien me hubiera dicho hace un mes que estaría haciendo esto, habría pensado que esa persona estaba loca.

Sin embargo, teniendo en cuenta la situación, no sé qué más hacer. Tengo que hablar con él. Me doy cuenta de que hay muchas cosas que no sé de Jesper, infinitos huecos que rellenar. Muchos agujeros y muy poca materia sólida en la que apoyarse. Empiezo a pensar si alguna vez lo he llegado a conocer.

La lluvia cae sin cesar durante la hora siguiente. La puerta de enfrente se abre periódicamente y sale gente que desaparece en la oscuridad. Nadie mira en mi dirección ni una sola vez. Es como si fuera invisible, como si me hubiera convertido en una roca en el suelo.

Pese a que estoy bajo techo, de vez en cuando una gota encuentra la manera de llegar hasta mí. Se instala en el nacimiento del pelo, el cuello, las muñecas. Doy unos cuantos pasitos para entrar en calor, mientras me doy golpes discretos en los brazos en la oscuridad.

Exactamente a las seis y diez, sale él.

Lo reconozco en el acto. Lleva un abrigo negro sin abrochar encima del traje que se agita tras él con el viento mientras se apresura a cruzar la calle. De pronto no me puedo mover, es como si mi cuerpo no me obedeciera, como si me hubiera convertido en un pedazo de carne poco colaborador, congelada en la calle mojada.

Solo hace una semana o así que nos vimos por última vez, creo, pero parece que hace meses. Todas esas llamadas, mensajes de texto y ahí está, el hombre que quiero, una sombra delante de mí bajo la lluvia.

Entonces la parálisis afloja un poco. Avanzo unos pasos desde la entrada y me pongo a perseguirle. La lluvia me azota el rostro, pero no tengo tiempo de parar y abrir el paraguas y arriesgarme a perderlo en la oscuridad.

Camina con paso firme y en cierto modo elegante, casi como si bailara bajo la lluvia. De pronto desaparece, engullido por el asfalto negro de Regeringsgatan. Acelero el ritmo y, cuando llego al sitio donde ha desaparecido, veo la entrada a un aparcamiento.

Claro.

¿Cómo no se me ha ocurrido? Va en coche al trabajo, por supuesto. ¿Cómo lo sigo ahora?

Miro alrededor. No hay coches ni taxis a la vista. Veo una puerta que se abre a unos veinte metros. Se ven unos faros desde dentro del edificio. Conduce un Lexus negro. Durante unos segundos veo su silueta contra las luces del aparcamiento. Luego sale y desaparece en la oscuridad hacia Stureplan.

143

Ya no me importa la lluvia, ni siquiera la noto. Camino por Hamngatan hacia Nybroplan. Si me doy prisa, estaré en casa en quince minutos, pero ¿qué importa? Nadie me espera y no tengo nada que hacer.

Kungsträdgården está en silencio y desierta, y siento el deseo urgente de cruzar la calle, entrar en el parque y buscar un sitio donde tumbarme, tal vez bajo un enorme árbol. Dejar que me acepte la hierba húmeda, quedarme completamente aturdida. Fundirme con las plantas, la grava y las hojas mojadas de finales de otoño. Desaparecer. Olvidar. Quizá morir.

Entonces pienso en Woody.

Cuesta no pensar en él ahora que todo ha salido como ha salido.

A primera vista, su aspecto era más bien anodino. El pelo largo y moreno hasta los hombros, tejanos desgastados que siempre le iban un poco grandes. Camisas de cuadros. Y era viejo, claro.

Por lo menos tenía veinticinco años.

Aquel semestre se hablaba mucho de Woody. Todas las chicas de la clase cotilleaban sobre él. No puedo decir que yo formara parte de eso. Era una especie de satélite que observaba los juegos sociales sin participar de verdad. Tal vez fuera un poco tímida, o tal vez simplemente no me interesaba.

A lo mejor lo recuerdo mal.

Aquel otoño hicimos cuchillos y cuencos para mantequilla y otros objetos innecesarios que poder regalar a familiares y amigos. Yo no fui capaz de hacer un buen cuchillo de mantequilla. Al principio tenía una forma extraña y era demasiado grande, y cuando intenté corregir las proporciones se fue encogiendo cada vez más hasta convertirse en algo que parecía un mondadientes grueso.

144 —Procura que no desaparezca del todo —dijo Woody un día, y me guiñó el ojo.

No supe qué decir, pero noté que me sonrojaba. «¿Te parece guapo?», me había preguntado Elin antes aquel día. «No lo sé», le contesté con sinceridad, porque en realidad nunca había pensado en él de esa manera. Solo era uno de mis profesores, aunque un poco más joven y menos soso que los demás.

Aun así, era superviejo.

—Te puedo ayudar más tarde —dijo Woody, y pasó el dedo grande por la superficie rugosa de la madera, y empujó trocitos de serrín a la mesa. Noté que me miraba, pero no me atrevía a mirarle a los ojos y asentí en silencio.

Fue el mismo año en que papá cayó en su agujero, el que solo él veía y por ese mismo motivo era tan profundo que era incapaz de salir. Atrapado por la desolación y el miedo, se pasaba el día en un aislamiento autoimpuesto en nuestro piso de Kapellgränd. Lo llamaban depresión. Al otro lado de la ventana de la cocina se despertaba la primavera, pero papá estaba tumbado en la cama, cada vez más cansado, mirando el papel de pared de color alga como si esas hojas largas le dieran algún tipo de respuesta. Mamá intentaba hablar con él. Tenían largas conversaciones entre murmullos dentro de su dormitorio. Yo intentaba oír lo que decían, pero nunca lo conseguía. Sin embargo, fuera lo que fuera, era lo bastante terrible para hablar en susurros.

Las latas de cerveza y las botellas de vino desaparecían de la cocina al mismo ritmo que papá empeoraba. Ahora mamá preparaba la cena cuando yo llegaba a casa: albóndigas o salchichas con rodajas de tomate y cebolla insertadas. No estaba acostumbrada a verla jugar a las casitas y me ponía nerviosa. Los pequeños proyectos de mamá a menudo acababan en desastre. Como cuando intentaba coser las cortinas. Cuando no consiguió que las cortinas fueran simétricas, rasgó la tela en largas tiras y las tiró por la ventana. Las tiras se quedaron meses agitándose en los arbustos, como recordatorio de las cortinas que nunca fueron y el temperamento peligrosamente explosivo de mamá. Lanzó la máquina de coser a las espinillas de papá, que terminó con un gran cardenal.

Volví a mirar mi cuchillo de mantequilla. Suspiré.

—¿Qué pasa? —dijo Elin al ver mi mirada crítica.

—El cuchillo es feo.

Elin no contestó, se volvió hacia la brillante cajita de madera en la que estaba trabajando. Todo lo que Elin hacía en clase de carpintería estaba bien. Era como si sus manos poseyeran una especie de conocimiento místico, como si intuyeran qué hacer al entrar en contacto con la madera, la tela o el papel. No como las mías, que se negaban a hacer lo que les ordenaba: destrozaban todo lo que tocaban, o por lo menos esa era la sensación.

Elin movió el papel de lija con suavidad sobre la tapa ya perfecta para pulir una irregularidad invisible, al tiempo que hacía un gran globo con el chicle. Marie, que estaba sentada en la mesa delante de nosotras, se reclinó en la silla y se volvió hacia Elin.

—¿Vas a la fiesta de Micke?

Elin se encogió de hombros.

—No lo he decidido. Petra celebra una fiesta la misma noche.

145

—Petra es un bicho raro.

Elin esbozó una sonrisa torcida.

—Y Micke es patético.

Marie se rio encantada por el análisis de Elin, hizo ondear el cabello y se dio la vuelta. Entre tanto, yo observaba mi cuchillo de mantequilla deformado. Nadie me había preguntado jamás si quería ir a una fiesta. Tampoco me acosaban, nadie en la clase había sido malo conmigo nunca. En general, era como si no existiera para ellos. Podría haber sido una silla de la clase.

No sabía muy bien cómo me hacía sentir eso. Tal vez debería estar triste, sentirme excluida, insultada. Pero lo cierto era que me gustaba no tener que participar en ese juego. No tenía necesidad de ir a la fiesta de Micke, emborracharme y vomitar en el parterre o desmayarme en el baño. No quería oír las interminables quejas de Marie de su novio y estar con Elin delante del quiosco. Prefería quedarme en casa a ver la televisión.

Sonó la campana.

El aula empezó a vaciarse, pero Woody me hizo una señal para que me quedara.

—No hablas mucho —dijo.

No sabía qué responder. Agarré con más fuerza el cuchillo de mantequilla y sentí la mano húmeda del sudor. Se me sonrojaron las mejillas.

—Eres guapa, ¿lo sabes?

Woody retiró una silla y se sentó a mi lado. Se inclinó hacia delante hasta que nuestras caras quedaron cerca.

—Gracias —dije.

Por primera vez lo miré a los ojos. Tenía los ojos juntos, castaños y delimitados por unas largas pestañas negras. Unas cuantas canas que sobresalían aquí y allá en el espeso pelo negro, como árboles muertos en un bosque por lo demás exuberante.

—Lo siento, no quiero avasallarte, pero quería preguntarte algo.

Se quedó callado, se rio por lo bajo y negó con la cabeza despacio, casi como si sintiera vergüenza. En el pasillo, el sonido de risas y pasos fue sustituido por el silencio.

—¿Sí?

Cerró los ojos.

—¿Tienes novio, Emma?

Al llegar a casa, el conocido olor a humo de cocina y a tabaco rancio de la escalera me parece un extraño consuelo. Me miro las manos. Las tengo mojadas y pálidas, pero ya no me tiemblan. En algún lugar de la oscuridad ahí fuera, Jesper Orre ha aparcado su gran Lexus negro y ha entrado en lo que llama su casa. Intento no pensarlo, pero el hecho de que probablemente esté sentado en el sofá en algún lugar, tal vez con una copa de vino en la mano, duele.

Cuando subo la escalera, las botas dejan huellas húmedas en los gastados escalones de piedra. Empiezo a darme cuenta de que Jesper ocultaba algo. ¿Por qué siempre quedaba conmigo solo en su bajo o en mi piso? ¿Por qué era tan increíblemente importante que nunca nos vieran juntos? No podía ser solo por el trabajo. ¿O sí?

Me planto delante de mi puerta, sin aliento por el esfuerzo de subir cinco tramos de escalera. Mi cuerpo empieza a relajarse y por fin ha empezado a entrar en calor.

En cuanto meto la llave en la cerradura, sé que algo va mal. La puerta está abierta y cuando la abro se oye un ruido desde dentro del piso. Siempre cierro cuando me voy y nadie más tiene llave de mi piso, ni siquiera Jesper.

Miro alrededor. La escalera está oscura y silenciosa detrás de mí. Si alguien se esconde en la oscuridad, no lo veo. La idea me provoca un nudo en el estómago.

Abro con cuidado una rendija de la puerta. El recibidor está tranquilo y vacío. No hay indicios de que alguien haya estado ahí. Estiro el brazo y busco a tientas el interruptor. Al cabo de unos segundos el recibidor está bañado en luz y doy un paso prudente hacia él.

No parece que hayan tocado nada, pero siento algo más. Una ráfaga de aire frío sopla por el piso y me envuelve los tobillos. Cierro la puerta detrás de mí y el aire se calma de nuevo, pero hace frío, demasiado, y pienso si hay algo abierto.

147

Sin quitarme los zapatos, voy al salón y enciendo la lámpara del techo. Todo parece igual: las esbeltas sillas Malmsten en color verde, el pequeño escritorio con libros de física apilados encima. No he tenido tiempo de pensar en los estudios durante la última semana. Por un momento pienso si debería guardar en la panera también los libros de física, para no verlos.

Mientras avanzo hacia la cocina, noto que algo va mal. Oigo la lluvia y el ruido de la ciudad con demasiada claridad, casi como si estuviera de nuevo fuera, en medio de la tormenta. Enciendo la luz y me paro en el umbral de la puerta.

La ventana está abierta.

Casi nunca la abro y ahí está, abierta de par en par, invitando a la noche a pasar a mi piso. Me acerco para cerrarla, pero cuando lo hago, caigo.

Sigge.

Lo llamo y lo busco por todas las habitaciones. Debajo de la cama y del sofá, dentro de armarios cerrados, en el perchero, en el baño. No encuentro a Sigge por ninguna parte. No tiene la costumbre de esconderse, así que cada vez estoy más convencida de que ha desaparecido por la ventana.

Mientras regreso a la cocina, procuro recordar si se me ha olvidado cerrar cuando he ido al trabajo, pero tengo una laguna con esta mañana y no puedo recordar una sola imagen. Solo hace unas horas, creo, y sin embargo quedan tan lejos.

Abro la ventana de la cocina todo lo que puedo y llamo a gritos a Sigge. La lluvia me azota el cuello. Cinco plantas más abajo, el patio es solo un rectángulo oscuro. Los árboles y arbustos bailan al viento, pero no hay rastro de Sigge. Me pongo el abrigo a toda prisa, abro la puerta, bajo la escalera medio corriendo y salgo al patio.

El olor a hojas en descomposición y a barro mojado es aplastante. Camino por los guijarros hasta el punto que supongo que queda justo debajo de la ventana de la cocina, miro hacia arriba y aguzo la vista entre la lluvia. Muy arriba, veo la ventana abierta. Hay una caída de diez metros como mínimo, tal vez más.

¿Un gato podría sobrevivir a eso?

Los guijarros están vacíos. Me agacho. Cerca de la pared,

donde la piedra está casi seca, hay una mancha oscura. La toco con suavidad y luego me miro los dedos.

Es sangre.

Encuentro leves rastros de sangre en dirección a la pared que da a la calle. Los sigo aún a gatas para ver hacia dónde van, pero la lluvia los ha borrado.

Entre la pared y el edificio hay una pequeña obertura, lo bastante grande para que un gato se cuele hacia Valhallavägen. Me inclino hacia delante y miro hacia la lluvia: no veo más que coches indiferentes que pasan en la oscuridad.

Peter

Estos últimos días han sido muy difíciles, en parte porque la investigación se ha estancado, y en parte porque la presencia de Hanne en las reuniones me pone nervioso. Se sienta ahí sin decir nada, esa es la idea, por supuesto, está estudiando el caso, pero me molesta. Hay un deje de acusación en su mirada.

A veces tengo una sensación indescriptible de que espera que tome algún tipo de iniciativa. Que hable con ella. Tal vez que le explique por qué hice lo que hice. ¿O solo es mi conciencia culpable que me la está jugando?

Supongo que así es la vida. Pincha y duele como un forúnculo en el trasero, y la única manera de poner fin a tu desgracia es acabar con ella.

Sin embargo, aún no estoy en ese punto.

El coche se detiene y Morrisey se calla.

—Ay, Lindgren, ¿estás dormido?

Me vuelvo hacia Manfred, sonrío a modo de disculpa y bajo del coche que acaba de parar en el aparcamiento del centro comercial NK.

—Solo quería asegurarme de que no te había perdido.

—Claro, estoy bien.

Bajamos la escalera del aparcamiento y salimos a Hamngatan.

Las compras navideñas están a pleno rendimiento y la acera está abarrotada de gente. Cae agua de todos los tejados y alféizares, casi toda la nieve ha desaparecido, solo hay algunos montoncitos sucios aquí y allá contra las fachadas de los edificios. El cielo está despejado y el aire está húmedo, limpio y fresco, como ropa recién lavada. La luz del sol cae entre los altos edificios y juega en la calle que tenemos delante cuando cruzamos. Aguzo la vista en la luz clara y busco la entrada a la sede central de Clothes&More.

Agnieszka Lindén va a nuestro encuentro en la recepción. Tiene cuarenta y tantos años y lleva un traje de color azul marino muy correcto. Lleva el pelo rubio, un poco fino, peinado en una melena corta y tiene las mejillas regordetas y rosadas. Parece sana y me recuerda vagamente a una de mis profesoras de gimnasia del instituto, Sirkka, que abogaba por una ducha helada con el estómago vacío todas las mañanas (después de correr, que también debe hacerse antes de desayunar).

—Bienvenidos —dice, y nos da la mano, me mira un momento y luego nos indica con un gesto que vayamos hacia el pasillo, donde las paredes están repletas de gigantescos carteles de moda.

—La colección de primavera —murmura, y nos hace pasar a una pequeña sala cuyas ventanas dan a Regeringatan.

Nos sentamos en las sillas negras para las visitas que hay al otro lado de su escritorio y sacamos las libretas. El escritorio de Agnieszka está completamente vacío, los bolígrafos bien colocados en un organizador de plástico gris. Da una palmada y sonríe.

—Bueno, ¿en qué puedo ayudarles? Supongo que es por Jesper. Por lo visto los periodistas no paran de llamar.

Manfred asiente.

—Estamos investigando el asesinato que tuvo lugar en casa de Jesper Orre. Uno de sus colegas nos dijo que usted lo estaba investigando. ¿Puede contarnos más de eso?

—Por supuesto. En junio Jesper organizó una fiesta. Era una combinación de fiesta de cumpleaños, cumplía cuarenta, y una cena oficial para algunos directivos y minoristas seleccionados. La mitad del coste lo pagó la empresa y la otra Jesper. En septiembre recibimos una queja anónima de una persona que afirmaba que Jesper había abusado de su puesto y dejó que la empresa pagara su fiesta de cumpleaños personal. Trabajo de auditora interna y mi labor incluye investigar este tipo de hechos e informar a la dirección, así que lo estudié.

—¿Y cuál es su conclusión? —pregunto.

—Les puedo dar una copia de mi informe si quieren. Mi conclusión fue, en pocas palabras, que era razonable que la empresa pagara parte de los costes porque muchos de los invitados tenían un vínculo directo o indirecto con el negocio.

—Entonces ¿no hizo nada mal? —pregunta Manfred.

Agnieszka Lindén sonríe con cautela y pasa la mano por el escritorio limpio.

—Sí y no. Hubiera sido mejor que se hubiera encargado el departamento de finanzas antes de la fiesta. Además, fue él quien autorizó la factura, algo inaceptable, por supuesto, va contra la normativa.

—¿Y qué le pareció a la directiva? —pregunta Manfred.

—No lo sé. No estoy al tanto de sus reuniones, pero me dijeron que estaban molestos. Jesper protagonizó muchas polémicas durante el año pasado, seguro que lo vieron en la prensa. Y ahora esto… creo que aquí pende de un hilo, pero no lo digan.

Manfred asiente y dice:

—Ha dicho que protagonizó polémicas. ¿Hubo otros problemas además de la fiesta?

Agnieszka se estira y suspira.

—Sí. Bueno, probablemente lo descubrirán de todos modos. Una de nuestras directoras de proyecto del departamento de marketing acusó a Jesper de algún tipo de acoso sexual. No conozco los detalles, pero he oído rumores.

—¿Podemos saber su nombre? —pregunto.

—Por supuesto. Se llama Denise Sjöholm y está de baja. Puedo darle sus datos de contacto.

Cuando salimos a Regeringsgatan, el sol había desaparecido tras las nubes y el cielo había oscurecido.

—Mierda —dice Manfred—. Realmente pensaba que nos daría más pistas.

—Bueno, hablaremos con esa tal Denise. Me pregunto por qué ninguno de los colegas de Orre dijo nada de ella.

Manfred se encoge de hombros y sujeta la puerta del aparcamiento mientras yo me cuelo junto a su gran cuerpo.

—A lo mejor no se atrevían. Al fin y al cabo, Orre es su jefe —me contesto a mí mismo.

Manfred responde con un ruido.

Nos quedamos en silencio un rato en el coche. Hay mucho tráfico de regreso a la comisaría y noto que Manfred me mira un poco raro mientras avanzamos por el viaducto de Klaraberg. Veo preocupación en sus ojos y me molesta.

—¿Va todo bien? —pregunta finalmente.

—Claro —respondo.

No dice nada más, pero pone la música de nuevo. Otra cosa que aprecio de Manfred: no siente la necesidad de hurgar en tus sentimientos (salvo cuando está relacionado con el trabajo, claro). No como las mujeres, que siempre preguntan en qué estás pensando y nunca se dan por satisfechas con una respuesta directa como «en nada». Hasta Sánchez es así, pese a ser agente de policía. Siempre pregunta cómo me siento, aunque le he dicho mil veces que estoy bien.

Me pregunto si es genético.

Cuando llegamos a comisaría me siento en la pequeña sala de reuniones a leer el caso Calderón de nuevo. Página tras página de interrogatorios, extractos de informes técnicos, análisis de salpicaduras de sangre, fibras, huellas de zapatos e imágenes del escenario del crimen.

Fuera empieza a oscurecer y oigo que el viento se levanta. Unos pequeños copos de nieve golpean contra la ventana.

Aún no hemos hallado ninguna conexión entre las víctimas. Aun así, parece que un hilo invisible recorra el tiempo y el espacio de Calderón a la mujer sin identificar de casa de Orre. Cuando dejo la fotografía de la cabeza de Calderón al lado de la de la cabeza de la mujer, no se puede obviar el parecido. ¿De verdad es posible que dos asesinos distintos cometieran crímenes tan idénticos? ¿En qué se parecen en realidad?

Llaman a la puerta y cuando levanto la vista veo a Hanne.

—Ah, lo siento —dice, y da media vuelta.

Por puro impulso, tal vez porque parece un cachorro triste, le pido que pase. Lo hace, cierra la puerta con suavidad tras ella y se hunde en una de las sillas que tengo enfrente.

—¿Qué haces? —pregunta.

Miro los papeles esparcidos por media mesa de la sala de reuniones. Las imágenes de muerte violenta, de informes que dicen tanto y explican tan poco.

153

—Leo el caso.

—Ah.

Parece un poco confundida. Se pasa la mano por el pelo como si quisiera asegurase de que lo lleva bien. (No es así. El cabello espeso, marrón grisáceo, se dispara en todas direcciones, como una planta con hojas afiladas.)

—He estado pensando —empieza a decir ella.

—¿Sí?

—Tal vez deberíamos hablar si vamos a trabajar juntos.

—De acuerdo. ¿De qué?

Me mira a los ojos, y esos preciosos ojos grises, que tan bien conozco, de repente se llenan de pena. Sé que estoy a punto de hacerlo otra vez: herirla, aunque no quiera.

—Oye, lo siento —digo—. No quería decir eso. Por supuesto que podemos hablar.

Ella se relaja, suelta aire y posa las delicadas manos en el regazo.

—Eres un imbécil, Peter, ¿lo sabes?

Asiento.

—Nunca fue mi intención. Jamás quise hacerte daño, Hanne. Créeme. Eres la última persona del planeta a la que querría hacer daño.

—Pues lo hiciste. Y sigues haciéndolo cuando finges que no pasó nada. ¿Lo entiendes?

Bajo la mirada a la mesa. Intento en vano imponer algún orden a los pensamientos y palabras que dan vueltas dentro del cráneo, pero nunca he sido un hombre de palabras. Es como si existiera una desconexión entre la cabeza y la boca y las palabras acabaran en un gran desbarajuste que sale de un modo completamente distinto a como imaginé.

—Es muy difícil de… explicar. Es lo único que puedo decir. Pensaba que hacía lo mejor para ti.

Sentí vergüenza en el acto. Qué tontería acababa de decir. Qué explicación más vergonzosa para una mujer abandonada cuando estaba a punto de empezar una nueva vida. Pero Hanne no reacciona, se queda mirando por la ventana el anochecer que se cierne sobre la ciudad y la espesa mezcla de nieve y lluvia que baja por el cristal de la ventana.

Siento el deseo de tocarle la cara, de pasar la mano por el espeso cabello revuelto. La idea es tan tentadora que casi tengo que contenerme, forzarme a quedarme quieto en esa silla incómoda.

—¿Alguna vez te arrepientes? —pregunta en voz tan baja que apenas la oigo.

—Todos los días —contesto sin pensar, y enseguida me doy cuenta de que es cierto.

Cuando Hanne se va, me quedo solo en la sala, pensando en cómo empezó esto, la primera vez que traicioné a alguien. Pero ya sé la respuesta.

Annika. Mi hermana. Aquel verano en la isla de Rönnskär.

El verano empezó como todos, pero terminó con un desastre que cambió la vida de mi familia para siempre.

Yo bajaba la escalera hacia el muelle de nuestra casa de verano en las afueras de Dalarö. Creo que estaba buscando pequeños tesoros en las rocas. Sujetaba una chapa del partido de izquierdas que había encontrado junto a la casa. Tal vez esperaba que uno de los niños vecinos estuviera en el agua para jugar a la Fracción del Ejército Rojo en el muelle.

Las olas rompían contra las rocas, la brisa marina me apartaba el pelo de la cara y me ponía la piel de gallina en los brazos. Recuerdo notar un leve olor a tabaco que por un momento me sorprendió: papá estaba en casa. Entonces la vi: a mi hermana Annika, tres años mayor, sentada en el acantilado, a la derecha del muelle, en bikini.

Estaba fumando.

Tenía una pierna estirada, perezosa, delante de ella, y la segunda doblada de manera que apoyaba en ella el brazo que sujetaba el cigarrillo. La piel enrojecida brillaba y llevaba el pelo rubio recogido en un moño en la coronilla. Los pechos puntiagudos estaban cubiertos por un diminuto bikini de triángulos.

En ese preciso instante se volvió hacia mí, me vio mirando y soltó un ruido. No eran palabras, más bien un leve quejido.

155

Me quedé completamente inmóvil. Era una bomba, claro: Annika estaba fumando en secreto en las rocas. Era una información fantástica y, como toda información, tenía un valor. Se podía intercambiar por beneficios o secretos, revelados a modo de represalia o en forma de insinuaciones poco a poco en momentos delicados.

Recuerdo verlo en sus ojos, pese a la distancia: el horror.

—No lo hagas.

Hablaba con calma, aparentemente controlada, pero noté el pánico subyacente. Era todo un privilegio tener ventaja sobre ella. No ocurría a menudo.

Se levantó y se colocó una toalla sobre los hombros. Yo estaba más cerca y veía la piel de gallina y los pezones erizados en su bikini mínimo.

—No lo hagas —repitió—. Es nuestro secreto, ¿de acuerdo? Y un secreto es una responsabilidad. ¿Puedes asumir una responsabilidad?

Sin embargo, yo solo podía sonreír. Cuanto más sonreía, más fuerte me sentía. Era como si la situación me provocara una temeridad embriagadora, una sensación narcótica de poder. Pese a que no era mi intención, subí corriendo la escalera que llevaba del muelle a la casa. Al principio despacio, luego cada vez más rápido.

Annika iba detrás de mí, aún con el cigarrillo en la boca. Oía sus pasos sobre los desvencijados peldaños de madera.

—¡Hermanito tonto, vuelve aquí!

Pero yo corría. Si algo había que sabía hacer, era correr rápido. Las piernas eran como baquetas sobre las rocas y los peldaños, sobre el brezo y las hojas de pino que perforaban la piel fina y delicada entre los dedos de los pies.

Annika corría tras de mí, sin aliento. Impotente.

En realidad no iba a contarlo, pero por algún motivo mamá estaba en el porche cuando llegué. Tenía la cadera ancha apoyada contra la barandilla y contemplaba el mar con una expresión inescrutable. Se apartó de la cara un mechón oscuro, un tanto grasiento, y se lo colocó detrás de la oreja.

—¡Annika estaba fumando en el acantilado! —solté. Mamá me miró perpleja, incrédula.

156

—¿Qué has dicho?

—Annika estaba fumando. En el acantilado.

Entonces ella se abalanzó sobre mí. Me agarró la cabeza con los brazos nervudos, intentando hacerme callar. Me puso la cara contra el brezo seco y rosado, las hojas que cubrían el suelo.

—Cierra la boca, hermano.

Era fuerte para ser chica. Me sujetaba con fuerza, tanta que era imposible moverse. Estaba tan cerca que olía su sudor.

—Annika estaba... fumando.

—Parad inmediatamente.

La voz de mamá sonó estridente. En dos segundos se colocó a nuestro lado. Agarró a Annika con brusquedad del brazo y la obligó a levantarse, a apartarse de mí. Luego respiró hondo y le dio una bofetada en la mejilla.

La reacción de mamá me impresionó. Que ella, siempre tan amable y comprensiva, pudiera enfadarse hasta el punto de pegarnos a uno de nosotros era incomprensible.

Annika se quedó de piedra, mirando al suelo con una mano en la mejilla, donde mamá le acababa de pegar.

—¡No te atrevas! —La voz de mamá era un susurro cuando miró a los ojos a Annika—. Ya sabes lo mal que me siento cuando... te comportas así.

—Me estás arruinando la vida.

La voz de Annika sonó débil y quebradiza, y vi una zona roja en la mejilla.

—No te pongas dramática —dijo mi madre, y soltó un bufido.

Annika rompió a llorar. Sollozó hasta que le tembló el cuerpo y la toalla le cayó de los hombros al suelo.

—Calla. Callad, todos —gritó—. Es culpa vuestra. Todo es culpa vuestra. Estáis todos locos. Os odio.

De pronto apareció papá, con el sol en la espalda y el pelo con un brillo que parecía un halo.

—Annika, ven aquí. ¿Me oyes? —El tono era engañosamente tranquilo, como siempre que estaba enfadado de verdad.

Mamá se agarraba el pecho, como siempre que estaba alterada.

Annika temblaba, luego soltó un solo rugido breve, se levantó, dio media vuelta y salió corriendo hacia el muelle.

Papá se encogió de hombros.

—Ya se calmará. —Suspiró y volvió a la radio. Seguí a papá hasta la terraza mientras observaba a Annika abajo, en el muelle. Entonces la vi. Caminó, se inclinó y... ¿qué? ¿Se estaba quitando el bikini? ¿Por qué?

Annika tiró el bikini en el muelle medio podrido y, sin darse la vuelta, se tiró al agua.

Fue un movimiento bonito, de los que no dejan olas en la superficie. Tampoco las vería desde la casa, claro.

Luego apareció de nuevo, muy lejos del muelle. Estaba nadando a propósito mar adentro. Se alejaba del muelle, de Rönnskär. De pronto, es imposible decir exactamente cuándo, me asaltó la sensación asfixiante de que algo iba mal. Tal vez fue porque pasó de largo la barca, o por su resolución, o la fuerza de las brazadas. Quizá fue porque de pronto el aire me pareció más frío.

158

—¡Papá!

Pero papá me levantó una mano y subió el volumen de la radio.

—¡Papá!

Él alzó la vista con una expresión de cansancio y se limpió el sudor de la frente arrugada con la gran mano.

—¿Qué?

No contesté, solo señalaba a Annika, que iba directa a nado hacia la bahía y el canal.

Papá se levantó despacio y se protegió los ojos del sol con una mano.

—Pero qué demonios...

En unos segundos tiró la radio al suelo de madera y bajó corriendo la escalera. La endeble estructura de madera se tambaleó bajo su peso.

Papá llegó al muelle.

Le oí que gritaba algo a Annika, pero si le oía, ella no reaccionó, siguió nadando directa al agua fría. La cabeza aparecía y desaparecía en las olas.

De pronto vi que algo se acercaba por el rabillo del ojo. Era el ferry que iba de Utö a Ornö y luego a Dalarö. Todas las tardes hacía el mismo trayecto. Papá elogiaba el nuevo barco y lo llamaba «nuestro resistente caballo de tiro». Incluía almacenaje en frío para llevar productos frescos a las tiendecitas del archipiélago.

Recuerdo preguntarme si papá había entendido el peligro que corría Annika. Seguía de pie en el muelle, gritando a Annika. Luego tomó una decisión: desató la barca de remos y subió de un salto.

Todo ocurrió muy despacio. Annika nadó despacio, papá parecía remar aún más despacio. El ferry, por otra parte, se abría paso en la bahía a buen ritmo. De pronto noté que una mano me agarraba del hombro y me di la vuelta. Era mamá.

—Dios mío, maldita niña. ¿Qué pretende ahora?

Papá se iba acercando a Annika, pero aún los separaban por lo menos treinta metros. De nuevo sentí esa sensación asfixiante del peligro inminente. Como un leve mareo, un frío interno.

—¿Por qué lo hace? —preguntó mamá, como si lo importante en ese momento fuera averiguar la relación causal que hacía que Annika se hubiera tirado al agua con elegancia para luego nadar hasta el canal.

—No irá a nado a…

Papá estaba de pie en la barca de remos. Agitaba los remos en el aire para señalar el peligro del barco que se acercaba. Al cabo de unos segundos oímos el rugido prolongado de la sirena del barco.

Por lo menos habían visto a mi padre.

Sin embargo, el ferry siguió recto a velocidad constante, y lo que al principio parecía ocurrir a cámara lenta de pronto iba muy rápido. Mi padre seguía de pie en la pequeña barca de remos, ahora con la cabeza gacha y los remos a los lados. El ferry se abrió paso en el agua.

El tiempo se detuvo.

Tengo aquellos instantes finales grabados en la memoria para siempre, de una forma terrible. El ferry dejó escapar otro rugido. La cabeza de Annika desapareció en algún lugar detrás o debajo del casco blanco. Las figuras oscuras de los pa-

159

sajeros agolpados en cubierta, inclinados sobre la barandilla para presenciar el drama. El sol que se ocultó tras una nube. Mamá dejó caer el vaso de agua en la roca. La aguja de la chapa del partido de izquierdas que se iba adentrando cada vez más en la palma de mi mano.

Luego el silencio. Un silencio como si el propio tiempo se hubiera detenido. De alguna manera ya lo sabía. Sabía que se había ido.

Emma

Un mes antes

Estoy tumbada, despierta en la cama, escuchando la tormenta. Por muchas mantas que me ponga encima, no entro en calor. El frío me ha poseído, creo, como un invasor que se me ha metido en el cuerpo y se niega a salir.

Busqué durante mucho rato, pensando que Sigge podía estar herido y escondido en algún lugar. Los animales lo hacen, ¿no? Sin embargo, no estaba en ninguna parte. Es como si lo hubieran borrado, como si se hubiera disipado en el aire o lo hubiera engullido el pavimento negro y grasiento bajo los arbustos del patio. O peor, como si hubiera desaparecido de forma mecánica en el tráfico en Valhallavägen como el estúpido gato doméstico que es.

¿Está Jesper detrás de esto? Se llevó mi dinero, mi cuadro y ahora a Sigge, lo único que me quedaba que significaba algo para mí. Ahora ya no queda nada que llevarse, no puede robarme nada más, creo.

Estoy tiritando de frío. Aún tengo los dedos entumecidos, las manos cubiertas de pequeñas heridas, rastros de arbustos espinosos que me rasguñaron cuando buscaba en el patio. La boca me sabe a hierro y las lágrimas me queman en los ojos. Entre tanto, una extraña languidez ha arraigado en mí. ¿Así es como se siente una cuando no le queda nada que perder? En el centro de esos sentimientos, en el ojo del huracán, por así decirlo, hay una especie de paz. Una confianza notable, fruto de saber que lo peor ya ha pasado. Creo que reconozco esa sensación, que en realidad la he sentido antes porque lo que acaba de ocurrir me recuerda de un modo incómodo a lo que pasó con

Woody. Jesper ha abierto el abismo de mi pasado de nuevo, el que llevo tantos años procurando evitar.

Al final admito que no voy a poder dormir. Me levanto, me pongo el jersey y los calcetines más gruesos que tengo y me siento junto al escritorio. Aparto con suavidad los libros de texto, cojo papel del cajón de arriba y me pongo a escribir.

Explico cómo me siento: que aún le quiero, aunque haya desaparecido sin dar explicaciones, pero que ha ocurrido algo y tenemos que vernos.

Pienso un momento, luego continúo. Le hablo del niño, que no he decidido si voy a tener o no. Escribo que no espero que asuma ningún tipo de función de padre, pero que necesito consejo y él tiene que asumir cierta responsabilidad por lo ocurrido.

Envío la carta a la oficina, pero pongo su nombre y la palabra «Confidencial».

Luego vuelvo a la cama y me tapo la cabeza con el edredón.

No obstante, los recuerdos de Woody se han desatado de nuevo.

Fue diez días después de que muriera mi padre. Diez días que pasé sola con mi madre en nuestro piso pequeño, polvoriento y con demasiados muebles, antes de volver al colegio. Aún no sabía del todo qué sentía. Era como si todas las emociones que aún daban vueltas en mi interior no se hubieran asentado, como grullas de papel atrapadas en el viento otoñal.

Intenté pensarlo, entenderlo de verdad y aceptar el hecho de que papá jamás regresaría, pero no pude. La idea era demasiado grande para entrar en mi cabeza. Por supuesto, sabía que no estaba pero era como si tuviera que volver en algún momento. En invierno, tal vez. O para mi cumpleaños.

Muerto. Enterrado. Desaparecido. Por siempre jamás.

No podía imaginarlo y tal vez fuera mejor así.

Mamá se pasaba la mayor parte del tiempo en el suelo del baño. Yo iba a verla con comida y ella comía obediente sin decir nada, como un animal en el zoo.

La tía Agneta llamaba casi todos los días. Me abrazaba con fuerza, tanta que se me quedaba la cabeza atrapada entre sus enormes pechos cuando me preguntaba si estaba bien. Siempre decía que sí, pues la tía Agneta tendía a preocuparse demasiado. O como mínimo eso decía mamá. Agneta hacía raciones individuales de contundente comida casera que nos traía y metía en la nevera, y luego iba al baño a ver a mamá. Ahí se quedaban sentadas en el frío suelo de baldosas, fumando y charlando durante horas. Oí a la tía Agneta preguntar varias veces a mamá si yo debería quedarme en su casa unas semanas, hasta que las cosas se calmaran, pero mamá ni se inmutaba. Decía que sería perjudicial para mí cambiar de entorno en ese momento. Que Agneta sabía muy bien lo «sensible» que era.

Nunca entendí del todo lo que quería decir mamá con eso. Siempre me había considerado lo contrario. No era sensible, en realidad era un poco cortante. No me importaba mucho lo que los demás pensaran de mí, y no tenía necesidad de salir con las chicas de mi clase, ni con los chicos.

Insensible. Tal vez carente de interés. Así me habría descrito probablemente.

—Emma, ¿puedes venir conmigo al almacén?

La pregunta sonó inocente y nadie reaccionó de ninguna manera en la clase. Steffe y Rob estaban absortos en una especie de maqueta de guillotina. Otra tontería que construir en la clase de carpintería. A su lado había un tubo de pegamento de madera que sospechaba que pensaban robar al terminar la clase. Las chicas estaban alrededor del banco de carpintero soltando risitas forzadas. Solo Elin me vio. Me lanzó una mirada larga e inescrutable cuando me levanté.

—Claro —dije—. Genial.

Woody me tocó el brazo y caminó delante de mí hacia la puerta del almacén. Me levanté con las piernas temblorosas y le seguí. Tenía unos andares peculiares, como si se meciera.

—¿Qué? —Elin me dijo con gestos, pero yo me encogí de hombros, como si no tuviera ni idea de por qué Woody necesitaba mi ayuda en el almacén.

El tintineo de las llaves se mezclaba con su silbido. Parecía estar de buen humor. La puerta chirrió al abrirse. Estiró el bra-

163

zo y me hizo una señal para que pasara delante de él. El gesto trasmitía cierta impaciencia, como si tuviera prisa por que entrara en el almacén. Como si dentro esperara algo importante.

Dudé por un segundo.

De algún modo sabía que, si entraba en aquel almacén a rebosar con Woody, nada volvería a ser lo mismo. Saldría siendo una persona distinta, el mundo habría cambiado, la antigua Emma desaparecería. Tal vez debería haber parado ahí, dar media vuelta y volver a mi cuchillo de mantequilla menguante, pero sentía demasiada curiosidad. El deseo de conocer otro lugar, una nueva Emma, ganó al miedo.

La puerta se cerró de un golpe. Woody cerró el pestillo y caminó hacia mí despacio. Yo me quedé ahí, sin saber muy bien qué hacer mientras miraba alrededor las planchas y herramientas colgadas con pulcritud de ganchos en las paredes. Se notaba el aroma a madera fresca. Me crucé de brazos.

Woody me miró con atención y por un momento me asaltó un miedo paralizador. No por lo que pudiera ocurrir, sino por mi propia incapacidad de manejar la situación. Deseé tener más experiencia. Ser más como todos.

Me puso las manos en los hombros y me acercó con suavidad y lentitud hacia sí.

No protesté cuando me besó. Besarle no se parecía a nada que hubiera hecho antes. La lengua era escurridiza y un poco brusca, como un pez que se revolvía dentro de mi boca. En todo momento me sentí muy insegura de lo que se suponía que debía hacer. ¿Tenía que devolverle el beso, batallar con su lengua? ¿Debería arrimarme a él con la misma fuerza que él se arrimaba a mí?

—Emma —murmuró.

Fue lo único que dijo. Hurgó debajo de la camisa, por la espalda, por mis pechos. Los apretó con brusquedad y los amasó. Luego me subió la camisa, se abrió paso debajo de las bragas mientras investigaba mi cuerpo. Me toqueteó los muslos. Me introdujo un dedo, luego dos. Yo me removí inquieta, sin saber dónde poner el límite, si es que debía ponerlo, pero mi resistencia ya se había desmoronado. Sabía que ya habíamos roto todos los tabús, que ya era imposible retroceder.

Me empujó delante de él. Yo retrocedí, sucumbí a él y dejé que me guiara hasta que me di con un banquito en la espalda. Con gesto decidido en la zona lumbar, me levantó y me colocó encima, empezó a hurgar en el cinturón, se desabrochó los pantalones y se arrimó a mí.

—Y si viene alguien…

—Shhhhh —dijo, y me tapó la boca con la mano. Luego me besó de nuevo. La lengua se deslizó en mi boca y se puso a dar latigazos como si buscara algo.

Tiré la cabeza hacia atrás.

—No sé…

—Emma —dijo. Luego me penetró.

Jesper. Woody. Jesper. Woody. Sus nombres y rostros parecían fundirse. Lugares, cuerpos, palabras y promesas que se confundían en un revoltijo. La cara de Jesper en el cuerpo de Woody. El serrín del taller de carpintería en el suelo de un bajo de Kapellgränd. Los ojos de mis compañeros de clase que aún me ardían en la espalda, incluso hoy.

Son las dos y media y he tomado una decisión. Mañana averiguaré dónde vive Jesper. Tengo que hablar con él, no soporto más la espera. Cojo el móvil que está en la mesita de noche y busco el número de Olga.

«¿Me prestas tu coche mañana después del trabajo?», escribo.

Esta mañana pasa algo con el metro. Se mueve con una lentitud increíble entre estaciones y la creciente irritación en el vagón es inconfundible. Los transeúntes empapados por la lluvia caminan de un lado a otro, impacientes, los pasajeros sacan los móviles y envían mensajes de texto a sus colegas avisando de que van a llegar tarde, que pasa algo y que no, no tienen ni idea de qué.

Finalmente, el conductor nos informa de que el motivo del retraso es un error técnico y el tren tardará un rato, mucho rato, en llegar a la estación final.

Tengo suerte. Estoy sentada y, si no fuera por el olor a sudor y a lana mojada que devuelve la vida a las náuseas, no me habría importado quedarme ahí un rato. Al otro lado de la ventana el túnel negro va pasando despacio, como un telar de roca negra por detrás de mi propio reflejo cansado en el cristal. El cabello me cae sobre las mejillas pecosas y mis ojos son agujeros negros que me devuelven la mirada.

Dos adolescentes conversan entre cuchicheos. Sueltan risitas, susurran y luego se ríen un poco más. Parecen absolutamente despreocupadas por el retraso. Se nota el olor a tabaco, aunque están a unos metros de mí. De pronto me doy cuenta de que mi propia adolescencia queda a una distancia infinita. En realidad no han pasado tantos años desde que tenía su edad, pero parece una eternidad.

Los años formativos del instituto. Esa jerarquía feroz y la lucha de poder entre las chicas de mi clase, de la que me mantenía al margen, probablemente porque todo el mundo sabía que yo era distinta, que no participaba en ese juego. Los largos pasillos con las paredes de color ceniza. El sitio donde fumaban los chicos en la parte trasera. Las motocicletas aparcadas en fila fuera.

Woody.

Nunca entendí por qué me eligió a mí. Había muchas chicas en mi clase más guapas, más interesantes. Tenían la seguridad suficiente para mostrar una actitud provocadora con él. Agitaban el pelo y sacaban pecho cuando él las ayudaba con el torno. Yo casi siempre estaba sentada en silencio en un rincón. Muchos profesores pensaban que estaba enfadada y me mostraba desafiante. Otros, como mi madre, habían decidido que era tímida.

Tardé un tiempo en darme cuenta de que Woody no buscaba a una chica guapa y vivaracha que sacara pecho en clase. Que me eligió precisamente porque era distinta, un poco frágil. Creo que me olió con la misma eficacia que un depredador encuentra a una presa herida. No fue una coincidencia que se acercara a mí justo después de la muerte de mi padre. Debió de notar mi pena, mi vulnerabilidad. Decidió utilizarla para conseguir lo que quería.

Jesper, Woody. Woody, Jesper.

Vuelven las náuseas, esta vez con más intensidad. Mi cuerpo me recuerda lo que ocurre en mi interior. Jesper y yo nunca hablamos de niños, pero por alguna razón di por hecho que formaba parte del paquete. Que nuestro futuro en común, el que habíamos planeado, incluía unos cuantos niños y una casa en un buen barrio.

Cómo me equivocaba.

Recuerdo aquella noche de agosto en que hicimos un pícnic en el parque Djurgården.

Jesper había tenido un día duro. Un periodista con especial inquina de una revista de negocios se había presentado en la recepción de las oficinas centrales exigiendo una entrevista de inmediato.

—¿Y qué has hecho? —le pregunté.

Me miró sorprendido, como si no entendiera por qué hacía esa pregunta, y me sirvió más vino en la copa de plástico. Pese al bronceado, parecía más cansado de lo habitual. La piel fina se estiraba sobre los pómulos y la barbilla y las arrugas alrededor de los ojos parecían profundas tallas hechas con un cuchillo afilado.

—Le he dado su maldita entrevista.

—Pero ¿por qué… con ese comportamiento?

—Con ellos no se puede ganar. Estás totalmente indefenso. Si no hablo con él, habría armado un gran escándalo. Me habría castigado. De eso se trata, ya lo sabes. Por eso no quiero que nos vean juntos. Les encantaría despedazarme en los medios por tener una relación con una empleada.

Sacó un paquete de tabaco, cogió un cigarrillo y se lo llevó a la boca, una señal inequívoca de que estaba más estresado y frustrado de lo habitual.

Estábamos sentados en una manta sobre la hierba, bajo un gran roble, cerca del sendero que lleva al jardín Rosendal. Pese a que hacía un día muy bonito, estábamos casi solos. De vez en cuando pasaba un ciclista o un perro. Por encima de las copas de los árboles, al este, el cielo empezaba a oscurecer.

Jesper encendió el cigarrillo, inspiró hondo y tosió.

—No deberías —murmuré.

—Por favor.

—Lo siento. Es que no quiero…

Él levantó una mano.

—No. Es culpa mía. Lo dices con buena intención y yo desahogo los nervios contigo. Lo siento, Emma.

Nos quedamos en silencio. A lo lejos cantaban los pájaros. La humedad del suelo atravesaba la fina manta y de pronto tuve frío.

—No pasa nada —dije.

Me cogió de la mano, apretó con fuerza y me atrapó en su mirada.

—¿Seguro?

—¿Qué?

—Que me perdonas.

Me agarró la muñeca con más fuerza y la retorció un poco. El dolor llegó de forma inesperada, como un latigazo. Se extendió hacia el hombro y se me quedaron los dedos adormecidos.

—Suéltame. Eso duele.

Me soltó en el acto y sonrió casi avergonzado.

—Vaya —dijo, como si hubiera volcado un vaso de agua en vez de prácticamente haberme dislocado el brazo.

Suspiré y me froté el brazo.

—¿Siempre tienes que ser tan bestia, joder?

—Perdóname, por favor.

—Te perdono. Por todo.

Cuando se lo dije, enseguida se le vio aliviado, casi feliz, pero también vi un brillo malvado en los ojos. Se puso a gatas y se sacudió los tejanos.

—Ven aquí —susurró.

—¿Por qué?

Se movió hasta mí con las manos, estiró el cuello y miró alrededor.

—Quiero enseñarte algo.

Me levanté, el cuerpo me dolía de estar sentada en la manta fría. Alrededor empezaba a oscurecer. El crepúsculo de agosto se había impuesto sin que lo notáramos. El olor a tierra húmeda pendía pesado en el aire. Me agarró de la mano y me llevó al bosque, tras un gran roble.

168

—¿Qué...?

No contestó, solo se volvió hacia mí, me envolvió la cara con las manos y me besó. Noté las palmas frías como el hielo en las mejillas. Le devolví el beso y le abracé por la cintura. Una rama chasqueó cuando me incliné hacia él, nos dio un susto y soltamos una risita. A lo lejos oímos un barco que partía hacia el archipiélago.

Metió las manos heladas debajo de la camisa, me acarició la espalda con movimientos lentos y circulares, luego bajó a la cintura, bajo los tejanos y hasta el trasero.

—Quiero follar contigo aquí, en el bosque.

—La gente nos puede ver.

—No seas mojigata.

Sonó un poco molesto, como cuando no mostraba tanto entusiasmo como él por sus travesuras. Sus manos seguían en el trasero, como dos bloques de hielo. Luego me soltó, empezó a desabrocharme los tejanos y me besó de nuevo. La lengua estaba fría, sabía a vino blanco y a tabaco. Lo aparté con un suave codazo.

—Tienes que ir con cuidado. Esta semana se me ha olvidado tomar la píldora varias veces.

Él se encogió de hombros.

—¿Importa?

—Claro que importa. ¿Y si me quedo embarazada?

Se retiró un poco para mirarme a los ojos. Sus rasgos casi se fundían con la corteza del roble antiguo bajo la tenue luz vespertina.

—A eso me refiero, Emma. ¿Importa?

169

Hanne

*E*sta mañana han ocurrido dos cosas que me han descolocado completamente. En primer lugar, me he despertado con sudores fríos y el corazón acelerado, lo que normalmente solo ocurre si he bebido demasiado vino en una de las cenas de Owe. Cuando me he despertado no sabía dónde estaba. Era como si la habitación de invitados de Gunilla se hubiera convertido de repente en algo irreconocible. Las paredes blancas, los cojines coloridos, los geranios abandonados, mustios en la ventana, todo parecía extraño. Por un momento me he sentido en caída libre. El miedo me ha mareado literalmente. He entendido claramente que la memoria me había fallado.

He tardado un minuto o dos en recordar dónde estaba. Sin embargo, durante ese minuto el miedo me ha hecho llorar y Gunilla ha entrado corriendo desde la cocina para consolarme.

No le he contado por qué lloraba. No quería asustarla. Tal vez no era que se manifestara la enfermedad, solo el estrés. Tampoco ha preguntado. Probablemente ha pensado que estaba disgustada por dejar a Owe.

Lo segundo que ha pasado es que Owe estaba en la puerta de casa de Gunilla cuando he sacado a pasear a Frida. En cuanto he puesto un pie fuera, ha aparecido por detrás de un coche aparcado y ha empezado a gritar que tenía que ir a casa con él, que no podía cuidar de mí misma y que, si no iba con él, se iba a asegurar de que alguien me custodiara en conformidad con la ley de cuidado psiquiátrico obligatorio. (Era absurdo, por supuesto, lo busqué en cuanto llegué a casa.)

De nuevo Gunilla ha salido al paso. Iba a trabajar y ha salido cuando estábamos ahí discutiendo. Con un gesto de sorpresa estudiada, de esa manera que solo ella puede hacer, se ha plantado con las piernas abiertas y los brazos cruzados delante de Owe.

Ha sido casi cómico. Owe le sacaba dos cabezas a Gunilla, pese a las botas de tacón, pero aun así ella imponía con su presencia y mostraba una calma que era evidente que a Owe le molestaba.

—Owe, ¿qué haces aquí? —le ha preguntado, despacio.

—He venido a llevarme a Hanne a casa. No entiende qué le conviene.

—Ah, ¿no?

Gunilla me ha mirado a los ojos y ha continuado:

—¿Entiendes qué es lo que te conviene, Hanne?

Estaba tan enfadada que no podía hablar, así que me he limitado a asentir.

—Muy bien —ha proseguido Gunilla—. Creo que será mejor que te vayas a casa, Owe.

—No me voy a ningún sitio.

Gunilla ha soltado un gran suspiro.

—Bueno, entonces supongo que tendré que llamar a la policía.

—No te metas —ha gruñido Owe—. Es un asunto familiar.

—Pero qué dices, Owe. Ríndete. No quiere vivir contigo. Está tan cansada de ti que le entran ganas de romper algo en cuanto pronuncio tu nombre, joder. Déjala en paz. Dale un tiempo. A lo mejor luego vuelve.

—Como te he dicho, es un asunto familiar —ha repetido Owe.

Gunilla ha sacado el móvil del bolso y nos ha mirado a los dos con expresión exhausta.

—Voy a llamar a la policía.

Owe ha avanzado dos pasos hacia mí, ha agarrado la correa de Frida y se ha puesto a agitarla.

—Malditas zorras —ha mascullado—. No vais a desatender a Frida, por lo menos, de eso me encargo yo. Viene conmigo.

Luego ha desaparecido calle abajo con Frida a rastras, mientras la perra me lanzaba miradas de angustia durante todo el camino.

Y ahí ha acabado todo.

Más lágrimas. Gunilla ha intentado consolarme con torpeza por segunda vez esta mañana.

—Hanne, lo superarás —decía—. Puedes estar contenta de no tener hijos, entonces sí habría sido complicado.

Entonces me he puesto a pensar en los niños que jamás llegarían, claro, y eso aún me ha hecho llorar más.

No podía decírselo a Gunilla, así que he vuelto a su piso, me he dado una ducha y me he maquillado. Tenía la cara roja e hinchada, y la piel más caída de lo habitual bajo la barbilla, en los brazos y los demás sitios donde la edad ha pasado factura. Era objetivamente repugnante, mi cuerpo se había vuelto feo de verdad. La madurez femenina (o como se quiera llamar, no me gusta mucho el término «madura» porque me recuerda a una fruta en descomposición) no es atractiva. Es de un poco atractivo terrible, lo mejor es esconderla bajo el maquillaje y todas las capas de ropa posibles.

Bueno. Ahí estaba yo, a los cincuenta y nueve años con una demencia temprana, recién separada, y encima fofa y con los brazos fláccidos. Empiezo a asumirlo y me pregunto si he hecho lo correcto al recoger mis cosas y abandonar la relativa seguridad de nuestro piso. Al mismo tiempo, sé con una certeza demoledora que vivir con Owe no es una opción. Pese a que el futuro que acabo de elegir es impredecible e intimida, es imposible volver con él.

Habría sido fácil tumbarse en el sofá y taparme con las mantas, pero no lo he hecho. Sobre todo para fastidiar a Owe. Estaba resuelta a demostrar que podía hacerlo sola, sin sus cuidados. Una vez más, me he recordado a mí misma los motivos por los que no lo soportaba: mojigato. Egocéntrico. Narcisista. Dominante. Huele mal.

Luego me he ido a trabajar.

La primera persona que veo cuando entro en las luminosas instalaciones de la comisaría de policía es Peter. Está sentado delante del ordenador. Tiene el cuerpo alargado inclinado en una postura incómoda y parece que mira algo en la pantalla. Al verme se incorpora de un salto, sale corriendo y me agarra del brazo como si fuéramos los mejores amigos, como si nuestra pequeña conversación de la víspera borrara el hecho de que es el hombre que me arruinó la vida.

Tiene la mano caliente y seca, y notarla ahí, en el antebrazo, me produce una sensación extrañamente agradable.

Como si fuera lo más natural del mundo.

—Ven —dice—. Estoy a punto de hablar con una empleada de Jesper Orre. La que lo acusó de acoso sexual. ¡Ven conmigo!

—De acuerdo —digo, porque no tengo nada más que hacer.

Denise Sjöholm tiene veintiocho años y un MBA. Me sorprendo pensando que parece demasiado joven para comprar bebida sin enseñar el carné de identidad. Sin embargo, no es más que otro indicio de mi propia edad, otro ejemplo de cómo incluso los marcos de referencia han ido cambiando poco a poco con los años sin que yo lo notara. Debo recordarme que Owe y yo ya llevábamos varios años casados a su edad.

Así que apenas era una niña.

Parece un poco perdida en la sala de interrogatorios, expuesta. Lleva un jersey grueso, tejanos rasgados y nada de maquillaje. Los grandes ojos castaños trasmiten mucho miedo, y no es de extrañar. Imagino que cuando acusó a su superior de acoso sexual se metió en muchos problemas.

Peter también ha notado que tiene miedo, le explica que no está acusada de nada y que solo queremos entrevistarla en relación con el asesinato que tuvo lugar en casa de Orre y su posterior desaparición.

Ella asiente en silencio y juguetea con un hilo suelto que le cuelga de los tejanos.

—¿Cuánto tiempo lleva trabajando en Clothes&More? —pregunta Peter.

—Un año.

—¿Y cómo describiría su trabajo?

—Era... soy... directora de proyecto en el departamento de marketing. Estoy a cargo de varias campañas de publicidad. Por ejemplo, soy la responsable de la campaña de Navidad que se emite en televisión ahora mismo. Hasta que cogí la baja, claro.

Pasea la mirada entre Peter y yo, como un pájaro en apuros que no se atreve a aterrizar en ningún sitio.

—¿Y cuándo conoció a Jesper Orre?

—Casi nada más empezar. No somos muchos en la oficina central, y siempre se paraba en el departamento de marketing. para ver en qué estábamos. Recuerdo que me parecía genial. Relajado, ya saben, aunque se hablaba mucho de lo despreciable que podía llegar a ser. Que despedía a gente a diestro y siniestro.

—¿Y luego qué ocurrió?

Denise baja la mirada al suelo y el pelo fino y castaño le cae en la cara.

—Me preguntó si quería ir a una fiesta con él. Eso fue en primavera.

—De acuerdo. ¿Qué tipo de fiesta?

—Bueno, no me contó mucho de la fiesta, pero decidimos que me recogería en Stureplan el sábado por la noche. Y lo hizo. Pero luego me llevó a su casa, y allí no había nadie, estábamos solo él y yo. De todos modos… cenamos, había comprado langosta y champán. A mí me impresionaba mucho que quisiera cenar conmigo, a solas. Quiero decir, Jesper Orre podría tener una cita con quien quisiera…

Se le apaga la voz y niega despacio con la cabeza.

—Fui una ingenua, joder —continúa—. En cuanto terminamos de cenar quiso acostarse conmigo, claro.

—¿Y qué hizo entonces?

Denise parece un poco confundida, como si no entendiera del todo la pregunta.

—Nos acostamos. Luego seguimos follando de vez en cuando. Yo supe enseguida que no quería una relación de verdad conmigo, así que, pasados unos dos meses, corté con él, o como quieran llamarlo. Nunca estuvimos juntos de verdad.

—¿Cómo reaccionó?

—Se puso furioso. Me dijo que él decidía cuándo se terminaba y que me arrepentiría si no lo entendía.

Denise tira del hilo de los tejanos tan fuerte que lo arranca con un pequeño ruidito.

—¿Y qué hizo usted entonces?

Ella niega con la cabeza y se ríe por lo bajo.

—Debería haber sabido que no podía ganar contra él. Debería haberle seguido el juego, pero me enfadé, le dije que se fuera al cuerno, que yo decidía con quién me acostaba y cuándo. Se fue sin decir nada. Luego, en el trabajo, empezó a ser desagradable conmigo. Me hacía preguntas imposibles en las reuniones. Despreciaba todas mis propuestas. Procuraba que no me asignaran proyectos interesantes. Supongo que me estaba castigando. Pero el circo de verdad empezó cuando fui a Recursos Humanos a quejarme. Los de Recursos Humanos me hicieron preguntas con él presente. Como podrán imaginar, no fue divertido estar ahí sentada y hablar de nuestra… relación mientras él escuchada. Al final, me sentía tan mal que cogí la baja.

—¿Cuándo fue eso?

—Llevo de baja… —Denise cuenta con los dedos—. Ocho semanas. No, mañana serán nueve.

Peter asiente y anota algo en la libreta, luego dice:

—Sé que puede sonar un poco raro, pero ¿era brusco en la cama?

Denise parece avergonzada y cruza los brazos.

—No. No especialmente.

—¿Alguna vez le robó lencería?

—¿Robar lencería?

—Sí, ¿alguna vez se llevó su ropa interior?

—No, que yo sepa.

—¿Ha sabido algo de él desde que cogió la baja?

Ella niega con la cabeza.

—Nada.

—¿Sabe si había hecho lo mismo con otras mujeres de su oficina?

—No, pero no me sorprendería. Es un puto enfermo.

—¿Sabe si veía a otras mujeres durante este tiempo?

—No, pero ya le digo que es un puto enfermo.

Cuando acompañamos fuera a Denise, no puedo contenerme. Le pongo una mano en el brazo y la miro a los ojos.

175

—¿Entiende que usted no ha hecho nada mal? —digo—. Se aprovechó de usted porque podía, porque su posición se lo permitía.

Se me queda mirando un rato, luego se encoge de hombros.

—Puede ser, pero aún me arrepiento de haber ido a Recursos Humanos. Al final se habría cansado de mí. —Sale presurosa y con la cabeza gacha.

—Qué gilipollas —le digo a Peter cuando la chica desaparece en la niebla.

Peter se encoge de hombros, me mira y no puedo evitar pensar: «Como tú, Peter. Un verdadero gilipollas, como tú».

Parece que me lea el pensamiento, porque de pronto parece cohibido. Aparta la mirada y se dirige a los ascensores, mientras murmura:

—La última vez que lo consulté no era ilegal ser un gilipollas.

176   Cuando vuelvo a pie a casa de Gunilla tres horas más tarde ya anochece. Un viento frío tira de la ropa y la temperatura ha bajado. La calle mojada tiene una capa dura y resbaladiza de hielo y tengo que andar con cuidado de no resbalar.

Ya echo de menos a Frida, pero no sé cómo recuperarla. No puedo presentar una denuncia a la policía. Frida también es el perro de Owe y no se puede robar algo que es tuyo, ¿no?

Owe nunca le ha tenido mucho cariño a Frida. Piensa que ladra demasiado y huele mal (como si él no). No se la ha llevado para protegerla de mí, sino para hacerme daño. Igual que Jesper castigaba a esa pobre chica por no querer ser su esclava sexual.

«Poder —pienso—. Siempre se trata del poder.»

Siempre que paso por delante de un quiosco, me paro y leo los titulares. El dibujo de la mujer asesinada en casa de Orre aparece en la portada de todos los periódicos de la ciudad, con el gran titular debajo: «¿A quién asesinó el rey de la moda?».

Si no averiguamos quién es ahora, no sé si alguna vez lo sabremos.

Cuando llego a Slussen empieza a nevar de nuevo. Unos copos pequeños y duros me golpean en la cara y pican. Me suena el móvil y por instinto me coloco de espaldas al viento y saco el móvil para contestar.

Es Peter.

—Hanne, acabo de hablar con el laboratorio nacional. El machete que se usó en casa de Orre es el mismo que se usó en el asesinato de Calderón. Han encontrado marcas en las vértebras de ambas víctimas que pueden vincularse con el arma. Las marcas encajan exactamente con la hoja del machete. Sabes lo que significa, ¿verdad?

177

Emma

Un mes antes

—*P*ero ¿por qué iba a matar a tu gato? No lo entiendo.

Olga frunce el ceño y gira los pesados brazaletes con diamantes falsos incrustados. Contemplo la tienda vacía y me quedo pensando un momento. De los altavoces emana música. No se ve a Mahnoor por ninguna parte. Probablemente está ocupada con otra de sus cruciales nuevas tareas administrativas.

—Si es como tú decías y es un psicópata, tal vez quiere hacerme daño de alguna manera. A lo mejor le produce placer arruinarme la vida.

Olga parece indecisa. Como esperaba, le cuesta menos creer que Jesper busca dinero o sexo que pensar que es un auténtico sádico. En cierto sentido, estoy de acuerdo con ella: a mí también me ha costado creer que consiga nada arruinándome la vida, pero no veo otra explicación para su comportamiento.

—Pero un gato… ¿qué tienen que ver los gatos con nada?

—Sigge es importante para mí. Si le hace daño a Sigge, me hace daño a mí, ¿sabes?

—Si es así —empieza Olga, al tiempo que me da un nuevo rollo de papel de caja para sustituir el antiguo—, entonces está realmente mal de lo suyo.

—Eso digo yo.

—¿Lo has investigado? Tal vez lo haya hecho antes. A lo mejor ha estado en la cárcel o en una institución mental.

La idea parece casi ridícula y las imágenes me vienen a la cabeza casi en el acto. Jesper Orre, CEO de la empresa donde ambas trabajamos, con una camisa de fuerza, encerrado en una institución. O vestido con un mono de rayas, como un dibujo animado, tras unas gruesas barras de hierro.

—A lo mejor ha matado a alguien —susurra Olga, como si temiera que alguien la oyera en la sala vacía.

La miro a los ojos sin decir nada. Parece arrepentida.

—Lo siento, cariño. Por supuesto que no ha matado a nadie. Solo digo que a veces una no conoce a la gente, aunque crea que sí.

—Probablemente sea cierto —digo, mientras pienso que no tiene ni idea de hasta qué punto tiene razón.

—¿Qué vas a hacer? ¿Denunciarlo a la policía?

Me doy la vuelta, cierro la caja y tiro un poco del papel de recibo.

—Primero quiero hablar con él.

—¿Vas a intentar encontrarlo?

Asiento y echo un vistazo a la tienda. Una pareja de chicos adolescentes merodea en un rincón junto a la mesa de tejanos. Me lanzan una mirada y me da la sensación de que tal vez intenten robar algo. Suele ser bastante obvio, sobre todo cuando son niños que aún no han aprendido a controlar la expresión de la cara y que casi siempre roban en grupo, como si robar en tiendas fuera un deporte de equipo.

—Ya sé lo que vas a hacer —dice de repente Olga, entusiasmada y un poco traviesa a la vez—. Te vas a vengar, a recuperar el poder. Soy buena en eso. Yo voy por delante. No es por echarme plantas, pero es verdad.

—Flores, querrás decir.

—¿Qué?

Olga parece confundida.

—Has dicho «echarme plantas».

—Qué más da, ya practicaremos lengua más tarde. Recupérate y véngate de ese gilipollas. Averigua dónde está. Ve a buscarle y exige respuestas. No le dejes escapar. ¡Enséñale quién manda!

Los chicos que están junto al mostrador de los tejanos han empezado a moverse hacia la salida. Uno de ellos lleva una bolsa de gimnasio sospechosamente grande. Olga también los ve, pero no tiene ganas de hacer nada.

179

—Entonces ¿crees que debo vengarme?

Ella asiente. En ese preciso instante un hombre atraviesa la puerta y se dirige a la caja. Parece decidido, como si supiera exactamente lo que quiere. Suele ser el caso con los hombres mayores. Rara vez deambulan por la tienda para mirar. Acuden directamente a nosotras y piden calcetines, camisas o ropa interior. Luego compran cinco paquetes de cada uno, pagan y salen enseguida de la tienda.

—¡Bienvenido! ¿En qué puedo ayudarle? —pregunta Olga, según la normativa, y esboza una sonrisa mecánica mientras les da una vuelta más a los brazaletes de diamantes falsos.

—Estoy buscando a Emma Bohman —dice el hombre, sin devolverle la sonrisa.

Cuando le digo que yo soy Emma Bohman, se presenta como Sven Ohlsson, jefe de Recursos Humanos para la región este, luego me lleva aparte y me dice:

—¿Podemos ir a la sala de empleados?

Su rostro se mantiene inexpresivo. Tiene el pelo muy corto, rubio rojizo, y las mejillas redondas, aunque tiene el cuerpo esbelto, casi esquelético. Levanta su viejo maletín de piel con manchas de grasa y saca un montón de papeles.

En cuanto me dice su nombre sé de qué va todo esto.

—Llevas tres años con nosotros, Emma.

Asiento, de pronto no sé si es una pregunta o si está presentando hechos y leyendo en voz alta ese montón de papeles. Luego coge unas gafas con la montura de concha. Saca un pequeño pañuelo azul y limpia las gafas a conciencia y en silencio.

—¿Quiere un café? —pregunto, sobre todo porque no sé qué decir.

—Sí, gracias —dice sin alzar la vista de las gafas.

El sonido del tictac del reloj de pronto me parece ensordecedor, y el olor a café avasallador, me resulta imposible defenderme de ellos. Le pongo una taza delante y me siento en la silla de enfrente, superada por la impotencia.

Jamás pensé que viviría un momento como este, es algo

que le pasa a otras personas, no a mí. Yo siempre he sido buena, he seguido las reglas. Salvo últimamente, cuando empezaron a acumularse cartas de empresas de cobro y filas de ausencias empezaron a llenar la hoja de asistencia de la pared.

—Nos enfrentamos a graves desafíos económicos —dice, y se pone las gafas. Por primera vez, me mira a los ojos. Los suyos son de color gris claro y completamente insensibles. Es un burócrata educado con una misión mortal, enviado por la oficina central. Guarda despacio el pañuelito en el maletín y continúa:

—Los beneficios bajan. Nos vemos obligados a cerrar dos tiendas durante los próximos meses.

Sigo sin saber qué decir. Me limito a asentir. Él guarda silencio. De pronto parece cansado. Tal vez esté cansado de verdad. A lo mejor en la vida real es una buena persona.

—¿Beneficios bajos? —digo, como si quisiera ayudarle a continuar.

Me mira a los ojos de nuevo, sigue sin trasmitir la más mínima emoción.

—Beneficios bajos, sí. Gracias. Has hecho un excelente trabajo aquí, Emma, según Björne Franzén, pero por desgracia dirección ha decidido reducir los costes de personal para garantizar nuestra supervivencia a largo plazo.

—Entiendo.

—No es personal, Emma. Solo se trata de enfrentarse a las nuevas realidades económicas.

Quiero que deje de pronunciar mi nombre. No lo conozco, no quiero ser Emma para él.

—Claro —digo.

—Es la economía.

—Entiendo. Entonces no tiene nada que ver con... —Hago un gesto hacia la hoja de ausencias que está colgada en la pared. Las furiosas pegatinas rojas brillan como granos malvados sobre una piel clara.

Sven sonríe por primera vez durante la reunión. Es una sonrisa tímida, casi triste.

—Todo el mundo tiene derecho a estar enfermo —dice—.

O a quedarse en casa con sus hijos enfermos. No es motivo de despido, eso son solo rumores maliciosos. Ya sabes lo que escriben los medios sobre nosotros.

Da un sorbo al café y me sorprendo deseando que se queme, pero ese deseo no se va a cumplir. El café de la máquina sale tibio en el mejor de los casos. Lleva así un año, desde que Björne le dio una patada a la máquina un día que perdió los nervios.

Entonces el hombre deja el montón de papeles sobre la mesa y lo empuja despacio con un dedo hacia mí.

—Ahora tenemos que hablar un poco de cuestiones prácticas, Emma.

—¿Quién era? —pregunta Mahnoor cuando se va, mientras sigue con la mirada a ese hombre raro de pelo corto y rojo y gafas de concha que parece una versión adulta de Tintín huyendo del mundo de los tebeos.

—Era de Recursos Humanos. ¿Dónde está Olga?

No tengo ganas de comentar la conversación que acabo de tener sobre el montón de papeles que resume las condiciones de mi despido: que mi trabajo se interrumpe de inmediato, que tengo dos meses de indemnización y que mi tarjeta de acceso al edificio será enviada de vuelta a la oficina central en un sobre cerrado.

—¿Olga? —dice Mahnoor, distraída.

—Sí, ¿dónde está?

—Ni idea. Probablemente está buscando maquillaje o ropa interior en Google, esa pequeña misógina.

—¿Qué?

Mahnoor obvia mi pregunta.

—Nada.

—La última vez que la vi en realidad estaba leyendo un libro —digo, al recordar a Olga en la mesa de la cocina con un libro de bolsillo en la mano poco después de irse el hombre de Recursos Humanos.

Mahnoor levanta las cejas bien perfiladas.

—Probablemente alguna porquería que ha encontrado en

el supermercado. —El desprecio mal disimulado de Mahnoor me incomoda.

—A lo mejor era un libro bueno, perfectamente normal —propongo.

—¿Es broma? No creo que reconociera un libro bueno aunque lo tuviera abierto delante de las narices.

Mahnoor merodea entre las horquillas y collares expuestos junto a la caja. Coloca bien algunos que cuelgan torcidos y luego pregunta en tono neutro:

—¿Y qué quería el tipo de la oficina central?

Dudo un momento.

—Nada especial. Solo quería saber cómo nos iba ahora que Björne está de baja.

—¿Y qué le has dicho?

—La verdad. Que nos las arreglamos bien sin él.

Estoy sentada en el coche de Olga. La lluvia cae contra el techo y el coche destartalado está húmedo. Periódicamente tengo que limpiar el cristal de delante para poder ver.

Son poco más de las seis y llevo aquí aparcada más de una hora. Si no tengo suerte, hoy no estará en la oficina. A lo mejor está de viaje de trabajo o en una reunión en algún sitio.

Bebo un sorbo de agua mineral con sabor a limón que sabe a detergente y pienso en el hombre pelirrojo de la oficina central. En sus gafas desfasadas y el maletín desgastado.

¿Eso también es cosa de Jesper? ¿Otra pieza del rompecabezas en su diabólico plan? Si es así, es un genio, porque ha conseguido privarme de otra cosa que era importante para mí: mi trabajo. No lo había pensado antes, cuando me compadecía de mí misma, pensaba que ya me había quitado todo lo que me importaba. A lo mejor me puede quitar algo más, algo en lo que no he pensado y que doy por hecho. ¿Mi casa? ¿Mi salud?

¿Mi vida?

La idea me produce un escalofrío.

Pienso en el piso de Kapellgränd. En la alfombra hecha de jirones del salón y las sillas de madera roja, bien colocadas en la sala como caballos de la escuela española de equitación. En mi cabeza veo a Jesper desnudo sobre la colorida alfombra. Las flores amarillas de la alfombra lo rodean de manera que parece que está tumbado en un campo de girasoles. Tiene el cuerpo relajado y la cara blanda como un niño. La boca está un poco entreabierta y el pecho se hunde y se infla. Estoy sentada en un coche bajo la lluvia, pero al mismo tiempo estoy en el piso de Kapellgränd mirando a Jesper. Intentando entender por qué ese hombre, ese chico, ese ser humano que está ahí con aspecto tan inocente quiere hacerme daño.

Un hombre cruza la calle presuroso unos metros por delante del coche. Me inclino hacia delante y limpio la humedad del cristal para ver mejor. No es Jesper. Es demasiado bajo y rubio. Desaparece en la oscuridad con pasos rápidos.

Si pudiera verme de la manera que acabo de ver a Jesper, ¿qué vería? ¿Una loca que persigue a su amante en la oscuridad en la puerta de su oficina? ¿Me estoy volviendo loca?

¿Ese es su objetivo final, privarme de mi cordura? La agresión definitiva es llevar a una persona hasta la locura.

Las náuseas vuelven y le doy un sorbo a mi asquerosa agua mineral.

Si es un juego, orquestado con cuidado por él, ¿sabe que estoy aquí? ¿Ya tiene pensado el siguiente paso? ¿Averiguaré la verdad si le sigo, o solo quiere dejarme en evidencia?

Las preguntas nunca terminan, todas las respuestas llevan a otra pregunta. Es como mirar un espejo reflejado en un espejo. Que se refleja en otro espejo. Me mareo solo de intentar entender qué está pasando y por qué. Y no he empezado a pensar en cómo solucionar mis problemas más inmediatos: el niño, las facturas, el trabajo que he perdido, barrida por el pelirrojo de la oficina central.

Tal vez Olga tenga razón. ¿Debería vengarme?

¿Y si es justo eso lo que quiere?

Me asalta una sensación de irrealidad. Es como estar en una película, como si creyera que controlo mi propia conducta, pero en realidad alguien la guiara. Es como si estuviera en caída libre sin control sobre mi vida. Observo el anillo que brilla en el dedo. Pienso: «Esto es real, la prueba de que no estoy loca».

Entonces lo veo.

Camina encorvado bajo la lluvia, el abrigo se agita tras él como una vela rota, igual que la última vez que estuve aquí, en la oscuridad. Los pasos son enérgicos y decididos. Siento el impulso de bajar del coche de un salto, salir corriendo y preguntarle qué demonios pretende, pero algo me detiene. Quiero saber qué esconde, ver dónde vive.

Quiero saber más antes de aparecer completamente vulnerable ante él.

Pasados unos minutos, un gran todoterreno negro sale del aparcamiento. Arranco el coche y lo sigo, con cuidado de no acercarme demasiado. En todos los semáforos en rojo, el motor se cala: no estoy acostumbrada a conducir así. Maldigo y arranco el coche de nuevo, aterrorizada de perderlo ahora que por fin lo he encontrado.

En Roslagstull el tráfico aumenta de forma considerable. Me coloco justo detrás de Jesper en el mar de coches de regreso a casa de noche. Toma la E18 hacia el norte y sale en Djursholm. Cuando reduce la velocidad yo hago lo mismo y dejo que la distancia entre nosotros aumente. No se ven otros coches. Pasamos junto a grandes mansiones con jardines iluminados que parecen parques. Pasamos por una pequeña área central: una tienda de alimentos, una librería y una placita con unos cuantos árboles sin hojas. De nuevo esa sensación: estoy en una película, pasando por un escenario inhóspito de camino a una especie de resolución. Pero ¿de qué tipo de película se trata? ¿Un drama, una de intriga? ¿Una tragedia?

Llegamos al agua, negra y brillante como un pedazo de seda que se extiende ante mí en la noche. Jesper gira a la derecha y le sigo. Me ha despertado la curiosidad y la sensación de estar cerca de algún tipo de resolución aumenta. Conducimos un rato junto al agua. Aquí las mansiones son aún más grandes, casi como castillos, y me pregunto si aquí vive de verdad gente normal o solo las empresas o tal vez embajadas utilizan esas casas.

No me doy cuenta cuando reduce la velocidad y casi le doy por detrás. Gira por una callejuela a la derecha y espero unos segundos antes de seguirlo. Una pequeña calle flanqueada por setos perennes: boj, tejo y cedro blanco. Hay montones de hojas mojadas sobre el estrecho pavimento. Aquí las casas son más pequeñas, parecen casas más normales. Apago los faros y sigo tras él despacio. Gira de nuevo y le sigo. Nuestro jueguecito está empezando a divertirme. Nunca había seguido a nadie.

Para delante de una casa blanca y moderna. Una luz cálida sale de las ventanas y tiñe el césped y las hojas mojadas de otoño de dorado. Apago el motor. Espero. Lo observo mientras se desprende de su maletín negro, camina hacia la puerta de hierro forjado y levanta la mano para abrirla. Luego se detiene, retrocede un paso y camina unos metros hacia mí.

Al principio me preocupa que me descubra, pero luego veo adónde va.

Junto a la valla hay montones de madera mojada. Una gran lona tapa uno de los montones. Jesper la aparta y se acerca a un edificio de reciente construcción, tal vez un garaje, a la derecha de la valla.

Aún no está pintado y donde debería estar la puerta hay un plástico que se agita con el viento. Entonces se levanta, se da la vuelta y vuelve a la casa.

Me viene a la cabeza en el acto: ¿estoy buscando el dinero que he perdido? ¿He pagado yo la construcción que tengo delante? ¿Ha invertido todos mis ahorros en un garaje para su enorme coche negro?

Luego se queda frente a la puerta principal. Al ver que llama al timbre en vez de abrir él, de pronto me siento insegura. ¿Vive aquí o está de visita? Luego saca una llave, la mete en la cerradura y, al mismo tiempo, alguien la abre. Una mujer aparece en el umbral. Es morena, alta y guapa. Lo veo con claridad, pese a estar bastante lejos. Tiene ese porte de seguridad que solo tienen las mujeres guapas, como si su postura trasmitiera su valía.

La mujer se inclina y Jesper la besa. No es un beso rápido en la mejilla, reservado para amigos y familiares, sino un beso largo e íntimo.

Ya no veo nada más. La casa desaparece, la lluvia deja de golpear contra el techo del coche. Todo se vuelve afortunadamente negro y silencioso.

Υ

Corro en la oscuridad. Alguien grita. Es un rugido largo y sobrecogedor y, tras varios segundos, me doy cuenta de que quien grita soy yo. Las ramas me azotan la cara. El agua helada me baja por el cuello. Una silla de jardín aparece de la nada ante mí. Me aparto pero aun así tropiezo con ella, y cae con un golpe. Acelero, me siento como un animal cazado. No recuerdo por qué estoy aquí, en plena oscuridad, solo sé que temo por mi vida. Huyo de algo horrible, que amenaza toda mi existencia.

Las botas se me hunden en el fango y resbalo, pero recupero el equilibrio y sigo corriendo hacia delante con las manos estiradas como si fuera ciega.

Una valla surge de la oscuridad. No es especialmente alta, un metro más o menos. La subo sin pensar y me lanzó por encima, pero me quedo encallada con algo: se me ha quedado enganchada la chaqueta. Me caigo de cabeza y me doy un buen golpe en el costado. El dolor es indescriptible. No puedo respirar, ni pensar, y todo se vuelve negro.

187

Algo me toca la mejilla. Abro los ojos, intento pensar, recordar.

Está oscuro. Estoy tumbada en el suelo del jardín de alguien. A unos metros de mí hay un cajón de arena, con cubos y palas y pequeños camiones amarillos esparcidos entre la arena y el césped, como setas en un bosque.

¿Cuánto tiempo llevo aquí? Me siento pero me detengo a medio camino. Se me encoge todo el estómago en un doloroso retortijón. Me inclino hacia delante, hecha un ovillo, pero el dolor de la barriga no para. Son poco más de la nueve, así que debo de llevar aquí una hora.

Estoy temblando de frío cuando me pongo a gatas. Me toco la cara y me quito el lodo y las ramas de las mejillas. Intento entender.

Despacio pero de manera inexorable, los recuerdos regresan. Estoy en Djursholm, cerca de la casa de Jesper Orre, que parece compartir con una guapa morena. Me han engañado más de lo que jamás pude imaginar. Me han traicionado y violado por partida doble. Me han robado mi dinero y mi amor. La persona a la que quería.

Jesper tiene a otra persona, probablemente ya la tenía cuando nos veíamos. Obviamente, por eso quería mantener en secreto nuestra relación. Por eso era tan importante quedar solo en el pequeño piso de Kapellgränd o en mi casa.

Sigo sin entenderlo. Si solo quería una aventura, un poco de sexo, ¿por qué me pidió matrimonio?

¿Por qué llevarse a Sigge, el dinero y el cuadro? ¿Y por qué me ha despedido? Algo más me está fastidiando. Recuerdo las palabras de Olga: «Tu chico es sin duda un psicópata».

¿Quiere humillarme? ¿Destruirme? ¿Esto también formaba parte del plan, que yo lo viera tan feliz con su otra novia?

Encuentro una abertura en la valla y empujo. Menos mal, porque no creo que pudiera subirla otra vez. El dolor de barriga me obliga a agacharme y caminar a gatas hasta el siguiente jardín. En la oscuridad veo la silla volcada y sé que voy en buena dirección.

Justo antes de llegar a la calle, paso junto a una casa amarilla. Por la ventana veo a una pareja y dos niños sentados en un bonito sofá frente a una televisión de pantalla plana. Comen palomitas. Parecen felices. Felices y con éxito.

Todo lo que yo no soy.

La puerta del coche está abierta y las llaves aún están en el arranque. Me hundo en el asiento del conductor y cierro la puerta. La imagen de mi rostro fangoso e hinchado me asusta. Parezco una loca. Peligrosa. Me seco la cara con una bufanda, pero solo consigo extender el lodo.

Vuelvo despacio a la ciudad. Evito cualquier frenazo brusco o aceleración por miedo a agudizar el dolor de estómago. Aparco el coche y camino hacia la puerta delantera bajo la lluvia, rogando a Dios no encontrarme a un vecino: no tengo fuerzas para explicar por qué tengo esta pinta. Pero no me encuentro con nadie. El olor húmedo de mi edificio sigue ahí. La escalera está oscura y silenciosa. La casa podría estar deshabitada, ser una casa encantada.

El ascensor para con un quejido en la cuarta planta y salgo. Abro la puerta y entro en el calor. Me peleo con los botones del abrigo, me lo quito y lo dejo caer al suelo. Busco a Sigge con la mirada hasta que recuerdo que no está. Me quito las botas y camino fatigosa hasta el baño. Tengo los tejanos mojados y fangosos, pero algo más me llama la atención cuando me los quito. Una gran mancha en la entrepierna. Me inclino para mirar mejor, pero enseguida sé qué ha pasado.

Es sangre.

He perdido el niño.

Peter

*L*a investigación va en otra dirección, cambia de centro de atención de un día para otro como ocurre a veces con las investigaciones. La noticia de que el laboratorio nacional ha relacionado el machete con ambos asesinatos, el de la víctima anónima de casa de Jesper Orre y el de Miguel Calderón, ha estallado como una bomba en la comisaría. La actividad es igual de frenética que antes, pero parte de la resignación ha sido sustituida por las expectativas. A la enorme pared de pruebas de la sala de reuniones, empapelada con fotografías de la casa de Orre y de sus colegas y conocidos, se ha sumado otra pared de pruebas con imágenes parecidas del antiguo caso.

Por lo visto Sánchez se ha pasado media noche revisando el caso Calderón y ya está buscando puntos en común entre Calderón y Orre. Sospecho que será difícil, a primera vista sus vidas no tienen relación alguna.

Calderón tenía veinticinco años cuando fue hallado muerto en su piso de alquiler de Södermalm en septiembre hace diez años. Desempeñaba varios trabajos. Trabajaba de cocinero, de cuidador, repartía periódicos y era camillero sustituto. En su tiempo libre estudiaba kárate y tocaba el bajo en un grupo de jazz. No tenía novia y su hermana insinuó que creía que probablemente era gay. Cinco años antes de ser asesinado, fue condenado por atraco y robo pero, según la investigación preliminar, nada indicaba que tuviera conexiones criminales en el momento de su muerte. Tampoco había pruebas de que fuera a los mismos lugares que Orre: Sandhamn, Verbier, Marbella o los clubs nocturnos de Stureplan.

El hecho de que Orre siga desaparecido sugiere que él mató a la mujer anónima, y por tanto también acabó con la vida de Calderón. Sin embargo, unos cuantos tangas robados y el hecho de ser brusco en el trabajo no bastan como prueba. Necesitamos encontrar una conexión entre ellos y, si existe, la encontraremos. Aunque tengamos que colarnos hasta en el último mísero centímetro de su vida.

En ese momento los conocidos sentimientos de aburrimiento y resignación empiezan a asaltarme. Estoy cansado de estas lentas investigaciones de asesinato. Si alguien me lo hubiera preguntado hace diez años, habría dicho que era la tarea más emocionante y exigente a la que un investigador hábil podía hincarle el diente, pero lo único que siento ahora es una fatiga paralizadora. Lo que más deseo del mundo es comprarme un paquete de seis cervezas, irme a casa, hundirme en el sofá y ver programas de deporte. No creo que nadie que no sea agente de policía pueda entender el trabajo que acarrea estudiar la vida de una persona. La cantidad de horas de interrogatorios, investigación y papeleo que hay que superar hasta que la imagen se vuelve más clara y empiezan a surgir los elementos básicos.

Además, está Hanne.

En cierto modo, estuvo bien tener la oportunidad de hablar, aunque yo no dije mucho, pero no ha cambiado nada entre nosotros desde entonces. Lo noto, es evidente, aunque no soy capaz de definirlo. Es como un tono profundo y vibrante siempre presente cuando está ella. Casi como un zumbido de oídos. Y no tengo la más mínima idea de cómo quitármelo de encima.

A veces me sorprendo buscándola cuando está sentada en su mesa, con la camisa arrugada y el pelo canoso recogido en una cola chapucera. A veces la mente se escapa hasta ese lugar prohibido donde volvemos a estar juntos. Ayer, cuando le toqué el antebrazo, pensé que sigue siendo la mujer más guapa que he conocido jamás. Y la única con la que he podido hablar de verdad.

No sé por qué, pero me cuesta muchísimo hablar con alguien de cosas importantes, sobre todo con mujeres. Quizás me da demasiado miedo dejar entrar a alguien, como siempre decía Janet. O tal vez no tengo mucho que decir porque básicamente carezco de interés.

Sin embargo, con Hanne siempre tenía temas de los que hablar. Entonces, cuando estábamos juntos. Podíamos pasar horas tumbados en la cama, hablando de política, de amor o de tonterías, como por qué un determinado tipo de cortador de queso solo existe en Suecia. A veces me hablaba de Groenlandia y de los inuit, que llevaban miles de años viviendo allí en perfecto equilibrio con la naturaleza. Soñaba con viajar allí y luego ir en kayak entre el hielo a la deriva y cazar focas.

Por lo visto los inuit no tenían ceremonias nupciales especiales. Se juntaban y ya está. Solíamos bromear con que desde la perspectiva inuit probablemente nos considerarían casados.

Recuerdo que pensaba que era muy positiva y, bueno, traviesa, sobre todo a su edad.

Diez años mayor que yo.

Nunca me molestó, aunque ella no me creía cuando se lo decía. En cambio, me decía que tenía que pensar que nunca tendríamos un hijo juntos, que envejecería antes que yo. ¿De verdad quería estar con una anciana?

Sí quería. Y se lo dije.

Aun así, no pude hacerlo. La dejé esperando en la calle aquella noche. Me quedé sentado en la cama, helado, agarrado a las llaves del coche con una botella de vodka entre las rodillas. Petrificado y empapado en sudor frío. Cuando me llamó, no pude ni contestar, decirle que no estaba preparado para el compromiso.

No estaba preparado para el compromiso.

Qué expresión de mierda, por cierto. Qué excusa más increíblemente sosa para lo que incordiaba, se retorcía y palpitaba dentro de mí. El monstruo y el miedo que no se podían nombrar.

Asustado, era muy sencillo, estaba asustado.

Ojalá hubiera sido capaz de decirlo. De explicar con palabras claras y sin eufemismos lo que me estaba carcomiendo.

Tal vez mi vida sería distinta hoy en día.

Manfred aparece en mi mesa y tuerce el gesto.

—Tienes una pinta horrible, Lindgren.

—Gracias, muchas gracias. Y tú vas a una caza del zorro, por lo que veo.

Sonríe y se ajusta el chaleco de cuadros. Como siempre, va impecablemente vestido, un anacronismo andante en la segunda planta de la comisaría con un traje de tweed de tres piezas y un pañuelo de seda en el bolsillo del pecho.

—Hago lo que puedo.

—¿Alguna novedad? —pregunto.

—Hemos recibido una tonelada de avisos sobre el retrato de la víctima, el equipo de Bergdahl nos está ayudando a cribarlos. Orre sigue desaparecido sin dejar rastro. Ah, otra cosa. Un tipo que trabaja de cristalero en el centro comercial de Mörby nos ha llamado. Por lo visto arregló una ventana del sótano en casa de Orre hace poco. Según Orre, habían entrado en su casa pero no le habían robado nada. Probablemente por eso nunca lo denunció.

—Tendremos que indagar eso. Dile a Sánchez que quede con él —digo.

—Dios mío, ¿qué haríamos sin Sánchez?

Manfred canta su nombre con un gran vibrato, como un cantante de ópera, y levanta el brazo derecho por encima de la cabeza en un gesto teatral.

Sánchez nos lanza una mirada torva desde su mesa, pero se reprime de decir nada.

193

Salgo de la comisaría hacia las ocho en punto. Hay un límite en la cantidad de horas extra que estoy dispuesto a invertir, aunque estemos en medio de una investigación importante. Nadie agradece a un agente de policía que sacrifique su vida por el trabajo.

Cuando aparco frente al edificio donde vivo, me da la extraña sensación de que algo va mal. La luz de la escalera está encendida y la puerta ligeramente entreabierta, como si alguien no la hubiera cerrado bien. Saco la pizza que he recogido de camino a casa, entro y empiezo a subir la escalera.

El edificio fue construido en los años cincuenta, las paredes son de un estridente color pistacho y el suelo moteado. Parece

que alguien haya esparcido piedrecitas negras y blancas aleatoriamente por el cemento. Cada planta tiene tres pisos y el
conducto para la basura obligatorio. Vivo en el ático, algo que
me parecía una ventaja hasta que me rompí el pie hace tres
años y tuve que subir con muletas.

En la puerta está sentado Albin con un monopatín en la
mano. Lleva una sudadera con capucha demasiado fina y tejanos que le cuelgan por debajo de la cadera. Lleva una bolsa
desgastada en la mano. El pelo fino y rubio le cae delante de la
cara, y las orejas, heredadas de Janet, sobresalen directamente.

—Hola —dice.

—Hola —digo—. ¿Qué haces aquí?

—He discutido con mamá. ¿Puedo quedarme en tu casa?

Estoy desconcertado. Albin nunca ha dormido en mi casa.

—No lo sé. Será mejor que llame a tu madre —digo, al
tiempo que saco las llaves y abro la puerta. Dentro, en el suelo,
hay un montón de ropa sucia y camisetas que pensaba lavar
esta noche. Vuelvo a cerrar la puerta.

194

—¿No vas a dejarme entrar?

Albin se pone en pie y me mira a los ojos. Parece confundido y angustiado. Tiene la comprensible duda de si puede confiar o no en su padre.

—Sí, por supuesto. Es que… está desordenado.

—Como si me importara.

—No, claro.

Abro la puerta y entramos. La enjuta figura de Albin pasa
deslizándose al salón como una sombra y se hunde en el sofá.

—Albin —digo—. Me alegro de verte, pero no sé si es buena idea que pases la noche aquí.

—¿Por qué no?

—Porque…

—¿Qué pasa?

—No tengo cama para ti.

—Puedo dormir aquí —dice Albin, al tiempo que da golpe-
citos en el sofá. Luego se tumba, se quita las zapatillas y apoya
los pies en el reposabrazos.

Veo lo delgado que está y pienso si debería preguntarle si
come bien. ¿No es lo que hacen los padres?

—Mañana tengo que levantarme pronto, así que el momento no es el mejor —digo.

—¿Y qué? Puedo quedarme aquí cuando te vayas. Mamá se ha vuelto loca del todo, no puedo ir a casa.

—Además, esta noche tengo que trabajar.

—No te molestaré.

Camino de un lado a otro de la habitación, sin saber qué hacer conmigo mismo. Luego dejo la pizza en la mesita de centro.

—¿Y Janet? ¿Sabe que estás aquí?

Albin se tapa los ojos con el brazo, como si no pudiera aguantar más preguntas.

—No.

—Entonces seguro que está muy preocupada. Voy a llamarla.

Janet aparece una hora después. Hacía mucho tiempo que no la veía de tan buen humor, incluso alegre. Por lo visto le encanta estudiar para ser especialista en uñas. Me enseña sus uñas nuevas, largas y de color rosa fucsia, y le digo que son bonitas aunque no lo crea.

Janet y Albin susurran un rato. Luego ella le da un fuerte abrazo y doy por hecho que se han reconciliado.

No me ha costado convencerla para que venga. Solo he tenido que explicarle que no tengo habitación para Albin, esta noche no. No sonaba ni sorprendida ni enfadada. ¿Por qué iba a estarlo? Nunca he tenido una habitación en mi vida para Albin.

Me coloco junto a la ventana y observo cómo se dirigen a su pequeño Golf rojo. Justo antes de que entre Albin, él se da la vuelta y me mira. Sin saber por qué, retrocedo un paso tras la cortina. Cierro los ojos con fuerza hasta que oigo que se va el coche.

A veces, cuando Albin era más pequeño, coqueteaba con la idea de pasar tiempo de verdad con él. Tal vez llevármelo a un parque de atracciones o a un campo de fútbol. Sin embargo, cuando intentaba imaginarnos juntos, se hacía un nudo en mi interior. No sabía cómo actuar cuando estaba con él.

Me dije que probablemente era mejor esperar a que fuera mayor y entendiera más. Por lo menos sabía hablar con adultos.

Sin embargo, cada año que pasaba se me hacía más difícil. ¿Cómo empiezas a pasar tiempo con tu hijo, al que en realidad no conoces, después de tantos años? ¿Qué demonios se supone que le dices a un desconocido que resulta que es sangre de tu sangre y que podría odiarte porque nunca has estado cerca? Ya ni el fútbol era una opción. ¿Nos quedaríamos ahí con una sensación forzada de solidaridad, una cerveza en la mano, fingiendo que éramos amigos o algo así? ¿O se suponía que debía romper a llorar y explicarle por qué nunca quise tenerlo en mi vida?

Nunca hubo ningún partido de fútbol, claro.

196

Al día siguiente por la mañana voy a casa de Jesper Orre con Manfred. Aún está acordonada con cinta policial, que se agita y cruje con el fuerte viento mientras recorremos la escasa distancia desde la verja de la puerta principal. Manfred encuentra la llave correcta en el manojo que nos dieron los técnicos, abre la puerta y enciende la luz del vestíbulo.

La sangre ha desaparecido, parece un pasillo normal y corriente. Solo al observar con detenimiento se distinguen los leves rastros de óxido marrón en las juntas de las baldosas de piedra en el suelo y entre la moldura y la pared. La muerte tiene tendencia a filtrarse en las cosas, creo. Como si no quisiera abandonar el lugar que visita. Se abre paso en paredes y suelos y deja el tufo característico de transitoriedad que no se puede eliminar. La mayoría de la gente escoge reformar la casa cuando ocurre algo así.

—¿Qué estamos buscando? —pregunto.

—Ni puta idea. Cualquier cosa que hayan pasado por alto los técnicos.

Empezamos a registrar la casa de forma metódica. Vamos

de habitación en habitación, hacemos fotografías, revolvemos en la ropa, la porcelana y medicamentos antiguos. Hacemos fotografías para nuestro propio uso, los técnicos ya han tomado las imágenes oficiales del escenario del crimen.

Es una casa limpia y ordenada, casi estéril, y contiene muy pocos objetos personales. La única fotografía que encontramos, de Orre y unas cuantas mujeres en la playa, está en una estantería del salón.

Manfred la señala con la cabeza:

—Lo han incluido en el informe, no hace falta que hagas una fotografía.

—¿Por qué está roto el cristal? —pregunto, y rozo con el dedo los pocos añicos que quedan en el marco.

Manfred se encoge de hombros.

—Ni puta idea.

—Tal vez una de las mujeres de la foto es la víctima.

—Puede ser. Es imposible saberlo, la imagen está demasiado borrosa.

Como siempre que registramos una casa, me siento extrañamente inquieto. Como un intruso. No hay nada como revolver entre la ropa interior y la despensa de alguien para sentirte como un buitre, aunque sepa que es necesario.

Manfred repasa la estantería, que contiene solo unos cuantos libros, algunos adornos y muchas revistas de negocios. Levanta un montón de libros y estira el brazo hacia el estante.

—¡Mira lo que he encontrado detrás de los libros, Lindgren!

Me acerco a él. Tiene un DVD en la mano. En la portada aparece una mujer desnuda y atada tumbada en un aparcamiento, boca arriba y con las piernas separadas. Al lado hay un hombre de pie con un látigo en la mano, alejándose del fotógrafo.

—Maldita sea…

—Te dije que era un perturbado —murmura Manfred.

—¿Te lo vas a llevar a casa?

Me dedica una sonrisa torcida.

—Para ser sinceros, Afsaneh me castraría si lo encontrara

entre mis cosas. A lo mejor deberías llevártelo tú. Por lo visto necesitas un poco de ánimos.

—Claro. El porno violento siempre me pone de buen humor.

Dejamos la película y entramos en la cocina. Los brillantes armarios negros y las encimeras de acero inoxidable me recuerdan a las salas de autopsia de Solna. Incluso el fregadero y el grifo con boca ajustable parecida a una ducha parecen oficiales.

—No es precisamente acogedor —dice Manfred, y frunce el ceño.

Coincido con él, pero agradezco que, incluso después de trabajar tanto tiempo juntos, nunca haya visto mi piso. Imagino lo deprimente que le resultaría mi casa. Manfred y Afsaneh viven en un bonito piso de finales de siglo con cocina de azulejo y arte en las paredes. Tienen cortinas, cojines, alfombras coloridas, libros y todas esas cosas que nunca llegué a comprar. Platos para pasteles, biberones, heladeras y exprimidores se amontonan en los armarios de la cocina. Hay invitaciones a distintos eventos colgadas en el espejo del salón que gritan a los cuatro vientos lo populares que son.

—¿Vamos a comprobar el sótano? —pregunta Manfred, que se dirige al pasillo sin esperar respuesta. Lo sigo escalera abajo, los peldaños crujen a nuestro paso.

Se percibe un suave olor a moho y a detergente. Un zumbido procedente de la sala de calderas. Por algún motivo me empiezo a marear y a sentirme débil, siento la urgencia de sentarme. Sin embargo, sigo a Manfred obediente hasta el lavadero. Enciende la luz y abre los armarios. Hay toallas y sábanas dobladas con esmero debajo de la cesta de ropa interior femenina que los técnicos encontraron escondida en un armario. Vacía con cuidado las prendas en la encimera que hay al lado de la lavadora. Encaje negro y seda roja, rosas y brillantes diamantes falsos. Ahí están, los trofeos de caza de Jesper.

—Mira —dice Manfred, con unas bragas diminutas con perlas cosidas en la entrepierna—. Estas parecen muy incómodas. ¿Se supone que tienes que llevar este… collar de perlas en el… culo? ¿Entre las nalgas o algo así?

No contesto. Pienso en que nunca he visto a Hanne con nada parecido, y seguramente jamás la veré.

Guardamos la ropa interior y pasamos a las cestas de ropa sucia de Jesper. Hay camisas blancas y pantalones idénticos arrugados con toallas y ropa de deporte. Saco unos tejanos y los sujeto delante de mí. Parecen de una talla normal, sin daños raros ni manchas que indiquen nada sospechoso. Justo cuando los estoy dejando, noto algo en el bolsillo trasero, un pequeño bulto, como si alguien hubiera olvidado dinero o un recibo.

Saco una nota manuscrita y la desdoblo. Es media página normal, y la letra es suave y un poco inclinada hacia atrás. Casi parece infantil.

Jesper:

Te escribo porque creo que me debes una explicación. Entiendo que el amor puede terminar, de verdad. Pero abandonarme la noche de nuestra cena de compromiso, sin dar explicaciones, no está bien. Y luego fingir que no existo cuando intento localizarte, ¿cómo crees que me hace sentir eso? Si querías hacerme daño, lo has conseguido, sin duda.

Lo que no sabes es que estoy embarazada de ti. Sea lo que sea lo que sientas por mí, tenemos que hablar del niño. No espero que ejerzas de padre, pero necesito comentar la situación contigo. Creo que por lo menos me debes eso.

Emma

Emma

Un mes antes

*E*stoy tumbada en la cama, me duele el estómago y pienso en Woody. En el día en que Elin nos pilló.

Estábamos en el almacén cuando le pregunté a Woody:

—¿Alguna vez has sentido que nada de esto es real? ¿Que tu vida es solo una película?

—Es una pregunta extraña. ¿A qué te refieres?

Colgó el martillo en un gancho de la pared. El pasillo estaba vacío, eran más de las doce y media y los demás alumnos estaban en la cafetería o en el patio.

—Solo quiero decir que a veces la vida parece irreal. ¿Nunca te sientes así?

—No.

Me lanzó una mirada larga y escrutadora.

—A lo mejor es porque acabas de perder a tu padre —dijo con más suavidad.

No contesté. No quería pensar en papá. En los hombres que se lo llevaron ni en mamá, que llevaba durmiendo en el suelo del baño desde que falleció.

Woody sacó la escoba y se puso a barrer el suelo en silencio. El llavero tintineaba ligeramente cuando se inclinaba hacia delante. Retrocedí un paso hasta que toqué la pared, intentando ocupar el mínimo espacio posible, mientras notaba el frío cemento en los omoplatos. Luego él dejó la escoba arrimada a la pared, se apoyó en el banco, me miró y se encogió de hombros.

—Todo se irá volviendo más fácil.

—¿Cómo lo sabes? Todo el mundo lo dice, pero ¿cómo lo saben?

Woody se sacudió un poco de serrín de los tejanos.

—Lo sé. Mi padre murió cuando tenía tu edad. Sobrevivió a una dictadura, pero murió de un ataque al corazón cuando llegamos a Suecia. Es absurdo, ¿no?

No supe qué decir.

—Pensaba que era muy fuerte —continuó él—. Pensaba que podría superarlo, pero terminé en un lugar malo de verdad. Ojalá hubiera tenido a alguien con quien hablar. Alguien que me escuchara y me entendiera.

—¿Qué pasó?

Woody se miró las manos. Las inspeccionó como si quisiera asegurarse de que estaban limpias. Tenía un corte feo en un pulgar que había empezado a curarse. Tenía una tirita sucia en el meñique de la otra mano.

—La cagué.

—¿Cómo?

—Salía con la gente equivocada. Estuve a punto de destrozar mi futuro. Tardé mucho en… reparar el daño que causé durante aquellos años.

—¿Hiciste daño a alguien?

Contestó con una breve carcajada, como si hubiera dicho una tontería. Se pasó la mano por el pelo negro.

—Sobre todo a mí mismo. Pero no te pasará a ti, Emma. Tú eres… una buena chica. ¿Lo entiendes? Vives en un buen barrio y tienes familia y amigos que te quieren. Estarás bien.

La decepción me invadió como una ola. No quería ser «una buena chica». Quería ser más importante, de más categoría y tal vez más peligrosa que eso. Quería ser alguien. Quería que fuera como la última vez en el almacén. Mi nombre en su boca y sus manos en mi piel desnuda.

Di un paso cauteloso hacia él.

—¿Emma? —Parecía desconcertado.

Di otro paso, le abracé y me arrimé a su cuerpo caliente. Olía a tabaco y a sudor. Se quedó completamente quieto, luego me puso una mano en el hombro y me dio una palmadita como si fuera un perro obediente.

201

—Todo irá bien, Emma. Te lo prometo.

Aquello me provocó. ¿Quién había dicho que quería que todo fuera bien? Me separé un poco para mirarle a los ojos. No estaba segura, pero casi pensé que estaba asustado, y vislumbré algo en esos ojos, tal vez una pregunta, o preocupación.

Así que me puse de puntillas, me incliné hacia delante y le besé. Tenía los labios pequeños y duros, no eran en absoluto como la última vez. Saltó hacia atrás, con todo el cuerpo tembloroso, y me apartó de un empujón con fuerza.

—Emma. ¿Qué…?

Se oyó un rasguño y un pequeño golpe desde fuera. Me di la vuelta y vi una sombra en el umbral.

Era Elin. Estaba inclinada hacia delante como si hiciera equilibrio en el borde de una piscina, lista para lanzarse al agua. Tenía la boca entreabierta y una lata de una bebida gaseosa en la mano.

—Elin —dijo Woody—. Pasa, quiero hablar contigo.

Elin no se movió, pero la lata se le resbaló despacio de la mano. Tardó una eternidad en chocar contra el suelo y derramar el líquido sobre el linóleo.

—Elin —volvió a gritar él, pero ella ya había dado media vuelta y había salido corriendo de la sala. Su chaqueta de piel desgastada y el gorro de punto rojo desaparecieron por la puerta mientras el sonido de sus pasos iba enmudeciendo.

Ahora me encuentro mejor del estómago, mucho mejor. Quizás me estoy volviendo insensible. Me siento como si me fuera convirtiendo piedra poco a poco: fría, dura, indiferente a como me trata el mundo. Las ventanas están oscuras y la habitación está helada. Resulta tentador quedarme en la cama, pero sé que tengo que levantarme y hacer algo con mi situación. No puedo seguir siendo un peón en el juego de Jesper.

Cuando decido ir a trabajar, aunque ya no me quieran allí, me digo que es porque tengo que devolverle el coche a Olga.

—Hola.

Ella me saluda sin levantar la vista del periódico sensacionalista que está leyendo.

—Hola.

Me desplomo en la silla de enfrente mientras Olga gira páginas despacio, aplanando el papel con una mano. En la otra tiene un cigarrillo sin encender. Saco sus llaves del coche, las dejo en medio del periódico.

—Gracias por dejarme tu coche.

—Esto de Eurovisión es una locura.

No contesto.

—¿Quieres venir conmigo? —levanta el cigarrillo.

Me encojo de hombros.

—Claro.

Salimos al pasillo que hay detrás de la cocina, el que lleva a la sala de residuos. Se supone que ahí no se fuma, pero todo el mundo lo hace. Hay montones de cajas de cartón por toda la pared.

—¿Quieres uno? —Olga saca un paquete de tabaco del bolsillo.

Niego con la cabeza.

—No, gracias.

Me mira con los ojos grandes y brillantes como el mármol mientras se enciende el cigarrillo. Luego se inclina hacia delante, me acaricia la mejilla con un dedo.

—Dios mío, Emma, ¿qué ha pasado?

—Me caí en un arbusto.

Parece indecisa.

—¿Fue él? ¿Tu chico? ¿Te pegó? Si lo hizo, tienes que denunciarlo.

—Nadie me ha pegado, pero ayer lo seguí. Sé dónde vive ahora. Yo…

Dudo, se me saltan las lágrimas. Olga me da un suave apretón en el brazo y noto las uñas largas a través de la chaqueta.

—¿Qué ha pasado, Emma? Cuéntamelo. Las cosas parecen mejores cuando hablas.

—Vive… vive en una casa grande en Djursholm, y había otra mujer. Me engañó desde el principio. Me dijo que no podíamos contarle a nadie nuestra relación por su trabajo, y por eso no nos podían ver nunca juntos. Pero en realidad no se trataba de eso. Ya tenía una novia. ¿Te lo puedes creer?

Es tan… enfermizo. Y luego pensé en lo que dijiste, que a lo mejor intentaba hacerme daño. Me ha destrozado la vida y no sé qué hacer.

Olga suspira y se apoya en la pared de cemento. Levanta la vista hasta la bombilla desnuda del techo. Se oye un traqueteo amortiguado de un metro que pasa muy por debajo de nosotras. El olor a cemento húmedo y a moho se me pega a las fosas nasales.

—Emma —dice, y saca el humo despacio. Un largo penacho sube hasta el techo antes de disolverse del todo—. Tienes que olvidarte de él. Estás… obsesionada. Si es lo que él quería, lo ha conseguido.

—¿Olvidarlo?

—Sí, ya sabes, mirar hacia delante. Antes de volverte boba del todo.

—Volverme «loca».

Olga no hace caso de mi comentario.

—Olvídalo. Sal con otro. No vale la pena. Tienes que seguir adelante.

—No puedo hacerlo.

Tengo la voz débil y frágil. Oigo un golpe y me pasa una ráfaga de aire frío por los tobillos. Alguien viene. Olga apaga el cigarrillo contra la pared y añade otra mancha negra a los cientos que ya hay.

—¿Por qué no?

Suena acusatoria.

—Porque… no solo me ha dejado. Se llevó mi dinero y mi gato y…

—¿Estás segura de que se llevó tu gato?

—No, pero…

—Cuando se llevó tu dinero, ¿firmasteis algún contrato?

—Claro que no. No firmas un contrato con tu novio.

—Entonces nunca podrás demostrarlo. Así que no puedes culpar a nadie más que a ti misma.

De pronto me siento molesta. Olga puede ser muy grosera, absolutamente carente de compasión. No nota mi enfado, parece perdida en sus pensamientos. Desde el pasillo de fuera se acercan unos pasos, pero ella vuelve a conectar.

—A lo mejor puedes acusarlo.

—¿Acusarlo?

—Sí, en un juzgado.

—¿Quieres decir demandarlo? ¿Por qué?

—Ya se te ocurrirá algo.

Se abre la puerta y se asoma Mahnoor. Lleva el pelo oscuro recogido en un moño y los ojos con gruesas rayas de lápiz de ojos. Me recuerda a una geisha.

—¿Sabéis que no podéis fumar aquí?

—¿Te vas a chivar? —murmura Olga.

—Vamos, no podéis dejarme las dos sola en la tienda.

Se da la vuelta sin esperar respuesta y la pesada puerta de acero se cierra con un suspiro.

—Igual que Björne —dice Olga con un bufido.

Jesper y yo paseábamos junto al agua al sur del parque Tantolunden. Fue una de las escasas ocasiones en que salimos juntos. El calor era tan agobiante y el sol tan atractivo que no pudimos quedarnos dentro del pequeño piso de Kapellgränd aquella tarde.

—¿Qué le pasó a tu padre?

—Murió.

—Sí, lo entiendo, pero ¿qué pasó? ¿Cuántos años tenías?

—Quince.

—Una edad delicada.

Lo pensé. ¿De verdad era más difícil tener quince que doce o dieciocho años? ¿Era algo que se decía por educación, para mostrar empatía?

—Tal vez.

—¿Estaba enfermo?

Jesper se paró junto a uno de los jardincitos que flanquea-ban el camino. Estaba repleto de geranios de varios colores y animales de porcelana. Apareció un perrito, se acercó corriendo y se puso a ladrar.

—Se ahorcó.

—Dios mío, Emma. ¿Por qué no me lo habías contado?

—Nunca me lo preguntaste.

—Deberías haberme dicho algo.

Me acercó a él y me dio un fuerte abrazo.

—¿Habría cambiado algo? —murmuré contra su cuello.

—No, claro que no. Pero podría haberte ayudado. Darte apoyo.

—¿Apoyo?

No pretendía sonar irónica, pero fue así. La idea de que él, que ni siquiera quería que nos vieran juntos, de pronto quisiera apoyarme era absurda. Jesper no advirtió la ironía, me besó con suavidad y extendió la mano.

—Ven.

Seguimos paseando en silencio. Había gente de Estocolmo ligera de ropa por todas partes: a pie, en bicicleta, en canoa. A poca distancia, dos hombres asiáticos pescaban. Las boyas se bamboleaban tranquilas en el agua en calma, cerca del embarcadero, como testimonio de su falta de interés; tal vez también estuvieran de vacaciones.

Jesper entrelazó los dedos con los míos. Me apretó la mano tan fuerte que me dolían los nudillos. No dije nada, pensaba en mi familia desaparecida. En papá y mamá y el piso, y todo lo que había dentro: muebles rotos, toallas y alfombras abandonadas, botellas vacías, botes de cristal de varios tamaños, con y sin tapa. ¿Por qué teníamos tantas cosas? ¿Quién las recogía? Debía de ser mamá, porque no recuerdo que mejorara tras la muerte de papá. También pensé en las tonterías por las que discutíamos: lavar los platos, si podía salir hasta las once, la manera correcta de cortar queso, y por qué mi madre necesitaba unas cuantas cervezas para relajarse y sentirse humana de nuevo.

No quedaba nada. Solo recuerdos fragmentarios de una época perdida, de gente que moría y se marchitaba. De lugares y cosas. Sueños, promesas, planes, amor y pena.

—¿Por qué se suicidó?

—En realidad no lo sé. Bebía mucho, igual que mamá, pero no sé si fue por eso. Es muy raro. Es como si no recordara, como si tuviera agujeros en la memoria. Varios años se han esfumado.

—¿Y no es así? Olvidamos.

—¿Sí?

No contestó. Habíamos llegado a un pequeño embarcadero. Como por un acuerdo tácito, caminamos hasta el borde, nos sentamos en la madera podrida que olía ligeramente a alquitrán. A unos centímetros bajo nuestros pies el sol bailaba en el agua y era mecido por una suave brisa. Al otro lado del canal, el edificio de pisos de Årsta nos espiaba entre la exuberante vegetación, como los niños que juegan al escondite.

—No hace falta que contestes si no quieres, pero ¿quién lo encontró?

Me apoyé y los codos se apoyaron en la madera rugosa del embarcadero. Me quedé mirando al cielo. Unas nubes blancas perfectas de postal flotaban despacio por encima de nosotros. Las gaviotas volaban en círculos sobre el agua y gritaban como hacen las gaviotas.

—Mamá lo encontró. Se ahorcó en el salón de casa. Ella cogió un cuchillo de cocina y cortó la cuerda. Cuando llegué a casa seguía en la alfombra del salón con la soga alrededor del cuello.

—¿Lo viste?

—Sí.

—Mierda. Deberías habérmelo contado, Emma.

No contesté, pero al cerrar los ojos vi a papá, tumbado de lado en la alfombra de girasoles amarillos, la que había hecho mi tía. La cuerda de plástico azul estaba atada como una correa al cuello. Tenía la cara de un color extraño y la lengua fuera de la boca entreabierta. Mi madre estaba agachada a su lado, meciéndose adelante y atrás y murmurando incoherencias.

Jesper se tumbó a mi lado, con los ojos cerrados por el sol, y me puso una mano en un pecho.

—Pobre Emma, pequeña —murmuró—. Yo cuidaré de ti.

En ese momento, con el sol en la cara, rodeada de la perfecta y arrebatadora belleza de Estocolmo, le creí.

De verdad creí lo que me dijo.

—No olvides los gorros y las bufandas.

Mahnoor señala el estante que hay junto a la caja. Asien-

207

to, pero no contesto. Llevo todo el día esperando que Olga o Mahnoor me digan que me vaya a casa, que me recuerden que me han despedido.

Sin embargo, nadie dice nada, y a medida que pasan las horas cada vez estoy más convencida de que no saben que me han despedido, que tal vez no haya contacto entre recursos humanos y la plantilla. De un modo extraño, me siento como si pudiera quedarme en mi burbuja todo lo que quiera, que yo decido cuándo termina mi empleo.

Empiezo a tirar despacio del estante con gorros y guantes desde la caja hacia la entrada. Esta constante reorganización de la ropa y el mobiliario es agotadora. Sé que es para vender más, pero hay pocas cosas que me parezcan más inútiles que trasladar montañas de tejanos de un extremo de la estancia al otro.

Olga me ayuda. Coge las bufandas, las deja al lado de los gorros y los guantes. Consulto las instrucciones de la oficina y luego miro la tienda.

—Creo que ahora están en el sitio correcto.

Olga coge el diagrama.

—Déjame ver.

No para de mirar el papel y lo que tiene delante, luego asiente.

—Tiene que ser así —dice, y mueve los gorros un poco. A veces tenemos inspecciones sin previo aviso de la oficina central. Lo miran todo, desde dónde tenemos colocadas las identificaciones a si el lavabo de empleados está limpio. Si no quedan satisfechos, la tienda recibe un punto negativo, que afecta a los bonus de los empleados. Y nosotros somos los empleados. Sea cual sea tu opinión de la dirección, hay que admitir que sus métodos de control son bastante eficaces.

—Olga, eso que dijiste de la venganza… ¿qué crees que debería hacer?

Olga se cruza de brazos y frunce el entrecejo.

—No lo sé. Quedar con él. Cantarle las cuarenta.

—¿Y si no me escucha?

Olga recoge unos guantes que han caído al suelo. Cuando me vuelve a mirar, veo la irritación en su rostro.

—¿Y yo qué sé?

208

Me sorprende la dureza del tono.

—No, claro. Pero fuiste tú la que lo propuso. Pensaba que tendrías algunas ideas.

No contesta. Finge estar ocupada colgando un par de guantes de piel rojos. Desde la caja, oigo la suave risa de Mahnoor mientras habla con un cliente. Dudo un segundo, pero lo pregunto igualmente.

—Me debe cien mil coronas. ¿Eso significa que tengo derecho a... robarle?

Olga se retuerce pero no me mira a los ojos.

—¿Por qué no?

Bloqueo las ruedas del estante y recoloco algunas prendas y gorros. Me aseguro de que cuelguen bien de las estrechas barras metálicas.

—Supongamos que tiene perro —digo—. ¿Podría llevármelo? ¿Abandonarlo en un bosque lejano?

Olga se queda petrificada y al final me mira, y sus ojos reflejan repulsión.

—¿Por qué quieres llevarte su perro? Es horrible.

—Pero él se llevó el gato.

—No sabes si fue él. A lo mejor el gato se escapó.

«No, sé que fue él», pienso. Pero no tengo fuerzas para discutir con Olga de eso. Que piense lo que quiera.

Noto un olorcillo a perfume y Mahnoor aparece a mi lado. Me toca el hombro con suavidad.

—¿De qué habláis?

—Ah, de nada especial —miente Olga, y sujeta el plano de la oficina central—. ¿Es correcto?

Mahnoor compara el diagrama y nuestra organización en silencio.

—Muy bien —dice, y Olga se vuelve y se aleja hacia la cocina con sus tacones imposibles.

Creo que no importa qué tipo de venganza sea justa, tengo que hacer algo. Sé que me voy a desmoronar si no lo hago. Todo mi cuerpo lo sabe.

Pero ¿qué le puedo hacer a un hombre como Jesper Orre? Alguien que lo tiene todo: éxito, dinero, mujeres. Lo lógico habría sido contraatacar: ojo por ojo, diente por diente. Se coló en mi casa, robó mis cosas, mi mascota. Me ha quitado mi trabajo, mi dinero, mi hijo. Pero tal vez Olga tenga razón y en realidad yo no podría hacerle lo mismo a él.

¿Podría?

Mientras ajusto otro gorro, veo el anillo brillar en el dedo y de pronto sé exactamente lo que tengo que hacer.

Relojes, joyería y objetos de plata cubren la tienda del suelo al techo. La sala está a media luz, pero hay muchas lámparas potentes en el mostrador que tengo delante. Hay un sofá de piel desgastado, de color borgoña, detrás de mí. Una mujer morena con un abrigo rojo está sentada en medio del sofá, con una bolsa en el regazo. Cuando me doy la vuelta ella aparta la mirada.

Vuelvo hacia la mujer que está tras el mostrador. Tiene sesenta y tantos años, el pelo corto y rubio y lleva un conjunto y una falda plisada de lana. Parece la presentadora de un noticiario de los años cincuenta o una Doris Day envejecida y pluriempleada en una casa de empeños. Levanta el anillo, lo examina a través de algo que parece un minúsculo telescopio.

—Muy bonito —dice—. Una piedra preciosa.

—Hemos roto —le digo.

Ella baja el cristal de aumento y levanta la mano en un gesto casi imperceptible, como si quisiera retirar esas palabras de mi boca y me hiciera saber que no hace falta que le cuente por qué estoy vendiendo el anillo, que esa información no es relevante.

—Nos llegan muchos anillos de compromiso —murmura, y regresa a su cristal de aumento. Cuando se inclina hacia delante, su cabeza está tan cerca que veo cómo las canas brotan como hierbajos en el nacimiento del pelo. Sin levantar la vista del anillo, continúa—: Puedes conseguir veinte mil.

—¿Nada más? Costó mucho más que eso.

De pronto la señora parece cansada y deja la lupa en el mostrador de cristal. Luego coloca el anillo en un cojincito de terciopelo azul.

—No podemos darle más que eso, lo siento.

Se hace el silencio un momento. Echo un vistazo a la tienda

una vez más. Hay una guitarra Gibson colgada en una pared. Me pregunto si está a la venta. En un estante a mi derecha hay varios anillos de oro, parecen de compromiso. Cientos de sueños rotos expuestos bajo una vitrina de cristal. La mujer del sofá de piel sigue ahí. Aparta la mirada de nuevo.

—Está bien —digo.

Doris Day asiente con cautela y se atusa el pelo con una mano.

—Entonces le haremos una papeleta de empeño. Necesito sus datos. —Saca un formulario y me lo deja delante. Marca algunas de las casillas—. Debe poner sus datos aquí, aquí y aquí. Y necesito su carné de identidad.

Se lo doy y pienso: «No, no me da vergüenza estar aquí». No es culpa mía haber acabado en este maldito lío, y no me avergüenzo de por fin hacer algo para salir de él. De repente me parece importante destacarlo: no tengo nada de lo que avergonzarme.

—Genial, así podré pagar las facturas. Podré volver a tener conectado el teléfono. Y la televisión, claro. Y el alquiler, casi lo olvido. ¿Y si me hubieran desahuciado? Habría sido horrible.

Doris Day no contesta, se limita a asentir, con la cabeza gacha. Supongo que ha oído de todo. La mujer del sofá está ruborizada, parece que quiera salir corriendo con su bolsa de plástico.

—Adiós —le digo—. Espero que te den mucho por eso.

Ella aprieta la bolsa en el regazo sin contestar.

Hanne

*G*unilla me lleva a Skeppargatan. Ya está oscuro, aunque solo son las cuatro de la tarde, y el suelo resbaladizo es traicionero. Aparca en Kaptensgatan, apaga el motor y se vuelve hacia mí. El cabello rubio brilla como un halo alrededor de la cabeza bajo el brillo de la farola.

—¿Quieres que vaya contigo?

Lo pienso.

—Sí, por favor. Si no te importa. Normalmente no está en casa a estas horas, pero nunca se sabe…

—Claro. Vamos a buscar a Frida.

Recorremos la breve distancia hasta la puerta.

Es raro. Solo han pasado unos días desde que me fui, pero el edificio ya me parece cambiado de algún modo. Más oscuro, menos acogedor, como si ya no quisiera ser mi casa. Como si hubiera rescindido mi contrato y me hubiera dado la patada. Aunque creo que es lo contrario. Soy yo la que me voy de Skeppargatan.

Marco el código y la puerta se abre con un zumbido amortiguado.

Cuando subimos en ascensor, hurgo en el bolso buscando las llaves, noto que me tiemblan las manos cuando finalmente las atrapo, y cuando Gunilla abre la puerta del ascensor se me caen al suelo. Ella las recoge y me pone una mano en la mejilla, indecisa, como si comprobara si tenía fiebre.

—Cariño, estás temblando.

—Solo es que…

Ella asiente presurosa, me agarra del brazo y me lleva al piso. Me coge las llaves y abre la puerta. Frida sale corriendo de inmediato, saltando alrededor de mis piernas. Me agacho.

Hundo la cara en su piel negra y dejo correr las lágrimas. Frida me lame la cara y gime un poco.

«Cuánto amor incondicional canino —pienso—. ¿Qué he hecho para merecerlo? ¿Y por qué el amor humano siempre nos exige que nos sometamos y adaptemos? ¿Por qué no podemos querernos sin necesidad de poseernos?»

Entramos en el salón y encendemos la luz. Está exactamente igual. Mi ropa y mis zapatos están bien colgados en ganchos en el pasillo. El correo forma un montoncito en la cómoda de debajo del espejo. Gunilla se acerca a él, revuelve despacio en el montón y saca unas cuantas cartas que supongo que son para mí.

Miro en la cocina. Mis pequeñas notas amarillas siguen pegadas en los armarios. Se agitan suavemente con el viento desde la ventana.

Recordatorios.

El tictac del reloj en la cocina molesta por el volumen y penetra en mis oídos. Me doy la vuelta y voy al salón. Recorro la librería con la mirada. Pienso unos segundos, luego cojo las memorias de Halvorsen sobre su traslado a Groenlandia a principios del siglo pasado y una colección de ensayos sobre los inuit que me regaló mi padre cuando empecé en la universidad. Luego observo todos los objetos: máscaras, estatuas y lo demás. Lo único que siento es asco, casi una especie de náusea, cuando pienso en por qué los adquirimos. No me animo ni a llevarme uno a casa de Gunilla.

—¿No tienes libros suficientes? ¿No deberías llevarte algo de ropa? —pregunta Gunilla.

Niego con la cabeza.

—De todas formas, necesito comprar ropa nueva.

Nos quedamos en silencio y el sonido del reloj de la cocina se me mete en la cabeza una vez más, rebota entre las sienes y abre unos agujeritos, claros y dolorosos, en mi conciencia. De pronto noto que toda la habitación se comba, como si se balanceara, y me mareo. Doy unos pasos hacia Gunilla y le cojo la mano.

Parece preocupada. Ha aparecido una profunda arruga entre sus cejas, y me aprieta la mano.

—¿Y de aseo personal? ¿Necesitas algo?

Niego con la cabeza.

—Nada —digo—. No necesito nada de aquí.

Cuando vuelvo al piso de Gunilla, me hierve té mientras hace la maleta. Se va a un crucero de veinticuatro horas con su nuevo amante. El hombre que la hace sentir joven de nuevo.

Es lascivo. De una manera que su exmarido hacía años que no era.

Frida está tumbada sobre una manta en el sofá, dormida. Felizmente ajena a los problemas humanos. Gunilla canta en voz baja, no identifico qué, pero es un consuelo. Me recuerda a algo de hace mucho tiempo, una época olvidada, o tal vez enterrada porque resulta demasiado doloroso pensar en ella.

Imagina ser tan ridículamente feliz de nuevo. Enamorada, libidinosa y apasionada, aunque estés cerca de la jubilación y tus hijos sean adultos. Ir de crucero, comer bien y tener relaciones sexuales con alguien con quien realmente quieres hacer el amor. Por lascivia, no por costumbre, o lealtad, o tal vez sumisión.

¿Alguna vez fue así para Owe y para mí? ¿Cuando los dos éramos jóvenes?

De hecho, solo yo era joven cuando nos conocimos. Diecinueve años. Él tenía casi treinta, ya había estado casado y había terminado la residencia. Es imposible obviar que pasé de un padre a otro, de un tipo de sumisión a otra.

Pero ¿había pasión?

Intento recordar, pero, como siempre que rememoro mi relación con Owe, me faltan muchas cosas, hay tantos agujeros en el frágil tejido de mi memoria que no logro evocar cómo eran las cosas. Tal vez por todo lo que se ha entrometido: la vergüenza en el rostro de Owe cuando ve mis notas en las puertas de la cocina, el débil pero perceptible olor a col hervida de su cuerpo, esa chaqueta fea que insiste en ponerse incluso cuando organizamos cenas. Y su manera de silenciar a los invitados con sus arrogantes tonterías sobre filosofía o teatro, aunque en realidad no sepa de lo que habla.

—¿Estarás bien? —dice Gunilla cuando deja su maleta de fin de semana en el vestíbulo y se pone la chaqueta de piel.

—Claro.

—¿Me llamarás si me necesitas?

Salgo al vestíbulo y le doy un largo abrazo. Noto el aroma de su perfume y descanso por un segundo la mejilla en la suave solapa del abrigo.

—Pásatelo muy bien —digo, con la esperanza de que suene como si de verdad lo pensara.

Me suelta, un tanto indecisa. Levanta la mano para despedirse, me dedica una leve sonrisa, coge la maleta y se va.

Me sirvo agua en un vaso y me tomo mi medicina, una pastilla amarilla y dos blancas. Pienso: «Aquí estoy, viviendo del tiempo prestado. En la cocina de Gunilla, lejos de Owe, al otro lado de la ciudad».

La vida es extraña y no lo es menos a medida que te haces mayor, pero te acostumbras a esa rareza, aprendes a aceptarla. El truco es reconciliarte con el hecho de que la vida nunca sale como esperabas.

Son las nueve y veinte de la noche y la tormenta golpea la ventana de la cocina y silba alrededor del edificio, pero dentro el ambiente es cálido y acogedor. Hay cojines florales, cortinas de colores con volantes, todo lo que detestaba el marido de Gunilla metido en la sala. Jörn era constructor, aunque se las daba de ser una especie de arquitecto. Su casa era toda blanca y con varios tonos de gris, tan minimalista y asexuada como un laboratorio médico. Todos los intentos de Gunilla de animar su estricta casa con cojines de colores o porcelana pintada a mano eran rechazados con rudeza.

Miro por la ventana negra, pienso en cómo estará Gunilla en pleno mar Báltico con esta tormenta.

Owe me ha enviado tres mensajes de texto hoy. En el primero se disculpaba por su conducta de ayer en la puerta del edificio de Gunilla. Me explicaba que me quería, que Frida estaba bien cuidada y que los dos me echaban de menos. El segundo mensaje era más urgente. Había visto que Frida no estaba y escribía que «por lo menos podría haber avisado». Noté su frustración entre las líneas de ese breve mensaje por estar perdiendo el control sobre mí, como un trasfondo apagado y amenazador en un tema musical.

El tercer mensaje ha llegado hace una hora y estaba lleno de furia apenas contenida:

> Sugiero que nos veamos a las 20:00 en el KB para comentar nuestras opciones. Espero que estés ahí. Owe

Casi lo veo en el bar con una copa de Chablis en la mano. Furioso porque no me había presentado, con el pelo canoso pegado en las puntas.

Mi móvil vibra y lo cojo. Solo siento agotamiento cuando leo el mensaje.

> NO esperes mi apoyo. Te he aguantado por ÚLTIMA vez. Tu conducta NO TIENE EXCUSA. Ahora estás sola

Bajo la mirada a la mesa de la cocina, cubierta de papeles. Busco sin rumbo en los informes sobre el asesinato de Calderón. Veo una vez más la cabeza sesgada y los ojos abiertos con cinta. Leo mis propias palabras:

> La cabeza ha sido colocada deliberadamente para que se vea desde la puerta, los párpados sujetos con cinta. Probablemente así las potenciales visitas se verán obligadas a mirar a los ojos de la víctima. Las posibles razones son…

En algún lugar en lo más profundo de la mente se va formando una idea, tan vaga que casi se me escapa. Cojo el informe de los técnicos de casa de Orre y lo hojeo. Mis ojos se detienen en la lista de los objetos encontrados en el suelo del pasillo, y ahí está: dos cerillas rotas junto a la cabeza de la fallecida.

Cojo mi móvil y marco el número de Peter. Contesta casi al instante, como si estuviera esperando mi llamada en plena tormenta.

—¿Hanne? —dice.

—He encontrado algo.

—¿Encontrado?

—Sí, en el informe de los técnicos sobre la casa de Orre.

Pausa. Oigo música de fondo.

—Ah, de acuerdo. ¿Le echamos un vistazo mañana por la mañana? Voy hacia casa.

—Creo que es importante.

Otra pausa.

—¿Dónde estás?

Quince minutos después suena el timbre. Peter tiene nieve en el cabello y la nariz aguileña, y siento el impulso de inclinarme hacia delante y sacudírsela. Me detengo en el último momento.

—Pasa.

Se quita los zapatos y cuelga la chaqueta del gancho al lado de la mía. Mira el pasillo iluminado. Las mejillas enjutas están frías y rojas y unas gotas se deslizan por sus cejas rubias.

—Bonito piso. ¿Es tuyo?

Niego con la cabeza.

—No. Ahora mismo estoy en casa de una amiga.

Me dirijo a la cocina y señalo con un gesto una de las sillas.

—Siéntate. ¿Te apetece una taza de té?

Él niega con la cabeza.

—No, gracias, estoy bien.

Me siento a su lado y hojeo el informe técnico sobre la casa de Orre.

—Esa vecina, ¿tocó a la víctima?

Peter parece confundido.

—¿La anciana? ¿La que la encontró?

—Sí.

Peter se pasa la mano por el pelo y levanta la vista hacia el techo.

—Sí, la tocó. Si no recuerdo mal, dijo que fue para comprobar si realmente estaba muerta. Como si pudiera haber alguna duda.

—Entonces ¿tocó la cabeza?

—Podría haberla tocado, sí.

—¿La movió?

Me mira de nuevo a los ojos. Tiene los ojos verdes inyectados en sangre, como si hubiera llorado o salido demasiado de fiesta. Me inclino por la segunda opción.

—¿Si la movió? No, no creo. Podría haberla tocado.

—Entonces algo podría haber sido… eliminado del escenario del crimen.

—Sin duda, tal y como caminó por todas partes.

—Porque aquí dice… —Deslizo el dedo por el texto en busca del fragmento que me llamó la atención y continúo—: Aquí dice que se encontraron dos cerillas rotas en el suelo, junto a la cabeza.

Peter se inclina hacia delante y lee el informe.

—Sí. Dos cerillas, una moneda de una corona, un mechero y un pintalabios Chanel. Probablemente cosas que llevaba la víctima en el bolsillo y que cayeron al suelo durante la pelea.

—¿Y si las cerillas no acabaron ahí por casualidad? —digo.

—¿Qué quieres decir?

—¿Y si el asesino las había puesto en los ojos de la víctima para mantenerlos abiertos?

Peter estudia el dibujo técnico.

—Las cerillas se encontraron aquí —digo, al tiempo que señalo el esquema—. Junto a la cabeza. Si el asesino las colocó en los ojos de la víctima, podrían haber caído al suelo cuando la vecina movió la cabeza.

Peter suspira y apoya la frente en la mano.

—Entonces ¿estás diciendo que el asesino a lo mejor quería mantener abiertos los ojos de la víctima, como en el caso Calderón?

—Exacto.

—Entonces la persona que cruzara la puerta tendría que mirar a los ojos a la víctima.

—También he estado pensando en eso. ¿Y si es lo contrario?

—¿Lo contrario?

—Sí, ¿y si es la víctima la que es obligada a ver?

—Pero la víctima está muerta.

—Bueno, claro. Pero piensa simbólicamente. El asesino

mata y mutila a la víctima, pero no le basta con eso. Tras asesinarla, deja los ojos de la víctima abiertos con cinta para que él o ella tengan que ver cómo se va. La humillación definitiva. Te quito la vida y luego me voy, como si no hubiera pasado nada. Y te obligo a verlo.

Peter parece indeciso.

—¿Qué diferencia hay? —pregunta finalmente.

—Bueno, la diferencia es enorme. Mantener los ojos abiertos para asegurarse de que la siguiente visita se cruce con la mirada de la víctima es un acto agresivo dirigido al mundo exterior, o contra esa visita. Mantener los ojos abiertos para que la víctima se vea obligada a ver cómo se va el asesino es un acto dirigido a la víctima. La venganza definitiva. Por alguna razón, para el asesino era importante que la víctima lo viera irse. Piensa en ello como una especie de liberación de la víctima.

—¿Y qué significa eso en la práctica?

—Es probable que la víctima y el asesino tuvieran una relación estrecha.

—¿Qué tipo de relación?

—No lo sé. Tal vez una aventura amorosa.

Pasadas unas horas seguimos sentados en la cocina de Gunilla, hablando del caso. Peter no está del todo convencido de mi teoría. Parece que acepta que las cerillas podrían haber sido colocadas intencionadamente en los ojos de la víctima pero, pese a mis reiteradas explicaciones, no entiende por qué es tan importante que la víctima y no otra persona se vea obligada a ver.

Al cabo de un rato empezamos a hablar de otras cosas. Una conversación de tanteo sobre el tiempo y sus colegas de la comisaría. Sobre política y cómo ha cambiado la ciudad durante los últimos diez años. Preguntas prudentes sobre nuestras vidas, ninguno menciona el hecho extraño de que estemos ahí sentados, solos, en una cocina de noche. Que después de tantos años estemos hablando de verdad otra vez.

Me permito sentir una especie de tristeza por lo que nunca será. La vida que podríamos haber tenido juntos.

A las diez y media dice que tiene que irse. Tiene que levantarse pronto para cribar las pistas que hayan entrado sobre la identidad de la mujer desconocida. Hay algo inquietante en su cuerpo desgarbado cuando se levanta, sale al vestíbulo y se pone la chaqueta. Se inclina hacia delante y se pone las zapatillas de deporte, demasiado ligeras para el invierno.

Siempre iba poco abrigado, creo, y recuerdo la vieja chaqueta de piel negra que llevaba, hiciera el tiempo que hiciera. Al final estaba tan gastada que literalmente se partió. Tal vez debería haberle comprado una chaqueta que abrigara más, pero eso no se hace para tu amante. Ese tipo de cuidados se reservan al marido.

—Bueno —dice—. ¿Nos vemos mañana?

—Sí, nos vemos —digo.

Luego nos quedamos frente a frente en el vestíbulo de Gunilla. En realidad demasiado cerca para estar cómodos. Tan cerca que noto un rastro de su olor a sudor y a tabaco, y veo las arrugas que marcan el paso del tiempo en su rostro, como los anillos de un árbol.

Por un segundo pienso que quiere besarme: se inclina un poco hacia delante, hacia mí. Luego me tiende la mano.

Se la acepto con rapidez y por un momento esa desesperación fruto de la indignación y la pena por su traición regresa. Y rabia. Rabia porque al tocarme aún hace que mi cuerpo recuerde cómo era entonces.

Luego se va, y solo pienso en que me ha dado la mano. Qué manera tan rara de decirle adiós a alguien de quien has estado tan cerca. ¿No podría haberme dado un abrazo, como hace la gente normal?

Me ha dado la mano.

Emma

Un mes antes

*P*ienso en la noche en que mamá mató la mariposa, esta vez la mata de verdad.

Desde el principio, muchas cosas hicieron que aquella noche fuera distinta. En primer lugar, mamá rompió la porcelana en la cocina. Platos, vasos y cubertería dando golpes entre sí. Y luego copas de vino. Sabía con certeza que eran copas de vino, el sonido es diferente de un vaso de agua: un tintineo más profundo, redondo y siniestro. El olor a pollo y a hierbas frescas se extendía por el piso.

Todo conducía a algo malo. Una mala noche era simplemente monótona, pero una noche con vino y comida de lujo era del todo impredecible. En el mejor de los casos, papá se quedaría dormido mientras mamá veía la televisión en el sofá, pero era más probable que las conversaciones tensas se convirtieran en discusiones y luego, como una especie de gran final, la vajilla acabara rota contra el suelo y las paredes.

Un día la policía llamó a la puerta porque los vecinos se habían quejado. Me daba tanta vergüenza que me escondí debajo de la cama. Sin embargo, las dos personas que debían estar avergonzadas, mamá y papá, no se inmutaron con la visita. Recobraron la compostura lo suficiente para casi parecer sobrios y en voz baja, en tono contrito, juraron que se calmarían y estarían tranquilos. Sí, habían discutido, habían hecho demasiado ruido, pero no volvería a pasar. Y no, no habían bebido, por lo menos no mucho. Un par de copas de vino, como máximo.

—Ven a comer, Emma —me llamó mamá desde la cocina.

Me llevé mi bote y mi mariposa azul. Papá ya estaba sentado a la mesa con una copa de vino y una cerveza al lado. Mamá estaba junto a los fogones, con un delantal puesto y removiendo una gran olla roja. Parecía una madre de verdad, como las de la televisión. Me puso nerviosa: esas falsas escenas domésticas siempre terminaban mal.

—Siéntate —murmuró mamá, y señaló una silla.

Me senté, aliviada al oír el tono enfadado y molesto. A lo mejor todo era normal, después de todo. Dejé el bote con suavidad a mi lado en la mesa para poder mirarlo mientras comía. Había pasado poco más de un día desde que se había abierto, y la gran mariposa azul no hacía más que posarse en un palo y de vez en cuando batir sus perfectas alas de color azul marino.

—¿Has decidido qué hacer con ella? —preguntó papá.

Lo negué con la cabeza. Tanto mamá como papá me dijeron que la soltara, así podría volver a la naturaleza y vivir en libertad. Entendía su razonamiento, pero en cuanto pensaba en que no volvería a ver ese cuerpecillo negro o las alas de papel de fumar, sentía un nudo en el estómago. Era como pedir a un niño que renunciara a su muñeca preferida. Ese era el resumen del problema: ya no era una niña pequeña. Se suponía que debía estar por encima de querer tener la mariposa y hacer lo correcto, porque la otra opción era matarla o esperar a que muriera. Luego podría colgarla de la pared con una aguja y tenerla todo lo que quisiera. Pero la idea de clavar una aguja larga en ese cuerpecillo me parecía tan bárbara que me daba náuseas.

—No sé qué voy a hacer.

Papá vació el vaso de cerveza de un sorbo.

—Mejor que lo decidas pronto. No durará mucho ahí dentro.

Me incliné hacia delante y miré el bote. Mi aliento empañó el cristal, así que era imposible ver mucho. La mariposa se convirtió en una difusa nube azul, flotando en el bote.

—¿Hace falta que lo tengas en la mesa? —dijo mamá en el tono brusco y hosco que empleaba cuando se enfadaba. Al mismo tiempo dejó el guiso de pollo con un golpe tan fuerte que el líquido caliente se derramó por los bordes.

—¿Qué más da? —papá soltó un bufido y vació la copa de vino. Mamá abrió una segunda botella de vino. Incluso el corcho al saltar sonó contrariado y amargo.

—Es un insecto.

—Está en un bote —dijo papá.

—No quiero insectos en la mesa durante la cena.

—Vamos, déjalo —dijo papá.

Fuera, un crepúsculo azulado de agosto se cernía sobre Estocolmo. A través de la ventana entreabierta el aire cálido vespertino entraba en la cocina. Olía a tierra mojada y a caca de perro.

—Por favor, Emma. Llévate el bote a tu habitación —dijo mamá.

Miré a papá, intentando averiguar si debía obedecer o no.

—Deja el bote en la mesa —dijo, en un tono apagado de mal agüero, y me dio la sensación de que hablaba directamente a mamá, aunque me miraba a mí.

Mamá se sentó a la mesa. Tenía los labios apretados y se frotaba una sien. La piel se le arrugaba como si estuviera hecha de cartón fino bajo los dedos. Papá comía sin decir esta boca es mía. Contuve la respiración y me puse a contar. Si inspiraba mucho aire, podía contener el aliento hasta cincuenta. Dragan podía aguantar sin respirar dos minutos y medio, y Marie, de educación especial, podía aguantar hasta que se desmayaba, aunque Elin decía que era porque tenía parálisis cerebral.

—¿Qué haces? —preguntó mamá. Dejó el tenedor y me lanzó una mirada de reprobación.

—Nada, solo…

—Para ya. Parece que tengas una especie de… tic.

No sabía qué era un tic y tampoco osaba preguntarlo. Mamá se volvió hacia papá, con las mejillas encendidas, y vi que tenía la mano izquierda, la que estaba sobre el regazo, cerrada en un puño, como si agarrara algo pequeño y valioso.

—¿Has pagado el alquiler hoy?

Papá removió el guiso de pollo con un tenedor y no contestó.

—Lo prometiste —susurró mamá—. No sé por qué confío en ti. Estás tan fuera de todo y confundido como… un niño.

223

Bajé la mirada hacia mi plato, donde unos cuantos trozos solitarios de pollo nadaban en un caldo claro. Si quería podía alterar de verdad a mamá, solo tenía que recordarle que podía pagar ella las facturas, aunque no supiera leer muy bien. Por supuesto, no dije nada.

—No metas a Emma en esto —masculló papá.

—Sois exactamente iguales. Igual de desesperantes —aclaró.

—¿Sabes qué? Te estás comportando como una auténtica zorra. —Papá sonó triunfal y aliviado al mismo tiempo, como si dijera una verdad esperada durante mucho tiempo.

—Zorra —insistió, marcando cada consonante.

—Ándate con cuidado —gritó mamá—. No tengo por qué aguantar esta mierda, y lo sabes. Hay muchos hombres que estarían muy contentos de tenerme. Hay muchos candidatos…

—¿Candidatos? En tus sueños. ¿Quién quiere a una puta borracha con las tetas caídas hasta las rodillas que no hace más que incordiar?

—Basta, joder. Si no te gusta, me voy. Lo digo en serio.

—Siempre lo dices.

—Emma, vete a tu habitación —dijo mamá.

Me levanté y salí corriendo de la cocina.

—Y llévate ese puto insecto —añadió.

Me di la vuelta justo cuando mamá lanzaba el bote al aire. Voló dibujando un arco alto por encima de mi cabeza y, aunque intenté atraparlo, no había opción. Se rompió contra la pared de la cocina.

Me desplomé sobre las rodillas.

Las esquirlas de cristal se esparcieron por el suelo. El nido de viejas ramas secas estaba junto a la pared, y al lado la mariposa. Tenía un ala partida en dos y el cuerpo estaba extrañamente plano. Estiré un dedo y la toqué con suavidad.

La mariposa azul estaba muerta.

Llueve cuando regreso a casa. Los árboles de la explanada de Karlavägen extienden sus ramas desnudas hacia arriba, como si intentaran tocar el cielo. Una capa gruesa de hojas mojadas cubre el suelo. «¿Está Sigge ahí fuera?», me pregunto. No está en el patio, eso seguro. Lo he buscado varias veces y no hay rastro del gato. Tampoco lo encontré en Vall-hallvägen. ¿Desapareció en el laberinto de calles y callejuelas mojadas que conforman Estocolmo? ¿Está en algún sitio, herido e incapaz de encontrar el camino a casa? ¿Alguien se lo ha llevado a casa?

No creo.

Creo que Jesper lo mató. Paro un momento, cierro los ojos, vuelvo el rostro hacia la lluvia e intento imaginarlo; Jesper cerrando sus manazas alrededor del cuello de Sigge. Lanzándolo por la ventana.

Pero no puedo.

No puedo evocar una imagen así. Solo veo a Jesper durmiendo pacíficamente en una alfombra colorida. El campo de girasoles. El pecho moviéndose arriba y abajo cuando respira. La boca entreabierta.

Sigo a pie hacia casa. Karlaplan está desierta en la oscuridad, delante de mí. Las hojas han llenado el fondo de la fuente vacía. Una parte de mí quiere tumbarse en el borde, apoyar la mejilla en esas hojas mojadas, pero algo me detiene. Algo atrevido, eficiente e implacable ha cobrado vida en mi interior. Tal vez porque llevé el anillo a la casa de empeños y así gané algo de tiempo. Porque el dolor en el vientre ha desaparecido.

O a lo mejor ya estoy harta.

Cuando paso junto a la boca del metro, oigo algo por detrás, un pequeño golpe, como si alguien hubiera dejado caer un libro o una bolsa de harina al suelo. Me doy la vuelta pero no distingo nada con las oscuras sombras de los árboles. Por algún motivo no estoy asustada, sino furiosa. Estoy convencida de que él está ahí, en la oscuridad, esperándome. Y eso me saca de quicio.

—¿Hola? —grito, pero no hay respuesta. Lo único que oigo es el sonido de la eterna lluvia y un coche que desaparece a lo lejos. Hay una ventana abierta en uno de los edificios en el breve callejón lateral, y se oyen música y voces en la oscuridad.

Doy media vuelta y camino hacia la sombra. La luz de una farola casi me ciega, bajo la vista y observo el asfalto empapado por la lluvia.

—Sal, cobarde. Sé que estás ahí.

Entonces una sombra se separa de la oscuridad y se desliza por el callejón lateral en dirección a Valhallavägen. El eco de alguien corriendo entre las paredes del edificio de pisos se apaga.

De pronto noto las piernas débiles y entumecidas. Me miro las botas de tacón y me doy cuenta de que tengo pocas opciones de atrapar a la sombra, que ya ha desaparecido.

—¡Puto cobarde! ¡Te atraparé! —chillo.

Justo cuando decido rendirme, noto una mano en el hombro. Me doy la vuelta. Una anciana con gabardina me mira preocupada. Sus dos perros salchicha también me miran con sus insondables caras de perro.

—¿Te han robado, cariño?

—No, era solo que…

—¿Debería llamar a la policía?

Tiene los ojos como naranjas y noto que es lo más emocionante que le ha ocurrido en mucho tiempo, tal vez en años. Uno de los perros salchicha emite un leve gruñido.

226 —No —digo—. No es nada grave, puedo cuidar de mí misma.

Peter

$\mathcal{D}$urante todo el camino por Brännkyrkagatan me siento avergonzado. ¿Por qué demonios le he dado la mano, como si apenas la conociera? Pero es que Hanne tiene algo que me hace sentir una inseguridad increíble. Me pregunto si lo sabe y, si es así, si lo usa en su beneficio, como hacía Janet.

Las mujeres no son de fiar.

No son más inteligentes que los hombres pero invierten más energía en descodificarnos. Así, los hombres nos encontramos en constante desventaja autoimpuesta.

El coche está mal aparcado en Hornsgatan, y cuando meto la llave en la cerradura siento una repentina incertidumbre. Tal vez debería volver y disculparme. Pero ¿por qué me iba a disculpar? ¿Por darle la mano cuando quería hacer algo completamente distinto? ¿Por no haber aparecido aquella noche hace diez años, o por no haberme puesto en contacto con ella durante todos los años que han pasado desde entonces?

Es mucho para disculparse de una vez.

Me siento en el coche, arranco el motor y pienso un rato. Saco mi teléfono y marco el número de Manfred antes de que cambie de opinión.

Suena siete veces antes de que conteste.

—Por Dios, Lindgren, es casi medianoche. Espero que sea importante.

—Buenas noches a ti también, señor.

Manfred en realidad no está tan enfadado, pero nunca se sabe con los padres con hijos pequeños. Defienden el sueño con la misma intensidad con que otros hombres se protegen las pelotas. Pero ¿qué sé yo? No he cambiado un pañal en mi vida.

—¿Tienes el informe del forense?

—¿Cuál?

—La autopsia de la mujer de la casa de Orre.

Él lanza un sonoro suspiro.

—Sí, en mi ordenador. Espera un minuto.

Vuelve al cabo de unos minutos. Oigo a un niño llorar de fondo, un grito penetrante que aumenta y desciende rítmicamente como una alarma antiincendios estropeada.

—Lo siento si te he despertado —digo.

—Eso deberías haberlo pensado antes de llamar —murmura—. ¿Qué quieres saber?

—¿Presentaba la víctima alguna marca o lesión en los ojos o alrededor de ellos? ¿En los párpados, por ejemplo?

Se produce un silencio al otro lado de la línea y contemplo Hornsgatan. Algunas noches los paseantes desaparecen en el viento hacia la plaza Södermalmstorg. En la plaza Mariatorget, un hombre lucha contra el viento con un perro atado con una correa. Un coche solitario pasa en dirección a Hornstull.

—¿Has dicho en los ojos? En realidad, sí. Da gracias al cielo de que Fatima Ali hiciera la autopsia, y no ese capullo torpe de Borås. Encontró… dos pequeñas heridas de pinchazos en el interior de cada párpado superior y una herida pequeña de dieciocho milímetros debajo del ojo derecho. Las heridas tenían entre uno y dos milímetros de diámetro y no penetraron la piel. En otras palabras, eran superficiales. Se negó a especular qué las provocó. ¿Por qué? ¿De qué va esto, por cierto?

Hanne tarda un rato en abrir la puerta. Está vestida con chándal y una camiseta clara, y tiene un cepillo de dientes en una mano. Tiene cara de incrédula, tal vez está un poco asustada, y no me extraña. Hay que sospechar de los desconocidos que llaman a tu puerta en plena noche.

Aún más si no son desconocidos.

—Tenías razón —digo.

No contesta, solo retrocede despacio un paso. Me deja pasar al cálido piso.

Me despierto a las siete. El único sonido que se oye es la respiración regular de Hanne en la oscuridad y el zumbido de la estufa al lado de la cama. Me acerco a ella con toda la suavidad que puedo hasta que mi cuerpo toca su piel y su calor me pertenece. Poso la mano sobre las esqueléticas caderas y respiro su aroma: canela y sudor. Es un momento perfecto, puro. Como el agua de manantial o el aire claro y fresco otoñal en un acantilado junto al mar tras una tormenta. Un momento brillante para guardar para siempre, justo al lado de toda la mierda que ha abarrotado los enrevesados caminos de mi memoria. Como me conozco, me da un miedo atroz ensuciarlo. Embarrarlo de la misma manera que siempre ensucio y destrozo todo lo que es bello y limpio.

El amor y la belleza son pasajeros.

La mierda es eterna.

Pero, a veces, aparecen esos pequeños momentos de claridad y felicidad, y lo único que se puede hacer cuando ocurre es no hacer nada.

Así que me quedo tumbado quieto bajo la cálida manta, respirando con la máxima discreción posible. Toco la piel suave de su ingle, cerca del vello púbico rizado.

Cuando era mía de verdad, cuando tenía tanto su cuerpo como su confianza, nunca fui tan amable. Supongo que esa también es una lección de vida: no te das cuenta hasta que ya no está. Sé que es un tópico, pero es cierto. El deseo es una excelente manera de calcular el valor de lo que has perdido: una moneda tan fiable como otra cualquiera.

A las siete y media salgo de la cama, me visto, escribo una nota y la dejo en la mesa de la cocina. Explico que tengo que estar en comisaría a las ocho y que nos veremos luego. Valoro un rato si debería terminar con «besos» o escribir «gracias por lo de ayer», pero, sin saber realmente por qué, decido no hacerlo.

Sánchez y Manfred ya están en el trabajo. Los dos están sentados delante de la principal pared de pruebas, cada uno con una taza de café. Manfred parece cansado, me pregunto si durmió después de nuestra conversación. Al cabo de un minuto Bergdahl se une a nosotros, el investigador que nos ayuda a

229

cribar las pistas del público. Tiene un montón de papeles en una mano y un paquete de tabaco en la otra.

Manfred se levanta con dificultad de la silla y da una calada.

—Tal vez sea mejor que empieces tú —dice, y me señala con un gesto—. Anoche descubriste algo, ¿verdad?

Asiento y les cuento las coincidencias, las pequeñas heridas alrededor de los ojos de la víctima, y la teoría de Hanne de que el asesino quería obligar a la víctima a ver, y no al revés.

—Interesante —dice Sánchez, y parece que lo dice en serio. No hay rastro de su ironía habitual.

—Os dije que sabía lo que hacía —murmura Manfred.

—Si la entiendo bien, ¿eso significa que el móvil es una especie de venganza?

Pregunta Sánchez.

—Así lo entiendo yo —digo—. Pero probablemente será mejor que ella explique lo que piensa.

—¿Sabes cuándo va a venir? —pregunta Sánchez.

Me encojo de hombros.

—Ni idea.

—De acuerdo —dice Bergdahl, que tiene cincuenta y tantos años y parece avergonzado de su calvicie; insiste en llevar gorra o sombrero incluso en interiores: hoy es una boina holgada negra, de punto. Continúa—: Pensaba revisar algunas de las pistas que hemos recibido desde que ese dibujo apareció en todos los periódicos y canales de televisión. Hemos recibido alrededor de cien llamadas, la mayoría, unas ochenta, las hemos descartado tras dar con la persona mencionada en la pista y ponernos en contacto con ella. Eso nos deja dieciocho personas. Hemos dividido a esas dieciocho personas en dos grupos: interesantes y menos interesantes, sobre todo en cuanto al parecido físico con la víctima. Seguiremos estudiándolas durante los próximos días.

Se oyen pasos que se acercan por el pasillo y entra Hanne, se quita el abrigo y se sienta en una silla al lado de Sánchez sin mirarme a los ojos. No puedo evitar mirarla. El rostro de talle fino, el cabello que cuelga mojado sobre el hombro, como si llegara directa de la ducha, y el jersey demasiado grande. Se me encoge el estómago.

—Entonces ¿cuántas candidatas interesantes tenemos? —pregunta Sánchez.

—Tres —dice Bergdahl, y coloca tres imágenes borrosas en la pared de pruebas y luego señala la primera—. Wilhelmina Andrén, veintidós años, residente en Estocolmo. Se escapó del distrito 140 en el hospital Danderyd hace dos semanas y no se sabe nada de ella desde entonces. Sufre esquizofrenia y se encuentra bajo tratamiento psiquiátrico obligatorio. Según su familia, nunca ha sido violenta. Tiene alucinaciones. Por lo visto, cree que puede comunicarse con los pájaros. Ya ha desaparecido otras veces y casi siempre la encuentran en un parque, donde va con sus amigos.

—¿Los pájaros? —pregunta Manfred.

—Exacto. El problema es que es un poco demasiado baja para ser nuestra víctima, pero seguiremos investigándola. Luego tenemos a Angelica Wennerlind, maestra de preescolar de veintiséis años de Bromma. El día del asesinato se fue de vacaciones con su hija de cinco años y no se sabe nada de ella desde entonces. Sus padres dicen que habían alquilado una casa en algún sitio, pero no saben dónde. Podría ser que no tuviera cobertura donde esté y simplemente no haya hablado con nadie. Pero tiene un aspecto bastante parecido al de la víctima. Por desgracia, el cuerpo se encuentra en mal estado para que los padres puedan identificarla, así que tendremos que esperar a los registros dentales.

—¿Y la tercera? —pregunta Sánchez.

Bergdahl se recoloca su estúpida boina y señala la última imagen.

—Emma Bohman, veinticinco. Hasta hace cinco semanas trabajaba de dependienta en Clothes&More, la empresa de la que Jesper Orre es CEO. Aunque varios miles de personas también trabajan allí, así que no significa nada necesariamente. Vive sola en Värtavägen, en el centro de Estocolmo. Sus padres están muertos. Su tía denunció su desaparición hace tres días y se puso en contacto con nosotros de nuevo al ver el dibujo en la prensa. La tía lleva una semana intentando ponerse en contacto con ella, en vano, pero dice que no se parece del todo a la mujer del dibujo. Por ejemplo, tiene el pelo mucho más largo.

231

Pero podría haberse cortado el pelo, así que seguiremos investigándola. Hemos pedido registros dentales de las tres mujeres, y esperamos tenerlos hoy mismo. Con ellos, el odontólogo forense debería poder determinar con bastante rapidez si alguno es idéntico al de la víctima.

—Emma —dice Manfred.

—Como la mujer que escribió esa carta —digo, y miro la nota manuscrita que está colgada en la pared de pruebas, junto a las demás fotografías y documentos.

—¿Qué? —pregunta Bergdahl, que parece confundido.

—Encontramos una carta en casa de Orre —digo—. Era de alguien llamada Emma que al parecer tenía una relación con Orre y se quedó embarazada.

Bergdahl asiente despacio.

—De acuerdo. ¿Se había escrito hace poco?

—No lo sabemos. No encontramos el sobre, solo la carta. Estaba en el bolsillo de los tejanos de Orre.

—¿Podemos comparar la letra con la de la mujer desaparecida, Emma Bohman? —pregunta Manfred.

—Claro —digo—. Pero seguramente los registros dentales serán más rápidos.

Sánchez deja la libreta sobre la mesa y dice:

—Fatima dijo que la víctima había dado a luz o había estado embarazada. Angelica Wennerlind tenía una hija, ¿y las otras mujeres?

—Solo Angelica tenía niños —dice Manfred—. Pero, claro, no sabemos si alguna de las otras dos había estado embarazada. Si Emma Bohman es la Emma que escribió la carta, estaba embarazada —se hace el silencio un momento, luego Manfred continúa—: Bueno, he hablado con el cristalero. Cambió el cristal de una de las ventanas del sótano del lado oeste de casa de Jesper Orre hace dos semanas. Orre le dijo que le habían entrado a robar, pero no se habían llevado nada. Aparte de eso, el cristalero no tenía nada más interesante que decir. Aunque Orre le pareció un poco pretencioso y tenso, pero eso no es ilegal.

Por el rabillo del ojo veo que Hanne escribe en la libreta que siempre lleva encima. Con los años se ha vuelto más dis-

232

ciplinada, toma notas constantemente, como si le angustiara perderse una sola palabra de lo que se dice. Es un poco raro, cuando salíamos juntos hace diez años me parecía más descuidada y poco estructurada. Casi bohemia. Nunca apuntaba nada, pero lo recordaba todo.

Sánchez se levanta y tira de su blusa de seda.

—También hemos recibido una llamada de la policía del condado. Están investigando el incendio en el garaje de Orre. Está clasificado como incendio provocado en segundo grado porque el edificio estaba ubicado en una zona residencial. Confirmaron la valoración de la aseguradora de que el incendio fue provocado. El laboratorio nacional encontró rastros de gasolina y había unos cuantos bidones de gasolina en el garaje. Al parecer Orre no estaba en casa esa noche en concreto. Estaba en Riga de reunión con unos jefes de tienda del Báltico, así que él no pudo provocar el incendio, si era el dinero del seguro lo que buscaba.

—Pudo contratar a alguien —sugiero.

Sánchez asiente y se estira, se le sube de nuevo la blusa de seda y queda al descubierto un vientre plano y tatuado.

—Claro, pero nada indica que Orre necesitara el dinero. Además, tenemos un nuevo testimonio de una vecina que dice que vio a una mujer en la calle contemplando el fuego. No nos pudo describir a la mujer, pero estaba segura de que era una mujer y de que se fue mientras aún ardía el fuego.

—¿Pasaba por ahí? —pregunta Manfred.

—Puede ser. O era la persona que prendió fuego al garaje de Orre. Ahora mismo es imposible saberlo. Lo único que sabemos es que una mujer estuvo un rato observando cómo ardía el garaje. Como si fuera una maldita hoguera. Esas fueron las palabras de la vecina.

233

Emma

Tres semanas antes

—*T*engo cita con el médico, necesito irme a las cuatro. Lo siento, pero no puedo cambiarlo —digo, y procuro parecer preocupada.

Mahnoor levanta las cejas bien perfiladas y asiente despacio, como si estuviera reflexionando sobre lo que acabo de decirle.

—Claro, pero tendrás un punto negativo. —Señala el calendario con la cabeza.

—Lo sé, pero tengo que ir igualmente.

Olga, que está sentada a la mesa con una taza de té, pone cara de desesperación.

Mahnoor se vuelve al instante hacia ella.

—Te he visto.

—¿Qué has visto? —replica Olga, y la mira con cara de inocente: abre los ojos de color azul claro y ladea la cabeza de manera que el pelo oxigenado le cae sobre un hombro.

—Para, no soy tonta. Yo de ti colaboraría un poco más. Tienes… —Mahnoor se vuelve hacia el calendario y desliza el dedo por la línea donde figura el nombre de Olga, contando—. Cinco puntos negativos este mes —dice. Satisfecha, se da la vuelta y sale de la sala de empleados sin decir nada más. Sus pasos se alejan hasta mezclarse con la música familiar que sale a golpes de los altavoces.

—¿Qué ha desayunado hoy? —murmura Olga, mientras se muerde una uña.

—Ten cuidado —le digo—. No es el trabajo más divertido del mundo, pero es un trabajo.

Ella se encoge de hombros.

—¿Y qué? Siempre puedo trabajar para la empresa de limpieza de Alexéi si quiero. Siempre necesita ayuda.

—¿Quieres limpiar barcos?

Olga juguetea con los dedos.

—Mejor que comer su mierda todos los días con cuchillo y tenedor.

—Vamos, el trabajo está bien. ¿Tienes estudios? ¿Alguna experiencia laboral aparte de esta? ¿En serio crees que mañana tendrás otro trabajo si te despiden?

Olga se desploma en la silla que tengo enfrente, de pronto parece mayor de lo que es.

—Bueno, ¿no eres un poco cabrona?

—Venga ya, no estoy siendo cabrona, solo intento ayudarte. No quiero que pierdas tu trabajo solo porque Mahnoor se haya pasado al lado oscuro. No vale la pena. Intenta ser un poco táctica. No le hagas caso cuando te diga esas cosas. Sigue adelante, olvídalo, no seas tan orgullosa.

—¿Como tú?

235

Lo dice en un susurro, pero noto la dureza.

—¿Qué tengo que ver yo con todo esto?

—Como tú y ese chico con el que no dejas de marear la perdiz. A veces seguir adelante no es tan fácil, pero ¿sabes qué? No quiero oír hablar más de ti y ese tío. Ya no es divertido. Ve a agobiar a otra con tu aburrida vida.

Me quedo sin habla. Jesper me ha robado la vida. Hace unos días perdí al niño y ahora esta zorra de Europa del Este dice que ya no es divertido. ¿Cómo se cree que es para mí?

—No es lo mismo —digo.

—Estás obsesionada con él. No haces más que hablar de él. El amor se acaba, acéptalo. Búscate una afición. Sal con amigos. Ten una vida. —Olga se levanta y se estira como un gato—. Necesito fumar.

Luego desaparece en el pasillo sin darse la vuelta.

Son las cuatro en punto cuando llego a la empresa de alquiler de coches. Todos los empleados parecen chicos menores de dieciocho años y miembros del mismo equipo de baloncesto. Son todos altos, desgarbados e imberbes.

—Solo necesito alquilar un coche por un día —le explico a un asistente llamado Sean, según la placa de identificación—, y no necesito un coche grande, solo un maletero espacioso.

—A lo mejor un coche familiar —sugiere, y se acaricia la barbilla llena de granos.

—Vale.

Le doy la tarjeta de crédito y el permiso de conducir mientras él lee las condiciones. Hay que devolver el coche antes de las seis de la tarde del día siguiente. El depósito tiene que estar lleno y las llaves en el buzón. ¿Alguna pregunta?

Niego con la cabeza.

—Entonces que tenga buen viaje.

—¿Quién ha dicho que me vaya de viaje?

—Ah, bueno, entonces conduzca con cuidado.

—Lo haré —digo, y procuro sonreír—. ¿Ha dicho que era el número seis?

Asiente sin decir nada más y cuando salgo de la tienda ya está con el siguiente cliente.

La ferretería está abarrotada.

—Hace un tiempo horrible —dice una señora gorda que lleva un abrigo loden y un perro salchicha con una correa.

Me sorprende su gran parecido con la mujer que conocí la otra noche, cuando Jesper me acosaba en la sombra en Karlaplan. ¿O es que todas las señoras de la zona tienen perros salchicha? Abrigos loden, perros salchicha y sombreros de tweed. Todas parece que viven en una casa de campo.

Dejo mis bidones en el mostrador. Me pican las palmas de las manos y los músculos me tiemblan del esfuerzo. El hombre de la caja mira incrédulo los bidones. Luego me mira de nuevo, como si quisiera asegurarse de que no estoy loca.

—Hay recipientes más pequeños —dice, indeciso—. Tenemos botellas de un litro.

—Quiero estos, gracias.

El hombre se encoge de hombros, decide que es problema

mío si compro demasiado. La puerta de la tienda se abre de nuevo y el perro salchicha ladra.

—De acuerdo.

Pone el bote de lado para escanear el código de barras y asiente hacia mí.

—¿Cuántos compra?

Miro al suelo, donde tengo dos botes entre los pies.

—Cuatro en total —digo.

Conduzco con cuidado. La temperatura ha bajado a justo bajo cero y me temo que la brillante calle negra se ha vuelto engañosamente resbaladiza. Es raro, pero no me cuesta encontrar el camino a la casa. Es como si mi cuerpo lo recordara, como si cada giro de aquel exclusivo barrio estuviera grabado en mi médula espinal. Ni siquiera necesito pensar, solo ir adonde mi cuerpo me lleve.

Se ven coches grandes aparcados en prolijas entradas. Casas palaciegas que hierven sobre céspedes cuidados. Luego las casas empiezan a ser más pequeñas de nuevo y sé que casi he llegado.

Veo la casa delante de mí en la oscuridad. No hay luces en el interior ni ningún coche aparcado fuera. Las montañas de madera siguen sobre el asfalto, junto al garaje de reciente construcción.

Aparco a poca distancia, con cuidado de no acercarme demasiado.

Los bidones pesan y son incómodos de llevar. Tengo que hacer dos viajes. De camino a la entrada de Jesper miro alrededor, pero no hay señales de vida. Pese a que hay luces encendidas en las casas de alrededor, no veo gente.

Inspecciono la nueva construcción junto a la entrada. Una puerta de verdad ha sustituido al agujero cubierto con un plástico de la última vez que estuve aquí, pero la ventanilla de la izquierda de la entrada está abierta. Me pongo de puntillas, me inclino hacia delante y miro dentro. Al cabo de unos segundos la vista se acostumbra. Hay dos coches en el garaje, un deportivo rojo pequeño y un Porsche más antiguo. «Así que te gustan los coches antiguos —pienso—. Otro secreto que nunca compartiste conmigo.»

Me retiro de la ventana, abro la tapa del primer bidón y vierto el contenido en una pared. Al cabo de un rato el bidón pesa menos y es más fácil de manejar. Intento salpicar la pared todo lo alto que puedo. Luego repito el procedimiento con los tres bidones restantes. ¿Cuánto se necesita? No podía preguntárselo al tipo de la tienda de pinturas.

Es un trabajo duro y sudo debajo de la chaqueta gruesa. Ha empezado a lloviznar, con gotas pequeñas, mudas, casi imperceptibles. En silencio, la humedad pronto empieza a cubrirme la cara y las manos.

Cuando termino, empujo los bidones vacíos, uno por uno, por la ventanilla. Caen al suelo del garaje con un sonido hueco. Retrocedo y compruebo que tengo las llaves del coche listas. Lo último que quiero es quedarme atrapada aquí, o verme obligada a salir corriendo sin el coche.

Luego saco las cerillas, me inclino hacia delante para protegerlas de la lluvia y el viento y enciendo una.

La llama titila en la oscuridad.

Esa noche duermo mejor de lo que lo he hecho en mucho tiempo, aunque el olor a humo ha penetrado en mi piel y en mi cabello y no consigo eliminarlo, incluso después de ducharme dos veces. Cuando despierto, tengo la imagen de las llamas grabada en la retina. Recuerdo cómo iluminaron aquella tarde de finales de otoño, cómo el calor me abrasaba la piel, incluso a lo lejos. En cierto modo fue purificador. No sé si fue el fuego o el hecho de que estaba recuperando lo que era mío, algo que él me había robado.

Me levanto, me vuelvo a duchar, me visto y como unos cereales mientras me arreglo el pelo y me maquillo. Tal vez son imaginaciones mías, pero creo que parezco más vigilante. Más fuerte. Tal vez sea cierto: a lo mejor la mujer que me mira desde el espejo es otra persona. Quizás el día de ayer me provocó un cambio esencial.

Antes de irme, busco la tarjeta del periodista entre el montón de facturas de la panera y me la meto en el bolsillo. Decido que es el momento de llamarle.

De camino al metro me doy cuenta de que hay algo más que noto distinto. Al principio no logro identificarlo, pero luego se me ocurre. Es la primera vez que brilla el sol en semanas. Paro, cierro los ojos y levanto la cara hacia el cielo. Me sumerjo en el calor y la luz. Me quedo así hasta que tengo la piel caliente y me brillan los párpados. Pienso que, al fin y al cabo, la vida no está tan mal.

Por algún motivo me viene a la cabeza la imagen de mi padre la noche antes de morir. Tumbado inmóvil en la cama en su habitación oscura.

Fuera, mamá caminaba de un lado a otro, preocupada. Yo no entendía por qué ella, que tanto parecía odiar a papá, estaba tan preocupada ahora que estaba enfermo. Era como si solo tuviera dos estados mentales, enfadada o preocupada, y que ahora estuviera muy preocupada.

Se había pasado la mayor parte de la mañana al teléfono con varias tías. Yo había estado haciendo los deberes de física mientras escuchaba su larga conversación susurrada sobre la salud de papá. Palabras como «totalmente pasivo» y «ha perdido las ganas de vivir» se entrelazaban con sollozos teatrales y la charla habitual sobre la falta de dinero y su aburrido trabajo y su egocéntrico jefe. Todo culminaba con la afirmación de que merecía algo mejor, con lo que las tías parecían estar de acuerdo porque nunca discutían después de que lo dijera.

Pensé en qué quería decir con «merecer algo mejor». ¿Es que mamá estaba insatisfecha con su vida? ¿Quería otra? ¿Otro piso, otro marido? ¿Tal vez otra hija? ¿Y eso era algo que una se ganaba, a lo que se tenía derecho si eras mejor persona? ¿De verdad mamá era mejor que papá y que yo? Y si yo era tan mala, ¿qué merecía yo?

Me senté con cuidado en la cama, junto a papá. La habitación en la penumbra olía a sudor y a tabaco y a algo más, algo que me recordaba a caspa vieja, y me di cuenta de que no tenía

239

por qué preocuparme por si notaba que había fumado cigarrillos con Elin antes.

No entendía por qué insistía en tener las persianas bajadas, por qué quería estar a oscuras todo el día. La cama se hundió al sentarme yo, aunque intenté ir con el máximo cuidado y suavidad.

—Pequeña Emma —murmuró, y se volvió hacia mí.

Entonces me agarró la mano. Ya está. No dijo nada más, solo se quedó quieto, respirando a duras penas, como si cada respiración le doliera. Pensé por un momento en qué haría más feliz a papá. Normalmente le proponía que hiciéramos algo juntos, tal vez ir a dar una vuelta o cocinar algo. Pero notaba que eso no iba a funcionar esta vez.

—¿Te encuentras mejor? —pregunté.

—Sí —dijo, tras una pausa larga y preocupante. Incluso la voz sonaba distinta. Hueca, sin matices. Como si saliera de una lata.

—Pequeña Emma —repitió, y me apretó la mano—. Solo quiero que sepas lo mucho que te quiero. Eres una chica maravillosa.

No sabía qué decir. La situación me incomodaba. No estaba acostumbrada a ver a papá tan débil. Podía estar cansado, indiferente, enfadado, alborotado o incluso borracho y temerario. Pero no débil. El hombre que había sido mi ídolo desde que aprendí a caminar no era débil. Era así de sencillo.

—Por favor, papá…

—Emma —me interrumpió—, ¿te acuerdas de la oruga que guardabas en un bote cuando eras pequeña?

—¿Sí?

Pensé adónde quería ir a parar.

—Siento mucho haber dejado que mamá rompiera el bote. Sabía cómo iba a terminar la noche y no hice nada para detenerla.

—Para… solo era un estúpido insecto. Además, eso fue hace mucho tiempo.

—Sí, «insecto», así lo llamaba ella. Pero era más que una mariposa. Era tu proyecto especial en el que llevabas todo el verano trabajando. Era lo único que te importaba en aquella época y, aun así, o tal vez precisamente por eso, ella lo destrozó. Y yo dejé que ocurriera, así que soy igual de culpable.

Me pareció oír un sollozo en la oscuridad, pero no estaba segura.

—¿Te acuerdas de lo bonita que era? —continuó—. ¿Te acuerdas de la metamorfosis de oruga común a una mariposa bonita? Era tan azul que casi brillaba. ¿Te acuerdas?

Asentí, aunque él no me veía en la oscuridad. Esta conversación me había dejado un nudo en la garganta y ya no me fiaba de mi voz para continuar.

—Solo quería que supieras… que eres como esa oruguita, Emma. Un día tú también te convertirás en una bonita mariposa. No lo olvides nunca. Diga lo que diga la gente de ti, tienes que prometerme eso.

—Oh, papá. —Solté una risita, de pronto la situación me parecía absurda. Como si estuviera atrapada en un melodrama—. Deja de hablar así. Me estás asustando.

No dijo nada. El único sonido en la habitación era su esforzada respiración.

—Si alguien te dice otra cosa, quiero que pienses en esa mariposa. Diferente no significa peor. Diferente puede significar también mejor. Prométeme que nunca lo olvidarás.

—Por supuesto, pero…

El nudo en la garganta creció. Nunca había oído a papá hablar así. No estaba preparada para eso. Ninguna cena especial ni una vuelta improvisada junto al paseo marítimo iba a arreglar ese problema.

—Quiero que seas… como antes —susurré, intentando evitar la palabra «sano», pues eso significaría que ahora estaba enfermo, y eso no se lo decíamos a papá, ni mamá ni yo. Lo decíamos sobre él, pero no a él.

—Todo se ha vuelto una mierda para mí —dijo con una alegría inesperada en la voz, como si hubiera hecho una broma—. Una mierda absoluta.

Y esas fueron las últimas palabras que dijo mi padre antes de que mamá lo encontrara colgado en el piso al día siguiente.

Hanne

Poco antes de interesarme por la ciencia del comportamiento estudié antropología social. Me empapé de Franz Boas y Bronislaw Malinowski y soñé con dirigir un estudio de campo de un año de los inuit en el norte de Groenlandia, tal vez porque de pequeña vi ese viejo documental, *Nanuk, el esquimal*. Pero eso fue en los años setenta, es decir, cuando cada vez se exigía con más vehemencia una antropología más activista y el interés por los pintorescos pueblos indígenas sin importancia geopolítica disminuyó.

Los esquimales ya no estaban de moda.

Pese a todo, he mantenido mi interés por la antropología. Tal vez por eso Owe me traía de vez en cuando regalitos de pueblos indígenas después de sus viajes.

O eso pensaba yo.

Tras un congreso médico en Miami en los años ochenta, me regaló una máscara trenzada de malla hecha por el pueblo huichol del oeste de México. En otra ocasión, cuando estuvo en un congreso de psiquiatría en Sudáfrica, me regaló un estuche de tabaco antiguo del pueblo xhosa. Y así. Al final, casi toda la librería estaba llena de recuerdos de Owe.

Tardé unos diez años en darme cuenta de que esos regalos eran una compensación por algo muy distinto. No recuerdo bien cómo lo pillé. Tal vez la llamada de teléfono en plena noche de vez en cuando y el silencio al otro lado cuando contestaba yo. Tal vez llegó una carta con la palabra «CONFIDENCIAL» escrita. Pero sobre todo era por Evelyn.

Evelyn, americana de cuarenta y tantos años, era la terapeuta de Owe, lo que en sí no era destacable. En nuestro círculo social, todo el mundo tenía como mínimo un terapeuta. Ir al psicoanalista varias veces por semana estaba considerado perfectamente normal. Creo que incluso era un poco un símbolo de tu categoría. Así que Owe pasaba una cantidad considerable de su tiempo libre hablando sobre su infancia en el diván de Evelyn.

Recuerdo que a menudo estaba agotado al llegar a casa. Sudoroso, ausente y con la mirada vidriosa, se desplomaba en el sofá del salón y pedía estar solo. En aquellas ocasiones, yo siempre era especialmente cariñosa con él, porque daba por hecho que había estado comentando algún tema difícil. Tal vez la enfermedad de su padre, o la afición de su madre a los calmantes y tranquilizantes. Sin embargo, una noche de diciembre, cuando llevábamos unos diez años casados, lo pillé. Recuerdo que me desperté porque tenía frío. Los radiadores no funcionaban muy bien en aquella época y el edredón se me había resbalado. Vi que Owe no estaba tumbado a mi lado y salí al salón a ver qué hacía. Oí una conversación entre susurros en la cocina, me quedé en silencio y me acerqué sin delatarme.

Hablaba en inglés y no era de trabajo. No tardé mucho en descubrir que hablaba con Evelyn y que su relación no era en absoluto como me habían hecho creer.

Pensé en irrumpir en la cocina y arrancarle el teléfono de la oreja, darle una bofetada o tal vez tirar algo al suelo, pero di media vuelta, volví al dormitorio y me tapé la cabeza con el edredón, sintiendo un desprecio intenso e inexpresable. Porque lo que sentía era desprecio, no tristeza, no rabia ni celos. No podía respetar su asquerosa hipocresía, el hecho de que nunca me hubiera hablado de Evelyn ni de ninguna de las demás, pero me reprochara constantemente mis indiscreciones.

Porque sí, yo también había sido infiel. Más de una vez. Sobre todo al principio de nuestra relación. Pero era otra época, entonces la gente tenía relaciones «abiertas» y practicaba la poligamia y yo qué sé qué más, y yo nunca mentía ni escondía mis aventuras. De vez en cuando acababa en la cama con otro hombre después de una fiesta con alcohol, y la reacción de Owe era siempre la misma: me llevaba a casa,

243

cargaba conmigo si era necesario y me echaba algún sermón. Me trataba como si fuera una niña que se hubiera saltado la hora de volver o la hubieran pillado robando en una tienda. Y me dejaba en desventaja moral, lo que utilizaba, y ahora me daba cuenta, para acostarse con Evelyn tres veces por semana en el sofá de su terapeuta.

Creo que fue entonces cuando empecé a odiarle.

Cuando conocí a Peter, sentí que no había motivo para negarme el amor de verdad. ¿Por qué iba a hacerlo? Owe se había permitido enamorarse de esa zorra americana.

En cierto modo, iniciar una relación con un hombre como Peter era como una rebelión. No era un intelectual, vivía en un piso diminuto de las afueras y le encantaba ver deportes. En pocas palabras, era el tipo de hombre al que nuestros amigos se referirían, con cierta condescendencia, como un tipo medio. Alguien cuyos sueños no iban más allá de las siguientes vacaciones o un coche nuevo y que pensaba que Chéjov era una marca de vodka.

244   Nunca supe mucho del pasado de Peter. Me contó que su madre había sido políticamente activa y se implicó en el movimiento pacifista, que de pequeño iba con ella a las reuniones y manifestaciones. En aquellas ocasiones pensaba que parecía haberse criado entre mis amigos. Sin embargo, a pesar de sus orígenes, no le interesaba la política en absoluto. Supongo que suele ocurrir: elegimos deliberadamente una vida distinta de la de nuestros padres.

En todo caso, la autoestima inflada de Owe sufrió un duro golpe cuando se dio cuenta de que me estaba planteando en serio dejarle, incluso después de que Peter me dejara tirada en Skeppargatan aquella noche.

Sin embargo, todas mis frustraciones con Owe, que culminaron aquella noche, al final se convirtieron en resignación y una especie de pasividad. Me parecía impensable volver a enamorarme, aprender a confiar en otro hombre como lo hice con Peter, para luego llevarme una decepción.

Así que me quedé, a falta de alternativas mejores. Así funciona la vida. Y ahora ha vuelto a mi vida.

Peter.

El único hombre que ha significado algo para mí durante los últimos quince años. Un policía ojeroso con la autoestima baja y un miedo patológico al compromiso. Unas horas antes estaba tumbado en la cama a mi lado. Encima de mí. Dentro de mí. Y solo puedo pensar en cuándo volveré a verlo.

«A lo mejor me estoy convirtiendo en Gunilla», pienso, y recuerdo sus palabras.

«Sentimos una atracción tan… increíble. Nos ponemos cachondos, por decirlo vulgarmente. ¿Eso está permitido a nuestra edad?»

Queda descartado retomar la relación, por supuesto. No solo porque me da miedo que me abandonen de nuevo, sino también porque estoy cayendo en una enfermedad incurable. Un túnel negro de olvido y decadencia. Es como si fuera una exploradora a punto de entrar en una montaña por una grieta, y sé que se va a hacer más estrecha cada vez, hasta que esté bien dentro del lecho de roca sin manera de salir.

Ahí dentro, ni siquiera Peter podría ayudarme.

245

Cuando llego a comisaría, sus colegas están cribando las pistas recibidas sobre el dibujo de la fallecida. Repaso las fotografías de las chicas con la esperanza de que ninguna sea idéntica a la víctima de la casa de Orre. Pero encaje o no una de esas fotografías, al final una coincidirá, claro. No hay manera de huir de eso. Hay alguien en un nicho refrigerado esperando que le devuelvan su nombre y su historia. Aunque sea a título póstumo.

Evito mirar a Peter. No porque me arrepienta de lo ocurrido anoche, sino porque no sé qué decir ni hacer. Hacía mucho tiempo que no me encontraba en una situación así. Como una adolescente. «Bueno, ayer nos acostamos, pero no sé si le gusto de verdad o si volveremos a hacerlo, o yo qué sé.»

De hecho, es gracioso. Tal vez sea lo más divertido que me ha pasado en años.

¿Cuánto hacía que no tenía relaciones sexuales? No lo sé exactamente, ¿cinco años?

Recuerdo que solía decirle a Owe que me dolía la cabeza. No

porque fuera una buena excusa, sino porque era una excusa tan horrible que le dejaba claro que ya no quería acostarme con él.

Y así fue.

Al final dejó de tocarme de esa manera. Se metía en la cama en silencio todas las noches y apagaba la luz sin ni siquiera darme un beso. Sabía que pretendía ser un castigo, pero a mí me iba bien. Estaba cansada de él, aunque nunca me planteé en serio intentar volver a dejarlo.

Luego llegó la enfermedad. Empezó con olvidos de nombres. Podía ser el nombre de un amigo de hacía años, o, aún más habitual, el nombre de un sitio.

Sundsvall, Soderhamn, Solleft eå. Örebro, Örkelljunga, Örgryte. Arboga, Abisko, Arvika.

¿Quién demonios puede recordarlos todos? Si se hubiera quedado ahí, dudo que Owe hubiera notado nada. Pero luego empecé a faltar a citas, a olvidar llamar a amigos como había prometido y a perder la tarjeta de crédito y el móvil.

Un día me olvidé a Frida en la puerta del supermercado y cuando llegué a casa no recordaba dónde la había dejado. Llamé a Owe presa del pánico. Una semana después me obligó a ir al médico, que me derivó a una clínica de la memoria.

La clínica de la memoria.

Me deleito en las palabras. Suena poético y absurdo al mismo tiempo. Como una obra de Kristina Lugn o un libro de Kurt Vonnegut.

La clínica en sí no era especialmente poética ni absurda. Fueron muchas pruebas y preguntas, y al cabo de unos meses los médicos llegaron a la conclusión de que tenía una demencia incipiente, pero no sabían de qué tipo. Ni con qué rapidez se iba a desarrollar ni si las pastillas me ayudarían.

Miro a mis colegas, sentados en sus mesas. Me pregunto qué pensarían si supieran que tienen una compañera con una «leve discapacidad cognitiva». Que la experta en comportamiento que cobra novecientas coronas por hora de consulta se asoma al gran olvido. En unos meses quizás no sea capaz de distinguir un plátano de una porra.

Manfred se me acerca. Va tan elegante como siempre, como un pavo real, y se agacha al lado de mi silla.

—Qué buen trabajo el de las cerillas, joder —dice.

—Gracias.

—Entonces ¿crees que el asesino y las víctimas se conocían?

—Por el modo de matar, sí. Creo que tenían algún tipo de relación, y que el asesino buscaba vengarse de las víctimas. Castigarlas.

—Y si tuvieras que especular, ¿qué tipo de relación tenían?

—Debía de implicar sentimientos intensos. Al otro lado de ese odio tenía que haber algo más. Algo igual de fuerte. El odio no sale de la nada.

—¿Como qué?

Pienso un momento.

—Amor, por ejemplo.

A la hora de comer, recibo un mensaje de texto de Owe. Escribe que quiere disculparse por su conducta y las amenazas. Que está bien, que me quiere y que cree que no puede vivir sin mí.

Seguro que es cierto, pero no contesto. En cambio, compro una ensalada y me siento en la sala de reuniones con Sánchez y Manfred, que están a punto de dar instrucciones a los investigadores sobre cómo cribar las pistas. En realidad no es tan importante que yo esté aquí. Podría irme a casa de Gunilla a leer un libro en el sofá, pero no quiero.

Una investigadora más joven, Simone, que lleva rastas hasta los hombros, ladea la cabeza y dice:

—Podemos eliminar a Wilhelmina Andrén de la investigación, la mujer que huyó del psiquiátrico en el hospital de Danderyd. El propietario de un perro la ha encontrado muerta por congelación cerca del canal de Solna esta mañana. Sus padres la han identificado, así que no hay duda de quién es.

—Pobre —murmura Manfred, y se acaricia la incipiente barba pelirroja. Simone asiente y continúa:

—Eso nos deja a Angelica Wennerlind y a Emma Bohman. Se han enviado los registros dentales a Solna y deberíamos tener respuesta como muy tarde mañana.

—Pensaba que sería esta noche —dice Manfred.

—El dentista forense está en Skövde y necesita unas horas para llegar —dice Simone.

En ese momento se abre la puerta y entra Peter. Tiene las mejillas sonrojadas y nieve en la chaqueta de piel nueva. No se molesta en quitársela o sentarse. En cambio, nos señala a Manfred y a mí.

—Venid conmigo. Tenemos una colega que dice que conoció a Emma Bohman hace dos semanas. Por lo visto ella y Jesper Orre sí tenían una relación.

Emma

Tres semanas antes

—*T*engo que pagar algunas facturas. ¿Puedo usar el ordenador de la oficina un rato?

Mahnoor se encoge de hombros y se pone un poco de brillo de labios en el dedo índice. Hoy tiene ojeras. Los tejanos le cuelgan peligrosamente bajos de la cadera y dejan al descubierto el borde de las bragas de encaje.

—Claro.

Me sorprende que no se oponga. Tengo varias excusas más preparadas para explicar por qué necesito hacerlo ahora mismo, cuando estamos a punto de abrir. Pero Mahnoor sonríe con dulzura y desaparece en la tienda. Oigo que ella y Olga hablan a lo lejos, suena como si se estuvieran riendo, y eso me hace parar y pensar.

Está distinto, todo parece distinto. La tienda parece más iluminada. Olga y Mahnoor están de mejor humor. Incluso hace sol. Pero no ha cambiado nada realmente, salvo que he recuperado el control sobre mi vida.

¿Eso era lo que necesitaba?

Es más fácil de lo que esperaba encontrar en Internet lo que estoy buscando, aunque tengo que invertir algo de tiempo en investigar. No tengo ni idea de qué modelo es el mejor ni de cuántos voltios necesito. Al cabo de veinte minutos, pido ese aparatito que parece un móvil. La página web promete entregarlo en veinticuatro horas, pero me va bien si llega en los tres próximos días. Luego saco la tarjeta de visita del bolsillo de los tejanos.

«Anders Jönsson, periodista freelance.»

Antes de llamar me acerco a la puerta, la abro una rendija y me asomo a la tienda. Olga está con un cliente en la caja y Mahnoor, doblando tejanos, se balancea un poco al ritmo de la música.

Anders Jönsson contesta al tercer tono. A principio parece que no se acuerda de mí, así que le explico que me encontró en la tienda, que entonces no quise hablar con él pero ahora sí. Se queda un momento en silencio. Luego dice con ilusión que le encantaría quedar conmigo. Lo antes posible. ¿Tal vez hoy mismo?

«Así de fácil —pienso—. Fue muy fácil.»

El verano estaba explotando en tonos de verde al otro lado de las ventanas del pasillo que recorríamos. El eco de nuestros pasos botaba como pelotas de tenis de mesa entre las paredes de cemento. Hacía lo posible por mantener su paso, pero caminaba muy rápido. Se apresuró hacia la entrada, donde el sol penetraba a través de las grandes puertas de cristal y hacía brillar los suelos, marrones de la porquería.

—Sabes que no podemos vernos, Emma. Lo entiendes, ¿verdad?

Se volvió hacia mí y nos paramos ahí, en la entrada del aula de física. Las paredes verdes parecía que se acercaran, como si el pasillo se estrechara, y empezaba a costarme respirar. El techo se inclinaba ominosamente. Era blanco, con algunas manchas negras aquí y allá.

Woody me puso una mano en el antebrazo. Me dio una palmadita, antes eso me hacía sentir como una niña pequeña. ¿No entendía el efecto que tenía, lo humillante y destructivo que era ese gesto?

Se me encendieron las mejillas. De vergüenza, pero también de otra cosa. Rabia. Se había aprovechado de mí, había jugado conmigo. Me había chupado, limado, penetrado, besado y acariciado y todo lo demás, y ahora ya no me quería. Había acabado conmigo. Había cogido lo que quería y con eso le bastaba.

Y ahí estaba yo.

—¿Qué significa que no podemos vernos? —dije, y me arrepentí de inmediato porque lo último que quería era que me viera como una niña pequeña insegura.

Me miró perplejo y retrocedió un paso, como si de repente hubiera descubierto que yo apestaba.

—Antes no te importaba —añadí.

—No lo entiendo —dijo, al tiempo que sonaba el timbre y todas las puertas se abrían en el pasillo. Parecía preocupado de verdad.

Los alumnos salieron en tromba de las aulas, pasaron corriendo por nuestro lado, un torrente de carne adolescente, pero tenía la mirada fija en mí.

—Quiero ayudarte, Emma, pero no de esa manera.

En ese momento me desmoroné.

El pasillo se hundió alrededor y el techo manchado crujió. Me morí. En una nube de polvo de cemento había dejado de existir. Tenía el cuerpo roto. El dolor se clavaba y golpeaba en cada célula. Mis átomos estaban separados, aniquilados, habían desaparecido. Lo único que quedaba era el dolor vibrante y la vergüenza.

251

En Lützengatan camino con dificultad por montones de hojas de arce amarillas. Es como caminar por nieve profunda. El aroma de las plantas en descomposición penetra en mis fosas nasales. Una ráfaga de viento se lleva unas cuantas hojas, que se arremolinan encima de mí como golondrinas. Me paro en medio de la calle con los ojos fijos en las hojas, como hipnotizada por la escena.

Había olvidado que la vida podía ser tan bonita. Tan perfecta.

Está en la puerta de la panadería de Valhallavägen, como prometió. Lo reconozco de inmediato, lleva la misma vieja parca. El viento le agita el pelo fino y rubio encima de la cabeza de una manera tan cómica que tengo que obligarme a no mirar. Nos saludamos y entramos al calor. Dentro está apretado y oscuro, como siempre. Hay algunos asientos junto a la pared, nos acomodamos, cada uno con un café y un bollo de cardamomo.

—Bueno, ¿cómo van las cosas en el trabajo?

Hace que la pregunta suene inocente. Como si fuéramos dos viejos amigos tomando un café, poniéndonos al día de los últimos meses.

—Bien.

—¿De verdad?

Levanta las cejas pálidas. Parece sorprendido, pero he decidido no contarle que me han despedido. Sonaría a venganza, que lo es.

Tu trabajo por mi trabajo, Jesper.

—Bueno, ya sabes cómo es para nosotros.

Asiente y se come la mitad del bollo de cardamomo de un bocado.

—Es horrible. —Hace hincapié en todas las sílabas, como para destacar lo horrible que le parece.

—Ya.

—¿Cómo lo llevas?

—Es un trabajo y necesito el dinero.

—Viva el capitalismo —murmura, con una expresión de repente amarga.

—No tengo elección.

Asiente despacio.

—Entiendo. Por eso es tan valiente que vengas aquí hoy. ¿Qué querías decirme?

De repente parecía muy intrigado. La expresión contrariada se ha desvanecido. Bajo el tono y me inclino sobre la mesilla, así que la mujer de detrás del mostrador no me oye.

—Jesper Orre. Sé cosas de él.

—Te escucho —dice, se inclina más, tan cerca que veo los granos de azúcar en la comisura de sus labios y huelo el café en su aliento.

Intento parecer preocupada y me revuelvo un poco en la silla.

—Pero no me parece bien del todo contártelo.

Abre los ojos claros de par en par y me toca el brazo ligeramente.

—Tu lealtad es admirable, pero ahora tienes que pensar en tus colegas. Tienes que pensar en ellos, porque él no lo hará. Lo único que le importa a Jesper Orre es el dinero. No le importáis un pimiento ninguno. Nunca lo olvides. A Jesper Orre no le importas una mierda, Emma.

Suspiro. Asiento despacio. No sabe hasta qué punto tiene razón.

—De acuerdo, te lo contaré. De todos modos, todo el mundo habla de ello. Su casa se quemó ayer, o a lo mejor fue el garaje. Y por lo visto la policía cree que lo provocó él.

Se le ve un tic en el ojo cuando se inclina hacia mí. Algo ha cobrado vida en su mirada. Ahora está muy animado, parece que se ha olvidado del bollo. Lo ha dejado en el plato y lo ha empujado a un lado. Aún tiene la mano en mi antebrazo y me la quito de encima con suavidad.

—Lo siento —murmura cuando se da cuenta de que me estaba agarrando—. ¿Sabes por qué lo hizo?

Me encojo de hombros y lo miro con lo que espero que parezca una expresión inocente.

—Ni idea. Pero parece ser que el garaje estaba lleno de coches caros.

—Entonces ¿un tema del seguro?

Niego con la cabeza, despacio.

—No lo sé. Suena un poco raro que lo hiciera él. Sobre todo si tenía los coches dentro.

Él me sonríe con indulgencia y me doy cuenta de que se está tragando mi actuación de ingenua: ha picado el anzuelo.

—¿Sabes si alguien puede confirmarlo?

—No, pero seguro que la policía sabe algo del incendio.

Él asiente en silencio.

—Emma, es importante. Si sabes algo más de Jesper, deberías contármelo ahora.

—¿A qué te refieres?

—Bueno, ¿tenía otros problemas?

Intento fingir que lo pienso, que rebusco hasta en el último rincón de la memoria. Luego asiento.

—Bueno, tal vez la investigación.

—¿La investigación?

—Sí, el departamento financiero de C&M lo está investigando.

—¿Sabes por qué?

Inclino la cabeza a un lado. Abro los ojos de par en par y retuerzo un largo mechón de pelo entre los dedos.

—Dicen que hizo que la empresa pagara su fiesta de cumpleaños privada. Pero probablemente son tonterías. Es decir, seguro que podía permitirse pagársela él.

Esa noche me doy el capricho de tomar vino y pizza para cenar. Enciendo las velas, las mismas de nuestra cena de compromiso. También pongo música, y de repente todo parece más sencillo. Más manejable, tal vez. Ahora tengo una misión clara: hacer justicia. Me he convertido en una especie de instrumento. Eso tiene algo de liberador. Rendirse ante algo más grande e importante que una misma resulta liberador. Vivir solo para una cosa hace que ya no tengas necesidad de tomar decisiones: el camino ya está marcado.

Pienso que no puedo beber mucho. No puedo arriesgarme a tener resaca, a estar lenta y tonta. Ahora no. Cada hora, cada minuto, cada segundo es importante si voy a poder hacer lo que necesito hacer.

Disciplina. Contención. Autocontrol.

Justicia.

Vuelvo a poner el tapón en la botella de vino después de la segunda copa. Me inclino sobre el fregadero de la cocina y bebo agua fría del grifo. Me cae el pelo en el fregadero. Reluce bajo la lámpara del techo. «Qué pelo más bonito tengo», pienso.

Voy al baño. Veo mi reflejo y casi me quedo sin aliento: me brilla el pelo, tengo la piel tan clara que casi centellea. Y lo veo: soy bella. Soy bella de verdad. ¿Por qué siempre he pensado que era rechoncha, aburrida e infantil cuando me miraba en el espejo? ¿Por qué nunca me he visto con claridad? Por muchas veces que me lo dijera Jesper, nunca le creí. Ahora lo veo con mis propios ojos.

Soy fuerte. Guapa. Y no necesito a nadie. Ni siquiera a Jesper. Sobre todo no necesito a Jesper.

Y

El metro va con retraso, pero apenas me doy cuenta. Estoy sentada en el andén con la nariz metida en un periódico, siguiendo el texto con el dedo índice, como si temiera perderme una palabra. «Polémico CEO sospechoso de incendio provocado y de romper la confidencialidad», leo. El artículo describe una serie de abusos que el periodista cree que ha cometido Orre y que la empresa ha descubierto. «La polémica que rodea al rey de la moda aumenta», escribe, antes de concluir especulando sobre cuánto tiempo mantendrán en el cargo a Jesper Orre los accionistas y la dirección. Un gráfico junto al texto muestra que el valor de las acciones de la empresa se ha desplomado durante los últimos meses. Debajo de todo del artículo hay una pequeña fotografía del hombre que conocí ayer, el periodista con azúcar en la comisura de la boca que escuchaba mi historia con tanta intención.

«Fue casi demasiado fácil», pienso. Se lo comió, estaba desesperado por querer creer cada palabra que yo le decía. ¿No?

¿Equilibrio cósmico?

A lo mejor al final sí hay algún tipo de fuerza superior.

Cuando cruzo la plaza, los pasos se vuelven más ligeros. Una brisa casi cálida me acaricia el cabello. Las nubes se persiguen por encima de mi cabeza, y entre ellas veo retazos de azul. Fuera, en la tienda, los vagabundos ya están en su sitio, compartiendo la primera botella del día de algo fuerte. Cuando los miro, veo a gente que nunca asumió el control de su vida, que se rindió a su destino en vez de levantarse y resistir. Si no me hubiera vengado de Jesper, podría haberme convertido en uno de ellos: pisoteada, rota. Un desecho humano sin objetivos ni propósito, dando vueltas sin rumbo, como las hojas al viento.

Olga está fuera, fumando. Hay algo raro en su postura, en cómo mueve el cigarrillo hacia la boca. Tiene un aire errático y rígido. Parece nerviosa. Además, casi nunca fuma en la entrada: siempre va al cuarto trasero. Según el manual de la oficina central, no se nos permite fumar delante de la tienda. Por lo visto queda mal.

Cuando me ve, agita los brazos por encima de la cabeza, como si me estuviera esperando. Tira el cigarrillo y el viento lo atrapa en el acto, se lo lleva por delante de los hombres que beben vodka con sus chaquetas raídas y hacia la fuente rota que hay en medio de la plaza.

—Hola —digo.

—La policía está aquí —me susurra con los ojos de color azul claro desorbitados. Una ráfaga de viento le levanta el pelo fino y deja al descubierto las raíces oscuras.

—¿La policía?

—Quieren hablar contigo.

—¿Conmigo?

—Sí, contigo.

—¿De qué?

—Ni idea. Pensaba que tú lo sabrías.

Me encojo de hombros, intento parecer despreocupada, pero cuando entro en la tienda se me acelera el pulso y me cae una gota de sudor entre los omoplatos. Noto los ojos de Olga clavados en la espalda. No me estaba esperando fuera por los nervios, ahora me doy cuenta, sino por una curiosidad impaciente.

Están con Mahnoor en la caja. Son un hombre y una mujer de unos cuarenta y tantos, vestidos con ropa normal. Podrían ser clientes de lo normales que parecen. El hombre es bajo, fornido y con el pelo de color rubio canoso muy corto. Está demacrado de una forma atractiva, como el villano de una película de acción. La mujer es alta, delgada y encorvada. Tiene el pelo color rubio ceniza, áspero y largo. Se le levanta de los hombros cuando se da la vuelta y me estudia con una mirada crítica.

—¿Emma Bohman? —dice, y me ofrece una mano huesuda que aprieta la mía con una fuerza sorprendente—. Me llamo Helena Berg y soy de la policía. Nos gustaría hablar con usted.

Su colega se ha colocado a mi izquierda sin que me diera cuenta.

—Johnny Lappalainen —dice. Luego silencio, nada más. Nada de su cargo, ninguna explicación más.

Por encima del hombro de Johnny veo a Mahnoor. Tiene los ojos grandes y negros y veo que le intriga saber de qué va todo esto. Niego despacio con la cabeza hacia ella: no, no sé qué quieren.

—Nos gustaría que nos acompañara a comisaría para hacerle unas preguntas —dice la mujer delgada, mientras me lanza una mirada inexpresiva. Ya he olvidado su nombre. Ahora mismo no hay espacio en mi mente para su nombre: está ocupado hasta el último recoveco y rendija. Intento a la desesperada ordenar los hechos de la última semana, repasar todos los momentos decisivos. ¿Alguien me vio frente al garaje de Jesper aquella noche? ¿El hombre de la ferretería pudo llamar a la policía? ¿Olga contó algo? Pero ella no sabe lo que he hecho, solo lo que Jesper me hizo a mí. Ni siquiera eso, porque no se lo conté todo.

—¿Es obligatorio? —pregunto.

—Sí —contesta el hombre con brusquedad—, pero no tardaremos mucho.

Miro a Mahnoor de nuevo. No dice nada, pero me hace un gesto como si estuviera ansiosa por que les obedezca.

257

La mujer policía del pelo desgreñado se sienta delante de mí en una sala pequeña con mobiliario blanco. Hay un portátil sobre la mesa entre nosotras, nada más. De cerca, parece mayor. Unas líneas profundas van desde las comisuras de la boca hasta la barbilla, y tiene mechones grises en las raíces del pelo.

El hombre se sienta en silencio a su lado. Se acaricia el pelo corto, como si quisiera comprobar que cada pelo está en su sitio, y mira por la ventana. Sigo su mirada. Un tenue sol de finales de otoño brilla sobre la plaza y la fuente vacía. Las hojas muertas revolotean formando pequeños torbellinos sobre el asfalto.

—¿Reconoce esto? —pregunta la mujer, y abre un sobre marrón. Algo cae sobre la mesa blanca con un golpe: una diminuta bolsa de plástico con un pequeño objeto que parece un botón metálico. Cojo la bolsa, la sopeso en la mano y la abro.

Es el anillo.

Mi anillo de compromiso.

—Sí —digo—. Es mi anillo de compromiso.

—¿Está segura? —pregunta el hombre.

Asiento.

—Sí. Nunca lo grabamos, pero parece mi anillo, sí.

—¿Cuándo lo vio por última vez? —pregunta, y se reclina en la silla hasta que cruje, como si protestara por el peso.

—Cuando lo dejé en la tienda de empeños de Storgatan. Necesitaba el dinero.

El hombre y la mujer que tengo delante intercambian una mirada rápida.

—¿Cuándo y dónde lo compró? —pregunta la mujer, y se inclina sobre la mesa.

—Es un anillo de compromiso, como he dicho. Yo no lo compré, me lo regalaron.

—De acuerdo, para que lo entendamos: ¿cuándo y dónde se lo regalaron? ¿Y quién se lo regaló?

258 Suspiro. No entiendo qué pretenden. Miro por la ventana, de repente deseo estar sentada en aquel banco del parque con una chaqueta acolchada sucia y una botella de alcohol en la mano. Como los vagabundos que había en la puerta de la tienda esta mañana. Cualquier cosa sería mejor que esto.

—Me lo regaló mi novio, o prometido. Hace dos semanas. Pero luego rompió conmigo. Necesitaba el dinero, así que lo dejé en la casa de empeños. Eso no es ilegal, ¿no?

El hombre niega con la cabeza.

—Por supuesto que no. Pero este anillo fue robado en una joyería de Linnégatan hace dos semanas. ¿Sabe algo de eso?

—¿Robado?

—Sí. Lo robaron de la tienda. Los propietarios de la casa de empeños comprueban todos los objetos que adquieren con nuestra lista de objetos robados, así que el anillo fue identificado bastante rápido. La casa de empeños tenía sus datos personales, así que aquí estamos.

Empieza a extenderse un frío por todo mi cuerpo. Sube desde los pies hasta el pecho y luego a la cabeza, hasta que todo mi cuerpo es puro hierro. ¿Jesper robó el anillo? Y en ese caso, ¿por qué? ¿No quería gastarse dinero en mí, o esto también forma parte de algún tipo de plan enfermizo que no podía prever?

La mujer se inclina sobre la mesa, con la mirada clavada en mí, y parece aún más imponente que antes. Veo un vello diminuto sobre el labio superior. Tengo ganas de decirle que se aparte, que no se acerque más. Con cada centímetro que avanza hacia mí, crece el nudo en el estómago. Toda la situación es demasiado asfixiante para mí. Necesito distancia. Espacio. No soporto esta cercanía tan intrusiva.

—Creemos que tú robaste el anillo de la tienda, Emma.

No puedo contestar. Tengo la boca seca, como si la tuviera llena de arena. La lengua rasca contra el paladar. Lo único que puedo hacer es negar con la cabeza. El hombre de apellido finlandés lanza un profundo suspiro. Supongo que a lo largo de su carrera ha oído todas las excusas imaginables. «No me cree», pienso. Ninguno de los dos me cree.

—Emma, mira esto.

Gira el ordenador que hay entre nosotras sobre la mesa hacia mí y veo una imagen granulada en blanco y negro. Al principio no sé de dónde es, pero luego reconozco el interior de la joyería. Un pequeño texto en blanco en la esquina derecha muestra la fecha y la hora. La mujer aprieta el botón y la imagen cobra vida. Una dependienta está hablando de espaldas a la cámara. Los movimientos son bruscos, gesticula y levanta una cajita. Luego señala una mesa con dos sillas y se sienta en una de ellas de espaldas a la cámara. La otra persona, la clienta, la sigue, se sienta en la otra silla y se quita el sombrero y los guantes.

Soy yo. La clienta soy yo.

La mujer que está sentada delante de la dependienta soy yo.

Luego la que soy yo toca los anillos. Se los prueba uno detrás de otro. Parece que sonrío, como si disfrutara con la situación.

—Me estoy probando anillos —digo—. Jesper y yo nos estamos probando anillos.

—Eso ya lo vemos —contesta el hombre—. Pero por lo que veo, estás sola en la tienda.

259

No lo entiendo. No tiene sentido.

—Espere, pare —digo.

Él se encoge de hombros y para el vídeo.

—Lo hemos visto varias veces.

—Rebobine unos segundos.

Lo hace y le digo que vuelva a poner el vídeo.

—Ahí —digo—. Pare.

Detrás de mí veo una sombra granulada que se mueve hacia el centro de la imagen.

—Ahí está —digo—. Es él.

Los agentes de policía se miran e intercambian una larga mirada inexpresiva. Cuando la mujer empieza a hablar, noto el cansancio en su voz.

—¿Dice que estaba con alguien en la tienda?

—Claro. Una no se prueba anillos de compromiso sola.

—¿Y esa otra persona era…?

—Jesper Orre. Mi prometido.

—¿El Jesper Orre que conocemos?

—Sí, ese Jesper Orre.

Peter

*H*anne y Manfred me siguen a la sala de reuniones pequeña y saludan a una agente de policía. Se presenta como Helena Berg y les cuenta que trabaja en la comisaría de Östermalm. Hay algo que me resulta vagamente familiar en su cuerpo delgado, los rasgos agudos y el cabello castaño claro. Me pregunto si nos conocemos de antes, pero no parece reconocerme.

A veces pienso que hay algo en mi aspecto que hace que la gente no se fije en mí. A lo mejor soy demasiado común para causar impresión en la gente que conozco. Uno de esos tipos que tienes sentado enfrente en el autobús sin acordarte de él. No como Manfred, a quien todo el mundo en el edificio conoce, y supongo que precisamente por eso se viste así.

Hanne y Manfred se sientan al lado de Helena y yo enfrente. Miro a Hanne. Está como siempre: tranquila y serena, con una libreta en el regazo. Su expresión es impasible. No queda rastro de la intimidad de ayer, podría ser una pasajera más del autobús, una de las que no me ve.

Janet lo hacía a veces: no me hacía caso, como si no estuviera. Sobre todo cuando quería castigarme por algo, como haberme olvidado de su cumpleaños o no querer pasarme todo un fin de semana mirando casas.

Pero Hanne no es Janet.

De hecho, Janet y Hanne son todo lo distintas que pueden ser dos personas. No hay motivo alguno para comparar el comportamiento de Hanne con el de Janet. Por lo menos si realmente quiero entender qué está pensando Hanne.

Me vuelvo hacia Helena, que ha venido a hablarnos de su encuentro con Emma Bohman.

—Gracias por venir —digo.

Ella se encoge de hombros y esboza una sonrisa irónica.

—No hay de qué. Ojalá hubiera sumado dos más dos antes. Pero ya sabéis cómo es, conocemos a mucha gente. Hay tantos chiflados…

Asiento. Los demás en la mesa saben perfectamente lo que es ser un agente de policía de proximidad, todos hemos pasado por ahí. Salvo Hanne.

—Adelante, cuéntaselo tú —digo—. Hanne y Manfred participan en la investigación, y no saben nada de tu entrevista con Emma Bohman.

—De acuerdo —empieza Helena. Asiente pensativa y dice—: Hace poco más de dos semanas, una casa de empeños del centro de Estocolmo se puso en contacto con nosotros. Alguien había llevado un anillo con un diamante bastante valioso. Un anillo de compromiso. Cuando lo comprobamos con nuestro catálogo de objetos robados, descubrieron que el anillo había sido robado de una joyería de Linnégatan unas semanas antes. Emma Bohman había dejado el anillo en la casa de empeños, vive en Värtavägen, que está al lado de Karlaplan y la joyería. Mi colega Johnny Lappalainen y yo interrogamos a Emma Bohman hace dos semanas, y durante el interrogatorio también le enseñamos un vídeo de vigilancia que la sitúa en la joyería en el momento del robo.

—¿Y qué dijo ella? —pregunto.

—Dijo que había estado en la tienda, pero que no estaba sola. Según ella, fue a la tienda con su novio, Jesper Orre, a ver anillos de compromiso. Luego dijo que ella no había robado ni comprado el anillo, que Orre se lo regaló después.

—¿Pudo demostrarlo?

Helena se encoge de hombros.

—No del todo. Señaló una imagen de alguien en el vídeo de vigilancia y dijo que era Orre. Pero era imposible saber si era cierto. La cinta era de mala calidad y la persona que señaló solo se veía en el borde de la imagen. De todos modos, nos pusimos en contacto con Orre por teléfono para comprobarlo, dijo que no sabía nada de ella y que por supuesto no le había comprado un anillo. Nos dijo que siempre hay bichos raros que le acusan de cosas y que estaba cansado de ser un personaje público. Y… creo que eso fue todo. Tenemos mucha carga de trabajo, así que la investigación no ha avanzado. Sin embargo, al ver los dibujos de la chica asesinada en televisión y enterarme de que Orre estaba desaparecido, pensé que sería mejor ponerme en contacto con vosotros. Os he enviado por correo electrónico el informe del interrogatorio y el vídeo de vigilancia, por si queréis verlo.

Saco el dibujo de la fallecida. Lo dejo en la mesa y lo aplano con la mano.

—Entonces ¿has visto esto?

—Sin duda —dice, con la frente arrugada—. Cuesta no verlo. ¿Es cierto que fue decapitada?

Asiento.

—Dios mío. Ahí fuera hay gente muy enferma. Sí, he visto el dibujo, y no creo que se parezcan mucho. Si no recuerdo mal, Emma Bohman tenía el pelo más largo. Pero quién sabe, a lo mejor se lo cortó.

Después de acompañar a Helena Berg fuera, nos sentamos de nuevo a la mesa. Sánchez está alterada, como siempre que una investigación da un salto importante. Tamborilea con los dedos en la mesa y pregunta:

—Bueno, ¿qué pensáis?

Manfred se aclara la garganta y se quita las gafas.

—La conclusión lógica, por supuesto, es que Jesper Orre tenía una relación con Emma Bohman que no quería reconocer, ¿no? Es razonable que ella fuera a su casa, tal vez a discutir con él, que él la matara y huyera.

Hanne se inclina hacia delante y mira a Manfred a los ojos.

—¿Y el otro tipo?

—¿Qué otro tipo?

Hanne de pronto parece confundida y se sonroja.

—El tipo que fue asesinado… hace diez años. Fue así, ¿no? No me acuerdo… ¿Cómo se llamaba? El chino.

—¿Chino? —pregunta Sánchez.

—Sí, ya sabéis. El… el otro sin cabeza.

—¿Te refieres a Calderón? —dice Sánchez.

Hanne respira, pero es obvio que se siente avergonzada. Se tira del pelo con una mano y parpadea rápido, como si estuviera al borde de las lágrimas.

—Exacto, Calderón.

—No era chino, era chileno.

—Lo siento, me he equivocado. Pero ¿por qué iba Jesper a asesinarlo y decapitarlo?

—No lo sabemos —dice Manfred—. Aún no. Pero si hurgamos lo suficiente en el pasado de Orre, tiene que haber una conexión en algún sitio.

Me vuelvo hacia Sánchez y decido aprovechar toda esa energía de cachorro. La reconozco de mis primeros años de agente de policía, aunque hace años que no me siento así.

—Los padres de Emma Bohman están muertos —digo—, pero su tía denunció su desaparición. ¿Puedes localizarla y ver si sabe algo de la relación de Emma con Orre? Y habla con sus compañeras de Clothes&More. No sabemos qué relación tenía con su tía.

Sánchez asiente y se va, con Manfred detrás. Me dejan a solas con Hanne.

—¿Vamos a dar una vuelta? —digo.

Vagamos en la nieve por la plaza, hacia el agua. El viento se cuela bajo la chaqueta fina y la nieve recién caída me sube por los tobillos, un frío recordatorio de las botas de invierno que aún no he comprado. Hanne camina a mi lado, una sombra silenciosa con un abrigo informe y unas botas pesadas. Al llegar al borde del agua, giramos a la izquierda hacia el ayuntamiento. La nieve se arremolina sobre la bahía, la cubre con una neblina blanca y desdibuja los contornos de los edificios de Södermalm.

—¿Estás bien? —pregunto.

Hanne gira la cabeza hacia mí y me lanza una mirada inescrutable.

—¿Por qué no iba a estarlo?

El tono tiene un deje reservado, como si estuviera ansiosa por mantener las distancias conmigo.

—Estaba pensando en… lo que pasó ayer.

Para, se pone de espaldas al viento y se coloca la capucha. Me mira con expresión triste. Los copos de nieve se derriten en su mejilla y siento ganas de estirar la mano y limpiársela, pero sé que no me está permitido. No me ha dado permiso para eso.

—Lo que ocurrió ayer… —empieza—. Fue bonito. Me gustó. Pero debo ser completamente sincera contigo, Peter. Nunca podrá volver a haber nada entre nosotros. De verdad. Tal vez podemos volver a vernos si tú quieres, pero nunca podremos estar juntos. ¿Lo entiendes?

Por algún motivo sus palabras me provocan una decepción desesperada, aunque no sé muy bien por qué. Es decir, ¿qué esperaba? ¿Que volveríamos a ser pareja de nuevo de la noche a la mañana? ¿Que lo que hice hace diez años quedara perdonado y olvidado?

—¿Puedo preguntar por qué?

Se da la vuelta y echa a andar hacia el embarcadero. Para y se pone a contemplar el agua. La sigo y me quedo a su lado. Unas grandes aves negras vuelan en círculo por encima de nosotros. Tal vez sean una especie de grajilla o cuervo.

—¿Crees que tienen frío? —pregunta.

—Apuesto a que se mueren de frío —digo.

—Estoy enferma —dice, y se vuelve hacia mí—. De verdad. No puedo convertirlo en un problema tuyo. No estaría bien.

Cuando dice que está enferma, pienso en mi madre. Sentada en la terraza, fumando en una de las viejas sillas de jardín con un jersey grueso encima, pese al calor, y un pañuelo de seda en la cabeza.

Algo en mi interior se ablanda al recordar a esa mujer delgada que era mi madre, o lo que quedaba de ella. Los aromas vuelven: jabón, tabaco y el otro. El olor a enfermedad: desinfectante y heridas abiertas. Un olor que conozco bien. Pasillos de hospital, sábanas sucias, patata hervida y sudorosos bocadillos de queso envueltos en plástico.

El olor de las instituciones.

—¿Tienes cáncer? —pregunto.

No sé por qué, se me escapa.

265

Hanne se ríe.

—No —dice—. ¿Por qué crees que tengo cáncer?

—No lo sé. Mucha gente… lo tiene.

No hace comentarios a mi extraña frase, pero me mira socarrona con una media sonrisa.

Pienso otra vez en Janet. Hace unos años estaba convencida de que tenía un tumor en el pecho. Me llamó llorando y me suplicó que cuidara de Albin si ella moría. Yo ni me preocupé. La idea de la madre de mi hijo luchando contra una enfermedad mortal me provocó una indiferencia absoluta.

Me pregunto qué dice eso de mí.

—Entonces ¿qué es? —pregunto.

—No quiero hablar de ello —dice Hanne, y se da la vuelta. Desaparece en la tormenta de nieve hacia la comisaría con paso tan decidido que no me atrevo a seguirla.

Justo cuando estoy a punto de volver, suena el teléfono. Es Janet. El tono es aún más forzado de lo normal y sé al instante que ha pasado algo.

—Tienes que hablar con Albin —dice en una inspiración.

Camino hacia un portal cubierto para resguardarme del viento.

—¿De qué?

—De… ha empezado a saltarse clases. Y va con un grupo horrible de Skogås. Ya sabes, esos de los que te hablé.

Entro en el portal, donde estoy protegido del viento, y me caliento una mano en el cuello. Siento los dedos como témpanos.

—De acuerdo, sale por Skogås. ¿Y por qué debería hablar con él de eso?

Oigo cómo suena y me arrepiento enseguida. No es mi intención ningunearla, pero siempre es así. Janet me llama en cuanto tiene un problema con Albin. Aunque decidiéramos mucho antes de que naciera que ella lo criaría sola. Desde que lo tuvo contra mi voluntad.

—Porque eres policía. Sabes cosas. De drogas y esas cosas. Y sabes lo que les pasa a los chicos que descarrilan. Y porque…

eres su padre —añade apresuradamente y casi en silencio, como si hubiera pronunciado una palabra prohibida.

Miro la nieve. Intento pensar cómo hacérselo entender sin ser grosero. Pienso qué argumento haría que dejara de incordiar.

—Estoy seguro de que está bien —digo, tal vez en un tono demasiado débil.

—No está bien —grita ella—. Siempre igual. No asumes ninguna responsabilidad con Albin. Nunca me ayudas. Ni siquiera cuando te lo suplico. ¿Tienes idea de lo que me cuesta pedirte algo así? ¿Sabes cuánto tiempo he dudado antes de coger el teléfono y marcar tu número, joder? ¿Lo entiendes?

Me revuelvo. Decido que probablemente no es el momento de recordarle nuestro acuerdo, que establecimos hace más de quince años.

—De acuerdo —digo, y me caliento la otra mano en el cuello.

—Bien. ¿Cuándo?

—¿A qué te refieres con «cuándo»? Hoy no, eso sí. Estoy en medio de una investigación por asesinato.

—Entonces ¿mañana?

—Mañana… no. Mañana no tengo tiempo. A lo mejor la semana que viene.

—¿Sabes qué, Peter? Esto es típico, joder. No sé ni por qué te he llamado. Puedes irte a la mierda con tu trabajo, porque Albin y yo no queremos volver a verte. ¿Me oyes? ¡A la mierda!

Me quedó ahí un rato, observando cómo cae la nieve. Viendo cómo esas aves negras vuelan encima de mí. Pensando en mi madre y mi hermana, que descansan en el cementerio de Woodland, si tendrán frío a dos metros bajo tierra. Pienso en lo injusto que es perder a Hanne cuando por fin la recuperó. Entonces recuerdo que no la he recuperado. Pero en cierto modo así me siento.

Luego recuerdo todo lo que he perdido, incluso los que siguen vivos, como Albin y Janet. Todos a los que he apartado, he mentido o de los que he huido. Y cuando lo pienso un momento, me doy cuenta de que me lo merezco. Probablemente es un castigo justo: Hanne nunca será mía.

Emma

Dos semanas antes

*E*s absurdo. Nunca he robado ni una chocolatina, y aquí estoy, acusada de robar una joya cara. Estoy sentada en una de mis butacas verdes, con los pies encima de la mesa. De pronto me doy cuenta de lo mucho que añoro a Sigge. Cierto, solo era un gato, pero era mi compañero, y en cierto modo su presencia transformaba este piso en un hogar. Sin él, parece vacío, desnudo y frío. Tal vez debería comprarme otro gato, pero tampoco me parece correcto. Es como si tuviera que hacer duelo por Sigge un tiempo antes de llevar a casa otro gato.

Mis libros de física están intactos, recogiendo polvo. He perdido muchas semanas de estudio por Jesper. Y él era el que estaba ansioso por que terminara los estudios y consiguiera el título para luego ir a la universidad, si quería. Cierro los ojos. Me reclino en el sofá.

Intento recordar.

—¿Por qué dejaste los estudios de secundaria?

—Dios mío, ¿de verdad tenemos que hablar de eso ahora?

Jesper tiró de mí, me puso de costado y se tumbó a mi lado en la cama. Luego colocó una almohada para apoyar la cabeza. Tenía cara de enfadado, casi molesto. Una vez desaparecido el peso de su cuerpo, me fue más fácil respirar. Respiré hondo y lo miré a los ojos.

—No te gusta hablar de eso, ¿eh?

—A decir verdad, no encuentro problema en hablar de eso. Pero no es muy romántico, ¿no?

—Pero quiero saber. Te quiero y quiero entender por qué hiciste lo que hiciste.

—¿Tenemos que saberlo todo el uno del otro?

—Por supuesto que no.

Por un momento se puso tan serio que casi me asustó. Como si de pronto hubiera vuelto la mirada hacia el interior, hacia un interior oscuro, secreto y perturbador. Luego pasó el momento y estaba como siempre. Suspiré, consciente de que no saldría de la situación sin algún tipo de explicación.

—¿Por qué lo dejaste? —insistió, marcando cada sílaba.

—No lo dejé. Nunca empecé. Cuando papá murió… —Hice una pausa.

—¿Sí?

Se inclinó hacia mí, puso la mano izquierda con ternura en mi pecho y me besó. Sentí el calor húmedo que irradiaba su cuerpo.

—Básicamente, mi vida se volvió demasiado desordenada. Primero murió mi padre, luego pasó lo de Woody, mi profesor, en la primavera del noveno curso. Y después de eso no podía seguir yendo a clase. Así que ese verano me fui, me tomé seis meses de pausa. Luego me puse a trabajar.

Me soltó el pecho de repente, como si se hubiera quemado.

—Entonces ¿todo esto es culpa de ese maldito Woody?

—No lo sé. Supongo que fue culpa de los dos.

Soltó una risa seca.

—Por favor. Eras solo una niña y él un adulto. Lo que te hizo fue enfermizo, asqueroso y… repugnante. Puto pedófilo.

—Pero yo le seguí el juego.

Jesper se incorporó, de repente parecía enfadado y se puso la manta en la cadera.

—¿No me dirás que, después de tantos años, sigues culpándote por eso?

—No quiero hablar de eso.

Él suspiró.

—Lo siento. Me pone negro pensar en cómo te utilizó. Eras una menor, a su cargo, y te violó.

—Vamos, no fue exactamente una agresión.

269

—Llámalo como quieras. Estaba mal y no debería haberlo intentado.

—¿Cómo llamas a esto, entonces?

Se quedó helado.

—No sé si te sigo.

—Bueno, soy inferior a ti, ¿no? Eres el CEO de la empresa para la que trabajo. Pero no encuentras problema en follarme.

—No es lo mismo. Somos dos adultos que se quieren. Ninguno de los dos está utilizando al otro. Podría ser… no lo sé. Puede que sea poco profesional por mi parte.

Sonó convincente, pero noté que le había tocado la fibra. Se separó unos centímetros y cogió el paquete de tabaco que había en la mesilla.

—Sé sincero, Jesper. ¿Crees que es una relación completamente normal entre iguales?

No contestó.

270   Estoy tumbada en la cama, mirando al techo. En un rincón una telaraña se agita con el viento que entra por la ventana. Una larga grieta cruza el techo en diagonal, de una esquina de la habitación a la otra. Algún día hay que reformar el piso, lo sé, pero ¿cómo voy a pagarlo?

Es culpa de Jesper.

Todo esto es culpa de Jesper. Me siento débil de nuevo. La emoción y la energía de quemar el garaje de Jesper han desaparecido. Es como si cayera de nuevo en un profundo agujero negro. Fuera, la lluvia sigue cayendo sobre Estocolmo. Hasta el cielo llora.

De pronto me asalta un fuerte deseo de enfrentarme a Jesper. Acorralarlo y obligarle a contarme por qué me está haciendo esto. Si lo hago, si soy lo bastante fuerte para verlo como a un igual, tal vez recupere el control sobre mi vida y mi dignidad.

«Tiene que funcionar», pienso. Con Woody funcionó.

La oficina del director consistía en dos estancias: una pequeña sala de espera con dos gastados sillones de felpa y otra sala tras una puerta de vidrio esmerilado. Me senté en una silla de la sala de espera y mamá en la otra. Había una mesilla de falso abedul con montones de periódicos delante de nosotras. Los hojeé: *Today's School, Pedagogical Journal*. Nada interesante. Al otro lado del vidrio esmerilado vi movimiento, pero imposible saber quién había dentro.

Mamá hurgó en su bolso nuevo azul y emitió un siseo, y yo sabía que estaba enfadada.

—No entiendo por qué no nos dicen de qué va esto. Tengo trabajo, no puedo pasarme todo el día aquí sentada si no es muy importante, ya se lo dije al director. Espero que sea muy urgente, porque tengo que pensar en mi trabajo y el funeral de mi marido. Además…

—Mamá, por favor, para. Podrían oírte.

Me lanzó una mirada gélida.

—Será mejor que no te hayas metido en ningún lío.

—¿Cómo voy a saberlo? Yo tampoco sé qué hacemos aquí.

Miré el reloj de la pared. La manecilla fina y negra parecía una araña que se movía por la esfera del reloj. Cuando llegó al doce, el minutero dio un saltito brusco hacia delante.

—¿Has robado?

—Claro que no.

—¿Te has saltado clases?

—¡Para! No me he saltado clases.

—Entonces ¿puedes explicarme por qué estoy aquí en vez de en el trabajo?

Mamá siempre decía a todo el que estaba dispuesto a oírla que tenía un trabajo. Estuvo varios años sin empleo tras unos problemas de espalda, así que el trabajo significaba mucho para ella.

Miró el reloj de la pared, que ahora indicaba que eran las once y diez.

—Tengo treinta minutos, no más.

Cruzó las manos gordas en el regazo. Luego se quedó en silencio. Yo no sabía qué decir. Al otro lado del vidrio esmerilado oí el ruido de sillas que se arrastraban en el suelo.

—Emma —dijo mamá.

—¿Sí?

—No has estado fumando hierba, ¿no?

En ese preciso instante se abrió la puerta y Britt Henriks-son, la directora del colegio, asomó la cabeza bronceada. El fino vestido veraniego de colores vivos le colgaba como un saco en el cuerpo delgado.

—Me alegro de que hayáis venido. ¡Bienvenidas!

Retrocedió un paso y abrió la puerta. Mamá dio un paso adelante, saludó y yo la seguí, indecisa. La sonrisa de la directora Britt era forzada cuando me cogió de la mano.

En una silla giratoria delante de la mesa estaba sentado Sigmund, también conocido como Dr. Freud, el psicólogo del colegio. Pese al apodo, el pelo moreno oscuro, la barba poblada y las generosas proporciones hacían que se pareciera más al padre de Pippi Calzaslargas que al serio psicólogo austriaco. Al lado de Sigmund estaba sentada Elin. Estaba sonrojada y miraba al suelo.

—Gracias, Elin, te puedes ir. Te lo diremos si hay algo más —dijo la directora Britt.

272 Elin se levantó y, sin apartar la mirada del suelo, salió del despacho.

—El aire está cargado aquí dentro —dijo Britt—. Sigmund, ¿podrías abrir la ventana, por favor?

La directora tenía razón. El aire estaba enrarecido y olía a sudor y a calcetines. Sigmund se levantó de la silla con cierto esfuerzo, se acercó a la ventana y la abrió. Dejó que el verano entrara en la pequeña habitación.

—Mucho mejor —trinó Britt—. ¿Os apetece una limonada?

Yo asentí, pero mamá levantó la mano.

—Para mí no, gracias. Tengo prisa por volver al trabajo.

Britt asintió, sirvió la limonada en un vaso de plástico blanco y me lo dio. Era igual que los vasos de la cantina del colegio. Por algún motivo me sorprendió. Había imaginado que los profesores y la directora usaban vajilla de verdad, que todo era más bonito y adulto en la sala de profesores y el despacho de la directora.

Britt se colocó el vestido que parecía un saco y se sentó con cuidado en el borde de la silla, como si le diera miedo que se rompiera si no.

—Emma. A lo mejor ya sabes por qué estás aquí.

Negué con la cabeza.

Britt se aclaró la garganta y bajó la vista. Era evidente que la situación la incomodaba. Sigmund no dijo nada, solo se acariciaba la barba y miraba con anhelo por la ventana.

—¿Qué ha hecho? —preguntó mamá.

—No, no —empezó Britt—. Emma no ha hecho nada malo. Nos hemos fijado en que uno de nuestros profesores… que un profesor determinado se ha acercado a Emma.

—¿Qué? —dijo mamá, y soltó el asa del bolso azul. Cayó al suelo con un golpe seco.

—Uno de los profesores sustitutos, en diseño y tecnología. De hecho, es bastante bueno, pero… según la información que tenemos también ha… Emma, ¿quieres contárnoslo tú? ¿Estoy en lo cierto? ¿Se ha acercado a ti?

No podía contestar. Era como si tuviera la boca llena de arena y un nudo duro se me hubiera instalado en la garganta.

—Emma —dijo Sigmund con su nasal acento alemán—. Es muy importante que nos cuentes qué ha pasado. Por tu bien y por el de otros chicos del colegio. ¿Alguna vez se ha acercado a ti?

Dudé un segundo y luego asentí. Mamá emitió un siseo y recogió el bolso del suelo.

—¿Qué hizo? —preguntó Britt con más suavidad, y puso su mano huesuda sobre la mía. Retiré la mano sin contestar. Una mariquita diminuta con dos topos subía a la mesa junto a mi limonada. ¿Cómo era…? ¿Podía pedir un deseo, o la mariquita tenía que tener más topos?

—Lo siento, Emma, pero necesitamos saberlo. ¿Te ha besado?

La mariquita fue hasta el borde de la mesa. Ahora estaba tan cerca que podía tocarla. Estiré la mano por si quería subir por el dedo.

—Emma.

El tono de Britt era insistente.

Asentí sin levantar la vista de la mariquita. Se hizo el silencio en el despacho. Tanto que oía los coches que fuera pasaban por la ajetreada calle y las risas de los niños en el patio del colegio.

—¿Habéis…? —Britt dudó—. ¿Habéis tenido… relaciones sexuales?

Relaciones sexuales. Me estremecí. Sonaba a enfermedad contagiosa. Le di un golpecito al insecto rojo con la punta del dedo.

—Sí —dije—. Sí.

La mariquita cambió de dirección y se dirigió al vaso de limonada de nuevo.

Mi madre se puso el blazer. Cada respiración iba sucedida de un fuerte siseo.

Tenía la cara roja y el bolso bien apretado contra el pecho cuando se volvió hacia mí.

No sé qué esperaba. Tal vez un comentario sobre lo duro que era para ella. O irritación por haber perdido su valioso tiempo yendo al colegio en pleno día.

La bofetada llegó sin previo aviso y casi me hizo perder el equilibrio. Por un segundo la habitación dio vueltas y luego sentí un dolor ardiente en la mejilla.

274 —Zorra —dijo mamá, y salió del despacho dando zancadas.

Hanne

$\mathcal{M}$e pierdo de regreso a la comisaría. No sé si es porque estoy alterada de hablar con Peter o si es culpa de la enfermedad.

A lo mejor solo es el tiempo. La nieve hace que me cueste ver a unos metros delante de mis narices y todos los edificios están envueltos en una neblina blanca. Los nombres de las calles se ven, pero no recuerdo adónde conducen, como si todo el mapa de Kungsholmen se hubiera borrado de mi memoria.

La nieve me entra por el cuello, se derrite y baja por el pecho. Tengo las manos congeladas y el pánico asoma en algún lugar detrás de las costillas, como un puño en el pecho. Sería bastante fácil preguntar a la gente que pasa por la calle: la mujer joven con el cochecito, el hombre con una raqueta de tenis colgada del hombro, o incluso a la pareja que se besa con descaro delante de un edificio de pisos. Pero no puedo, soy incapaz de admitir siquiera ante mí misma que no encuentro el camino de vuelta a la comisaría.

El viento tira de la capucha y los copos de nieve, pequeños y duros, me azotan las mejillas. Todo es blanco. Todo es nieve y hielo. Podría estar con los inuit en Groenlandia, del frío que hace.

Pienso en los hombres que intentaron conquistar las regiones polares, a menudo con resultados desastrosos: Amundsen, Andrée, Strindberg y Nansen. Pero sobre todo Claus Paarss, militar danés-noruego que viajó a Groenlandia en 1728 para buscar asentamientos noruegos de los que nadie había sabido nada en doscientos años.

Cuando planificaron la expedición, pensaron que los jóvenes noruegos con esquís podrían explorar el continente desconocido en todas direcciones sin grandes dificultades.

Paarss cruzó el norte del Atlántico con unos veinte soldados, doce convictos, un grupo de prostitutas y doce caballos. Al llegar empezó la lucha contra los elementos y contra sus propios acompañantes. Los hombres de Paarss se amotinaron, pero, en cuanto logró aplacar la rebelión, empezaron a morir de escorbuto y viruela. Los caballos también murieron. Paarss fracasó dos veces en su intento de cruzar el continente a pie por los afilados bloques de hielo. Finalmente, hasta los nativos de Groenlandia abandonaron la colonia, y el sueño de Paarss de poblar el continente con aristócratas daneses y sus familias se esfumó.

¿De dónde sale esa necesidad del ser humano de domeñar el mundo? No se limita en modo alguno a la naturaleza: los seres humanos queremos también gobernar los unos sobre los otros, tanto en la sociedad como en las relaciones personales.

«Como Owe», pienso. Se ha pasado la vida intentando domarme. Pero no lo conseguirá, porque haré lo que hace el oso polar: cansarlo con mi obstinación hasta que se rinda y encuentre a otra persona a la que dominar.

Parpadeo contra los copos de nieve. Intento de nuevo encontrar algo en lo que fijar la vista, una marca en todo ese blanco. Casi me tienta llamar a Owe, porque sé que lo dejaría todo, iría al coche y saldría a buscarme. A salvarme, como siempre que metía la pata.

Unos segundos después la nevada disminuye y emerge la conocida silueta del hospital de St Erik. Respiro hondo. Ahora sé exactamente dónde estoy y cómo volver al calor de la comisaría, pero esa horrible sensación paralizadora de impotencia se ha instalado en mí. No quiere dejarme escapar cuando vuelvo a mi mesa y miro por la ventana hacia Kungsholmsgatan. Incluso después de tres tazas de té caliente seguidas, sigo tiritando del frío.

Miro a Peter. Está sentado a unos metros, de espaldas a mí, con los ojos clavados en el ordenador. Tiene el pelo rubio grisáceo húmedo y en el suelo, debajo de la silla, se han formado unos charquitos alrededor de sus pantalones, ridículamente finos.

Ojalá tuviera cáncer, así podría decírselo. No se puede decir a la gente que tienes una demencia incipiente. Sobre todo si es una persona con la que te has acostado. Es mil veces peor que una enfermedad de trasmisión sexual. Más vergonzoso, en cierto sentido. Perder la cabeza, perderte en tu interior, es asqueroso. Repugnante. Me estoy convirtiendo poco a poco en un vegetal, y nadie quiere ser un vegetal.

Salvo Owe.

Tal vez eso sea el amor. Estar ahí para el otro pase lo que pase. Me recuerda a ese verso de la carta a los Corintios: «El amor lo soporta todo, lo cree todo, lo espera todo, lo supera todo».

Pero yo no quiero que Owe me «soporte» y me «supere». Solo quiero que me deje en paz.

Tal vez debería ir a Groenlandia. Hacer el viaje que nunca fue, ahora que aún tengo tiempo. Sin embargo, aquí estoy, en la comisaría, el lugar donde empezó todo y donde todo podría terminar.

Gunilla no para de decir que no debería perder la esperanza.

Ahí está, algo aún más vergonzoso: perder esperanzas. Nadie que esté gravemente enfermo debería perder la esperanza jamás, es una traición imperdonable a tu familia y a los médicos. Sí, a toda la sociedad, que cree que todos los problemas tienen solución y todas las enfermedades se curan.

Gunilla dice que mientras hay vida, hay esperanza. Quién sabe, a lo mejor los científicos encuentran una cura mañana.

¿Y si no tienes fuerzas para albergar esperanzas, qué?

La esperanza no es más que un bote salvavidas sobrevalorado al que se espera que se aferren los enfermos con una sonrisa valiente y agradecida. Por lo visto dejarse ir es una deslealtad, además de una temeridad.

Pero estoy cansada de ser leal.

Después de comer reviso el interrogatorio de la policía local a Emma Bohman. No logro detectarlo, pero hay algo que me inquieta, algo que no es coherente con nuestra teoría. Supongamos que la mujer que encontraron en casa de Jesper Orre es realmente Emma Bohman. Sigue quedando la pregunta de por qué Orre iba a asesinarla. Si tuvieron una aventura y quería deshacerse de ella, no estaría tan implicado emocionalmente. ¿Por qué iba a matarla así? La colocación de la cabeza, los párpados forzosamente abiertos, todo apunta a un asesino que albergaba un intenso odio hacia la víctima. De verdad no entiendo por qué Orre iba a odiar a Emma Bohman hasta ese punto. Por lo menos no con el conocimiento limitado que tengo de los dos.

Además, si Orre de verdad quería matar a Emma Bohman, ¿por qué lo hizo en su casa y luego ni se molestó en esconder el cuerpo? Tenía que saber que quedaría al descubierto en cuanto descubrieran el cadáver.

Por último, si la mató, en un arrebato de ira o tal vez afectado por un ataque psicótico pasajero, ¿por qué se fue de casa sin la cartera ni el móvil? ¿Adónde vas sin dinero ni teléfono en pleno invierno?

278   Fuera empieza a anochecer y el brillo amarillo de las velas de Adviento se refleja en la ventana. La calma se ha apoderado de la oficina. Solo se oyen conversaciones tranquilas aquí y allá, y el tecleo en la mesa de Sánchez, que escribe algo en el ordenador.

Sigo leyendo por encima la investigación. Leo el testimonio de los colegas y amigos de Jesper. Nada indica ningún tipo de problema psiquiátrico. No se menciona una conducta violenta, y eso también supone un problema: este tipo de crímenes no son obra de personas sanas con una historia personal normal. Un crimen violento grave también es una especie de carrera, o como se quiera llamar. Normalmente hay señales de que algo va mal desde una edad temprana: un comportamiento anormal, delincuencia temprana, o tal vez violencia contra animales o niños pequeños. La afición de Jesper Orre por el sexo duro o el hecho de robar ropa interior femenina se consideran bastante normales. La mayoría de nosotros tenemos secretos sucios, pero poca gente mata o le corta la cabeza a la gente. Esa conducta es tan anormal que requiere un modelo explicativo completamente distinto.

Luego está Calderón. Que no es chino. ¿De dónde demonios lo saqué? Es una de esas tonterías que digo últimamente. A lo mejor, cuando esté gravemente enferma, acabaré diciendo cosas realmente divertidas por primera vez en mi vida. Seré una de esas pacientes que hace que sus cuidadores se partan de risa y a los demás pacientes se le atragante la comida de bebé.

Vaya.

Aunque Sánchez ha mirado con lupa la investigación de Calderón y ha vuelto a interrogar a su familia, no ha encontrado relación entre Orre y él.

Un revuelo en la mesa de Sánchez me saca de mis cavilaciones. Manfred habla alto, agita los brazos y al cabo de unos segundos Peter se acerca a ellos. Manfred se pone el abrigo. Sánchez hace lo mismo, se mete el móvil en el bolsillo y apaga la lamparita de la mesa con un movimiento rápido.

Peter se da la vuelta y se me acerca. Su cuerpo trasmite nervios, y entiendo en el acto que algo ha pasado.

—Han encontrado a un hombre muerto cerca de la casa de Orre. ¿Vienes, Hanne?

Estamos en una pequeña zona boscosa a ciento cincuenta metros de la casa de Jesper Orre. Casi ha dejado de nevar cuando las luces de la policía barren el paisaje blanco y lo tiñen de azul en el crepúsculo. Las ramas gimen bajo el peso de la nieve, que cruje bajo mis pies al caminar. Manfred levanta la cinta azul y blanca de la policía y me indica con un gesto que pase por debajo. Sánchez y Peter ya están a la cabeza de un grupo que se ha congregado a unos dos metros. Fuera de la cinta policial unos cuantos curiosos se dan empujones. Uno da saltos para entrar en calor, otro hace fotos con el móvil. Agentes de policía de paisano los mantienen a raya, les dicen que no hay nada que ver y los invitan a irse a casa.

Cuando me acerco al grupo de agentes y técnicos forenses que se encuentran debajo de un gran árbol, veo una caja verde con la palabra «ARENA» saliendo de la nieve, un recipiente para almacenar la arena que ponen en las carreteras en invierno.

—Lo encontraron unos niños —dice Manfred, y me mira a los ojos—. ¿Por qué siempre tienen que ser niños los que encuentren los cadáveres? Estaban jugando al escondite cuando encontraron el cuerpo. Congelado como un polo.

Llego al grupo reunido en torno a la caja. Saludo a algunas caras conocidas e intento ver lo que hay dentro. En el fondo del recipiente solo distingo la silueta de un hombre. Está tumbado en posición fetal y lleva tejanos y un jersey fino. La cara, cubierta de sangre oscura y hielo, me resulta extrañamente familiar.

Es Jesper Orre.

Emma

Dos semanas antes

*H*urgo en mi caja de herramientas provisional. Me decido por un martillo y un cincel y me los meto en el bolso. La temperatura está casi bajo cero, así que me pongo el abrigo grueso y las botas de invierno, luego salgo del piso y camino hasta Valhallvägen en busca de un taxi.

Estoy helada, aunque llevo gorro y guantes. Unos cuantos propietarios de perros pasan por mi lado con abrigos de piel y plumones, encorvados por el viento que sopla a ráfagas. No se ven muchos coches. Es evidente que habría sido mejor pedir un taxi, pero no quiero dejar rastro en el sistema de reservas de la empresa de taxis.

Pasados unos diez minutos consigo un taxi. El cristal delantero está cubierto de cristalitos de hielo. Le doy una dirección al taxista a unas cuantas manzanas de la casa de Jesper, hay que ser precavida. El conductor se llama Jorge y es muy parlanchín. Contesto a sus preguntas con brevedad y espero que capte la indirecta, lo entiende y al cabo de un rato se calla. Entonces solo se oye el sonido del motor y la música clásica de la radio.

¿Cómo pudo hacerlo? ¿Cómo pudo vivir una doble vida durante meses, tal vez años? ¿Cómo podía Jesper estar conmigo y a la vez con otra mujer? ¿Era un juego, un deporte, estaba intentando engañar a todo el mundo o solo a mí, el máximo tiempo posible? ¿Quería hacerme daño, destrozarme la vida?

Aún no tengo respuestas, pero las preguntas abundan.

¿Y quién dice que soy la única? Tal vez haya más mujeres ahí fuera a las que ha engañado. Apoyo la mejilla en la fría ventanilla del coche y cierro los ojos. Intento imaginar a otras como yo por todo Estocolmo, en pisos solitarios, pero no puedo. Ni puedo ni quiero creer que sea así. ¿De dónde iba a sacar el tiempo?

El taxi reduce la velocidad delante de una casa roja de madera. Pago en efectivo y salgo al frío. Jorge desaparece en la noche, y todo está en silencio y tranquilo. A lo lejos ladra un perro.

Echo a andar por la calle estrecha. Casi al instante meto el pie en un charco y se abre una fina película de grietas de hielo con un frágil crujido. Hay grandes casas de finales de siglo a ambos lados. Las ventanas están iluminadas y pienso que en cada casa hay una familia con su historia única. Me sorprendo dando por hecho que la gente que vive en esas casas grandes tan bonitas es feliz, aunque es ridículo, por supuesto. Porque el dinero y el poder no garantizan la felicidad, ¿no?

La calle es tan pequeña que casi me la salto. Aquí las casas son más nuevas, tal vez de los años cincuenta, y un poco más pequeñas. El asfalto está cubierto de montones de hojas que el frío ha convertido en una traicionera alfombra deslizante. La luna llena pende sobre las casas a la derecha, perfectamente redonda y con un brillo dorado, como una fruta madura.

Reconozco la casa de inmediato. Unos tocones ennegrecidos emergen del suelo donde antes estaba el garaje y un leve hedor a madera quemada desvela lo ocurrido. La cinta policial, azul y blanca, rodea la construcción quemada, como si fuera un regalo gigante. Se agita un poco al viento. El corazón me da un vuelco. Por fin he tenido algún efecto en su vida, lo he atrapado, aunque no sea como había imaginado.

«Tú te lo has buscado», pienso. No tenía que acabar así.

Se ve una luz encendida en la ventana de la puerta principal, pero por lo demás la casa está a oscuras en su pendiente boscosa. Dudo un segundo antes de abrir la puerta y acercarme a la entrada.

Hay plantas marchitas y heladas junto al estrecho camino de grava y más allá un amplio césped. Unos cuantos enebros y pinos se yerguen en una ladera yerma. No es un jardín muy bonito. La jardinería no debe de ser uno de los intereses de Jesper. Sin embargo, una vez más, ¿qué sé yo de sus intereses, quién es en realidad?

Noto el botón de latón del timbre frío bajo el dedo. Por un momento siento que algo muy importante está a punto de ocurrir, como si al pulsar ese botón estuviera tomando una decisión irrevocable. Descarto la idea por ridícula. Esto empezó hace mucho tiempo. El que yo esté aquí hoy es una consecuencia natural de lo que me hizo Jesper.

¿Y si es eso exactamente lo que quiere?

La idea me molesta y hago lo posible por no llegar a su inevitable conclusión. Llamo al timbre. Acto seguido oigo ese zumbido furioso dentro de la casa. Tengo el corazón acelerado y el estómago encogido. No estoy segura de qué voy a hacer si abre la puerta y estamos cara a cara. Tal vez debería haberme preparado mejor, haber escrito notas, porque no me fío de que recuerde todo lo que tengo que decir.

Me quedo un rato en la entrada con el dedo en el timbre, observando cómo mi aliento se convierte en pequeñas nubes blancas que el viento disuelve, pero no pasa nada. Vuelvo a llamar al timbre. Se oye el zumbido, que abre un agujero profundo y feo en el silencio.

Miro alrededor.

Veo la casa de enfrente, que está completamente a oscuras, y más lejos, hacia el agua, más casas. Hay luz en algunas ventanas y sale humo de una chimenea, pero aparte de eso todo está tranquilo, y no se ve gente ni coches.

Pasados unos minutos, bajo los peldaños de piedra de la entrada y rodeo la casa blanca hasta el lado más corto, donde dos ventanas del sótano dan al suelo. Me agacho y miro dentro. Está oscuro, salvo por una tenue luz que sale de una puerta abierta al otro lado de la estancia.

Al cabo de un rato, se perfila el contorno de una lavadora en la penumbra. Sigo rodeando el edificio, inspeccionando las ventanas. La casa parece vacía. Sopeso los riesgos: podría haber una alarma, pero la oiré si se dispara. Además, no he visto pegatinas que avisen de un sistema de alarma.

Cuando vuelvo a las ventanas del sótano en el lado más corto, me percato de que quedan completamente ocultas a la vista. Este lado de la casa queda detrás de un montículo de pinos destartalados. La luna llena brilla entre las ramas. Me proporciona

283

la luz justa para ver lo que hago. Miro de nuevo al otro lado del cristal. La lavadora está convenientemente situada bajo la ventana: debería servir como superficie de aterrizaje. Con cuidado, saco el cincel y el martillo del bolso y me doy cuenta de que no tengo la más mínima idea de cómo entrar en una casa por la ventana. Intento usar el cincel y el martillo para abrirla.

No funciona. Lo único que consigo es hacer un tajo feo en la madera.

Me limpio el sudor de la frente. Luego levanto el martillo y golpeo indecisa en medio del cristal, qua cae al suelo y al sótano. Levanto el martillo una y otra vez para quitar todas las esquirlas del marco de la ventana. Luego me pongo de cuclillas, contengo la respiración y escucho por si oigo pasos que se acercan o voces enfadadas.

Nada.

Se respira la misma calma y silencio que antes. La luna llena se refleja en las esquirlas esparcidas por el suelo delante de mí, como si el cielo se hubiera roto en mil pedacitos para luego caer a mis pies.

Me siento junto a la ventana y me asomo a la habitación oscura. Lo único que tengo que hacer es entrar y bajar de un salto hasta la lavadora. Tras algunas dudas, guardo el cincel y el martillo en el bolso y lo lanzo al interior del sótano. Aterriza con un ruido sordo en el suelo. Me meto dentro, me siento en la repisa, me apoyo en el marco de la ventana y bajo de un salto.

Es mucho más fácil de lo que esperaba. En el sótano de Jesper, me arrepiento de no haber venido antes. Se nota un leve olor a detergente y a moho. Hay una secadora al lado de la lavadora y un montón de ropa sucia en un rincón.

Nada especialmente glamuroso.

Cuando abro la puerta, veo que me sangra una herida en la mano. Debo de haberme cortado sin darme cuenta cuando entraba por la ventana. No gotea, fluye, y veo un corte profundo entre el pulgar y el índice.

Me acerco al armario que hay junto a la lavadora, lo abro y veo una cesta dentro. Parece llena de la colada. Escojo una prenda pequeña y blanca. Cuando me envuelvo la mano herida me doy cuenta de qué es: unas bragas. Me estremezco, pero decido que es lo que hay. Luego me dirijo a la casa.

Estoy un poco sorprendida. Esta casa está hecha polvo. Las paredes blancas están descoloridas y el suelo de madera está rayado y faltan algunas piezas. La decoración, en cambio, es típica de Jesper: mobiliario serio danés y lámparas que reconozco de las revistas de interiorismo. Las superficies brillantes, cromadas y lacadas, reflejan el claro de luna. Hay unas grandes fotografías en blanco y negro de animales y mujeres desnudas iluminadas por detrás, colgadas de las paredes. Es como una puñalada en el corazón: esta podría haber sido nuestra casa.

De pronto me superan las lágrimas que tenía almacenadas en algún lugar de la garganta desde que he entrado en la casa. Me hundo en un sofá de piel negro y dejo que corran. La luz clara de la luna se derrama en el suelo. Un aroma húmedo a tabaco rancio impregna el aire. Tal vez no fuera tan buena idea venir, al fin y al cabo. Aquí en su casa todo parece más pronunciado. Su traición parece mucho mayor, imposible de entender.

285

Miro alrededor. Hay una fotografía en la librería: Jesper y un grupo de mujeres en una playa. Las mujeres, todas en bikini, son delgadas y guapas, y tienen unos pechos pequeños y bien formados, completamente distintos de mis ubres. Una mujer morena está muy cerca de Jesper. Demasiado cerca. Tanto que sé que tiene que ser más que una amiga.

Me doy la vuelta y se me retuerce el estómago de nuevo.

¿La mujer morena sabe que él la está engañando, o a ella también le hicieron creer que era la única? ¿Debería decírselo? Entonces se me ocurre que ella podría saber de mi existencia, que Jesper podría haberme dejado por ella. A lo mejor sabía perfectamente lo que estaba haciendo cuando se juntó con Jesper. Incluso podría haber maniobrado conscientemente para deshacerse de mí.

La otra.

Eso también explicaría la ruptura apresurada y la falta de explicaciones. De pronto sé que tiene que ser así. La morena guapa tiene que haberme quitado a Jesper: lo sepa o no, ella es el motivo por el que le he perdido. Siento una furia repentina contra ella. Aparto de un golpe la fotografía de la estantería y cae al suelo. Mientras suena el eco del cristal que se rompe, salgo de la habitación sin darme la vuelta.

Todo en la cocina es nuevo y brillante. Los armarios negros lacados de la cocina no tienen pomos y tardo un rato en averiguar que se abren con un leve empujón. Los platos también son negros y las esbeltas copas de vino están colocadas entre bandejas y cuencos. Dos bandejas negras con elefantitos blancos están apoyadas detrás del grifo cromado, que parece una manguera de ducha. Paso la mano por la encimera de acero inoxidable. Ni una miga, ni una mota de polvo. Solo esa fría placa metálica, limpia como en una clínica. Lo único que diferencia esta cocina de una sala de autopsias es la mesa negra y el dibujo que cuelga en la pared encima de ella. Interpreto que es un muñeco de nieve, pero no estoy segura. No es muy bueno. Hay que ser padre para que te guste un dibujo así. «Para Jesper», está garabateado encima del muñeco de nieve con unas desordenadas letras azules.

Por supuesto. Eso es. La otra tiene un hijo, pero Jesper no es el padre. Debieron de conocerse más tarde, cuando Jesper y yo estábamos juntos. Y luego me dejó por ella.

Por ellos.

Hay una nevera escondida tras una de las relucientes puertas de armario. Inspecciono el contenido: leche, zumo, mantequilla, huevos y media botella de vino con el corcho puesto. Nada muy emocionante. En el estante de abajo hay un recipiente de plástico con sobras. Levanto la tapa con cuidado: albóndigas y macarrones, con un montículo seco de kétchup en la esquina.

Dejo el recipiente de plástico en la mesa, vuelvo a la nevera y saco la botella de vino. La dejo al lado de los macarrones y pienso un momento. En la ventana, junto a una hiedra marchita, hay un pequeño equipo de música con un iPod encima. Lo enciendo y repaso las listas de reproducción, selecciono una canción al azar y pulso el botón de reproducir. Luego me siento a la mesa.

Frank Sinatra canta villancicos para mí mientras como albóndigas frías y me bebo el chardonnay de Jesper. Cuando canta sobre «vacaciones felices» siento que la rabia en mi interior cobra vida de nuevo. Nunca lo he visto con tanta claridad, hasta qué punto su reluciente y próspera vida difiere de mi existencia de ermitaña en mi pequeño piso. No es justo y alguien tiene que hacérselo entender. Y ese alguien soy yo.

La cama es ancha, blanda y parece lujosa. La pruebo y descubro que es lo bastante ancha para tumbarse también en perpendicular. Las sábanas desprenden un ligero olor a jabón o a algún tipo de perfume. En la mesilla de noche hay unas cuantas novelas de misterio de bolsillo y revistas de negocios. Abro con cuidado el cajón y miro dentro: un cargador de móvil, protector labial y un poco de lubricante.

De nuevo, siento un retortijón. Mi estómago se contrae y el conocido nudo se instala en la garganta. Estoy demasiado cerca de la verdad que estaba buscando y ahora tengo que pagar el precio de mi curiosidad. Es más doloroso de lo que jamás había imaginado. Por supuesto, quería saber dónde estaba Jesper y por qué no se quedaba conmigo. Pero no quería ver fotografías de él y la otra mujer, no quería oler sus sábanas ni hurgar en su ropa sucia.

Las lágrimas apremian tras los párpados y las dejo fluir. Entierro la cara en una almohada y sollozo. Doy rienda suelta a la desesperación que he sentido tanto tiempo.

Cuando despierto, fuera es de día. Al principio no sé dónde estoy, luego me veo la mano. Las bragas blancas que envuelven la herida están casi completamente empapadas de sangre seca.

Me siento y deshago con cuidado el vendaje provisional. Por lo menos ya no sangro. Meto las bragas ensangrentadas detrás del cabecero con una vaga sensación de asco, pero también con tristeza: me recuerdan al bebé que he perdido.

Cuando me levanto noto lo entumecida que estoy. Es como si mi cuerpo no quisiera obedecerme del todo cuando camino hacia la ventana. No tengo ni idea de qué hora es ni cuánto tiempo he dormido, pero el sol está alto y el mundo fuera brilla blanco. Una fina capa de nieve cubre todo lo que se ve. A lo lejos veo un coche que se acerca.

Me quedo ahí unos segundos hasta que entiendo lo que está a punto de suceder. El coche, ahora a menos de una manzana, es un todoterreno negro que reconozco como el de Jesper. El pánico se apodera de mí, miro la sala, busco mi bolso y mi abrigo y bajo corriendo la escalera y vuelvo al sótano. No sé cuánto tiempo me queda. ¿Un minuto? ¿Treinta segundos? Sin darme la vuelta lanzo el bolso por la ventana y luego salto yo. Tal vez son imaginaciones mías, pero en el momento en que me levanto me parece oír un portazo.

Me doy la vuelta y corro entre los pinos y las casas hacia el agua. Al cabo de un minuto veo un cobertizo en un pequeño montículo, con una vista despejada de la casa de Jesper. Corro hacia él y miro dentro por las ventanas sucias. El mobiliario de jardín está recogido. Hay una barbacoa rota en un rincón y un sofá viejo en medio del suelo. Me doy la vuelta y observo la casa a la que pertenece el cobertizo. Parece abandonada. Las ventanas de la planta baja están selladas y bajo la nieve veo lo que interpreto como el contorno de un canalón que se ha caído por el lateral de la casa a la hierba descuidada.

Cuando dejo atrás la casa abandonada, sé que acabo de descubrir algo importante.

Hay facturas nuevas. Me siento a la mesa de la cocina, miro el montón que en unos días casi ha doblado el tamaño. No sé qué hacer. No tengo joyas ni ningún objeto de valor que vender. No me queda ni el cuadro que estaba colgado encima de la cama, que por algún motivo tenía un valor. Pienso en esos jugadores de fútbol infantiles en colores pastel reunidos alrededor de la pelota. Si lo que me dijeron al recibir la herencia es cierto, valía por lo menos tres mil coronas. Pero eso ya no importa porque Jesper se lo llevó. Se me ocurre que debería haberlo buscado en casa de Jesper cuando estuve, en vez de comer y llorar hasta quedarme dormida en su cama.

Al otro lado de la ventana nieva. Pronto llegará la Navidad. Serán las primeras Navidades sin mamá y aún no sé cómo celebrarlas. En realidad para mí no es tan importante la Navidad: en mi caso, comer pizza para llevar y alquilar una película funciona igual de bien que una celebración tradicional. Tal vez incluso mejor, porque hay algo en la Navidad que me provoca cierta angustia, leve pero perceptible. Creo que de pequeña también la sentía, pero entonces era angustia por otras cosas: cómo valorar mis regalos lo suficiente para evitar que mamá y papá se enfadaran y, aún más importante, cómo volverme invisible cuando se emborrachaban y se volvían ruidosos y erráticos.

Sujeto las facturas en la mano, pienso un momento y las vuelvo a dejar en la panera. La tapa se cierra con un chirrido que suena como un sollozo.

Voy al baño, me paso el cepillo por el cabello largo y me doy cuenta de que no reconozco a la mujer que me mira desde el espejo. Parece mayor que yo. Amargada. Débil de un modo femenino, servil. Como una mujer en un drama de época que necesita ser rescatada y protegida. Me saca de quicio, lo último que quiero ser es débil. Cierro los ojos y recuerdo la sensación de control y poder que tuve después del incendio y sé que debo recuperarla: fuerza, determinación, audacia. Tengo que cambiar, por dentro y seguramente también por fuera.

Debajo del espejo hay unas tijeras de uñas, viejas y torcidas, tan romas que las uñas se doblan cuando las usas. Las cojo de todos modos, agarro el pelo y empiezo a cortar. Cae al suelo como la nieve al otro lado de la ventana. Corto un mechón tras otro. El pelo va cubriendo el suelo poco a poco y la mujer del espejo cambia delante de mis narices.

Al principio no me gusta. Empieza como un corte de paje que creo que me hace parecer una vieja librera. Decido que tiene que ser más corto. Con cuidado, recorro la cabeza de nuevo con las tijeritas. Me escuecen el pulgar y el índice del esfuerzo, pero al final estoy satisfecha.

Por fin me he convertido en otra persona.

289

Peter

La oscuridad se apodera rápido de Estocolmo y el tráfico empeora mientras conduzco desde el barrio de Djursholm hacia la comisaría en Kungsholmen. Pienso en el cuerpo congelado de Jesper Orre en el contenedor verde de arena. En la cara ensangrentada cubierta de escarcha. Como siempre que me topo con la muerte, me viene a la cabeza la imagen de mi hermana Annika disfrutando en la roca aquel verano, hace tantos años. Su cuerpo delgado, que empezaba a redondearse, el olor a tabaco pendiendo sobre el brezo seco y la sensación de agujas afiladas bajo los pies de piel fina.

¿Qué habría pasado si no le hubiera contado a mi madre que Annika se había fumado un cigarrillo en los acantilados? ¿Seguiría viva hoy en día? Creo que mi madre sospechaba que me sentía culpable por la muerte de Annika, porque no paraba de decirme que fue un accidente y que no era culpa de nadie. Lo repetía casi como un mantra. Aunque a lo mejor era porque resultaba demasiado doloroso admitir que Annika nadó hasta morir por voluntad propia.

Annika fue la primera. Me enseñó que la vida no era para siempre. Le siguieron otros. Petter, el chico pelirrojo del 7B, estampó el ciclomotor contra un árbol y quedó en coma durante cuatro semanas hasta que su padre desconectó el respirador, hizo la maleta y se fue a Tailandia para no regresar jamás. Marie, que estaba en la academia de policía conmigo, enfermó de cáncer a los veinticinco. Prometió a todo el mundo que volvería pronto, incluso cuando estaba en cuidados paliativos.

Luego mi madre, claro.

Después de ella, dejé de contar. Parecía que todo el mundo a mi alrededor muriera, era una sensación horrible. Me hacía sentir como si yo fuera el siguiente. Como si todo aquello en lo que invertía tiempo, como investigaciones de asesinatos, pizza para llevar delante del televisor o porno deprimente en Internet, careciera de sentido. Como si pudiera saltar del puente del Oeste, porque nadie me echaría en falta: en cuanto las ondas en el agua desaparecieran, caería en el olvido.

Es cierto: nadie en la Tierra depende de mí. Nadie me necesita de verdad. Ni mis colegas, ni Janet. Ni Albin.

No de verdad.

Aun así, podías suicidarte, o tomarte una cerveza. Y cuando había que elegir entre el puente o el bar, siempre elegía el bar.

Sánchez está frente a la pared de pruebas, se recoge el pelo en una cola de caballo y dice:

—Recibimos una llamada poco después de las tres de alguien llamada Amelie Hökberg, que vive en Strandvägen, en Djursholm. Es la madre de Alexander Hökberg, de diez años, que, junto con su amigo Pontus Gerloff, encontró el cuerpo de Orre en el contenedor de arena. Por lo visto los niños llevaban toda la tarde jugando y Alexander iba a esconderse en el contenedor cuando encontró a Orre.

Sánchez señala el mapa clavado en la pizarra.

—El contenedor de arena está a cuatrocientos metros al oeste de la casa de Orre, en una zona boscosa. Se tardan unos siete minutos en llegar a pie desde la casa de Orre.

—¿Cuánto tiempo llevaba ahí? —pregunta Manfred.

—La forense aún no lo sabe. Primero tiene que haber una autopsia, y para eso el cuerpo tiene que descongelarse. Tardará por lo menos un día.

—¿Qué sabe la forense? —pregunto.

—Tenía heridas en la cabeza y la frente. Recibió un golpe o sufrió algún otro tipo de trauma. Probablemente murió de congelación.

Miro a Hanne. Trasmite una calma extraña, casi serena, sentada junto a la ventanilla con sus velas de Adviento. Pienso que no parece en absoluto que esté enferma, y recuerdo el cuerpo de mi madre demacrado y devorado por el cáncer.

—De acuerdo. Orre mata a Emma Bohman —dice Manfred, y estira su enorme cuerpo de manera que el chaleco se pone tenso con dificultades sobre la barriga—. Entonces ¿cómo demonios acaba en el recipiente de arena?

Se hace el silencio en la sala un momento.

—¿A lo mejor se estaba escondiendo? —sugiere Sánchez—. Estaba huyendo de un escenario del crimen, herido y confuso. A lo mejor se encontró con alguien y se escondió en el recipiente de arena. Y luego…

Se queda callada. Solo se oye el zumbido del sistema de ventilación. Son las ocho en punto y la mayoría de nuestros colegas ya se han ido a casa. Un detective solitario está sentado al otro lado de la sala delante del ordenador, aparentemente absorto en algo. Fuera, las luces de Kungsholmen brillan sobre el cielo negro de invierno de fondo.

—Entonces Orre mata a Emma Bohman, esa es nuestra teoría —continúa Manfred—. Le corta la cabeza. Le deja los ojos abiertos con cerillas y se va sin cartera, teléfono ni abrigo. Ni siquiera se llevó unas bragas para oler. Luego se mete en un contenedor de arena y muere. Me alegro de haber aclarado la secuencia de los hechos. ¿Quién quiere llamar al fiscal?

Sánchez suelta un fuerte suspiro.

—¿Hace falta ser tan… crítico todo el tiempo, joder? No he dicho que sucediera así. Solo intento encontrar una explicación que encaje con las pruebas…

—El problema es que no tenemos ninguna prueba. Ni siquiera sabemos la identidad de la mujer de la casa de Orre. ¿Cómo demonios vamos a saber qué ocurrió en realidad? ¿Puedes responder a eso?

Sánchez se cruza de brazos y aprieta los labios. Mira al techo. Parpadea. Por un momento parece que vaya a romper a llorar. Sé la presión que soportamos todos y me sabe mal por ella. Hace lo que puede. Siempre hace lo que puede, ella es así. Un perro no puede dejar de ser un perro. Y Sánchez solo puede ser Sánchez. Un día será una detective brillante y a lo mejor eso es lo que molesta a Manfred.

—¿Sabes qué? No tengo por qué soportar esta mierda,

Manfred. Me voy ahora mismo al instituto forense de Solna a buscar al odontólogo. Llámame si necesitas algo.

Se da la vuelta y desaparece por el pasillo. El sonido de los tacones se desvanece.

—¿Era necesario? —pregunto, y miro a Manfred a los ojos.

—Por Dios, Lindgren. No me digas que te crees esa teoría.

—Hace lo que puede.

Manfred niega con la cabeza, despacio.

—Lo siento, pero no es suficiente.

Se levanta, coge el abrigo que cuelga del respaldo de la silla y dice:

Tengo que ir a casa unas horas a dar un respiro a Afsaneh. Llámame si pasa algo. Si no, volveré en dos o tres horas.

Se va con paso lento y me deja a solas con Hanne. Tiene los ojos grises clavados en mí.

—¿Qué? —pregunto.

—Nada. Solo estaba pensando… ¿Siempre sois así… tan duros entre vosotros?

Me encojo de hombros.

—No es un grupo de crecimiento personal.

Veo una leve sonrisa en su rostro fino.

La sala queda en silencio un momento. Las lámparas parpadean y Hanne cierra los ojos, como si intentara evitar la luz fría. De pronto parece mayor. No menos guapa, solo mayor y más cansada, por el paso de los años.

—¿Cómo estás? —pregunto.

Abre los ojos, suelta una risita. De nuevo parece una adolescente, por su risa traviesa o por cómo pone cara de desesperación.

—Eres gracioso. Estoy bien.

—Porque he estado pensando en lo que me dijiste… —me apresuro a decir.

—No te preocupes. Sobreviviré a esta investigación.

Ya no puedo controlarme. Es como si por fin me esté dando cuenta de lo importante que es para mí. Es la primera y única persona que he deseado de verdad y eso la hace más importante que ninguna otra cosa, solo es que no me había dado cuenta antes. Tal vez sea porque me dijo que estaba enferma y ahora

293

sé que nuestro tiempo juntos no es infinito. Ha quedado reducido a una serie de breves instantes, unidos en días y semanas, que podrían terminar demasiado pronto.

—Te quiero, Hanne —digo. En el momento en que pronuncio esas palabras, sé que lo digo de verdad, tal vez por primera vez en mi vida.

A Hanne le brillan los ojos.

—Va, Peter. Eso no lo sabes. No nos hemos visto en diez años.

—No, sí lo sé. Entonces también te quería, pero era demasiado tonto para entenderlo.

Le corren unas cuantas lágrimas por las mejillas, pero no les hace caso.

—Ya no importa —susurra, y se mira las manos, que descansan tranquilas en su regazo—. Estoy enferma y no podemos estar juntos.

—Pero a mí no me importa que estés enferma. Puedo cuidar de ti. Quiero cuidar de ti.

Me mira a los ojos.

—Créeme, no quieres.

El ajetreo del detective que estaba al otro lado de la sala ha cesado. Se levanta, se pone la chaqueta de piel, apaga la lamparita de la mesa y sale de la oficina.

—Sí quiero.

Hanne suspira y levanta la vista hacia la lámpara del techo. Bajo la luz clara, la piel de debajo de sus ojos parece fina, con una iridiscencia azul. Como la barriga de un pez.

—Por Dios, Peter. Eres como un niño pequeño cabezón. Estoy… perdiendo la memoria. Pronto no sabré ni cómo me llamo. No puedes ser mi cuidador, tienes que entenderlo.

—¿Pierdes la memoria? ¿Y eso? ¿Como el alzhéimer?

Hanne se tapa la cara con las manos.

—Tengo que irme —dice, y se levanta sin mirarme.

—¡Espera! ¿Puedo acompañarte?

Se da la vuelta. Se pone las manos en la cintura y niega despacio con la cabeza.

—No, ¡ríndete! Te he dicho que no funcionará.

No sé si está enfadada o solo cree que insisto demasiado.

Antes de salir de la oficina, se para delante de la pared de pruebas. Se queda un buen rato observando la imagen de Emma Bohman antes de darse la vuelta y despedirse de mí con un gesto.

La oscuridad fuera parece aún más negra y densa que antes. Me quedo junto a la ventana buscando a Hanne, pero solo veo una máquina quitanieves que se acerca por la calle desierta.

Me pregunto si es cierto que está perdiendo la memoria. Pero ¿por qué iba a mentir en algo así?

De pronto siento una profunda tristeza. Pienso en su cuerpo esbelto en la cama, las pecas de los hombros brillando bajo la luz del alba. En su deseo ardiente cuando hacíamos el amor, y su risa escandalosa e incontrolable de después, cuando nos tumbábamos juntos charlando en la cama estrecha. Casi oigo sus leves ronquidos, me recuerdan al chirrido de un barco, anclado en un mar tranquilo.

Un sonido seguro.

Pero sobre todo pienso en cómo me sentía cuando estaba con ella. Maravillosamente abierto, vulnerable y ligero.

Como una pluma.

¿Quién dice que no puede volver a ser así? ¿Quién decide que no puede ser?

La vida va de pérdidas, solía decir mi madre cuando fumaba debajo del ventilador. La pérdida de la inocencia con la que todos nacemos, de nuestros seres queridos, de nuestra salud y capacidades físicas y, en última instancia, por supuesto, la pérdida de nuestra propia vida.

Como siempre, tenía razón.

Manfred llama hacia las nueve. Suena alterado y algo más: con una intención que conozco muy bien.

—¿Estás en la oficina? —pregunta.

—Sí, ¿por qué? Me iba a ir pronto.

—Bergdahl ha hablado con una amiga de Angelica Wennerlind.

295

Observo la pared de pruebas donde la imagen de Angelica Wennerlind está colgada junto a una fotografía de Emma Bohman.

—¿Y?

—No te imaginas qué le ha contado. Está de camino a la comisaría con una colega. Podremos hablar con ella en veinte minutos.

Annie Bertrand es baja, rubia y lleva ropa de deporte, como si saliera directa del gimnasio. Nos encontramos con ella en una pequeña sala de interrogatorios de la planta baja: huele a podredumbre y a productos de limpieza. Manfred ha traído café y bollos del 7-Eleven, pero ella rechaza los dulces con educación y aclara que no come pan.

Hoy en día está de moda evitar el gluten, o el azúcar, o la leche. Sánchez también ha dejado de tomarlo, según ella se le infla el estómago como un globo en cuando ve un dulce.

—Gracias por venir —dice Manfred—. No solemos pedirle a la gente que venga a comisaría a estas horas, pero la investigación del asesinato en casa de Jesper Orre se encuentra en un momento decisivo y no queremos perder tiempo. ¿Puede contarnos de qué conoce a Angelica Wennerlind?

—Somos amigas desde el colegio. Entonces íbamos bastante juntas, pero ahora nos vemos a lo mejor una vez al mes. Ella vive en Bromma, trabaja en una escuela infantil en Ålsten, y yo vivo en la ciudad. Además, tiene a Wilma, así que no tiene mucho tiempo...

Su voz se apaga.

—¿Wilma es su hija? —pregunta Manfred.

—Sí. Es monísima, pero también muy intensa. Solo tiene cinco años.

—¿Y Angelica no vive con el padre de Wilma?

—No, es americano. Vive en Nueva York. Wilma fue una especie de error, podríamos decir. Angelica conoció a Chris de vacaciones y nunca tuvieron una relación de verdad. Pero cuando se quedó embarazada, decidió tener a Wilma. Le encantan los niños.

Manfred apunta algo en la libreta.

—¿Puede hablarnos del nuevo novio de Angelica Wennerlind?

Annie Bertrand asiente y bebe un sorbo de café.

—Sí. Era secreto, claro, a lo mejor era la única que lo sabía. Estaba saliendo con Jesper Orre y creo que iban bastante en serio. Incluso conocía a Wilma. Pero querían ser discretos por cómo persiguen los medios a Jesper. No creo que Angelica se lo contara ni a sus padres. Ya sabe, dicen que es todo un mujeriego. Probablemente no era muy divertido para Angelica leer artículos sobre él todo el tiempo en la prensa rosa. Pero en realidad creo que eran bastante felices. En todo caso era lo que decía ella. Me contó que iban en serio y que Jesper había dicho que por primera vez en su vida estaba enamorado. Quería vivir con ella, construir una vida juntos. Empezar de cero. Incluso estaba pensando en dejar el trabajo. Estaba cansado de estar bajo tanta presión y escrutinio. Iban a irse de fin de semana. Habían alquilado una casa de campo en algún sitio, creo, pero no dijo dónde. Probablemente querían huir de todo, estar solos.

Manfred me mira a los ojos en silencio y cierra la libreta de un golpe.

297

Emma

Ocho días antes

Me retiro el pelo de la cara y lloro. No por habérmelo cortado, sino porque por fin he completado la transformación que en mi fuero interno siempre supe que se produciría. Parece obra del destino, melancólico y grandioso al mismo tiempo, y me recuerda a la oruga que llevaba por todas partes en un bote de cristal, que al final se convirtió en una mariposa.

Le pregunté a mi padre por qué la oruga no podía seguir siendo oruga y me dijo que no tenía elección: cambiar o morir, así es la naturaleza. Y aquí estoy, cambiada y reinventada. Ya no soy Emma, soy otra persona, más fuerte, que se niega a ser una víctima. Alguien que tiene el control sobre su propia vida y que se vengará de aquellos que la traicionen.

Tiro el pelo a la basura y luego cojo todas las facturas y las dejo en el fregadero. Encuentro cerillas en el cajón inferior del armario del baño. Dudo un momento antes de prender fuego a las facturas. El fuego se propaga enseguida y por un momento la altura de las llamas es preocupante, luego se apagan y lo único que queda son los restos chamuscados de mis deudas. Los remanentes de papel ligero me recuerdan a pétalos negros.

El baño está caliente y húmedo. Me pinto unas gruesas líneas negras en los ojos con lápiz de ojos y estudio mi nuevo rostro en el espejo. Emma se ha ido. Ha muerto o desaparecido, o simplemente está harta de ser una perdedora. La chica del espejo es otra persona. De pronto me percato de que es hilarante: en cierto modo, Jesper ha creado la persona que soy ahora. Su traición es lo que me ha obligado a transformarme. Ha sido la naturaleza para mi oruga.

Y ahora aquí estoy.

Hago la maleta. Solo entra lo básico en la mochila: ropa interior de lana, los calcetines calientes que me regaló la tía Agneta la última Navidad que pasó con vida, los prismáticos que eran de papá y el gran cuchillo con el mango tallado que tenía papá de su abuelo, que era marinero. Luego escucho los mensajes de mi teléfono. Solo hay uno. Es de la policía. Quieren volver a verme y hablar un poco más del anillo de compromiso. La palabra «hablar» me molesta porque parece que vayamos a sentarnos un rato a charlar sobre algo agradable, nuestras últimas vacaciones, por ejemplo, o el precio de la vivienda en el centro de la ciudad. Si es un interrogatorio, ¿no pueden decirlo?

Cambiar o morir.

Me acerco a la ventana de la cocina, la abro y miro abajo. El aire frío está lleno de pequeños cristales relucientes de hielo que entran en remolino en la cocina. La nieve se instala como una película fina sobre la piel y se derrite de inmediato. Pienso que en algún lugar ahí abajo desapareció Sigge. No, sé que es verdad, aunque nunca lo haya encontrado. Cojo el teléfono y lo saco por la ventana.

Lo suelto y cae al suelo. Unos segundos después oigo un golpe abajo en el patio.

Ya no necesito teléfono.

—¿Qué tipo de saco de dormir? ¿Cómo de bajas serán las temperaturas? —dice la dependienta.

No sé qué contestar. No puedo explicar exactamente cómo pretendo usarlo. Por un segundo creo que me mira raro, tal vez por el corte casero o el estridente maquillaje. Deben de ser imaginaciones mías: ¿no tiene esta pinta la mitad de la población sueca? Es evidente que no me mira de un modo distinto al resto de la gente. Solo hace su trabajo.

—Tiene que soportar las temperaturas en el exterior en esta época del año —digo en un momento de pensar rápido, y me rasco un poco la herida que me hice al entrar por la ventana del sótano.

—De acuerdo —dice la chica de la cola de caballo rubia. Asiente y se dirige a un estante junto al escaparte. Al lado de las mochilas y los picahielos hay una amplia gama de sacos de dormir.

—Yo te recomendaría este —dice, al tiempo que señala el amarillo—. Es sintético, lo que hace que sea bueno también en entornos húmedos. Aguanta hasta quince grados bajo cero, pero tienes que llevar ropa interior aislante y gorro.

Asiento como si supiera exactamente de qué habla.

—Me lo llevo.

—¿Algo más?

—Sí, espere un segundo. Déjeme comprobarlo.

Saco la lista y leo las otras cosas en voz alta. Diez minutos más tarde y varios miles de coronas más pobre, salgo a la calle. No me queda dinero. Solo me quedan unos cientos de coronas para comida y alquilar un coche.

La nevada ha cambiado, en vez de afilados cristalitos ahora caen unos grandes copos ligeros en silencio al suelo. También está oscureciendo: una neblina de color azul grisáceo cubre la ciudad y las farolas se encienden.

Pese a la falta de fondos, me siento fuerte y ligera. Saber exactamente qué hacer es un alivio. Voy al minisupermercado que hay en la esquina y cojo lo que necesito. Se me ocurre que debo de parecer una vagabunda: voy arrastrando dos grandes bolsas de plástico y llevo el pelo de punta, pero no parece que nadie repare en mí. A lo mejor me he vuelto invisible de verdad, como Frodo cuando lleva el anillo.

Hoy ninguno de los chicos con acné del mostrador de la empresa de alquiler de vehículos saluda. Es evidente que no me reconocen, lo que es bueno. Muy bien. Sin mirar las grandes maletas, Peter (eso dice en la etiqueta, como si eso nos convirtiera en amigos) introduce mi nombre y dirección en el ordenador.

—¿Cuánto tiempo lo quiere?

—Un día —contesto, aunque en realidad no tengo ni idea. Solo tengo dinero en la cuenta bancaria para un día y sé que me van a hacer un control de seguridad en la tarjeta ahora.

Me entrega las llaves.

—¿Sabe llegar al aparcamiento?

—Lo encontraré.

Es como si fuera de camino a mi casa. Cada cruce, cada carretera secundaria me resulta familiar. Pese a la oscuridad, sé exactamente adónde voy. Aparco a tres manzanas. Sería una tontería aparcar demasiado cerca de la casa de Jesper. Podría llamar la atención y no me conviene.

Sin embargo, no voy a casa de Jesper. Camino hacia la casa abandonada situada más arriba en la colina, oscura y tenebrosa en la nieve, como un barco varado. Me arrastro por la alfombra blanca de nieve recién caída hacia el pequeño cobertizo del jardín. Dejo huellas claras detrás de mí, pero aún cae nieve. Pronto mi rastro desaparecerá, como si nunca hubiera pasado por ahí.

No es difícil entrar en el cobertizo. Tardo menos de un minuto en encontrar la llave, que está debajo de un geranio de plástico sobre los peldaños de madera, aunque no uso linterna. Es raro ver un geranio cubierto de nieve. Aunque la flor sea artificial, no encaja. El cerebro no quiere aceptarlo. La imagen de la delicada flor rosa y los centímetros de grosor de nieve se contradicen.

Como Jesper besando a esa mujer morena.

Dentro, el cobertizo está en la penumbra y huele a moho. Tengo que recolocar unas cuantas sillas de teca para dejar todas mis bolsas. Me duelen los brazos del esfuerzo de llevar las bolsas y estoy sudando pese a que estamos a varios grados bajo cero.

Extiendo el saco de dormir amarillo sobre un viejo sofá gastado, luego me planto en medio del pequeño espacio. Dejo la comida en la mesa de jardín del rincón y el resto del equipaje lo meto debajo de la barbacoa. Luego me siento en mi cama provisional con unos prismáticos en la mano y miro por la ventana, pero la nieve dificulta la visión.

301

Me reclino en el sofá y cierro los ojos. Algo acecha bajo la superficie de mi conciencia, lucha por emerger, hacerse notar. Algo importante.

Entonces me acuerdo.

Jesper estaba a mi lado en el autobús abarrotado. No nos mirábamos, pero por el rabillo del ojo noté que estaba sonriendo. Era una especie de juego. Nos quedamos ahí como si fuéramos desconocidos, pero al cabo de un rato deslizó la mano y me acarició el muslo con suavidad. Y ahora la parte importante: no pude reaccionar, no podía revelar que notaba su caricia.

Luego su mano se abrió paso dentro de mis pantalones o debajo de la falda o jersey y me rozó la piel. No me toqueteaba, solo era un ligero roce, como si todo ocurriera sin querer. Tal vez me estiré un poco, abrí las piernas y le dejé acceder con más facilidad. Luego se arrimó a mí para que yo supiera que la tenía dura. Sí. Así se suponía que debía ser: en medio de un autobús a rebosar, dando sacudidas y bandazos, presos del deseo.

Tal vez le lancé una mirada, como de pasada. Como si en realidad solo mirara por la ventana para comprobar dónde estábamos. Nuestros ojos se encontraban y él tenía la misma cara inexpresiva y desinteresada que yo.

No obstante, no fue como estaba previsto. Esta vez no. Justo cuando noté su mano en mis nalgas, oí una voz en el autobús.

—Jesper, qué sorpresa. Cuánto tiempo.

Se quedó helado detrás de mí. Su mano desapareció en el acto.

—¡Eh! ¿Cómo te va?

Un hombre de cuarenta y tantos años vestido de traje se dirigía hacia nosotros. Se abrió paso entre el mar de personas hasta que llegó al lado de Jesper.

Noté que Jesper se alejaba y supe que no debía decir nada que indicara que nos conocíamos. Esa era su otra vida. Su vida real, que incluía trabajo, amigos, un pasado y un futuro.

Para Jesper y para mí solo existía el presente.

—… genial. Y claro, comparado con Austria es caro, pero

vale la pena. No sé tú, pero a mí todo eso me pone enfermo. Lo que buscas es calidad y algo auténtico. Eso no lo encontrarás en St Anton. Es así. Y luego está la comida. Los franceses saben cocinar de verdad…

El conocido de Jesper siguió farfullando sobre el esquí y los soberbios restaurantes y locales con masajistas que circulan entre las mesas vestidas con faldas de piel de conejo.

—¿Y vosotros qué? ¿Qué habéis hecho en vacaciones?

Estoy helada. Las piernas me tiemblan de manera descontrolada y estiro el brazo para coger el termo, el que contiene un litro de café ardiendo. Unos rayitos polvorientos de claro de luna atraviesan la ventana sucia, pero está tan oscuro en ese espacio estrecho que tropiezo con un cartón de sopa cuando intento agarrar el termo de acero.

Dijo «vosotros».

El amigo de Jesper no le preguntó qué había hecho, sino qué habían hecho por vacaciones. ¿Por qué no se me había ocurrido antes? Probablemente porque no me di cuenta de lo importante que era. «Vosotros» podría haber sido Jesper y sus amigos, o incluso sus colegas. «Vosotros» podría haber sido cualquiera. Pero no lo era.

«Vosotros» era la mujer morena.

«Vosotros» era la razón por la que Jesper me dejó y por la que todo lo demás se fue al cuerno.

Tras dudar unos segundos, me levanto, me acerco a la ventana y restriego los dos tramos de cristal de abajo con la manga. Ha dejado de nevar. El jardín de un inocente color blanco se extiende bajo el claro de luna. Hay centímetros de nieve sobre los arbustos y árboles. Justo debajo está la casa de Jesper. La luz emana tentadora de las ventanas. Parece muy acogedora. Como un anuncio de esos viajes de esquí de los que hablaba Jesper con su amigo en el autobús.

Los veo enseguida. Están sentados en la cocina, comiendo, y los prismáticos me llevan tan cerca de su idilio familiar que me estremezco. Jesper está sentado de espaldas a mí y la mujer morena enfrente. Ella lleva puesta una camiseta

303

y parece en plena discusión con Jesper. Gesticula alterada, se inclina hacia él mientras clava un tenedor en algo que parece un pedazo de carne.

Una niña rubia de unos seis años o así está sentada al lado de la mujer. «Debe de ser su hija», pienso.

De pronto me siento enferma y vuelve el peso en el pecho.

Hanne

*G*unilla me envuelve en una manta y me sirve un poco de té. No para de hablarme de la responsabilidad que según ella tengo conmigo misma.

—Si tú le gustas y a ti te gusta él, no entiendo por qué insistes en alejarlo de ti.

—Pero estoy enferma —insisto.

—Por favor, para con eso. A lo mejor no empeoras durante varios años. ¿Vas a quedarte aquí sentada sola hasta entonces? ¿Conmigo y con Frida? Haz algo con tu vida. Si no, puedes volver con Owe.

La idea de Owe y nuestro deprimente piso de Skeppargatan me revuelve el estómago.

—Nunca volveré con Owe.

Gunilla suspira, se hunde en la silla de enfrente y se masajea la espalda dolorida con una mano mientras enciende una vela y bosteza.

—Es justo lo que quiere Owe. Estás atrapada en la autocompasión. No tomas la iniciativa y te comportas como si todavía estuvieras con él. Disfruta de la vida en vez de castigarte.

Reflexiono sobre sus palabras. La idea de que yo pudiera ser demasiado estricta conmigo misma es completamente nueva. Siempre he sido la que se rebelaba, por lo menos hasta que Owe me llevó hasta la sumisión. Owe es el rígido, no yo. Es el padre de mi adolescente desafiante. Sin embargo, a lo mejor Gunilla tiene parte de razón: no me permito nada. Utilizo la enfermedad como excusa para no participar en la vida, que se escapa como la arena de las manos, sin que yo pueda pararla.

—Solo quiero decir que no puedo cargarle con mi enfermedad. No puedo esperar de él que sea mi cuidador.

—Dios mío, escúchate. Es un adulto. Puede decidir si quiere estar contigo. Fuiste sincera y le contaste lo de la enfermedad.

Doy un sorbo al té caliente sin decir nada. A lo mejor tiene razón.

—Entonces ¿qué crees que debería hacer? —pregunto al cabo de un rato.

—No hace falta que tomes decisiones vitales ahora mismo. Sal un poco. Permítete sentir lo que quieras. No te lo tomes todo tan en serio. No vas a casarte y tener hijos, ¿no? Sois dos personas de mediana edad que os gustáis y queréis pasar tiempo juntos. Nada más.

—Pero eso también es un problema. Soy demasiado vieja para él. Debería conocer a una mujer más joven. Formar una familia. Ya sabes, esas cosas.

—No parece que quiera una familia. A lo mejor no es lo suyo. Además, ya tiene un hijo, ¿no?

Pienso en Albin, el chico al que nunca ve y del que nunca quiere hablar. Hay muchas cosas de Peter que no entiendo, muchas rarezas. A lo mejor la vida es así. La gente toma decisiones extrañas y es imposible entender siempre del todo a todo el mundo. A veces hay que aceptarlos como son. De hecho, lo mismo me pasa con Owe. No sé muy bien por qué es como es, pese a haber vivido tantos años juntos. Lo único que sé con certeza es que ya no le soporto. Que estoy harta.

—Puede ser —digo—. Ya veremos.

—A lo mejor es bueno —dice Gunilla, y asiente despacio.

Gunilla se va a colgar la colada en el sótano y yo me quedo en la cocina, mirando la cálida llama titilante de la vela y pensando en los niños que nunca llegaron. Los hijos que jamás crecieron en nuestro piso grande, que nunca empezaron el colegio ni entraron en los escoltas. Nunca llegaron a casa con las rodillas con rasguños, ni jugaron a videojuegos, ni pidieron más dinero en la paga. Nunca se licenciaron ni tuvieron novios ni novias, nunca se fueron de casa.

No los eché de menos hasta que ya era demasiado tarde. Sin embargo, luego, cuando ya era demasiado mayor, de pronto me invadió la tristeza de lo que nunca sucedió. A veces casi sentía que adoptaba una forma física, se materializaba entre Owen y yo en la mesa durante la cena y nos separaba.

Abro la libreta que está encima de la mesa de la cocina. Arranco una hoja y saco un bolígrafo. Empiezo una lista titulada «Seguir viendo a Peter».

En la columna de ventajas, escribo:

Compañía.
Buen sexo (¡por fin!). Amor verdadero (¿?).
Algo que he elegido, por mí.

Pienso un momento y continúo con la columna de desventajas:

Se complica si/cuando empeoro.
Se vuelve insoportable si/cuando me traicione otra vez.

Observo la lista un rato sin volverme más sabia. Luego la muevo encima de la vela y dejo que prenda el fuego. La llama sube y una ola de calor me azota en la cara mientras mis miedos y esperanzas quedan reducidos a cenizas.

Estoy a punto de apagar la vela de un soplo cuando me suena el móvil. Es Manfred. Suena sin aliento, como si acabara de subir corriendo un tramo de escalera. Cuando oigo lo que me cuenta, comprendo que algo más lo hace sonar así: la emoción y tal vez un punto de estrés.

—Jesper Orre tenía una relación con Angelica Wennerlind, y no se puede obviar que ella también está muerta. El equipo de investigación se reúne en media hora, ¿puede venir?

De camino a la comisaría, pienso en Peter. En lo extraño que es que nunca me haya explicado por qué no se presentó aquella noche hace diez años. Me gustaría preguntárselo algún día. No porque siga enfadada, sino porque necesito entender qué pasó. En qué estaba pensando cuando me dejó en ese porche, sola con mi vergüenza y mis dos viejas maletas repletas de pegatinas de mis vacaciones de la infancia.

Aquello me alteró la vida, fue decisivo, y él nunca me dio una explicación. Solo esa estúpida carta en la que decía que no podía vivir conmigo porque acabaría haciéndome daño.

«¿Hacerme daño, cómo?», quiero preguntarle. «Como si su traición no doliera lo suficiente», pienso mientras miro por la ventanilla del coche y el taxi se para en la entrada de la comisaría.

Salgo a la oscuridad, tan negra y densa que es casi imposible tocarla. Pienso en los inuit. No les da miedo la noche polar. Se tumban en el hielo a la espera, al lado de los agujeros de respiración de las focas, hasta que uno de esos animales gordos con forma de bobina aparece. Esperando el momento oportuno para lanzar los arpones.

Mejor dicho, así lo hacían hasta que llegaron los daneses. Ahora me han dicho que todo son películas y cerveza, incluso en los rincones más remotos de Groenlandia. Sentarse inerte delante del televisor ha sustituido a esperar alerta encima del hielo hasta en los pueblos más pequeños.

Hace siete años conseguí convencer a Owe de que deberíamos ir. El vuelo a Nuuk estaba reservado, además del transporte a Ittoqqortoormiit, vía Kulusuk. Teníamos a alguien que cuidaba de Charlie, nuestro perro por aquel entonces, y Owe se había cogido dos semanas libres. Pero luego pasó lo de Edith.

Owe era el asesor de Edith en la parte psiquiátrica y Edith era una médico residente. Pronto me percaté de que era más que eso. Había algo en la manera que tenía Owe de hablar de ella, de mencionar su nombre todo el tiempo, de deleitarse en la primera sílaba cuando la pronunciaba.

Eeeeedith.

Sabía que pronto se cansaría de ella. Siempre le pasaba, sobre todo con las mujeres más jóvenes, que no le ofrecían estímulo mental suficiente. Aunque él fuera un viejo verde, su vanidad necesitaba a alguien que fuera reflejo de su intelecto y lo reforzara, y esas mujeres más jóvenes normalmente no podían ofrecérselo.

Terminó justo como pronostiqué. Al cabo de unas semanas dejó de hablar de Edith. Sin embargo, una noche, dos días antes de irnos a Groenlandia, entró en el dormitorio y se quedó detrás de mí. Yo estaba haciendo la maleta de espaldas a él y me puso las manos en los hombros con cuidado.

—No puedo ir, Hanne.

Doblé con cuidado la ropa interior térmica y la metí en la maleta que estaba encima de la cama. Me di la vuelta y le miré a los ojos.

Me soltó y miró por la ventana.

—Es Edith. Ha tenido un aborto.

Lo difícil con Edith no es que se hubiera follado a mi marido, muchas lo habían hecho. Lo difícil era que se había quedado embarazada cuando yo no podía. Que su cuerpo joven estaba preparado para engendrar un hijo de Owe.

En realidad, Edith no cambió nada entre Owe y yo. Nuestra relación era lo que era, solo que nunca fuimos a Groenlandia. Después de aquel episodio, ya no tuve ganas de ir a ningún sitio con él. Ahora empiezo a sospechar que mi obsesión con Groenlandia es por algo más. Que Groenlandia es una especie de símbolo de todo lo que no salió bien en mi vida. Que el país encarna todas las esperanzas y deseos que tuve alguna vez.

La oficina está iluminada como un árbol de Navidad, hasta en el pasillo, y el ambiente es animado pero también tenso, como si todo el mundo fuera consciente de que ha ocurrido algo crucial. Manfred y Peter están hablando, y Bergdahl, el investigador que ayuda a cribar las pistas, camina de un lado a otro de la sala formando grandes círculos con las manos en los bolsillos.

Peter levanta la mano y le contesto con un gesto de la cabeza. Intento evitar mirarle demasiado. A lo mejor me da miedo que vea lo que siento.

Owe siempre decía que sabía lo que estaba pensando y sintiendo con solo mirarme. A medida que fueron pasando los años, empecé a creer que era cierto, porque casi siempre tenía razón. Sin embargo, visto desde ahora, creo que probablemente era otra manera de ejercer poder sobre mí. Estaba tan ob-

309

sesionado con controlarme que quería hacerme creer que no podía pensar por mí misma sin su aprobación.

—Tanto Angelica Wennerlind como Emma Bohman tenían relaciones con Jesper Orre —dice Manfred, mientras sirve café recién hecho en unos endebles vasos de plástico—. Tenemos que pensar que puede haber por lo menos una víctima más que no hemos encontrado. La zona de alrededor de Orre se volverá a registrar mañana por la mañana y se ampliará el radio. Bergdahl se encargará de eso. Crucemos los dedos para no encontrar más cuerpos en esa manzana: jamás superaríamos esa vergüenza. Sánchez está trabajando en intentar relacionar a Orre con el caso Calderón y, aparte, estamos esperando la confirmación del odontólogo de la identidad de la mujer de la casa de Orre. Deberíamos tenerla en las próximas horas.

—Qué puto psicópata —murmura Bergdahl.

Manfred me mira.

—¿Usted qué dice, Hanne? ¿Orre era un psicópata?

Me encojo de hombros. Me alegra y preocupa a la vez que Manfred piense que puedo valorar algo así sin ni siquiera haber conocido a Jesper Orre. La gente suele cometer ese error: cree que los psicólogos y especialistas en ciencia del comportamiento pueden diagnosticar a la gente con solo leer un informe de la persona. Como si evaluar la salud mental de una persona fuera algo que se aprende en un curso por correspondencia.

—La palabra «psicópata» se utiliza mal. Hoy en día a todo el mundo se le llama psicópata.

—A la mierda las sutilezas psicológicas ahora mismo —dice Manfred.

—Las sutilezas psicológicas son mi profesión —digo—. Y no voy a abandonarlas solo porque usted quiera llegar a una conclusión precipitada. Según lo que sabemos de él, no hay nada que indique que fuera un psicópata. Acostarse con mucha gente y preferir el sexo duro no significa que también te guste matar a gente. Y ser un capullo en el trabajo tampoco es especialmente decisivo. Claro que podría haber matado a esas chicas, pero no hay mucho en su pasado que sugiera que sea capaz de algo así. Es lo único que puedo decir.

—De acuerdo —dice Manfred—. Pero ¿usted qué cree?

Lo pienso un momento, me acerco a la pared y observo la información que hay colgada sobre Orre, Calderón y las mujeres desaparecidas. Hay algo que no encaja, algo que acecha bajo la superficie que no quiere revelarse, y resulta frustrante.

—Algo no encaja —digo.

—Vaya, no me diga —contesta Manfred con acidez.

No le hago caso y paso el dedo por los papeles. Me paro en el documento sobre el pasado de Emma Bohman. Criada en Kapellgränd, en Södermalm. Fue a la escuela de primaria Katarina Norra. Empezó a trabajar en Clothes&More hace tres años. Su madre murió en septiembre de este año y su padre en mayo de hace exactamente diez años.

—¡Aquí! —digo—. ¡Aquí está!

Cuando estoy dando forma a mis pensamientos, me interrumpe un móvil.

Manfred levanta la mano y contesta.

—Sí —dice—. De acuerdo. ¿Está seguro? Gracias, hasta pronto.

Cuelga, deja el teléfono en la mesa y se lleva las manos a la nuca.

—Era Sánchez. La mujer asesinada ha sido identificada como Angelica Wennerlind.

Emma

Una semana antes

*P*rimera noche en el cobertizo. Cierro los ojos con la esperanza de que el saco de dormir sea tan bueno como me dijeron. De momento está bien, pero llevo el gorro y el abrigo, tumbada inmóvil en mi capullo de poliéster amarillo.

Pienso que soy igual que la mariposa. Estoy aprovechando el tiempo, esperando a que ocurra mi transformación para hacer lo que estoy predestinada a hacer. Juego con los mechones cortos del pelo y pienso en Olga y en Mahnoor caminando de un lado a otro de la tienda, escuchando esa banda sonora repetitiva, desesperante, un día tras otro. Me dan pena. No son más que animales enjaulados. Yo soy infinitamente más libre. Estoy rota y me han dejado, pero soy libre. Pronto, muy pronto, terminaré lo que empecé.

El plan es sencillo. Esperaré hasta que la mujer morena y la niña salgan de la casa, luego iré a hablar con Jesper. Le obligaré a escucharme, aunque tenga que amenazarle. Y esta vez no escapará. Merezco saber la verdad.

No sé muy bien qué ocurrirá después, pero no le voy a hacer daño, no soy un monstruo.

Un monstruo es una persona que miente y engaña. Alguien que desguaza y destroza las cosas por diversión. Que deja en ruinas la vida de otra persona, como una ciudad bombardeada o un bosque quemado.

Un monstruo es alguien que hace todo eso y disfruta.

Como Jesper.

Mamá me decía que debía andarme con cuidado con los hombres, que siempre están buscando algo. Hacía que sonara como si quisieran robarme algo: mi dignidad, o tal vez mi independencia. Ojalá me hubiera contado la verdad. Es justo lo contrario. Nunca te deshaces de los hombres a los que dejas acercarse. Es como si se quedaran encallados en el acto en tu vida.

Jesper. Woody.

Los llevo conmigo vaya donde vaya. Están en mis pensamientos y en mis sueños. Incluso mi cuerpo los recuerda: su aroma, la sensación de su piel suave y cálida, el sonido de gemidos amortiguados y la respiración fuerte al oído.

Ojalá pudiera limpiarlos como la suciedad. Ojalá con agua y jabón pudiera eliminar lo que no puedo borrar de mi conciencia. Ojalá de un modo misterioso pudiera retroceder en el tiempo a antes de conocerlos. A cuando aún tenía esperanzas y una visión clara e ingenua de cómo sería mi vida.

Me despierto porque algo me hace cosquillas en la mejilla. La luz gris se filtra a través de las ventanas sucias, en las que se había extendido la escarcha durante la noche. Aunque en el cobertizo la temperatura debe de ser inferior a cero, no tengo frío. Pero me duelen el cuello y la espalda después de una noche en ese sofá duro y demasiado corto.

Me siento, tengo poca energía, cojo el termo y vierto el líquido caliente en una taza de hojalata. El suelo está helado y me pongo enseguida unos pantalones de esquí. Luego me acerco a la ventana con mis prismáticos. Ahora veo que la escarcha está en el interior de la ventana. Elimino un poco con la manga. El cielo tiene un color gris acero apagado, como si llevara más nieve. La ladera que baja hacia la casa de Jesper está intacta bajo una capa gruesa de nieve recién caída. Nadie, ni niños con trineos, ni siquiera un perro, ha estado cerca de mi escondite durante la noche.

Es casi divertido.

Están sentados en la cocina desayunando, exactamente en los mismos sitios que ayer. Como si llevaran ahí sentados toda la noche y hubieran cambiado la carne por los cereales. La niña pequeña rubia también está. Lleva un pijama de

313

rayas, y la mujer una bata gruesa blanca, como si saliera de un anuncio de un spa. Jesper sigue sentado de espaldas a mí, como si supiera dónde estoy y quisiera demostrar con su indiferencia lo poco que le importo.

«Puedes ponerte de espaldas a mí, pero no puedes escapar —pienso—. Ahora estoy cerca, casi puedo estirar el brazo y tocarte, a ti y a tu vida perfecta. Meterme y hacer que se desmorone como el débil castillo de naipes que es.»

La idea me pone de mejor humor y saco pan de la bolsa que hay debajo de la vieja barbacoa oxidada y desayunamos todos juntos, o como se llame lo de que yo desayune mientras veo cómo desayunan ellos. Al cabo de un momento, Jesper sale de la cocina. La mujer y la niña se quedan. Al cabo de cinco minutos vuelve, vestido con una especie de ropa de deporte. La mujer morena, que sigue sentada en la mesa, se reclina de manera que la bata se abre, y Jesper se inclina hacia delante y la besa al tiempo que mete la mano debajo de la bata sobre su pecho.

314   Dejo los prismáticos en el regazo y cierro los ojos. Me levanto la costra de la mano tanto que se cae y la sangre caliente empieza a gotear en el suelo. Es raro que duela tanto cada vez. Sé que me ha engañado, eso no es ninguna novedad. He estado en su casa, los he visto juntos. Entonces ¿por qué sigue doliendo tanto, joder? ¿Por qué no he aprendido a defenderme contra el dolor?

Vuelvo a coger los prismáticos y veo a Jesper que sale corriendo de la casa hacia el agua. Luego desaparece de mi vista. Ahora la cocina está vacía. Solo queda una taza solitaria sobre la mesa.

Sigo por el lateral de la casa con los prismáticos y subo hasta las ventanas de arriba. Las cortinas en el dormitorio de Jesper están corridas, pero en la ventana de al lado vuelvo a ver a la niña pequeña. Es imposible saber qué está haciendo, pero la cabecita rubia se mueve arriba y abajo en la habitación, como si estuviera saltando o correteando. Luego desaparece también. La casa parece vacía, abandonada, pero sé que están ahí dentro, en algún sitio.

Decido darme un respiro. Hago pis en el viejo cubo de plástico rojo que hay en un rincón, me lavo los dientes y me paso los dedos por el pelo corto. Luego me acomodo de nuevo en el sofá y espero, mirando por la ventanita. Al cabo de una media hora vuelve Jesper. Veo que se acerca corriendo con cuidado, como si resbalara y le diera miedo caer. Se para y se estira un poco contra un árbol antes de dirigirse a la entrada.

Es domingo. ¿Qué hace una familia feliz de un buen barrio el domingo? ¿Ir al museo? ¿Invitar a unos amigos de éxito a casa a un ambicioso *brunch* de tortillas, batidos y pan de masa fermentada recién hecho? ¿Hacer un muñeco en la nieve recién caída?

Tendría que ser yo.

Tendría que estar yo sentada ahí en vez de esa mujer morena. Ahora me doy cuenta de lo mucho que la odio.

Pasa el día entero sin que ocurra nada. Me como los bocadillos e intento moverme y mantener el calor. El café se ha acabado y he cambiado a la bebida gaseosa, que por suerte no se ha congelado durante la noche.

De pronto me viene mamá a la cabeza, como una de esas marionetas de mano pasadas de moda. No sé muy bien, pero creo que es porque, como Jesper, vivió una mentira.

Recuerdo cuando llegó la llamada del hospital una mañana, mientras me preparaba para ir a trabajar. Al principio no estaba segura de si debía contestar, porque ya llegaba tarde y eso significaba un punto negro. Por lo menos si Björne estaba de mal humor.

La mujer se presentó diciendo que era médico y me contó que mi madre estaba enferma. Había entrado en urgencias la noche anterior y había estado ingresada para hacerle más pruebas.

—¿Cómo está? —pregunté con el móvil entre el hombro y la oreja, al tiempo que tiraba de la puerta de la entrada y empezaba a bajar la escalera.

—No sabemos qué le pasa aún, pero está estable. Su vida no corre peligro inmediatamente, pero está muy preocupada y no para de preguntar por usted.

—¿Está preguntando por mí?

Hacía meses que mamá no me llamaba, me costaba creer que me echara de menos. Aunque estuviera sola y enferma.

—Sí. Le gustaría que viniera a visitarla.

Me quedé callada.

—Las horas de visita son de dos a seis —continuó la médico—. ¿Le digo que va a venir?

—Sí, iré. —Me oír decir, mientras salía a la calle.

Colgamos y me apresuré al metro. Pasé volando junto a bloques de hielo y parpadeé contra el intenso sol de primavera. Respirando el aroma a tierra húmeda y a las hojas podridas del año pasado.

«Está muy preocupada y no para de preguntar por usted.»

Estaba confusa. Sabía que tenía que ir corriendo al hospital. Aunque solo fuera por saber por qué mi madre de repente tenía tantas ganas de verme.

316   Tenía una habitación al final de un pasillo claro. Era como todas las habitaciones de hospital que había visto: una cama con una mesita con ruedas y un taburete cromado al lado, una televisión en la pared, un par de armarios y al lado un lavamanos. Las botellas obligatorias de jabón y desinfectante de manos colgadas de la pared, junto al grifo.

Me la encontré sentada en la cama, leyendo. No sé qué esperaba, pero pensaba que estaría más grave. No que estuviera sentada en chándal leyendo la prensa rosa.

—¡Emma, cariño!

Se quitó las gafas de leer y se apartó el pelo oxigenado de la frente. Del pasillo llegaba el olor a café. El té de la tarde estaba en camino.

—Hola. ¿Cómo estás?

Me quité el bolso del hombro y la chaqueta y me senté en el taburete de al lado de la cama. Mamá dejó el periódico sobre la manta amarilla del hospital que tenía sobre las piernas y dirigió sus ojos profundos hacia mí.

—Es horrible lo que hay que aguantar en este sitio.

Noté que evitaba contestar a mi pregunta.

—¿De verdad?

Tosió y se llevó la mano al estómago, como si le doliera.

—Nos despiertan a las seis de la mañana. Las seis. ¿Te lo imaginas? Y no paran de entrar y salir constantemente. Siempre gente distinta. Es como intentar dormir en una estación de tren. Y todos son inmigrantes. No es culpa suya, pero no saben hablar sueco, ¿entiendes? ¿Cómo se supone que vas a cuidar de alguien con quien no puedes comunicarte? Anoche hubo otra mujer aquí. Roncaba tan fuerte que no pude pegar ojo. Se lo dije al turno de noche, les expliqué lo sensible que era al ruido, pero me dijeron que no tenían más habitaciones. Al final tuve que pedir un somnífero, pero se negaron a dármelo. Me trataron como si fuera una yonqui pidiendo heroína. Es una locura. Trabajas y pagas impuestos toda tu vida para que luego te traten así cuando finalmente necesitas ayuda.

No le recuerdo a mi madre que no ha trabajado hasta hace poco y que en realidad ha pasado de baja la mayor parte de su vida adulta. Mueve la mano gruesa hasta el rabillo del ojo y se limpia una lágrima invisible.

—Ay, Emma. Hacerse mayor no es divertido, te lo digo.

Me miró a la expectativa, como si quisiera que la apoyara, pero no dije nada. No sabía qué decir.

Una auxiliar entró en la habitación con una bandeja. Su uniforme era de un color blanco deslumbrante sobre la piel negra.

—¿Qué te he dicho? —me susurró mamá, al tiempo que señalaba a la mujer con la cabeza.

—Hoy tiene dieta líquida —dijo la enfermera con una sonrisa mientras dejaba la bandeja en la mesa de al lado de la cama. Luego se fue.

Mamá no contestó, se limitó a mirar con desprecio la sopa de color marrón claro.

—Esto no es para consumo humano. ¿Esperan que me coma esto? —Removió la sopa con la cuchara, luego la dejó a un lado en la bandeja.

—¿Qué ha pasado? —volví a intentarlo.

Mamá hizo un gesto como si no tuviera importancia.

—No lo saben. Algo en el estómago. Parece que tengan

que ser capaces de hacer un diagnóstico más rápido con la cantidad de gente que ha pasado por aquí. —Me dedicó una media sonrisa.

—Pero… ¿cuándo podrás irte a casa?

Mamá se encogió de hombros.

—Lo único positivo de esto es que te vuelve agradecida con lo que tienes.

Me miró. Tenía los ojos tan profundos que era imposible saber de qué color eran. Tenía las mejillas rojas y parecían hinchadas, como si tuviera la boca llena de algodón.

—Nos tenemos la una a la otra, Emma —dijo, y me cogió de la mano.

Si me hubiera dicho que se iba a la luna, me habría sorprendido menos. Durante los últimos cinco años nos habíamos visto tal vez dos veces. ¿A qué se refería con que nos teníamos la una a la otra?

Mamá soltó un profundo suspiro y se limpió otra lágrima invisible con la mano libre mientras apretaba la mía con tanta fuerza que parecía que se me estaba quedando dormida.

—¿Te acuerdas, Emma? Estábamos tan bien. Tu padre, tú y yo. Luego, cuando papá… desapareció, nos consolamos la una a la otra. Pensé que éramos una familia pequeña pero fuerte, incluso sin él. Nos ayudábamos en lo que podíamos. Tal vez nuestros problemas nos hicieron aún más fuertes. Dicen que ese tipo de cosas unen a la gente. ¿No?

Me quedé completamente quieta en mi taburete. No podía creer lo que estaba oyendo. ¿Cuándo habíamos sido una familia feliz? La idea de que nos unimos más tras el suicidio de papá era una solemne tontería. Las únicas veces en que estuve más cerca de mamá, por lo menos físicamente, era cuando tenía que llevarla a la cama si se desmayaba en la mesa o en el baño. Solo la ayudaba cuando iba a comprarle tabaco y antiácidos para la resaca. Y no recuerdo que nunca me ayudara ella a mí.

—No me arrepiento de nada —sollozó, y entonces vi lágrimas reales. Rodaban como cuentas de cristal por sus rollizas mejillas—. Pero ojalá hubiéramos tenido a tu padre un poco más con nosotras. Era una persona increíble y nos queríamos mucho.

Lo último lo dijo en un tono apenas audible.

Los recuerdos de las peleas de mamá y papá me pasaron por la cabeza como sombras en el borde de mi campo visual. Apenas discernibles, pero seguían ahí, fragmentos de una vida que ya no existía. Platos volando por la cocina. Gritos. La policía llamando a la puerta en plena noche porque los vecinos se habían quejado. La mariposa azul rota sobre las esquirlas de cristal en el suelo de la cocina.

Por un segundo, pensé si debía protestar, recordarle a mamá cómo era la vida en realidad en ese piso asfixiante. Sin embargo, sabía que sería inútil, que la historia que ella había elaborado con tanto esmero no se podía cambiar. Su visión del mundo estaba entre nosotras como un elefante que nos impedía llegar a una comprensión mutua.

De pronto me sentí cansada. No quería más que ir a casa a descansar. No pensar más en la mujer gorda de la cama del hospital que me estaba mintiendo a mí y a sí misma, y probablemente a todo el que quisiera escuchar.

—Probablemente debería irme. —Mi voz fue un susurro.

—¿Ya? —Dejó de sollozar al instante, como si alguien hubiera pulsado un botón. Asentí y me levanté.

—Tenemos una reunión en el trabajo —mentí.

Mientras recorría el pasillo, se me ocurrió que mi madre no me había preguntado cómo estaba yo. No había mostrado el más mínimo interés por mí.

319

Estoy tiritando del frío. De vez en cuando veo a Jesper, a la mujer o a la niña justo en el borde de una habitación. Es más duro de lo que pensaba vigilar la casa sin perder la concentración. Y los prismáticos pesan. Al cabo de unas horas me duelen los brazos y tengo los dedos entumecidos del frío. He intentado llevar los guantes puestos, pero no podía sujetar los prismáticos, así que no me ha quedado más remedio que dejarlos en la bolsa.

Casi me pierdo el momento en que la mujer y la niña salen de la casa. El crepúsculo ha empezado a descender. El cielo aún está claro, pero el paisaje ha oscurecido y las ventanas empiezan a brillar. La mujer y la niña suben a un Volvo rojo y se van en dirección a la ciudad.

Me levanto despacio sobre las piernas rígidas de las horas de frío. No están. Eso significa que Jesper está solo en la casa. Avanzo unos pasos hacia la ventana y coloco los prismáticos apuntando a la casa. De pronto una ola de calor me invade. Siento las manos suaves y calientes. Tengo las mejillas encendidas y el corazón late muy fuerte, como si quisiera salir del pecho.

Está sentado en la mesa con un portátil delante. Al lado, en la encimera, hay una copa de vino. Y un bocadillo en un plato.

Es el momento.

Estoy en la entrada con el dedo en el timbre. Ha llegado el momento. Ahora no puedo parar lo inevitable. Tal vez hace tiempo que está decidido. A lo mejor es la conclusión lógica de la cadena de hechos que Jesper desencadenó la noche en que desapareció. Sí, tiene que ser eso, me digo. Así empezó. Yo estaba en la cocina, haciendo canapés para nuestra cena de compromiso. Entonces empezó.

Él lo empezó.

La idea me da fuerza. Toco el timbre y oigo un zumbido al otro lado de la puerta. No es un sonido bonito. No es un ding dong ni una campanilla frágil, sino un gruñido agresivo. Un sonido que te volvería loca si tuvieras que oírlo muy a menudo.

Al principio no creo que lo haya oído, no pasa nada. Luego se abre la puerta y ahí está.

El rey en persona. El hombre poderoso que me destrozó la vida, que la convirtió en una mierda sin el más mínimo arrepentimiento. No tiene muy buen aspecto hoy. Tiene el pelo más canoso de lo que recordaba, con el rostro enjuto y cansado, como si sufriera una enfermedad debilitadora o no hubiera dormido en mucho tiempo.

—Hola —digo.

Peter

Manfred está en el medio, inmóvil, como un monolito. Nos estudia con la mirada, uno por uno. Tiene un aire malicioso en el rostro. Algo primitivo que recuerda a un depredador que persigue a su presa.

—Bueno —farfulla Bergdahl—. Al final no era Emma Bohman. Será mejor que nos centremos en esa otra chica, Angelica Wennerlind.

—No —dice Manfred—. No. Algo no encaja. Dos mujeres tenían una aventura con Orre. Las dos desaparecieron, pero solo tenemos una víctima de asesinato. Y Orre está descongelándose en Solna como una bolsa de gambas mientras hablamos.

Hanne se levanta. Se acerca despacio a la pared de pruebas y señala uno de los papeles. Parece ridículamente pequeña al lado de Manfred, pero su voz es profunda y rotunda cuando empieza a hablar:

—La madre de Emma Bohman murió tres meses antes de que la mujer de la casa de Orre fuera asesinada. Su padre murió en mayo, hace diez años, cuatro meses antes de que Miguel Calderón fuera asesinado.

Se hace el silencio en la sala un momento. Un guardia de seguridad pasa por el pasillo, asoma la cabeza por la puerta y saluda. El tintineo de las llaves desaparece por la escalera.

—¿Adónde quiere ir a parar? —pregunta Manfred.

—Para una persona mentalmente frágil, la muerte de un ser querido puede disparar problemas de salud mental, incluso psicosis. Me parece raro que las muertes de sus padres se produjeran tan cerca en el tiempo de los asesinatos. A lo mejor no es una coincidencia.

Me impresiona la seguridad que demuestra Hanne ante la pared de pruebas. Todo su ser rezuma calma y autoridad. Si tiene problemas de memoria, no son evidentes.

—La investigación está repleta de extrañas coincidencias —dice Manfred, y se deja caer en una silla—. Por ejemplo, tanto Emma Bohman como Angelica Wennerlind tenían una relación con Orre.

—Eso no lo sabemos —dice Hanne con serenidad—. Las dos afirmaban que salían con él, pero ningún testigo ha confirmado sus relaciones. La amiga de Angelica Wennerlind dice que Angelica le habló de su relación con Orre. Y Emma Bohman decía que Orre era su prometido y que le compró un anillo de compromiso, pero en el vídeo de vigilancia de la joyería solo aparece Emma. Nadie más. Y, por supuesto, él negó la relación.

—Eso no es sorprendente en sí mismo —dice Sánchez—. Era muy discreto con sus chicas.

—Deberíamos volver a hablar con la tía de Emma Bohman —metió baza Manfred—. La que denunció su desaparición. Bergdahl, ¿puedes ponerte en contacto con ella? Tráela si está despierta.

Bergdahl asiente y se va de la sala con el móvil en la mano. Manfred se vuelve hacia Hanne de nuevo.

—¿Emma Bohman podría estar implicada en el crimen?

Hanne se encoge de hombros.

—Supongo que es posible. Aunque no hay nada concreto que lo indique, aparte del hecho de que sus padres murieron justo antes de los asesinatos. ¿Sabemos si existe alguna conexión entre Emma y Calderón? Quiero decir, además del momento de los asesinatos.

Manfred se cruza de brazos. Cierra los ojos.

—No hemos buscado ese tipo de relación.

—Tal vez deberíamos haberlo hecho —dice Hanne.

—Deberíamos haber hecho muchas cosas —masculla Manfred.

Se acerca unos pasos desde la escalera y unos segundos después entra Bergdahl.

—La tía estaba despierta. He enviado un coche a recogerla, estará aquí en veinte minutos.

Y

Mientras esperamos a que llegue la tía de Emma Bohman, salgo con Manfred a fumar un cigarrillo. Le pide a Hanne que nos acompañe y ella se coloca el abrigo sobre los hombros y se lleva su libretita, como si fuera a tomar notas fuera.

Cuando se prohibió fumar en la comisaría, los habituales adictos a la nicotina nos vimos obligados a salir a los balcones o a la calle para practicar nuestro perjudicial hábito. Vamos a la pequeña terraza de la primera planta, que da al patio. Dos macetas de terracota cubiertas de nieve con plantas muertas desde hace tiempo hacen las veces de ceniceros, pero hay colillas en grupos al lado, como frutos caídos junto a un viejo árbol frutal. El cielo está negro y sin estrellas sobre la ciudad y el frío pica en las mejillas.

—Lo que ha dicho de Emma Bohman y Angelica Wennerlind —dice Manfred, y se vuelve hacia Hanne—. Lo de que afirmaban tener relaciones con Jesper Orre. ¿A qué se refería exactamente con eso?

Hanne aparta la mirada hacia los edificios y la ciudad. Juguetea con la libreta y dice:

—Quería decir exactamente lo que dije. No podemos saber si decían la verdad o era mentira.

—¿Por qué iban a mentir en algo así?

Hanne se encoge de hombros y esboza una sonrisa burlona.

—¿Por qué miente la gente? A lo mejor para parecer más emocionante o interesante. O quizás se lo creen.

—No la sigo —dice Manfred, y enciende un cigarrillo.

—Se puede sufrir un delirio. Son bastante frecuentes entre los pacientes psicóticos. Hay muchos ejemplos de personas que creían tener una relación con alguien sin haberlo conocido nunca en la vida real. Incluso existe un término médico para el fenómeno: erotomanía. La gente que sufre esos delirios suele enamorarse como un loco de un famoso o de una figura de poder, y a veces están convencidos de que han vivido juntos muchos años. A lo mejor incluso se casaron y tuvieron hijos.

—Un famoso o una figura de poder. ¿Como el CEO de la empresa para la que trabajas? —pregunto.

323

—Exacto —dice Hanne, y me mira a los ojos—. Y creen que ese amor es recíproco, aunque no lo sea.

Es como si Hanne me estuviera hablando directamente a mí y algo en mi interior se rompe. Cruje como una rama seca cuando la pisan. Por un segundo pienso si todo lo ocurrido durante los últimos días son imaginaciones mías: nuestras llamadas, la noche en su casa, el paseo por la nieve en Södermälarstrand. La sensación palpable de cercanía podría ser algo que ha creado mi cerebro a falta de otras relaciones íntimas en mi vida, o tal vez para aliviar el peso de la deuda que jamás podré saldar.

Manfred apaga el cigarrillo contra la pared y mira el reloj.

—Son y cuarto. La tía estará aquí en cualquier momento. Deberíamos volver.

Lena Brogren tiene sesenta y tantos años y un sobrepeso extremo. Lleva una túnica floreada que parece una tienda que le llega hasta las rodillas y unas mallas apretadas. Lleva los pies incrustados en unas botas de piel que parecen dos perritos que corretean alrededor de sus piernas. No para de mirarnos a todos mientras juguetea con el paquete de tabaco que tiene en la mano.

—Supongo que aquí no se puede fumar —dice.

Tiene una voz extrañamente aguda y clara, habría hecho una gran aportación en cualquier coro, y contrasta mucho con el enorme cuerpo y el rostro macilento y brillante.

—Lo siento —dice Manfred.

La mujer asiente y me mira.

—Mi pequeña Emma. ¿Qué ha hecho ahora? —pregunta en voz baja, mientras niega con la cabeza despacio y la papada se le balancea.

—No estamos seguros de que haya hecho algo —dice Manfred, y le explica a Lena Brogren por qué la hemos llamado después de las diez de la noche—. Estamos investigando el asesinato de una mujer joven y ha surgido el nombre de Emma.

—¿Puede hablarnos un poco de Emma? —añado.

—Emma es… dulce y educada. No hace mucho ruido. En

realidad, nunca lo ha hecho. Hemos pasado mucho tiempo juntas desde que era pequeña, así que la conozco bien. Pero siempre ha tenido dificultades con la vida social, nuestra pequeña Emma. Y desde la muerte de Gun, la madre de Emma, mi hermana, se ha vuelto muy introvertida. En cierto sentido, es difícil conectar con ella. Normalmente voy de visita a Värtavägen, para asegurarme de que está bien, le prometí a Gun que lo haría. Pero las dos últimas veces que estuve no abrió la puerta, aunque se oía que había alguien dentro. Cuando vi el dibujo de la chica muerta, les llamé enseguida.

A la mujer le cuesta respirar y continúa:

—No está muerta, ¿no?

—No, no —digo—. La mujer encontrada en casa de Jesper Orre ha sido identificada y no es Emma.

El alivio de Lena Brogren es palpable. Se hunde más en su silla. Asiente y se limpia el sudor de la frente.

—¿Por qué dejó Emma los estudios? —pregunta Hanne.

La mujer parece confusa.

—No dejó los estudios, nunca empezó. Pasó aquello horrible con su profesor de diseño y tecnología y la dejó fuera de juego.

—¿Qué pasó con su profesor? —pregunto.

—Era el profesor sustituto. Acosó a Emma. Lo despidieron, claro, pero ¿de qué sirvió? El daño ya estaba hecho. ¿Se imaginan aprovecharse de una quinceañera de la que también eres responsable? ¿Qué tipo de monstruo hace algo así? Pero los caminos del Señor son inescrutables, ¿no? De todos modos, ese hombre acabó muerto. Asesinado. Fue una historia horrible, pero no me daba pena. Hoy en día mimamos a los delincuentes, ¿no creen? Ustedes trabajan todo el día con este tipo de cosas, deben de pensar…

Manfred la interrumpe con suavidad.

—Ese profesor sustituto, ¿cómo se llamaba?

Duda un momento, parece rebuscar en la memoria.

—Lo llamaban Woody.

Hanne se inclina hacia delante y toca con cuidado el brazo de Lena Brogren. Un gesto de empatía, pero también de intriga y expectación.

325

—¿Woody? Eso suena a apodo, Lena. ¿Recuerda su nombre real?

La mujer parpadea varias veces y por un segundo creo que va a romper a llorar.

—No —dice—. Algo extranjero, claro. Sí, era inmigrante. ¿Lo he dicho?

—¿Miguel Calderón? —sugiere Hanne.

El rostro de la mujer palidece y se estremece. Asiente despacio, con la mandíbula apretada.

—Calderón. Sí, eso era.

Emma

Una semana antes

Jesper se apresura a cerrar la puerta, pero yo soy más rápida y meto la bota en el hueco antes de que cierre, esa bota ergonómica que puede aguantar tanto la lluvia como caídas de rocas. Saco el chisme de plástico que compré por Internet, el que parece un móvil, y lo sujeto contra su mano mientras pulso el botón rojo.

Él profiere un grito agudo, suelta la puerta y cae al suelo. Echo un vistazo rápido alrededor antes de colarme en el calor del recibidor y cerrar la puerta.

La pistola paralizante no es peligrosa, lo decía muy claro en el manual de instrucciones. Solo incapacita a la víctima durante unos minutos. Es desagradable, pero en absoluto perjudicial para personas sanas. Y Jesper está sano. Está sano y tiene éxito y, como la mayoría de personas sanas y de éxito, no tiene ni idea de la suerte que tiene. Necesita que se lo recuerden.

Vuelvo a guardar la pistola paralizante en el bolsillo y me agacho a su lado. Saco las cuerdas de plástico y le ato las muñecas a la espalda. Él suelta un bufido, escupe y se remueve un poco, pero no opone resistencia real, lo que casi es una decepción. Es demasiado fácil. Tenía infinidad de posibles escenarios en la cabeza en los que Jesper y yo rodábamos por el suelo del vestíbulo en una pelea mortal. Sin embargo, ahí estaba, impotente como un niño.

Se me ocurre que ya no es sexi ni atractivo. Solo es un hombre pálido de mediana edad finalmente atrapado por sus delirios de grandeza.

—No es peligroso —digo—. Tenía que hacerlo. Tenemos que hablar. Me debes una explicación. —Sus piernas se sacuden un poco y babea en el suelo, eso me incomoda, me recuerda a un viejo postrado en cama. Luego empieza a toser.

—Suéltame, joder. Duele.

—Lo siento —digo—, pero necesito que estés quieto y me escuches. Luego puedes hacer lo que quieras.

No contesta. Se queda ahí tumbado de costado en el suelo, es patético. El pecho se infla y se desinfla y tiene los ojos cerrados, como si intentara ahuyentarme. Me quito el abrigo. Lo doblo, me inclino y se lo pongo debajo de la cabeza. Luego me siento a su lado en el suelo y le acaricio con suavidad el pelo.

—¿Qué quieres? —Su voz es un susurro.

—Quiero saber por qué.

—¿Qué quieres decir con «por qué»?

Parece confuso, supongo que se debe al efecto prolongado del impacto eléctrico.

—Por qué me dejaste. Por qué te llevaste mi dinero y mi cuadro. Por qué hiciste que me despidieran. Por qué mataste a mi gato. Por qué. Por qué. Por qué.

—No sé de qué me hablas.

Su voz es dura y hostil como el suelo helado de fuera. Como si fuera un simple ladrón que entra en su casa en vez de su novia. Saco la pistola paralizadora y le doy una descarga, sobre todo para demostrarle que no está bien hablarme así. Sufre una sacudida, como si le hubieran dado una patada en la ingle, gime y luego se queda quieto.

—No te atrevas a burlarte de mí. Jugaste conmigo mientras te fue bien y luego me tiraste a la basura. Lo único que quiero saber es por qué. ¿Es demasiado pedir?

No contesta, pero lo veo respirar. Alrededor de las caderas se ha formado una mancha de humedad, que se extiende por el vestíbulo hacia la puerta.

—Mataste a nuestro hijo —digo en voz baja.

Hace un ruidito. Suena como una tos, o tal vez una risita seca e infeliz que intenta enmascarar.

—No sé de qué estás hablando —repite.

Pienso en darle otra descarga, pero decido que no es buena idea. No quiero hacerle daño, solo obligarle a escuchar. A darme una explicación.

—¿Por qué no te pusiste en contacto conmigo?

Jesper respira hondo y me mira por primera vez desde que se ha desplomado en el suelo. Tiene los ojos inyectados en sangre. Su mirada revolotea ansiosa entre el techo y yo.

—¿Eres tú la que me escribió la carta? —pregunta.

—Sí.

—Pensaba que era mejor no ponerme en contacto contigo.

Suspira y se queda hecho un ovillo en el suelo. Se produce una breve pausa y luego vuelve a hablar:

—¿Cómo te llamas?

—Vamos, ya lo sabes. Me llamo Emma.

—Por favor, Emma…

Le caen lágrimas por las mejillas hundidas mientras continúa:

—Escúchame, ¿puedes?

—Claro.

Me apoyo en la pared, cruzo los brazos, intrigada y molesta a la vez por esa repentina iniciativa.

—Sé que crees que nos conocemos. Que… somos íntimos. Pero no es cierto. No te conozco de nada. Lo que recuerdas… nunca ocurrió. No te he traicionado, ni engañado ni… matado a tu gato o lo que fuera. Todo eso… está en tu cabeza. ¿Lo entiendes? Te lo has imaginado. Nosotros nunca… tú y yo. No nos conocemos. No sé cómo convencerte, pero… Emma. No creo que seas una mala persona. De verdad, no lo creo.

Me tumbo a su lado en el suelo y apoyo la mejilla en las frías baldosas de piedra. Mi cara está a unos centímetros de la suya. Me pregunto si todo lo que dice es una pura mentira o de verdad se lo cree. Tal vez sea una forma de represión.

—Me dejaste el día que nos prometimos. No sé por qué desapareciste de repente, pero supongo que tiene algo que ver con la chica morena. Lo que no sabías era que estaba embarazada.

No contesta, se queda ahí con las lágrimas cayéndole por la cara. Continúo:

—Dejarme… lo entiendo. La gente lo hace. Lo comprendo. Pero lo que no entiendo es por qué hiciste todo lo demás, por qué tenías que… destrozarme.

329

Él hace una mueca, parece tan abatido que le pongo una mano en la mejilla.

Nos quedamos ahí en absoluto silencio sobre el suelo frío. La respiración se le calma un poco y los sollozos se apagan.

—Escucha, Jesper. Todo volverá a ir bien.

Él asiente y le cabe un hilo de baba de la comisura de los labios al suelo.

—Todo volverá a ir bien —dice, en voz baja.

—Porque nos queremos —digo, y le beso la mejilla, manchada de lágrimas y mocos.

—Nos queremos —repite.

De pronto oigo que alguien se acerca por la entrada y el clic cuando se abre la puerta.

Me doy la vuelta y ahí está ella.

La mujer morena se tapa la boca con las manos, como si intentara reprimir un grito.

Retrocede despacio hacia la entrada sin decir nada y yo me levanto de un salto y corro hacia ella. El olor a perfume pende de alrededor de ella, de pronto soy consciente del aspecto que debo de tener: sin duchar, hedionda, con los pelos desgreñados.

La agarro de las muñecas y pierde el equilibrio. Lleva unas esbeltas botas de piel negras de tacón, más adecuadas para ir de compras que para un combate cuerpo a cuerpo.

—Pero ¿qué demonios? —Su voz es estridente y suena sorprendida, entiendo que soy lo último que esperaba ver en el vestíbulo. Debía de pensar que ya se había librado de mí. Tiramos en direcciones opuestas mientras damos vueltas en la entrada. Le suelto la muñeca en el momento justo, cuando está arriba del todo de la escalera que lleva al sótano. Sale volando como un niño que salta de un columpio. Sus gritos mientras baja a golpes la escalera son horribles, como los de un animal agonizante.

Está en medio de la escalera y doy unos pasos hacia ella. El cabello oscuro está extendido como un abanico alrededor de la cabeza y una mancha roja crece a toda prisa. Me agacho a su lado y observo. Es imposible ver si sigue respirando, pero le sigue saliendo sangre de la cabeza. Se está formando un mar de sangre y un riachuelo se ha escindido. Baja por la escalera como una cascada.

Me pongo en pie. Todo me da vueltas. Esto no formaba parte del plan, se suponía que nadie iba a salir herido. Iba a hablar con Jesper, nada más. Cierro los ojos en un intento de ahuyentar los mareos.

Jesper grita.

—¡Para! Ella no tiene nada que ver con esto. Pégame a mí. Debería haber contestado a tu carta, a los mensajes de texto. Hazme lo que quieras, pero no toques a Angelica. Por favor, Emma. Por favor.

La habitación da vueltas cada vez más rápido y me asalta una repentina náusea. El olor a sangre y a orina me acorrala. Lanzo otra mirada a la mujer, que está igual de quieta que antes. Junto a los pies brilla algo metálico: unas llaves del coche. Las cojo y subo el cuerpo de la mujer al suelo de la entrada. Le doy una patada en la cara para ver si está viva. Gimotea un poco.

—Por favor, suéltame. Por favor... lo siento. Debería haber llamado. Por favor. ¡Perdóname!

La voz de Jesper suena distante, como si llegara del interior de un tubo. Todo ha salido mal y lo único que quiero es salir de aquí. Dejar de ver el cuerpo delgado de Jesper en el suelo y el olor a miedo y a muerte.

Pero no puedo. Aún no.

Tengo que demostrarle a esta mujer, esta mujer que me apartó de Jesper, que no ha ganado. Tiene que saber a quién ama Jesper y a quién pertenece, aunque tenga que obligarla.

—Observa —susurro—. Observa con atención.

331

Hanne

*E*l mensaje de texto de Owe llega a las cinco de la mañana. Me despierta de un sueño inquieto. Cojo el móvil del suelo y lo leo.

«Te quiero.»

Ya está. Ni amenazas, ni súplicas de que vuelva a casa. Miro la pantalla, que brilla en la oscuridad. Me maravilla lo manida que suena esa frase. Es como si las palabras hubieran perdido el significado, como si parecieran estudiadas y sin sabor, como la comida procesada.

Me siento. Me duele la espalda después de horas en un sofá incómodo de la sala de espera. El grupo lleva toda la noche trabajando, pero necesitaba tumbarme un rato. Siempre he sido así. A Owe le parecía divertido. Se burlaba de mí porque era como una niña pequeña que necesitaba comer y dormir a horas concretas.

De hecho, es verdad. No aguanto mucho tiempo sin dormir. No es que me ponga cascarrabias y arisca, no, es que pierdo la capacidad de pensar con claridad, de establecer las conexiones más sencillas.

Ahora mismo no me lo puedo permitir.

¿Adónde podía haber ido la mujer que asesinó a Jesper Owe y su novia? La mujer que…

Me doy cuenta con frustración creciente de que en realidad ya no me acuerdo de su nombre. Es como si hubiera desaparecido mientras dormía, se hubiera esfumado mientras yo estaba en ese sofá duro, se hubiera disuelto en el aire cargado de la sala de espera.

Me siento y me pongo la chaqueta. El suelo está frío bajo los pies descalzos cuando me acerco a la ventana. En la oscuridad de fuera pasan unos copos de nieve arremolinados. Los edificios de alrededor están oscuros, solo unas cuantas ventanas aquí y allá están débilmente iluminadas, brillan como faros en la noche.

La sala de la segunda planta bulle de actividad. Están Manfred, Sánchez y Bergdahl, además de una docena de personas más que no reconozco. Peter se acerca a mí en cuanto entra en la sala. Me pone una mano en el hombro con suavidad.

—¿Cómo estás?

Su cuerpo desgarbado, su rostro sincero, aniñado. El leve roce de la mano. Todo me afecta y no puedo defenderme. Me vuelve débil e impaciente al mismo tiempo, como si el cuerpo me señalara algo urgente. Algo importante e inevitable está a punto de ocurrir, una especie de desastre natural. Mi cuerpo entero lo nota.

Tiemblo y retrocedo un paso sin querer.

—Bien. Un poco cansada. ¿Habéis encontrado algo?

Peter hace un gesto hacia sus colegas.

—Hemos revisado el extracto bancario de Emma Bohman. Dos días antes del asesinato de Angelica Wennerlind se gastó tres mil coronas en una tienda de montaña. Además, alquiló un coche que nunca devolvió. Lo hemos encontrado a unos centenares de metros de la casa de Orre. Y unas semanas antes, la noche en que se quemó el garaje de Orre, se gastó quinientas coronas en una droguería.

—¿Gasolina?

—Eso creemos. También hemos puesto un aviso de búsqueda del coche de Angelica Wennerlind. Un Volvo 740 familiar. Creemos que Emma Bohman pudo utilizarlo para huir del escenario del crimen.

—¿Habéis estado en… casa de Emma Bohman?

—Sí, pero estaba vacía. Conseguimos una orden de registro y la hemos registrado hace unas horas. Era un puto desastre. Estaba llena de paquetes de helado y pedazos de papel cortados. Había espaguetis secos en el suelo de la cocina y manchas de kétchup en el espejo. Cojines por todo el suelo. Los técnicos siguen ahí. ¿Tienes alguna teoría de dónde está ahora?

333

Echo un vistazo a la sala. Observo la concentración de nuestros colegas.

—En algún lugar donde se sienta segura. Déjeme revisar de nuevo la información de su pasado. A lo mejor hay algo.

Las horas pasan mientras reviso el montón de papeles. Fuera empieza a clarear, un amanecer frío y duro como el granito. Los pasillos están abarrotados y el olor a café recién hecho se extiende por toda la sala. El nivel de ruido aumenta. Alguien me deja una taza delante y asiento agradecida sin alzar la vista.

Hacia las diez, voy a dar un paseo. Deambulo por la manzana sobre la nieve recién caída y dejo que el viento helado me abra el abrigo y los copos de nieve se me derritan en la cara.

Ahí está de nuevo: esa sensación de haber leído algo importante sin establecer la conexión. La blancura de la nieve me quema las retinas y las mejillas me escuecen del frío. En algún lugar justo debajo de la superficie se cuece un descubrimiento. Lo sé, pero no lo detecto. Se me escurre, se esconde en los rincones más oscuros de la conciencia como un animal tímido.

Cuando regreso al edificio de la policía, por fin se me ocurre. De pronto me da tanto miedo olvidarlo que siento el impulso de ir al guardia de seguridad y pedirle un bolígrafo y papel. Sin embargo, decido confiar en que lo recordaré y corro hacia los ascensores. Recorro el pasillo casi corriendo para llegar a mis colegas.

—Kapellgränd —le digo a Manfred, que está en medio de la sala con una taza de café—. Emma Bohman se crio en Kapellgränd. Y cuando la policía la interrogó por el anillo robado dijo que Owe vivía en Kapellgränd.

—¿Sí?

Manfred parece desconcertado. Sánchez y Peter se unen a nosotros. Me observan en silencio.

—Está mezclando fantasía y realidad, y por algún motivo el piso de Kapellgränd, donde creció, es significativo. Estamos buscando un lugar donde se sienta como en casa. Segura. Kapellgränd podría ser ese sitio.

Sánchez levanta una mano. Parece cansada y tiene unas manchas oscuras debajo de los ojos del maquillaje antiguo y corrido.

—¿Os dais cuenta de que tenemos otro problema entre manos? —dice en voz baja—. También está desaparecida Wilma, la hija de cinco años de Angelica Wennerlind.

Emma

Una semana antes

*L*a calle está tranquila y en silencio. Unos grandes y pesados copos de nieve caen del cielo que oscurece. El Volvo rojo está aparcado delante de la casa. Bajo por la acera hacia el coche con Jesper agarrado con firmeza del antebrazo. Me paro en el rododendro y me lavo con nieve. Hundo la cara en esa blancura fría y me froto la sangre. Tengo a Jesper a mi lado, jadea como un perro.

Saco las llaves que le quité a la mujer. Abro el coche, le doy otra descarga y lo coloco en el asiento del copiloto. No dice nada. Tiene el rostro completamente exento de emociones y los ojos parecen piedras negras mojadas.

El interior de piel negra está gastado y huele como en un establo. Por primera vez en horas me permito relajarme. Solo un poco, para que el dolor que me presiona el pecho se alivie un poco.

—¿Dónde está mamá?

La voz llega desde el asiento trasero. Por un segundo me quedo aturdida por la sorpresa y el miedo. Luego me doy la vuelta y clavo la mirada en la cara de la niña. Se queda callada un momento, mientras nos estudiamos la una a la otra. Parece que se acaba de despertar, pero no parece asustada, solo intrigada. Detrás de ella, vislumbro maletas en el maletero.

—Mamá ha tenido que ir al médico —digo, y arranco el coche—. Jesper y yo cuidaremos de ti.

—Wilma —dice Jesper, con la voz quebrada.

—¡Calla! —le digo, y le aplico otra descarga.

Sufre una sacudida y acaba sentado con la cabeza inclinada hacia delante y la saliva cayéndole de la boca.

—Jesper también está un poco enfermo —digo, de cara al asiento trasero—. Cuidaremos de él en casa.

En el coche se hace un silencio. Esperaba que la niña tuviera un arsenal de preguntas y protestas, pero se queda sentada en silencio y con los ojos abiertos de par en par.

—¿Te llamas Wilma?

La niña se mete el pulgar en la boca sin contestar y mira por la ventana oscura.

—No deberías chuparte el pulgar. Hay suciedad y bacterias en el dedo —digo, intentando no sonar demasiado estricta. Me mira a los ojos en silencio por el retrovisor.

—Bueno, yo me llamo Emma.

Recorrimos medio kilómetro en silencio. Tal vez por el estrés, me equivoco al girar. La carretera me resulta desconocida y las casas dan paso a árboles y vastos campos cubiertos de nieve. No se ve ni un alma.

No tengo ni idea de dónde estoy.

—¡Quiero a mi mamá! —grita de pronto la niña.

Dudo, enciendo la radio y pienso. Empiezo a darme la vuelta para decirle que se calle, pero antes de terminar Jesper se abalanza sobre mí y me aparta del volante. De alguna manera ha conseguido soltarse las cuerdas, porque tiene las manos libres. Busca a tientas el volante y el freno de mano.

El coche patina cuando aprieto el acelerador sin querer, luego vuela sobre un bache y choca contra un abedul. El golpe es ensordecedor y el olor a plástico quemado se extiende por el habitáculo.

Jesper está en mi regazo con la cabeza contra la ventana. El cristal tiene unas grandes grietas. Parece una telaraña.

Me doy la vuelta en un acto reflejo.

La niña parece impactada, pero intacta.

Pongo una mano con suavidad en el cuello de Jesper, le busco el pulso pero no noto nada. Le sale sangre de la cabeza hacia el salpicadero. Todo está en silencio, salvo por el sonido de la respiración de Wilma en el asiento trasero.

Sacudo con suavidad a Jesper, pero no reacciona. No respira.

337

Miro hacia la oscuridad. Solo veo arbustos y campos cubiertos de nieve. Poco a poco me doy cuenta de que no puedo ir con Jesper en el coche. Tengo que dejarlo.

Pero no puedo dejarlo ahí, en medio de la calle.

Miro a la oscuridad. A lo lejos, solo distingo una caja cuadrada con un texto en blanco.

«ARENA.»

La niña está tumbada en mi cama, duerme pacíficamente, como si ya hubiera olvidado los hechos e imágenes de ayer: el accidente, el cuerpo fláccido y sangriento de Jesper, yo sacándolo a rastras del coche y tras varios intentos metiéndolo en el contenedor de arena. Luego seguí conduciendo, como si no hubiera pasado nada, y aparqué entre los centenares de coches del aparcamiento del hospital Danderyd, donde la nieve se extendió rápido como un manto protector sobre el cristal agrietado y el frontal abollado. Lo único que preguntó durante el breve trayecto en metro fue adónde había llevado a Jesper. Contesté con calma que había tenido que ir al médico, como mamá.

No sé si me creyó, pero no dijo nada. Simplemente asintió, muy seria. El pequeño rostro pálido de Wilma es siniestramente perfecto: mejillas redondas, pestañas largas y oscuras, la boca de piñón. Le acaricio con ternura la mejilla. Tiene la piel suave y caliente.

«Qué guapa», pienso. Es tan perfecta y pura. Realmente es un pequeño milagro. Solo hay un problema: no es mía. Mi hijo está muerto y perdido para siempre, desapareció antes de que llegáramos a conocernos.

Esa noche duermo a su lado. Me despierto varias veces cuando se da la vuelta y me da una patada con esas piernas, pequeñas pero fuertes. Aun así, ya ha arraigado en mí esa sensación de formar parte de algo increíble y único.

Que esta niña, todos los niños, dan sentido a la vida. Que la base de la existencia entra dentro de ese cuerpecito regordete que hay a mi lado y que una especie de verdad vive dentro de esos ojos de color azul claro, tan redondos.

«A lo mejor me la puedo quedar», pienso. A lo mejor podemos huir juntas. Empezar de nuevo en un lugar donde nadie nos conozca.

A lo mejor puede ser mía de verdad.

Wilma se despierta antes que yo. Cuando abro los ojos, está toqueteando uno de los pendientes en la mesita de noche. Tiene los brazos pálidos, casi de mármol.

—¿Tienes hambre?

No contesta.

—Espera aquí. Voy a buscar algo de comer.

Entro en la cocina. La nevera está vacía, salvo por una cebolla seca y un paquete de mantequilla rancia. Busco en la despensa. No hay galletas saladas, ni cereales. Nada que le pueda gustar a un niño. Sin embargo, en el estante inferior, veo algo. Me inclino hacia delante y saco un balde, abro un cajón de la cocina y busco una cuchara.

Wilma se queda sentada en el suelo, obediente, comiéndose el helado. Se le cae sobre la ropa y la alfombra, pero no me molesta. Es perfecta, y de nuevo vuelve esa idea.

«¿Y si fuera mía?»

Entro en el baño y miro al espejo. Tengo el pelo corto de punta y el maquillaje negro corrido sobre la piel pálida, debajo de los ojos inyectados en sangre. El cuello y los brazos están cubiertos de manchas de sangre. Me froto con jabón, entro en la ducha, dejo correr el agua caliente sobre los hombros. Limpio el desastre.

Desde la cocina oigo ruido en el cajón de los cubiertos. Supongo que Wilma está investigando. Acabo de decidir que debería salir y ver qué está haciendo cuando oigo un grito de emoción en la cocina. Luego Wilma grita:

—¡He encontrado un tesoro! ¡Mira!

Me seco y me envuelvo el cuerpo en una toalla. Salgo a la cocina. Wilma parece emocionada. No para de dar saltos.

—¿Has encontrado un tesoro? —pregunto.

—¡Mira!

Al principio no entiendo qué está señalando, pero luego

339

veo los fajos de dinero en efectivo esparcidos por el suelo. Me pongo de rodillas. Los billetes están sujetos con unas gomitas rojas. De pronto lo entiendo. Es el dinero que heredé. El dinero que desapareció sin dejar rastro. Reconozco esas gomitas rojas.

—¿Dónde los has encontrado? —Mi voz suena hueca, como si perteneciera a otra persona.

—Ahí.

Wilma no para de dar saltitos mientras señala un armario estrecho a la izquierda del horno, donde guardo las bandejas para hornear. Han pasado meses desde la última vez que abrí ese armario. De hecho, sé exactamente cuándo fue la última vez. Fue la noche en que Jesper y yo íbamos a celebrar nuestra cena de compromiso. Yo iba a hacer canapés en el horno. Me inclino hacia delante y miro el espacio oscuro. La vista tarda unos segundos en adaptarse. Hay más fajos dentro. Los saco, los cuento y me quedo pensando un momento. De verdad parece que todo el dinero esté ahí.

—¿Cómo…? ¿La puerta estaba abierta?

Wilma niega con la cabeza, dándose importancia. Tiene una gran mancha de helado en la barbilla y en la camiseta.

—Cuando la abrí, encontré el tesoro.

Asiento y me siento en el suelo frío. Intento entender qué ha pasado. Jesper debe de haber devuelto el dinero. Pero ¿por qué iba a ponerlo en el armario de la cocina? La única explicación que veo es que no quisiera que yo encontrara el dinero. Lo hizo a propósito.

Como si quisiera volverme loca.

Cuando estoy a punto de cerrar la estrecha puerta, veo algo escondido en la oscuridad. Parece una bandeja de pie, apoyada contra la pared. Meto la mano y la cojo. El borde es de madera. La saco a la luz y la dejo en el suelo, delante de mí. Intento entender.

Es el cuadro de Ragnar Sandberg.

Estoy frente al espejo del baño de nuevo. Busco en la memoria. ¿Podría ser que fuera yo quien hubiera dejado el dinero y el cuadro en la cocina y no me acordara? Algo se mueve, un vago recuerdo de una cocina oscura. El peso del cuadro en mis manos cuando me agacho delante del armario.

¿Me estoy volviendo loca?

Me siento en el retrete y hago pis. Pienso que tal vez lo he soñado todo. Pienso en mamá.

Pienso en que nunca contestó a mi pregunta.

La mujer de la bata verde me tocó el brazo a modo de consuelo. Era joven, muy joven. En su identificación decía «Soraya».

—Emma. Es bueno que hayas venido enseguida. Voy a enseñarte dónde está.

Recorrimos el pasillo en silencio. Al otro lado de las ventanas vi las copas de los árboles. El delicado follaje verde bailaba al viento. Las nubes rotas se perseguían por el cielo azul. Pasamos por una especie de cocina. Sobre la mesa redonda había una maceta de plástico negra con narcisos marchitos. El olor a café y a cenas de microondas se colaba hasta el pasillo.

Los pasos de la enfermera eran silenciosos pero decididos. Se paró en una puerta y se volvió hacia mí.

—Antes de entrar… debo avisarte de que tu madre está conectada a una máquina que la ayuda a respirar. Puede dar miedo, con todos esos tubos y máquinas, pero no la hacen sufrir. Le han dado mucha morfina, así que no sufre dolores, pero tal vez sea difícil comunicarse con ella. No está consciente todo el tiempo.

—¿Me reconocerá?

La enfermera sonrió. No sabía si era porque mi pregunta era absurda o si solo intentaba ser amable.

—Si se despierta, sin duda te reconocerá. No le pasa nada en la mente, como ya sabes. Solo es su cuerpo que…

Dejó la frase a medias.

—¿Puedo tocarla?

—Claro. Puedes hablar con ella, cogerle la mano. Besarla. No es peligroso y no le harás daño. Pero, como te he dicho, no sé hasta qué punto estará consciente. Durante los últimos días le ha fallado el hígado y el riñón, así que está muy… frágil.

A lo lejos vi a un anciano que salía tambaleándose al pasillo, ayudado por una asistente. Tiraba de un soporte de medicamento. La última estación de la vida, eso es lo que parecía. Un pasillo blanco de hospital con brillantes suelos de linóleos y camas ajustables de acero inoxidable. Un silencio salpicado solo por las succiones y los siseos de las máquinas.

La enfermera abrió la puerta de la habitación de mamá. Le puse una mano en el brazo, sentí que tenía que preguntarlo.

—¿Volverá a despertar?

—Es imposible saberlo.

Me miró con sus ojos castaños. Luego me dedicó una breve sonrisa y desapareció por el pasillo con sus silenciosos zuecos blancos.

A medio camino, se volvió hacia mí.

—Estaré en la sala de enfermeras si necesita algo.

Asentí y entré en la habitación.

Casi no la reconocí. Era como si todo su cuerpo estuviera inflado. Mamá estaba gorda, pero eso era otra cosa. Tenía el cuerpo hinchado de líquido y la piel brillante y glaseada, casi transparente. De pronto me dio miedo hacerle un agujero si la tocaba. Que todo ese líquido fuera a derramarse como el agua de un globo.

Tenía tubos conectados y el único sonido de la habitación era el siseo del respirador que bombeaba aire meticulosamente dentro y fuera del pecho.

No estaba preparada para esa impresión.

Supongo que de algún modo di por hecho que no me afectaría, teniendo en cuenta cómo era nuestra relación. Me equivocaba. Empezó a temblarme todo el cuerpo y, cuando agarré una silla y me senté a su lado, me entraron sudores fríos. Recuerdos extraños, imposibles de evitar, me cogieron con la guardia baja: mamá, papá y yo decorando un árbol de Navidad que habíamos robado en el parque. Mamá tumbada en mi cama, abrazándome en uno de esos escasos momentos de amor y cercanía que guardaba como si fueran joyas. El aliento le olía a cerveza y a tabaco, y yo no me atrevía a apartar la cara un centímetro de ella, pese al olor, por la inefable gratitud que sentía por esa muestra de afecto. La mariposa azul muerta y rota en el suelo, rodeada de esquirlas de vidrio y ramas secas y dentadas.

Posé una mano con suavidad en el antebrazo de mamá, con cuidado de no tocar las grandes marcas de color violeta. No reaccionó. También tenía la cara hinchada, sobre todo alrededor de los ojos. Costaba discernir si los tenía abiertos o cerrados.

Me sorprendieron mis lágrimas. Me cayeron por las mejillas y las dejé, ni siquiera intenté limpiármelas. Inflamación del riñón y fallo hepático, dijeron. Cuando pregunté si podía deberse a la bebida, el médico se limitó a asentir y me explicó que no se podía descartar. Me dijo que muchas enfermedades relacionadas con el alcohol acaban en ese departamento.

Me incliné sobre ella. Apoyé la cara en el pecho. Sentí que se inflaba y caía con el ventilador. Y de pronto necesitaba saber. No tendría otra oportunidad de hacer la pregunta que llevaba tanto tiempo persiguiéndome.

Me limpié la cara con la manta amarilla y me aclaré la garganta. La agarré del brazo con más fuerza y estudié con detenimiento su rostro.

—Mamá, soy Emma.

La cara hinchada no mostró ninguna reacción. La agarré del brazo con más fuerza, la piel se quedó blanca bajo los dedos y las uñas le dejaron unas pequeñas marcas en forma de luna creciente en la piel con ese brillo artificial. Le di una palmadita en la cara con la otra mano. Tal vez con demasiada fuerza.

—Mamá, soy Emma.

Uno de los párpados se movió. No sabía si era un reflejo o si significaba que por fin me había oído. Me incliné hacia delante y me acerqué al oído.

—Mamá. Necesito saberlo…

El respirador siseó y mamá sufrió una sacudida, como si le hubiera pellizcado la mejilla.

—Mamá, tienes que decírmelo… y sé sincera. ¿Me pasa algo?

343

Peter

A veces me gustaría poder pedir consejo a mi madre sobre estas investigaciones. Me la imagino delante de la pared de pruebas, con los brazos en jarras y una mirada severa en el rostro. Completamente ajena a la policía que pululara alrededor. Tenía una percepción insólita, ligeramente cínica. Veía una mentira en cuanto la decía, y no le daba miedo decirlo cuando no estaba de acuerdo en algo. En otras palabras, podía incomodar un poco. Y podía ser un incordio para el poder establecido, como mínimo así le gustaba verse.

Hanne me recuerda mucho a ella. Salvo en el cinismo. Es raro. ¿Por qué no lo había pensado antes?

Miro a Hanne, sentada en el escritorio, clasificando un montón de documentos. Incluso hay un parecido físico, algo en el cabello y las cejas oscuras bien perfiladas. Y en la manera de moverse, en cómo tira la cabeza hacia atrás cuando se ríe. Como si quisiera que todo el cielo la oyera.

¿De verdad es tan sencillo? ¿Me he enamorado de mi madre?

«El amor es un acto reflejo», pienso. Algo que hacemos, como dormir o comer. Tal vez nos enamoramos de lo que nos resulta familiar, como en casa. Lo que nos recuerda cómo era la vida antes de tanta decepción.

Manfred se me acerca y me da un suave puñetazo en el costado.

—Estás hecho una mierda. ¿Pasa algo?

Sonrío ante su incómodo intento de ser considerado.

—Gracias. ¿Cuándo salimos?

—El equipo de investigaciones especiales y el agente inmobiliario llegarán en treinta minutos. Por lo visto la propiedad de Kapellgränd está desocupada. Será demolida, así que no tenemos que preocuparnos por los vecinos. ¿Vienes con nosotros?

—Si te callas la boca.

Suelta un bufido y me da un golpe en la espalda.

—Ahí estás, Lindgren. Al final resultará que tienes pelotas.

El edificio de pisos de Kapellgränd es oscuro y parece abandonado. En la planta baja, las ventanas están tapiadas con madera contrachapada, con unos afilados fragmentos de cristal aún visibles por debajo. Estamos en el coche de Manfred: Sánchez, Manfred, Hanne y yo. En algún lugar ahí fuera, en la oscuridad, está escondido el equipo de investigaciones especiales. Ya han registrado el piso y lo han encontrado limpio, salvo por algunas botellas vacías, un montón de viejas revistas pornográficas y unas cuantas mantas sucias en el suelo. No han encontrado ni rastro de la niña, pero hemos decidido esperar un poco por si aparece Emma.

Hanne tenía razón.

En la radio suena Morrissey, como de costumbre, pero a un volumen al que apenas oigo la letra: «*You have never been in love, until you've seen the sunlight thrown, over smashed human bone*».

«¿Será verdad? —pienso—. ¿Lo hizo por amor?»

Algunos peatones solitarios pasan azotados por el viento. Unas cuantas mujeres con velo suben desde Götgatan, agarradas del brazo. A lo mejor están de camino a la mezquita.

Manfred tamborilea impaciente con los dedos en el volante y mira hacia la oscuridad. Limpia la condensación del interior del cristal con la manga del abrigo de pelo de camello y suspira.

—Puede que no venga. ¿Y si estamos buscando en el lugar equivocado?

No hay respuesta.

Un ciclista solitario se bambolea cuando me suena el móvil. Es Janet.

Normalmente dejaría que saltara el contestador directa-

345

mente, pero como ya tengo cuatro llamadas perdidas suyas y no estoy haciendo nada, decido contestar.

—¡Tienes que venir ahora mismo! —dice, sin aliento.

Algo hace clic en mi interior, pero mantengo el tono sereno.

—¿Ha pasado algo?

Manfred se vuelve hacia mí con una mirada de intriga. Entiendo que no cree que sea el momento de comentar problemas familiares, pero a Janet eso nunca le ha importado.

—Es Albin —dice Janet entre sollozos—. Se lo han llevado.

Respiro.

—¿Que se lo han llevado?

—Sí, la policía se lo ha llevado.

Intento pensar un paso por delante, pero me quedo en blanco.

—¿La policía? ¿Por qué?

—Él… han… encontrado…

—Cálmate. ¿Qué ha pasado?

Siento una mezcla de preocupación y vergüenza. Es lo que Janet ha hecho infinidad de veces: llamar en medio de algo importante, esperando que lo dejara todo. Nunca ha entendido el trabajo que hago. Aunque le haya pasado dinero todos los meses durante quince años.

Tengo los ojos de mis colegas clavados en mí, pero la imagen de la cara de Albin me da estabilidad. Su delgado cuerpo adolescente y las orejas que sobresalen por el cabello fino. Las orejas de Janet. Recuerdo sus palabras la noche en que vino a verme a casa en Farsta con un monopatín en una mano y una bolsa en la otra:

«He discutido con mamá. ¿Puedo quedarme en tu casa?»

Luego pienso en sus ojos, en cómo me miró mientras Janet lo llevaba al coche, y en cómo yo me oculté detrás de la cortina para que no me viera.

¿Cuándo he estado para apoyarle?

—Han encontrado marihuana en su mochila, Peter. Y ahora está en la cárcel con ese grupo horrible de Skogås. Tienes que hacer algo. Al fin y al cabo, eres su padre. Tienes que…

La voz llega al falsete y me aparto el teléfono del oído por instinto para evitar ese sonido agudo.

—Bueno… ¿qué? ¿Qué quieres que haga? —grito.

Oigo el rugido a través del teléfono, en mi regazo. Todo el coche lo oye. Es el mismo grito que cuando encontró las invitaciones de boda en el cajón de mi mesa. Un rugido desde el abismo, lleno de la misma rabia y asco inacabables. De pronto es como si me viera con sus ojos. Veo el monstruo que cree que soy. La criatura sin carácter que la dejó sola criando a Albin.

Al instante oigo la voz de mi madre. Débil y un poco quebrada, como si la eternidad la hubiera privado de su dureza. «Responsabilidad, Peter. ¿No es hora de que asumas algo de responsabilidad?»

—Janet, ahora te llamo.

Empieza a protestar.

—No —digo, y, aunque pueda sonarle absurdo oírme decir esto, añado—: Confía en mí. Ahora te llamo.

347

Hanne tiene la mirada clavada en mí cuando salgo del coche. Abre la puerta y se acerca a mí. Me toca el brazo.

—Quiero que te quedes —se apresura a decir.

—No puedo —digo, y la miro a los ojos.

Debería explicarle qué ha pasado. Hablarle de Albin y de Janet y de la deuda que algún día tendré que saldar. Explicarle que ha llegado ese día y que probablemente siempre supe que llegaría.

—Te lo suplico —dice Hanne—. Estoy segura de que viene de camino.

—Tengo que irme —digo, y me voy.

En Götgatan paso por un bar. El cartel de neón rojo parpadea en la oscuridad, promete a gritos calor y olvido, y de pronto me muero por una cerveza. Solo una en ese calor, en vez de ir directamente a la comisaría de Farsta o volver con Hanne. Un refugio de todas las decisiones que han hecho que sea tan increíblemente difícil navegar por la vida.

Sin embargo, lo que necesito ahora no es un refugio, y sin duda no lo merezco. Lo que necesito es un lugar tranquilo donde hacer una llamada importante.

Entro y echo un vistazo rápido al lugar: gente colgada sobre sus copas, deporte en la televisión, en silencio, los sofás cubiertos de vinilo y los vasos de cerveza brillando en la tenue luz amarillenta.

Me llevo el teléfono al oído.

Emma

No entiendo a Wilma. Me he pasado toda la semana intentándolo todo para que se sintiera bien en mi casa. Le he leído cuentos, le he hecho tortitas y manualidades. Hemos dado de comer a las palomas de Karlaplan y hemos observado a los perros que jugaban en la nieve en Gärdet Park. Cuando alguien llamó a la puerta, nos escondimos debajo de la cama y jugamos a quién aguantaba más tiempo callada. Sin embargo, en vez de acercarse a mí, cada vez es más difícil establecer contacto con ella. Se ha aislado de una manera extraña. Se pasa horas sentada mirándose las manos o cortando papel metódicamente en trocitos minúsculos, para luego tirarlos al suelo alrededor de ella como si fueran pétalos.

Hemos pasado muchas veces al lado de periódicos con la imagen de Jesper, pero no los ha visto o, si los ha visto, no lo ha entendido. Yo apartaba la vista cuando veía las fotografías con el titular: «Famoso CEO buscado por asesinato». No podía mirarlo a los ojos, no quería pensar en todo lo que me hizo.

Las últimas noches, Wilma se ha despertado con gritos de terror y, cuando la zarandeo un poco para despertarla de la pesadilla, pregunta por su madre y me aparta de un empujón. Ojalá pudiera sentirse a salvo conmigo, pero no sé cómo hacerlo. Me he sorprendido varias veces enfadándome con ella por ser tan desagradecida y he tenido que recordarme que solo es una niña. No ha hecho nada para acabar en esta situación. Es mi responsabilidad, mi deber como adulta, no perder la paciencia.

Estamos de camino al McDonald's, que es lo único que pone de buen humor a Wilma. Tiene la manita pegajosa sobre la mía y parlotea sobre cómo encontró el tesoro la semana pasada. Creo que hay algo positivo en que haya aparecido el dinero y el cuadro: mis problemas económicos están solucionados. Por lo menos a corto plazo. Y sí, estoy contenta de haber encontrado el cuadro. Significa mucho para mí, no solo por el valor, sino porque de un modo extraño me conecta con mi pasado, es un puente a mi infancia. A un mundo que ya no existe. A mamá, y a mis tías, y a sus alegres tés. A bollos de canela azucarados y ligeramente quemados, el olor a tabaco, la sensación de seguridad en las rodillas de la tía Agneta, atrapada entre sus enormes pechos.

Nieva sobre Karlaplan. Unos grandes copos lanosos cubren la fuente seca. Los grandes árboles se yerguen en un círculo serio y silencioso, como si vigilaran la plaza y a todos los habitantes de la ciudad. Hay árboles de Navidad falsos y sacos de leña frente a una ferretería. Sale y entra gente en tromba del centro comercial de Fältöversten con bolsas llenas de regalos navideños. Se me ocurre que este año no daré ni recibiré regalos, ahora que mamá está muerta. Llegará la Navidad, pero será una Navidad distinta. En la tienda de ultramarinos leo el titular: «Niña de cinco años secuestrada». El dibujo no se parece mucho a Wilma, pero igualmente la agarro con más fuerza. La aparto de un tirón.

—¿Puedo pedir un menú infantil? Por favor.

—De acuerdo —digo, sin pensar.

Tal vez no sea buena idea dejar que Wilma decida qué comer. Puede acabar con malos hábitos alimenticios.

—¿Y un batido? Por favor.

Dudo un momento, luego decido que ya me preocuparé de su dieta más adelante. Es más importante aprovechar los momentos en que Wilma está comunicativa y simpática conmigo.

—Claro.

Comemos en silencio en el ruidoso restaurante.

A las manchas de helado de la ropa de Wilma se añaden las de kétchup y grasa de las patatas fritas. El local está abarrotado y húmedo. El suelo del restaurante está cubierto de una gruesa capa de aguanieve marrón que los clientes han llevado adentro. De pronto una mujer resbala. Se le desliza una de las bebidas de la bandeja y cae hacia Wilma. La cojo un segundo antes de que le dé. La mujer, que lleva un abrigo inflado y gorro de esquiar, lleva dos niños pequeños detrás. Se tapa la boca con la mano, horrorizada.

—Oh, no. Lo siento. ¿Está bien su hija?

Al principio no entiendo qué quería decir. Luego esbozo una sonrisa de oreja a oreja.

—No se preocupe, no pasa nada.

Algo cálido inunda mi cuerpo helado. Miro a Wilma, que parece completamente ajena al pequeño drama que acaba de suceder. Se lame la sal y la grasa de los diminutos dedos con la cabeza ladeada. El pelo claro cae en rizos mate hasta los hombros.

«¿Está bien su hija?»

De camino a casa no puedo dejar de pensarlo. ¿Y si pudiera ser mía de verdad? Ahora que vuelvo a tener dinero, a lo mejor puedo. Podríamos irnos lejos. A Norrland, tal vez. Escondernos. Buscar un gato nuevo o un perrito.

Seguro que las pesadillas tardarían un tiempo en desaparecer y ella necesitaría tiempo para confiar en mí del todo, pero estoy convencida de que al final lo haría. Solo tengo que darle un poco de tiempo.

Vuelvo a coger a Wilma de la mano, que está igual de pegajosa que antes.

—¿Cuándo vamos a ver a mamá? —pregunta.

La irritación se enciende en mi interior.

—No lo sé —dige con sinceridad—. Cuando tu madre se recupere.

—Pero ¿mamá se recuperará?

—Tampoco lo sé. Solo lo sabe el médico.

—¿Podemos preguntárselo al médico?

De pronto no soporto más tanto gimoteo. He contestado mil veces a esas preguntas, ¿cuánto tiempo va a estar preguntando por su madre?

—No, no podemos, porque…

Paro de repente y me quedo mirando la entrada de mi edificio. Noto que las piernas casi ceden.

Hay varios coches patrulla aparcados en la calle de mi casa. Figuras vestidas de negro conversando en la puerta. Dos pastores alemanes olisquean la acera.

Volvemos a toda prisa a Karlaplan. Wilma ahora está gruñona. Quiere volver a casa a ver el tesoro, no quiere ir a otro sitio.

—Ay, las tijeras me hacen daño —se queja mientras tiro de ella para que se dé prisa.

—¿Qué tijeras?

Wilma saca del bolsillo mis tijeras grandes de cocina, con las que ha estado jugando.

—Las que estaba usando para cortar.

—¿Estás loca? ¿Te has metido unas tijeras en el bolsillo? ¿Y si te caes? Podrías habértelas clavado.

Le quito las tijeras de las manos y me las meto en el bolsillo, con una sensación desconocida: el miedo a que Wilma se haga daño. «Así que esto es ser madre», pienso, y por algún motivo siento una especie de satisfacción.

Antes de bajar al metro miro hacia atrás, parece que nadie nos sigue. La gente que estaba en la entrada de mi edificio no resulta tan amenazadora de lejos. Bajo el ritmo. Suelto aire. Suelto el brazo de Wilma. No dice nada, solo tiene la boquita apretada.

—¿Puedo tomar un helado? —dice cuando pasamos junto al quiosco. Sus ojos de color azul claro se clavan en los míos.

—Hace mucho frío —intento convencerla.

—No tengo frío. Tengo calor. ¿Puedo tomar un helado? Por favor. —Tira de mi brazo.

Suspiro. Entro en la tienda y le compro un helado.

Solo llevo trescientas coronas en la cartera. No me llevé más cuando salimos del piso y ahora es demasiado tarde para volver. No es suficiente ni para alquilar un coche durante un día, una lástima, porque si tuviéramos coche por lo menos podríamos irnos de la ciudad, a otro sitio.

Bajamos al metro. Wilma se come el helado de abajo arriba, y le gotea en el abrigo. Unos grandes charcos de vainilla le corren pecho abajo. Decido no hacer caso. Tengo preocupaciones más apremiantes.

El vagón entra en la estación y subimos. Nos sentamos de frente. Wilma ya se ha terminado el helado, pero sigue con el palo en la boca. Lo succiona y lo muerde hasta que se rompe en dos.

En la parada de Östermamlmstorg sube una mujer con un abrigo abultado de invierno. Pasa por el vagón repartiendo una hoja en la que dice: «Por favor, ayuden a mi hija. Está discapacitada por la parálisis cerebral y no tenemos dinero para una silla de ruedas o fisioterapia en Odesa». Observo la fotografía. Es de una niña sonriente de diez años sentada en una butaca. Los dientes y las gafas parecen demasiado grandes para su pequeño rostro. Tiene los brazos y las manos curvados, como agarrotados. Tiene las piernas extrañamente delgadas, como si pertenecieran a otro cuerpo, más pequeño. Hay un perro a su lado.

—Esta es mi hija.

De pronto la mujer está a mi lado. Su acento y los ojos azules me recuerdan a alguien, las piezas encajan y sé exactamente adónde ir.

Le devuelvo la fotografía a la mujer y niego con la cabeza. Noto el corazón latir fuerte en el pecho.

—Lo siento. No tengo dinero.

Olga está doblando tejanos cuando entro. No veo a Mahnoor ni a Björne. A lo mejor están en el almacén, o en una pausa.

Olga me da un fuerte abrazo. El olor a perfume la rodea con insistencia y casi me provoca un estornudo.

—¿Qué te has hecho?

Abre los ojos claros de par en par y me sorprende lo mucho que se parece a la mujer del metro. No solo el acento, también de aspecto. Podrían ser hermanas.

—¿A qué te refieres?

Me acaricia el pelo corto con la mano.

—Pareces un hombre, Emma. ¿Quieres parecer un hombre?

Antes de poder contestar, aparece Mahnoor por detrás y posa una mano con suavidad en mi hombro. Me doy la vuelta y me da un abrazo.

—Estás genial —me susurra al oído—. No le hagas caso. Lo siento mucho. Me han dicho que te han despedido. Son unos capullos.

Entonces se fijan en Wilma. Una arruga aparece en la frente de Olga.

—Esta es Wilma —digo—. Estoy cuidando de ella.

—¿Has encontrado trabajo? —pregunta Olga. Asiento.

Mahnoor y Olga miran de nuevo a Wilma, que parece haber perdido el interés en mis compañeras. En cambio, se dedica a investigar la tienda: se arrastra debajo de los estantes de ropa, toquetea las etiquetas de seguridad y examina las horquillas y los pendientes.

—Es temporal. Su madre está enferma. Estoy cuidando de ella hasta que se recupere.

Mahnoor y Olga asienten. Me vuelvo hacia Olga.

—Le prometí que iríamos al parque acuático de Södertälje. Ya sabes, eso con toboganes y olas. ¿Puedes prestarme el coche otra vez, Olga? Te lo devuelvo mañana.

—Claro. Igualmente es un coñazo encontrar aparcamiento. —Olga hace una mueca de desesperación.

—Muchas gracias.

La sigo hasta la sala de empleados. Ella coge su bolso, con un bordado dorado y falsos diamantes incrustados. Hurga en él. Saca un paquete de tabaco, una caja de tampones y un cepillo hasta que encuentra lo que busca.

—Aquí están. Devuélvemelo mañana por la tarde. Hoy no lo necesito.

Cojo las llaves y le doy un abrazo rápido.

—Gracias, eres un sol.

Ella baja la mirada al suelo, de pronto cohibida.

—Para. No es nada.

Volvemos a la tienda. Wilma está sentada en la mesa de los tejanos ayudando a Mahnoor a doblarlos. Mahnoor sonríe y Wilma se ríe. La imagen es idílica. Podrían estar sentadas en un parque o una zona infantil.

Me acerco a ellas y acaricio la mejilla de Wilma.

—Tenemos que irnos, cariño.

—No, estoy trabajando —protesta ella, y consigue sonar muy decidida. Olga y Mahnoor se ríen.

—Es un encanto. Podría llevármela a casa.

Hay un brillo en los ojos oscuros de Mahnoor. Me digo que no tiene ni idea de que eso es exactamente lo que ha pasado, que me llevé a Wilma a mi casa.

Justo cuando me voy, un tipo vestido con una parca verde entra en la tienda. Camina hacia nosotras y, en cuanto me mira a los ojos, lo reconozco.

Es como si alguien me hubiera dado una fuerte patada en el estómago. Es Anders Jönsson, el periodista con el que hablé. El especializado en sabotear la vida y la carrera de Jesper Orre. Una especie de colega mío, podría decirse.

Mira a Wilma, luego a mí, y sé que lo sabe.

Me doy la vuelta, se me caen las llaves del coche al suelo, pero no hago caso. Cojo de la mano a Wilma y salgo corriendo de la tienda hacia el metro.

355

Hanne

*P*eter se ha ido. Salió del coche después de esa llamada y se ha ido, aunque le he pedido que se quedara. Siento el peso de esa reacción.

El ambiente en el coche está cargado. Sánchez y Manfred intercambian miradas elocuentes, pero no dicen nada. Me pregunto qué estarán pensando, si les sorprende la súbita reacción de Peter y la rapidez con la que ha desaparecido en la oscuridad hacia el metro.

—A veces lo hace —dice Manfred, con tacto, como si me leyera el pensamiento.

No contesto.

—Supongo que ha pasado algo —dice Sánchez, que posa la mirada en mí.

«¿Lo saben? —pienso—. ¿Han notado que mi relación con Peter es algo más que profesional?»

—Nos las arreglaremos sin él —continúa Manfred.

—¿Por qué lo defienden? —pregunto—. Desaparece y les parece lo más normal del mundo, pero ¿lo es? ¿De verdad les parece bien?

No hay respuesta.

Nos quedamos ahí sentados un momento. En silencio. Luego suena el móvil de Manfred. Levanta su corpachón para coger el teléfono del bolsillo trasero y contesta. Escucha un buen rato. Cuando cuelga, se vuelve hacia mí.

—Un testigo ha visto a Emma Bohman y a Wilma hace media hora en su antiguo lugar de trabajo. Un periodista que escribe artículos sobre Orre y que la conoció.

—¿Qué hacemos? —dice Sánchez.

—Vamos para allá —dice Manfred, arrancando el coche.

—Espere —digo—. ¿No podemos quedarnos un poco más? Sigo pensando que va a venir.

Manfred me lanza una mirada de hastío.

—Estamos buscando en el lugar equivocado. Es hora de volver.

—No, yo me quedo.

—Usted viene con nosotros —dice Manfred, en un tono borde. Abro el coche y salgo. Está oscuro y se ha formado una costra dura encima del aguanieve.

—Me quedo —digo, de cara a Manfred, que mira a Sánchez.

—Haga lo que quiera —dice Manfred—. Pero creo que debería aprovechar para ir a casa y dormir unas horas. De todos modos, aquí sola no puede hacer nada.

Estoy helada. El frío penetra en mi abrigo de invierno húmedo y me doy cuenta de que me he olvidado los guantes y el gorro en el coche. Por suerte llevo la libreta encima, que está a salvo en el bolsillo del abrigo. Más que el frío, me da miedo pensar en que Manfred y Sánchez lean mis notas, los nombres y descripciones físicas de los miembros del equipo de investigación, y finalmente se den cuenta del alcance de mi problema. La vergüenza de lo innombrable supera a todo lo demás.

Demencia.

Un caso de clínica de la memoria.

De camino en convertirse en un vegetal.

Cierro las manos en los bolsillos. Intento no pensar en la enfermedad ni en el frío que me muerde en las mejillas y en cambio me centro en los inuit. En cómo sobreviven invierno tras invierno, en el duro frío. Pescan y cazan aunque vivan en la absoluta oscuridad durante meses. Hacen sacrificios a Sedna, la diosa del mar, para que les deje cazar criaturas marinas sin ser arrastrados a las profundidades.

Pasa media hora sin que suceda nada. Me subo la capucha y hundo las manos en los bolsillos. Doy patadas contra el suelo, no sé qué hacer. La casa de Kapellgränd está vacía y oscura delante de mí, las esquirlas de cristal tras la madera contrachapada brillan bajo el claro de luna como dientes afilados.

Tal vez Manfred tenga razón. A lo mejor debería ir a casa de Gunilla, sacar a Frida a dar un paseo y meterme en la cama. Dormir sin poner el despertador. Olvidar este día: que Peter se haya ido del coche, los guantes y el gorro en el asiento trasero.

Por un segundo me pasa por la cabeza llamar a Owe. Sin embargo, incluso ahí, sola en el intenso frío, no me parece una opción seria. Prefiero quedarme frente a un edificio abandonado de Kapellgränd toda la noche que volver a esa cárcel de Skeppargatan.

Empiezo a caminar hacia las luces brillantes de Götgatan. Paro en la puerta de un bar, sin saber qué hacer, ir a casa o deambular.

Entonces la veo.

Va caminando por Högbergsgatan con una niña pequeña de la mano. Los pasos son lentos, casi pesados. Tiene la mirada fija en el suelo. Sé que tengo que tomar una decisión: ¿me presento e intento hablar con ella o la dejo pasar?

Los pasos de la niña también son pesados. Arrastra las botas en la nieve y tira del brazo de Emma como si quisiera soltarse. Lleva la chaqueta abierta y no lleva gorro.

Si no hago nada, sé que podría pasarle cualquier cosa a la niña. Podría morir congelada esta noche o estar escondida en algún sitio. Luego tal vez no la encontraríamos nunca. Sin embargo, si establezco contacto con Emma, pongo en riesgo mi vida.

Pero ¿qué tipo de vida tengo de todos modos? ¿Qué me queda cuando la investigación termine?

¿La clínica de la memoria?

Me acerco a Emma y a la niña.

—Sé lo que te hizo Jesper Orre —digo.

Emma Bohman se queda parada y me lanza una mirada recelosa. La niña también se para. Me mira boquiabierta, pero no dice nada. El pelo claro le cuelga en mechones sobre los hombros, como si no se lo hubiera cepillado en semanas. Tiene la chaqueta llena de manchas de todos los colores. Tiene la mano libre cerrada en un puño, veo que está congelada.

—¿Qué? —dice Emma.

—Sé que te traicionó y te engañó. Ha hecho lo mismo con otras.

Emma parpadea y levanta la vista hacia la luna, que luce grande y pesada en el cielo nocturno.

—¿Quién eres? —pregunta.

—Alguien que sabe mucho de Jesper y lo que ha hecho.

—Ya. ¿Y qué haces aquí?

El tono es duro, noto las lágrimas latentes.

—¿Qué hago aquí? —digo—. Estoy esperando a un hombre. Un hombre que no llegará nunca…

Me mira a los ojos. Asiente despacio.

—Lo entiendo perfectamente —dice, despacio, marcando cada palabra. Le pongo una mano en el brazo con suavidad.

—Vamos, lo arreglaremos. —Mira alrededor, nerviosa.

—Tenemos que irnos.

—¿Vamos dentro y entramos un poco en calor? —propongo—. No puedes huir para siempre, Emma.

Se le endurece la mirada cuando digo su nombre y advierto que he cometido un error.

—¿Quién eres en realidad? ¿Estás con la policía?

—No. Soy…

—Quítanos las manos de encima, joder —dice, y se zafa de mí con una fuerza inesperada.

Doy un paso hacia ella, pero es más rápida, me da un fuerte empujón y caigo de lado, impotente, sobre el bordillo helado. Se oye un crujido en mi mandíbula y acto seguido la boca se me llena de sangre. Un dolor agudo irradia del hombro.

Le agarro de las piernas, me aferro a ella.

—Déjame en paz, zorra —grita, y empieza a dar patadas.

Luego se coloca encima de mí. Se sienta a horcajadas sobre mi pecho y me mira a los ojos. Algo le brilla en la mano. No entiendo qué es, no veo lo que está a punto de ocurrir. Entonces lo veo: tiene unas tijeras grandes en la mano. Mientras se precipitan hacia mí, la vida se detiene y lo veo todo con una claridad sorprendente. La rabia en la cara de Emma. Wilma nos observa en silencio con la boca abierta. Los cristales de nieve que hay junto a mi cabeza brillan bajo la luz de las farolas.

Hay algo más.

Al otro lado de la ventana del bar, veo a Peter de pie, con el teléfono en la mano. Parece que está gritando.

Sin embargo, cuando las tijeras me agujerean el abrigo, mira hacia fuera y me ve. Su mirada revela una mezcla de horror y sorpresa, deja caer el teléfono y empieza a moverse.

Ya está.

Luego solo existen el dolor y el duro frío de la calzada. Cierro los ojos, una fatiga soporífera se apodera de mí. El dolor desaparece y es sustituido por una sensación suave, como si estuviera tumbada sobre nieve recién caída o suspendida unos centímetros por encima del duro suelo de piedra, ingrávida y completamente indiferente a lo que ocurre alrededor.

Todo respira una tranquilidad deliciosa.

En medio de todo ello, lo noto: la presencia de Peter, como una mano cálida en mi alma.

Emma ·

Cuatro meses después

*E*stoy sentada en una pequeña sala, mirando por la ventana. Veo pequeños brotes verdes en los árboles al otro lado del cristal grueso. En la calle de abajo pasa una mujer embarazada con andares de pato. Un hombre la sujeta del antebrazo. Deduzco que está a punto de dar a luz pero la han enviado fuera a provocar el parto caminando. La maternidad está en el edificio de al lado. Más lejos, tras los grandes edificios de ladrillo, atisbo el agua. Es de color gris azulado y hay espuma en la cresta de las olas.

Dicen que fuera hace frío.

Dicen que el ambiente parece mucho más cálido y acogedor de lo que realmente es. No sé si es cierto. Hace exactamente siete semanas que no pongo un pie fuera de este edificio de ladrillos. Llevo siete semanas mirando por la misma ventana, observando cómo los duros brotes de los árboles se inflan y las aves migratorias regresan.

Llaman a la puerta.

Urban asoma la cabeza.

—¿Te apetece una taza de café?

—Té, gracias —digo, me asombra que nunca acabe de memorizar que no tomo café. Pese a que llevamos semanas pasando todos los días juntos, sigue preguntándome si quiero café. Pero es típico de Urban. Pese a su potente intelecto y su evidente interés en mí, a veces se confunde. A veces sus pensamientos vagan, como si no estuviera presente del todo.

Desaparece y la puerta se cierra con un suspiro. Vuelve al cabo de unos minutos con dos tazas de té y una libreta bajo el brazo.

—Tu té.

—Muchas gracias.

Se sienta en el taburete de enfrente y se pone las gafas de montura fina. Luego se frota la barba incipiente y mira sus notas.

Todo es bastante cómico. Es como si intentara mantener una fachada. Como si nuestra relación se definiera únicamente como médico y paciente. Como si negara la verdad. Sonrío, no puedo evitarlo, la situación es absurda. Hace unos días estábamos tumbados en mi cama con la máxima intimidad que puede haber entre dos personas. Y ahora finge revisar mi historial médico como si fuera un doctor cualquiera.

Me mira a los ojos de nuevo.

—¿Qué te hace tanta gracia? ¿Me he perdido algo?

Niego con la cabeza.

—No, es que…

Dejo la frase a medias porque ya sé cómo va.

Si vamos a jugar a esto, tendrá que ser con sus reglas. Probablemente se siente culpable por lo que hizo. Tal vez incluso le despedirían si se supiera. Si cree que es mejor fingir que nunca ocurrió, tendré que aceptarlo.

Se quita las gafas y deja la libreta en la mesa. Me mira a los ojos.

—Bueno, ¿cómo te encuentras hoy, Emma?

Saco pecho y dejo que la camiseta caiga un poco por un hombro, como sin querer.

—Bueno, ¿por dónde empiezo?

Hanne

*A*sí imagino la eternidad.

Todo es blanco, silencioso y sin contornos. El frío, omnipresente, ni siquiera te molesta. Simplemente está ahí, como el mar, las aves y la diosa Sedna, criando en las profundidades de color negro azulado.

El cementerio de Kulusuk se extiende delante de mí y, al otro lado de esas sencillas cruces de madera blancas, se impone el mar. Casado con el cielo del horizonte. Las montañas se reflejan en las aguas calmas del sonido Torsuut Tunoq y unos grandes bloques de hielo de color turquesa flotan en su superficie.

Las cruces de los inuit son anónimas.

Cuando alguien muere, su nombre pasa a un recién nacido y la vida continúa. Me gusta. Yo también quiero una cruz de madera blanca anónima un día, en vez de una voluminosa piedra de granito con una inscripción dorada. Tal vez me entierren aquí, en esta colina, donde el permahielo nunca se derrite y hay que tallar la tierra para que te acepte.

Peter está a mi lado. Me rodea la cintura con el brazo y me mira a través del sonido. Siento un escalofrío de felicidad: me ha seguido hasta aquí, ha cruzado medio mundo para visitar la tierra con la que yo llevaba tanto tiempo soñando.

La profunda herida de las tijeras en el estómago se ha curado, pero los médicos dicen que tuve suerte. Una suerte incomprensible. De no haber llevado la libreta en el bolsillo, que bloqueó parcialmente las tijeras, probablemente hoy no estaría viva. El corte fue profundo, y el hígado, que sobrevivió por un margen de milímetros, es un órgano sensible.

Me salvó mi propio sentido del orden y el miedo a perder el control. Es casi gracioso.

Conseguí el tiempo justo para que Peter, que salió corriendo del bar, domeñara a Emma y pidiera ayuda.

Peter fue a ver a Albin esa noche, una vez detenida Emma y cuando Wilma estaba en un lugar seguro. Sin embargo, sigue sin contarme por qué la relación con su hijo es así. Es algo que debo aceptar. Aprender a sobrellevarlo. Igual que él tiene que sobrellevar mi enfermedad.

Lo miro a los ojos. Tal vez esté sonriendo un poco, no lo sé. O a lo mejor solo intenta ver con la intensa luz clara.

Sé que espera que yo mejore. No quiere perderme por la enfermedad. Sin embargo, también sé que las cosas no funcionan así. Un día caeré en el olvido y me convertiré exactamente en lo que él teme.

Pero no hoy.

De hecho, ¿no es eso lo único que importa?

Agradecimientos

Me gustaría dar las gracias con toda sinceridad a todos los que me ayudaron con *La desconocida*, sobre todo a mi editora, Sara; a mi correctora, Katarina; a toda la gente de Wahlström & Widstrand; y a mis agentes, Astri y Christine, de la agencia Ahlander.

Además, siempre estaré agradecida a todos los que leyeron este libro en forma de manuscrito y aportaron su conocimiento de maneras diversas e importantes, con hechos e información de todo tipo, desde la medicina forense a los procedimientos policiales, sobre todo a Eva von Vogelsang, a Martin Csatlos, a Cina Jennehov y a Kristina Ohlsson.

Por último, me gustaría expresar mi gratitud a mi familia y amigos por su compresión y ánimos durante el proceso de escritura de este libro. ¡Sin vuestro amor y paciencia, no habría libro!

CAMILLA GREBE

Este libro utiliza el tipo Aldus, que toma su nombre
del vanguardista impresor del Renacimiento
italiano, Aldus Manutius. Hermann Zapf
diseñó el tipo Aldus para la imprenta
Stempel en 1954, como una réplica
más ligera y elegante del
popular tipo
Palatino

La desconocida
se acabó de imprimir
un día de invierno de 2019,
en los talleres gráficos de Liberdúplex, s.l.u.
Ctra. BV-2249, km 7,4, Pol. Ind. Torrentfondo
Sant Llorenç d'Hortons (Barcelona)